Barack Obama, né en 1961 à Hawaii, a été élu sénateur de l'Illinois en 2005. Après la fin du cycle des primaires démocrates, le 3 juin 2008, il a remporté le maximum de délégués, battant Hillary Clinton et devenant le candidat à l'élection présidentielle américaine de 2008. Vainqueur de John McCain, Barack Obama a été élu président des États-Unis d'Amérique le 4 novembre 2008. Son précédent livre, *Les Rêves de mon père*, a été classé dans la liste des meilleures ventes du *New York Times*.

DU MÊME AUTEUR

Les Rêves de mon père
L'histoire d'un héritage en noir et blanc
*Presses de la Cité, « Documents », 2008
et « Points », n° P2052*

De la race en Amérique
Grasset, « La petite collection blanche », 2008

Le Changement, nous pouvons y croire
Odile Jacob, 2009

La Promesse de l'Amérique
*Textes réunis et présentés par Alain Chardonnens
Buchet/Chastel, 2009*

Barack Obama

L'AUDACE D'ESPÉRER

Un nouveau rêve américain

DOCUMENT

*Traduit de l'anglais (États-Unis)
par Jacques Martinache*

Presses de la Cité

La première édition de cet ouvrage a paru sous le titre *L'Audace d'espérer,*
Une nouvelle conception de la politique américaine,
aux éditions Presses de la Cité en 2007.

TEXTE INTÉGRAL

TITRE ORIGINAL
The Audacity of Hope
Thoughts on Reclaiming the American Dream
© Barack Obama, 2006

ISBN 978-2-7578-1405-5
(ISBN 978-2-258-07451-4, 1ʳᵉ publication)

© Presses de la Cité, un département de Place des éditeurs, 2007,
pour la traduction française
Traduction publiée avec l'accord de Crown Publishers,
un département de Random House, Inc.

Aux femmes qui m'ont élevé

ma grand-mère maternelle, Tutu,
qui a été un roc de stabilité pendant toute ma vie,

ma mère,
dont le courage et l'amour me soutiennent encore

Prologue

Cela fait presque dix ans que j'ai brigué pour la première fois des fonctions politiques. J'avais alors trente-cinq ans. Sorti de la faculté de droit depuis quatre ans, récemment marié, je me montrais, d'une manière générale, impatient envers la vie. Un siège à l'Assemblée de l'Illinois était vacant et plusieurs de mes amis m'avaient suggéré de me présenter en arguant que mon expérience d'avocat spécialisé dans les droits civiques et les contacts que j'avais noués pendant les années où j'avais travaillé comme coordonnateur communautaire faisaient de moi un candidat possible. Après en avoir discuté avec ma femme, je suis entré en lice et j'ai commencé à faire ce que fait tout candidat se présentant pour la première fois : parler à qui veut bien l'entendre. Je me suis rendu dans les réunions de quartier et de paroisse, les instituts de beauté et les salons de coiffure. Si je repérais deux types plantés au coin d'une rue, je traversais pour leur remettre un tract. Partout où j'allais, on me servait une version ou une autre des deux mêmes questions : « D'où tenez-vous ce nom bizarre ? » et « Vous avez l'air d'un gars plutôt gentil. Pourquoi vous voulez vous embarquer dans un truc sale et méchant comme la politique ? »

J'étais particulièrement familiarisé avec cette dernière question, variante de celles qu'on m'avait posées, quelques années plus tôt, quand j'étais arrivé à Chicago pour exercer dans les quartiers pauvres. Elle dénotait un certain cynisme non seulement à l'égard de la politique mais envers la notion même de vie publique, un cynisme nourri – du moins dans les quartiers du South Side que je souhaitais représenter – par des générations de promesses non tenues. Je souriais en hochant la tête et je répondais généralement que je comprenais ce scepticisme mais qu'il y avait, qu'il y avait toujours eu, en politique, une autre tradition, qui allait de la fondation du pays aux heures de gloire du mouvement pour les droits civiques, une tradition reposant sur l'idée simple que chacun de nous est concerné par ce qui arrive aux autres, que ce qui nous unit est plus fort que ce qui nous sépare, et que si suffisamment de gens croient à cette idée et agissent en conséquence, nous ne réglerons peut-être pas tous les problèmes mais nous ferons au moins quelque chose qui aura un sens.

C'était un argument convaincant, je crois. Et si je ne suis pas sûr que tous ceux à qui je l'ai soumis aient été impressionnés, un nombre plutôt grand d'entre eux ont suffisamment apprécié mon ardeur et ma jeune arrogance pour que je sois élu au Parlement de l'Illinois.

Six ans plus tard, lorsque j'ai décidé de me présenter au Sénat des États-Unis, je n'étais pas aussi sûr de moi.

Selon toute apparence, mon choix de carrière avait été payant. Après deux mandats pendant lesquels je m'étais échiné dans l'opposition, les démocrates avaient conquis la majorité au Sénat de l'État et j'avais contribué à faire adopter toute une série de lois pour l'Illinois, de la réforme de la peine capitale à l'extension du programme de santé pour les enfants. J'avais continué à enseigner à la faculté de droit de Chicago, un métier que j'aimais, et j'étais fréquemment invité à prendre la parole dans cette ville. J'avais réussi à préserver mon indépendance, ma réputation et mon mariage, qui, d'un point de vue statistique, s'étaient trouvés tous trois menacés dès que j'avais mis le pied dans la capitale de l'État.

Mais les années avaient aussi laissé des traces. Cela tenait simplement au fait que je vieillissais, je présume, car si vous êtes un peu attentif, chaque année de plus vous rend plus conscient de vos défauts : les aveuglements, les habitudes de pensée qui, innées ou acquises, ne peuvent qu'empirer avec le temps, aussi sûrement qu'une légère gêne à marcher se transforme en douleur dans la hanche. Chez moi, l'un de ces défauts s'est révélé être une impatience chronique, une incapacité à percevoir, même quand la situation était bonne, tous les bienfaits que j'avais sous les yeux. C'est un défaut inhérent à la vie moderne, je crois, inhérent aussi au caractère américain, et qui ne se manifeste nulle part plus clairement que dans le domaine de la politique. Reste à savoir si la politique engendre ce trait de personnalité ou si elle attire simplement ceux qui le présentent. Quelqu'un a dit que tout homme s'efforce de se montrer digne des espérances de son père ou de réparer les erreurs de celui-ci, et je suppose que cela peut expliquer mon défaut aussi bien que tout le reste.

Quoi qu'il en soit, c'est à cause de cette impatience que j'ai décidé, en 2000, de défier un parlementaire démocrate sortant. La tentative était irréfléchie et j'ai essuyé une lourde défaite, le genre de raclée qui vous fait comprendre que la vie ne tourne pas forcément toujours comme vous l'avez prévu. Un an et demi plus tard, mes plaies étaient à peu près cicatrisées quand j'ai déjeuné avec un conseiller en communication qui m'encourageait depuis quelque temps à me présenter au niveau national. Le hasard a voulu que ce rendez-vous ait lieu à la fin de septembre 2001.

« Tu te rends sûrement compte que la situation politique a changé, a-t-il déclaré en terminant sa salade.

11

– Qu'est-ce que tu veux dire ? » ai-je répliqué, alors que j'avais parfaitement compris.

Nous avons tous les deux baissé les yeux vers le journal posé sur la table. En première page s'étalait le visage d'Oussama ben Laden.

« Terrible, hein ? a-t-il marmonné en secouant la tête. Vraiment pas de chance. Tu ne peux pas changer de nom, bien sûr, les électeurs se méfient de ce genre de chose. Si tu étais au début de ta carrière, tu pourrais peut-être utiliser un surnom, quelque chose comme ça. Mais maintenant… »

Il a laissé sa phrase en suspens et, haussant les épaules en guise d'excuse, il a fait signe au serveur de nous apporter l'addition.

J'ai pensé qu'il avait raison et cette idée s'est mise à me ronger. Pour la première fois de ma carrière, j'ai souhaité voir des hommes politiques plus jeunes réussir là où j'avais échoué, occuper des fonctions plus élevées et faire avancer les choses. Les plaisirs de la politique – les poussées d'adrénaline pendant un débat, la chaleur animale d'une foule dans laquelle on plonge pour serrer des mains – ont commencé à pâlir face aux côtés plus ingrats du métier : les collectes de fonds, les longs trajets de retour en voiture après un banquet ayant duré deux heures de plus que prévu, les repas infects, l'air vicié, les conversations téléphoniques tendues avec une épouse qui m'avait soutenu jusque-là mais qui en avait assez d'élever nos enfants seule et commençait à mettre en question mes priorités. Même le travail législatif qui m'avait incité à me présenter, à l'origine, commençait à me paraître trop pesant, trop éloigné des grandes batailles – sur les impôts, la sécurité, la santé publique, l'emploi – livrées au plan national. Je me suis mis à douter du chemin que j'avais choisi, à éprouver ce qu'un acteur ou un sportif doit sentir, j'imagine, quand, après des années passées à poursuivre son rêve, à faire le serveur dans un restaurant entre deux auditions ou à batailler péniblement dans un championnat de seconde zone, il se rend compte que ni son talent ni la chance ne le mèneront plus loin. Le rêve ne se réalisera pas, il doit l'accepter en adulte et passer à des activités plus sensées, ou continuer à refuser de regarder la vérité en face pour finir dans la peau d'un individu aigri, querelleur, le plus souvent pitoyable.

Refus d'admettre la réalité, colère, marchandage, désespoir : je ne suis pas sûr d'être passé par tous les stades décrits par les experts. À un certain point, je suis cependant parvenu à accepter mes limites et, d'une certaine façon, mon caractère mortel. Je me suis concentré de nouveau sur mon travail au Sénat de l'Illinois, tirant une certaine satisfaction des réformes que ma position me permettait d'appuyer ou d'initier. J'ai passé plus de temps chez moi, j'ai regardé mes filles grandir, j'ai donné à ma femme l'amour qu'elle méritait et j'ai réfléchi à mes obligations à long terme. J'ai fait de l'exercice, j'ai lu des romans, j'ai fini par prendre plaisir à la course de la Terre autour du Soleil, au simple fait que les saisons se succèdent sans que j'y sois pour quelque chose.

C'est cette acceptation de la réalité, je crois, qui m'a conduit à l'idée complètement insensée de me présenter au Sénat des États-Unis. La stratégie du tout ou rien, voilà comment j'ai présenté l'affaire à ma femme : une dernière tentative pour mettre mes idées à l'épreuve avant de passer à une existence plus calme, plus stable et mieux rémunérée. Plus par commisération que par conviction, peut-être, elle a accepté cette dernière tentative, en précisant toutefois qu'étant donné sa préférence pour une vie familiale paisible et ordonnée je ne devais pas nécessairement compter sur son vote…

Je l'ai laissée se rassurer en considérant mes maigres chances. Le sortant républicain, Peter Fitzgerald, avait dépensé 19 millions de dollars de sa fortune personnelle pour battre le sénateur précédent, Carol Moseley Braun. Fitzgerald n'était pas très populaire et la politique ne semblait pas vraiment lui plaire, mais il disposait de fonds illimités dans sa famille et était en outre d'une intégrité véritable qui lui valait le respect, même réticent, des électeurs.

Un moment, Carol Moseley Braun réapparut, après quelques années à un poste d'ambassadrice en Nouvelle-Zélande, pour revendiquer son ancien siège, sa candidature potentielle me conduisant à mettre mon projet en réserve. Quand elle décida finalement de se présenter à la Maison-Blanche, un paquet de postulants au Sénat se manifesta. Le temps que Fitzgerald annonce qu'il ne se représentait pas, j'avais devant moi six adversaires aux primaires, parmi lesquels le président de la cour des comptes de l'Illinois, un homme d'affaires possédant des centaines de millions de dollars, l'ancien chef de cabinet du maire de Chicago, Richard Daley, et une Noire travaillant dans les services médicaux, dont les parieurs avisés estimaient qu'elle diviserait l'électorat afro-américain et vouerait à l'échec les quelques chances que j'avais pu entrevoir au départ.

Je m'en moquais. Libéré de toute pression par le bas niveau de mes espérances, renforcé dans ma crédibilité par plusieurs déclarations de soutien bienvenues, je me suis lancé dans la course avec une énergie et une joie que je croyais avoir perdues. J'ai engagé quatre collaborateurs brillants, entre vingt-cinq et trente ans, pour des salaires modiques convenant à mes ressources. Nous avons trouvé un petit bureau, nous avons fait imprimer du papier à en-tête, installé des lignes téléphoniques et quelques ordinateurs. Quatre ou cinq heures par jour, je téléphonais aux donateurs démocrates en essayant de les inciter à me rappeler. Je donnais des conférences de presse auxquelles personne n'assistait. Notre équipe a demandé à participer au défilé annuel de la Saint-Patrick et on nous a relégués en queue de cortège : mes dix bénévoles et moi, nous marchions juste devant les camions à benne de la voirie et nous saluions de la main les quelques égarés demeurés sur les trottoirs tandis que les éboueurs vidaient les poubelles et détachaient des réverbères les trèfles verts autocollants.

Mais, surtout, je sillonnais les routes, souvent seul, de circonscription en circonscription à Chicago, puis de comté en comté et de petite ville en petite ville, parcourant finalement tout l'État, au fil de kilomètres et de kilomètres de champs de maïs et de haricots, de voies ferrées et de silos. Ce n'était pas très efficace. Sans l'appareil du Parti démocrate de l'État, sans véritable mailing ni utilisation d'Internet, je ne pouvais compter que sur des amis ou des connaissances pour ouvrir leur maison à qui voulait bien venir m'y rencontrer ou pour organiser ma venue dans leur église, au siège de leur syndicat ou à leur club de bridge. Parfois, après avoir roulé plusieurs heures, je ne trouvais que deux ou trois personnes m'attendant autour d'une table de cuisine. Je devais rassurer mes hôtes, leur confirmer que c'était très bien et les complimenter sur les rafraîchissements qu'ils avaient préparés. Parfois, j'assistais jusqu'au bout à un service religieux et le pasteur oubliait de me donner la parole, ou le secrétaire de l'union locale me laissait parler à ses membres avant d'annoncer que le syndicat avait décidé de soutenir quelqu'un d'autre.

Mais, qu'il y ait eu deux ou cinquante personnes à la réunion, qu'elle se soit déroulée dans le jardin agréablement ombragé d'une majestueuse résidence de la North Shore, dans un appartement sans ascenseur du West Side ou dans une ferme à la sortie de Bloomington, que les participants aient été amicaux, indifférents ou, à l'occasion, hostiles, je tâchais de discourir le moins possible pour écouter ce qu'ils avaient à dire. Ils parlaient de leur boulot, de leur entreprise, de l'école locale, de leur colère contre Bush et contre les démocrates, de leur chien, de leur douleur dans le dos, de leurs années de guerre, de leur enfance. Certains avaient des théories élaborées pour expliquer la perte d'emplois industriels ou le coût élevé des soins médicaux. D'autres répétaient ce qu'ils avaient entendu sur la station de Rush Limbaugh ou sur National Public Radio, mais la plupart étaient trop occupés par leur travail ou leurs gosses pour s'intéresser vraiment à la politique et ils parlaient plutôt de ce qu'ils avaient sous les yeux : une usine fermée, une facture de chauffage élevée, un parent dans une maison de retraite, les premiers pas d'un enfant…

Aucune révélation aveuglante n'a jailli de ces mois de conversations. Ou alors ceci : la modicité des espoirs des gens, et la similarité de leurs convictions, quelles que soient l'origine ethnique, la région, la religion ou la classe sociale. La très grande majorité d'entre eux estimaient que toute personne souhaitant travailler devrait pouvoir trouver un emploi lui assurant de quoi vivre. Que les gens ne devraient pas être obligés de déposer le bilan parce qu'ils tombent malades. Que chaque enfant a droit à un enseignement de qualité – pas seulement du bla-bla – et que ce même enfant doit pouvoir faire des études même si ses parents ne sont pas riches. Ils voulaient être protégés des criminels comme des terroristes ; ils voulaient un air et de l'eau purs, du temps avec leurs enfants. Et pouvoir, une fois vieux, prendre leur retraite dans la dignité et le respect.

C'était à peu près tout. Ce n'était pas demander la Lune. Et s'ils comprenaient que leur réussite dans la vie dépendait en premier lieu de leurs efforts, s'ils n'attendaient pas du gouvernement qu'il résolve tous leurs problèmes et s'ils n'aimaient pas voir gaspiller l'argent de leurs impôts, ils n'en pensaient pas moins que le gouvernement se devait de les aider.

Je leur ai dit qu'ils avaient raison : le gouvernement ne pouvait pas résoudre tous leurs problèmes mais, avec quelques changements dans l'ordre des priorités, nous pourrions assurer à chaque enfant une vraie chance dans la vie et relever les défis auxquels nous étions confrontés en tant que nation. Le plus souvent, ils marquaient leur accord d'un hochement de tête et me demandaient comment ils pouvaient s'impliquer. Je reprenais alors la route vers ma prochaine étape, une carte dépliée sur le siège passager, et je savais à nouveau pourquoi j'avais décidé de faire de la politique.

J'avais l'impression de travailler plus dur que jamais.

Ce livre découle de ces conversations au long de la campagne électorale. Non seulement mes rencontres avec les électeurs m'ont confirmé l'honnêteté foncière du peuple américain, mais elles m'ont rappelé qu'au cœur de l'expérience américaine un ensemble d'idéaux continue à stimuler notre conscience collective : un patrimoine commun de valeurs nous unit malgré nos différences, un fil d'espoir permet à notre expérience improbable de la démocratie de fonctionner. Ces valeurs et ces idéaux ne trouvent pas seulement leur expression sur les stèles en marbre des monuments ou dans la récitation des manuels d'histoire. Ils demeurent vivants dans le cœur et l'esprit de la plupart des Américains et sont à même de nous inspirer orgueil, sens du devoir et du sacrifice.

J'ai conscience des risques que je prends en tenant ce discours. Dans une ère de mondialisation et de changements technologiques étourdissants, où la politique se pratique à couteaux tirés, en ces temps traversés d'impitoyables guerres de civilisations, nous ne possédons même pas, semble-t-il, un langage commun pour discuter de nos idéaux, encore moins des instruments pour parvenir à un consensus même approximatif sur la façon dont nous pourrions, en tant que nation, œuvrer ensemble pour réaliser ces idéaux. La plupart d'entre nous sont familiers des méthodes des publicitaires, des sondeurs, des rédacteurs de discours et des experts. Nous savons que des mots ronflants peuvent être mis au service d'objectifs cyniques, que les sentiments les plus nobles peuvent être dévoyés au profit de l'appétit de pouvoir, de l'opportunisme, de la cupidité et de l'intolérance. Jusqu'aux manuels d'histoire des lycées qui soulignent que, dès sa naissance, la réalité américaine s'est écartée de ses mythes. Dans un tel climat, toute affirmation d'idéaux partagés ou de valeurs communes peut paraître désespérément naïve, voire dangereuse, elle peut sembler n'être qu'une tentative pour masquer des divergences sérieuses en matière politique ou, pis encore, un moyen d'étouffer les plaintes de ceux qui se sentent lésés par nos arrangements institutionnels.

Je maintiens cependant que nous n'avons pas le choix. Pas besoin de sondage pour savoir qu'une vaste majorité d'Américains – républicains, démocrates, indépendants – sont las de ce que la politique est devenue, de cette zone mortelle où des intérêts étroits se disputent des privilèges, où des minorités idéologiques cherchent à imposer leur version de la vérité absolue. Que nous appartenions à des États rouges ou bleus[1], nous sentons au plus profond de nous-mêmes un manque de sincérité, de rigueur et de bon sens dans nos débats politiques, nous rejetons ce qui nous apparaît comme un sempiternel menu de choix faux ou étriqués. Croyants ou non,

1. Républicains ou démocrates. (*Toutes les notes sont du traducteur.*)

blancs, noirs, basanés, nous sentons, à juste titre, que les défis les plus importants sont négligés et que si nous ne changeons pas rapidement de cap nous pourrions être la première génération depuis très longtemps à laisser derrière elle une Amérique plus faible et plus divisée que celle dont nous avons hérité. Aujourd'hui plus que jamais peut-être, dans notre histoire récente, nous avons besoin d'une nouvelle sorte de politique, capable de creuser et de bâtir sur ces conceptions communes qui nous rassemblent.

C'est le sujet de ce livre : comment entamer le processus de changement de notre politique et de nos vies de citoyens. Cela ne signifie pas que je sache exactement comment il faut s'y prendre. Je l'ignore. Si j'aborde dans chaque chapitre un certain nombre des défis les plus pressants, si j'esquisse à grands traits la voie que selon moi nous devrions suivre, la façon dont je traite ces problèmes est souvent partielle et incomplète. Je ne propose aucune théorie unificatrice de gouvernement et ces pages ne constituent pas un manifeste pour l'action, avec courbes et graphiques, calendriers et plans en dix points.

Ce que je propose est plus modeste : des réflexions personnelles sur les valeurs et les idéaux qui m'ont fait entrer en politique, sur la façon dont notre discours actuel nous divise sans nécessité, et mon propre jugement – appuyé sur mon expérience de sénateur et d'avocat, de mari et de père, de chrétien et de sceptique – sur la manière dont nous pouvons fonder notre politique sur la notion d'un bien commun.

Quelques précisions sur la construction de ce livre. Le premier chapitre fait le bilan de notre histoire politique récente et s'efforce d'éclairer certaines racines de l'esprit partisan actuel. Dans le deuxième chapitre, je discute des valeurs communes qui pourraient servir de fondement à un nouveau consensus politique. Le chapitre trois explore la Constitution, non comme simple source de droits individuels mais aussi comme moyen d'organiser un débat démocratique sur notre avenir collectif. Dans le chapitre quatre, je m'efforce d'éclairer quelques-unes des forces institutionnelles – finance, médias, groupes d'intérêts, procédure législative – qui paralysent l'homme politique le mieux intentionné. Dans les cinq derniers chapitres, je suggère une manière de surmonter nos divisions pour nous atteler efficacement aux problèmes concrets : l'insécurité économique croissante de nombreuses familles américaines, les tensions raciales et religieuses dans le corps politique et les menaces transnationales – du terrorisme aux pandémies – qui s'accumulent au-delà de nos côtes.

Je me doute que certains lecteurs trouveront déséquilibrée cette présentation des problèmes. À ce chef d'accusation, je réponds : coupable. Je suis démocrate, après tout. Mes opinions sur la plupart des sujets sont plus proches des éditoriaux du *New York Times* que de ceux du *Wall Street Journal*. Je suis contre la politique qui favorise constamment les riches et les puissants au détriment des Américains moyens et je soutiens que le gouvernement doit contribuer à donner une chance à chacun. Je crois à l'évolution, à la recherche scientifique et au réchauffement de la planète ; je crois en la liberté d'expression, politiquement correcte et incorrecte, et je ne suis pas partisan d'utiliser le gouvernement pour imposer des convictions religieuses, quelles qu'elles soient – y compris les miennes –, aux non-croyants. En outre, je suis prisonnier de ma propre histoire : je ne peux m'empêcher de voir l'expérience américaine à travers le prisme d'un Noir à l'héritage métissé, gardant sans cesse à l'esprit que des générations d'hommes et de femmes qui me ressemblent ont été asservis et stigmatisés, toujours conscient des manières subtiles et moins subtiles dont l'appartenance à une race et à une classe sociale continue à modeler nos vies.

Je ne me réduis cependant pas à cela. Je pense aussi qu'il arrive à mon parti d'être arrogant, indifférent et dogmatique. Je crois à l'économie de marché, à la concurrence, à l'esprit d'entreprise, et je pense qu'un bon nombre de programmes gouvernementaux ne fonctionnent pas comme on le proclame. Je voudrais que le pays ait moins d'avocats et plus d'ingénieurs. Je crois que l'Amérique a plus souvent été du côté du bien que du mal dans le monde. Je me fais peu d'illusions sur nos ennemis, et j'admire le courage et la compétence de nos militaires. Je rejette la politique reposant uniquement sur l'identité raciale, l'identité sexuelle et la victimisation en général. Je suis convaincu que ce qui afflige les quartiers défavorisés participe d'un effondrement de la culture qu'on ne guérira pas seulement par l'argent, et que nos valeurs, notre vie spirituelle comptent au moins autant que notre PIB.

Sans nul doute, certaines de ces opinions me vaudront des ennuis. Je suis sur la scène politique depuis assez peu de temps pour servir d'écran sur lequel des gens d'horizons politiques très différents peuvent projeter leurs points de vue. À ce titre, je ne peux que décevoir certains d'entre eux, voire tous. Ce qui met en lumière un second thème, plus intime, de ce livre : de quelle façon un élu quelconque – moi, en l'occurrence – peut-il éviter les chausse-trapes de la célébrité, du désir de plaire, de la peur de perdre, et préserver ainsi ce noyau de vérité, cette voix singulière qui, en chacun de nous, nous rappelle nos engagements les plus profonds ?

Dernièrement, une des journalistes couvrant le Capitole m'a arrêté alors que je me rendais à mon bureau pour me faire part du plaisir que lui avait procuré mon premier livre. « Je me demande si vous pourrez être aussi intéressant dans le prochain », a-t-elle ajouté. Traduction : « Je me demande si vous pouvez encore être sincère, maintenant que vous êtes sénateur des États-Unis. »

Je me le demande aussi, parfois.

Et je souhaite que ce livre m'aide à répondre.

1

Républicains et démocrates

La plupart du temps, j'entre au Capitole par le sous-sol. Un petit train souterrain m'y amène du Hart Building, où se trouve mon bureau, par un tunnel décoré des drapeaux et des sceaux des cinquante États. Le train s'arrête dans un grincement et je me faufile entre collaborateurs, employés de maintenance et visiteurs occasionnels, jusqu'aux ascenseurs vétustes qui me hissent au premier étage. En sortant de la cabine, je contourne l'essaim de journalistes qui se rassemblent généralement à ce niveau, je salue la police du Capitole et je pénètre par des doubles portes majestueuses dans la salle du Sénat des États-Unis.

Bien qu'elle ne soit pas la plus belle du Capitole, elle n'en est pas moins imposante. Ses murs couleur sable sont mis en valeur par des panneaux de damas bleu et des colonnes d'un marbre finement veiné. En haut, le plafond forme un ovale crème au centre duquel est gravé un aigle d'Amérique. Au-dessus de la galerie du public, les bustes des vingt premiers vice-présidents du pays s'alignent dans une immobilité solennelle.

Selon une pente douce, cent bureaux d'acajou s'élèvent de la fosse du Sénat en quatre rangées en fer à cheval. Certains de ces bureaux datent de 1819 et le plateau de chacun d'eux est nettement agencé pour recevoir encriers et plumes. Ouvrez le tiroir, vous découvrirez les noms des sénateurs qui l'ont autrefois utilisé

– Taft et Long, Stennis et Kennedy –, gravés ou écrits de leur main. J'imagine parfois Paul Douglas ou Hubert Humphrey assis à l'un de ces bureaux et réclamant une fois de plus l'adoption de lois sur les droits civiques ; ou, un peu plus loin, Joe McCarthy, feuilletant une liste et s'apprêtant à citer des noms ; ou L. B. Johnson se levant avant de parcourir les allées et de saisir des revers pour s'assurer des votes. Il m'arrive de m'approcher du bureau où était assis autrefois Daniel Webster et de me le représenter s'adressant à la galerie bondée et à ses collègues, le regard flamboyant, pour défendre l'Union contre les forces sécessionnistes.

Ces moments sont brefs. Excepté pendant les quelques minutes nécessaires pour voter, mes collègues et moi passons peu de temps dans la salle du Sénat. La plupart des décisions – quelles lois soumettre et quand, les amendements à apporter, comment amener des sénateurs peu coopératifs à coopérer – ont été prises bien avant par le chef de la majorité, le président de la commission concernée, leurs collaborateurs et (selon le degré de controverse et la magnanimité des républicains proposant la loi) leurs homologues démocrates. Lorsque nous prenons place dans la salle et que l'huissier procède à l'appel, chaque sénateur a déterminé – après avoir pris en compte les opinions de ses collaborateurs, du président de son groupe, de ses lobbyistes préférés, des électeurs qui lui écrivent, et ses propres penchants idéologiques – sa position sur le sujet du moment.

Cela donne une procédure efficace très appréciée de sénateurs qui jonglent avec des agendas de douze ou treize heures par jour et sont impatients de retourner à leur bureau, pour rencontrer leurs électeurs, rappeler des gens qui leur ont téléphoné, de se rendre dans un hôtel proche pour une entrevue avec un de leurs donateurs ou dans un studio de télévision pour une interview en direct. Si vous vous attardez, cependant, vous verrez peut-être un sénateur solitaire resté à sa place après le départ des autres, attendant que le président lui donne la parole, soit afin de fournir des explications sur une loi qu'il propose, soit pour faire un commentaire plus général sur un problème national irrésolu. La voix de l'orateur peut vibrer de passion, son argumentation – concernant les coupes dans les programmes d'aide aux pauvres, l'obstructionnisme dans les nominations de juges, la nécessité d'une indépendance énergétique… – paraître solidement construite, il ne s'adresse pas moins à une salle quasiment vide : le président de séance, quelques collaborateurs, le sténographe et l'œil fixe de la caméra de C-SPAN. Quand l'orateur a terminé, un jeune huissier en uniforme bleu vient prendre son allocution pour le procès-verbal. Un autre sénateur fait parfois son entrée dans la salle quand le premier en sort, il demande la parole, fait son intervention, et le rituel se répète.

Dans la plus grande assemblée délibérante au monde, personne n'écoute personne.

Le 4 janvier 2005 – le jour où, avec un tiers des sénateurs du cent neuvième Congrès, j'ai prêté serment – me laisse un souvenir à la fois magnifique et flou. Le soleil brillait, il faisait doux pour la saison. Venus de l'Illinois, de Hawaii, de Londres et du Kenya, ma famille et mes amis avaient envahi la galerie du Sénat pour applaudir à tout rompre tandis que mes collègues et moi, debout près de l'estrade en marbre, tendions la main droite. Dans la Vieille Salle du Sénat, j'ai rejoint ma femme, Michelle, et nos deux filles pour renouveler la cérémonie et nous faire prendre en photo avec le vice-président Cheney (se conformant à l'usage, Malia, alors âgée de six ans, a respectueusement serré la main du vice-président, tandis que Sasha, trois ans, a préféré lui taper dans les paumes avant de se retourner pour faire signe aux photographes). J'ai ensuite regardé mes filles gambader sur les marches de l'aile est du Capitole en faisant voler leurs robes rose et rouge, les colonnes blanches de la Cour suprême offrant une toile de fond majestueuse à leur jeu. Michelle et moi les avons prises par la main et, tous les quatre, nous avons marché jusqu'à la bibliothèque du Congrès pour rencontrer quelques centaines de personnes venues nous témoigner leur sympathie, et nous avons passé deux ou trois heures en serrements de mains, embrassades, photos et autographes.

Une journée de sourires et de remerciements, de convenances et de pompe : c'est l'impression qu'ont dû retirer la plupart des visiteurs. Mais si le Tout-Washington avait ce jour-là une conduite exemplaire, prenant le temps d'affirmer la permanence de notre démocratie, il demeurait dans l'air une certaine tension, la conscience que cette atmosphère ne durerait pas. Après le départ des parents et des amis, après la fin des réceptions, après que le linceul gris de l'hiver eut voilé le soleil, il n'est resté dans la ville que la certitude d'un fait apparemment inaltérable : le pays était divisé, et Washington aussi, plus divisé, sur le plan politique, qu'il ne l'avait été depuis la Seconde Guerre mondiale.

L'élection présidentielle et les divers sondages semblaient confirmer l'avis général. Sur un vaste éventail de sujets, les Américains étaient en désaccord : l'Irak, les impôts, l'avortement, les armes, les Dix Commandements, le mariage homosexuel, l'immigration, les échanges commerciaux, l'éducation, la protection de l'environnement, la taille de l'administration et le rôle des tribunaux. Non seulement nous divergions mais nous divergions avec véhémence, et les partisans de chaque camp ne lésinaient pas sur le vitriol dont ils aspergeaient leurs adversaires. Nous étions en désaccord sur l'étendue de nos désaccords, la nature de nos désaccords et les raisons de nos désaccords. Tout était contestable, de la cause du changement climatique ou de la réalité de ce changement jusqu'aux chiffres du déficit ou aux responsables de ce déficit.

Rien de tout cela ne me surprenait vraiment. De loin, j'avais assisté à l'escalade de la férocité des batailles politiques se déroulant à Washington : Iran-Contras et Ollie North, nominations de Robert Bork et Willie Horton, Clarence Thomas et Anita Hill, élection de Clinton et révolution de Gingrich, Whitewater et l'enquête de Starr, l'*impeachment* du gouvernement, et Bush contre Gore. Avec le reste du public, j'avais vu les méthodes de la campagne électorale se métastaser dans tout le corps politique cependant qu'une industrie de l'insulte – à la fois perpétuelle et curieusement lucrative – envahissait la télévision par câble, les débats à la radio et la liste des best-sellers du *New York Times*.

Pendant les huit années passées au Sénat de l'Illinois, j'avais eu un avant-goût de la façon dont le jeu se pratiquait à présent. À mon arrivée à Springfield, en 1997, la majorité républicaine du Sénat de l'Illinois avait adopté les règles que Gingrich utilisait pour exercer une domination absolue sur la Chambre des représentants des États-Unis. Privés de la possibilité de débattre du moindre amendement, encore plus de le faire voter, les démocrates braillaient, fulminaient puis regardaient, impuissants, les républicains approuver d'importantes exemptions d'impôts accordées aux grandes firmes et faire des coupes claires dans les services sociaux. Avec le temps, une colère implacable s'était emparée du groupe démocrate et mes collègues notaient avec soin tous les affronts et toutes les insultes du GOP, le Grand Old Party républicain. Six ans plus tard, les démocrates ont repris la majorité… et le sort réservé aux républicains n'a pas été meilleur. Quelques vétérans du Congrès se rappelaient avec nostalgie le temps où républicains et démocrates se retrouvaient pour dîner, parvenant à un compromis entre café et cigare. Mais, même chez les vieux routiers, ces souvenirs chers à leur cœur s'estompaient rapidement dès que les agents politiques de l'autre camp les prenaient pour cible, inondant leurs circonscriptions de courrier les accusant de corruption, d'incompétence et de turpitudes morales.

Je ne prétends pas avoir été un spectateur passif dans tout cela. Je savais que la politique était un sport violent et je ne m'offusquais pas de coups en douce occasionnels. Mais comme j'occupais une circonscription démocrate inexpugnable, les pires des invectives républicaines m'étaient épargnées. De temps en temps, je m'associais à l'un de mes collègues les plus conservateurs pour travailler sur une loi et, à une table de poker ou devant une bière, il nous arrivait de conclure que nous avions plus en commun que nous ne l'admettions en public. Ce qui explique peut-être pourquoi pendant toutes mes années à Springfield, la capitale de l'Illinois, j'étais demeuré convaincu que la politique peut être différente et que les électeurs veulent quelque chose d'autre, qu'ils sont fatigués des déformations, des injures, des petites phrases censées régler des problèmes compliqués. Je pensais que si je parvenais à toucher directement ces électeurs, à formuler les problèmes comme ils les ressentaient, à expliquer les choix possibles aussi sincèrement que je le pouvais, leur fair-play et leur bon sens feraient le reste. Si nous étions assez nombreux à œuvrer dans ce sens, pensais-je, non seulement la politique mais les politiques changeraient dans ce pays.

C'est dans cet état d'esprit que je m'étais présenté au Sénat des États-Unis, en 2004. Pendant toute la campagne, je me suis efforcé de dire ce que je pensais, de ne pas avoir recours aux coups bas et de me concentrer sur les grands sujets. Quand j'ai remporté la primaire démocrate puis l'élection elle-même, avec une marge confortable dans les deux cas, j'ai été tenté de croire que j'avais démontré la validité de mon point de vue.

Seul problème, ma campagne s'était si bien déroulée qu'elle avait toutes les apparences d'un coup de chance. Les observateurs politiques soulignaient que, sur sept candidats démocrates à la primaire, pas un seul n'avait eu recours à de la publicité négative à la télévision. Parmi eux, le candidat le plus riche – un ancien agent de change possédant dans les 300 millions de dollars – avait dépensé 28 millions en publicité positive pour s'effondrer finalement, dans les dernières semaines, à cause d'une sordide affaire de divorce révélée par la presse. Le candidat républicain désigné, homme séduisant, ancien associé de Goldman Sachs, la banque d'affaires, devenu professeur dans les quartiers pauvres, m'avait attaqué sur mon bilan dès le départ mais, avant que sa campagne ait pu décoller, il s'était lui aussi retrouvé au tapis, également à cause d'une histoire de divorce. Par ailleurs, je sillonnais l'Illinois sans dégainer, depuis près d'un mois, lorsque je fus choisi pour prononcer le discours-programme d'ouverture à la Convention nationale démocrate : dix-sept minutes de temps d'antenne ininterrompu sur les chaînes de télévision nationales. Pour finir, le Parti républicain de l'Illinois choisit inexplicablement de m'opposer comme adversaire Alan Keyes, un ancien candidat à la présidence qui n'avait jamais vécu dans l'Illinois et qui se montrait si intransigeant dans ses positions qu'il effrayait même les républicains conservateurs !

Ainsi, plus tard, quelques journalistes ont pu déclarer que j'étais l'homme politique le plus chanceux des cinquante États. En privé, certains de mes collaborateurs ont mal pris ces propos, qui faisaient peu de cas de nos efforts et du contenu de notre message. Je ne pouvais cependant pas nier que j'avais eu de la chance. J'étais une exception, un cas : pour les experts en politique, ma victoire ne prouvait rien.

Pas étonnant qu'à mon arrivée à Washington, en janvier, je me sois senti dans la peau du petit nouveau qui se pointe après le match, le maillot impeccable, impatient de jouer, au moment où ses coéquipiers couverts de boue soignent leurs blessures. Pendant que j'étais pris par les interviews et les séances de photos, la tête pleine d'idées généreuses sur la nécessité d'une attitude moins partisane, moins acrimonieuse, les démocrates s'étaient fait battre sur tous les fronts : Maison-Blanche, Sénat, Chambre des représentants. L'accueil de mes nouveaux collègues démocrates n'aurait pu être plus chaleureux : l'un de nos rares brillants résultats, disaient-ils de ma victoire. Dans les couloirs du Sénat, cependant, ils me prenaient à part et me racontaient ce qu'était devenue une campagne sénatoriale typique.

Ils me parlaient du président de leur groupe, Tom Daschle, du Dakota du Sud, tombé sous une avalanche de millions de dollars de publicité négative : des pages entières dans les journaux et des spots télévisés serinant jour après jour à ses voisins qu'il était pour l'assassinat des bébés et les hommes en robe de mariée, certains suggérant même qu'il avait maltraité sa première femme, alors qu'elle était venue dans le Dakota du Sud pour l'aider à se faire réélire. Ils évoquaient Max Cleland, sénateur sortant de Géorgie, ancien combattant ayant subi trois amputations, qui avait perdu son siège après avoir été accusé de manque de patriotisme, et de complicité avec Oussama ben Laden.

Et puis il y avait eu la petite affaire des « Swift Boat Veterans for Truth[1] », qui avait fait la preuve de l'efficacité consternante avec laquelle quelques publicités bien placées et le chœur des médias conservateurs pouvaient transformer un héros décoré de la guerre du Vietnam en lâche capitulard.

Nul doute que certains républicains ont dû être confrontés à de semblables manœuvres, et les éditoriaux publiés pendant cette première semaine de session avaient assurément raison : il était temps pour les deux partis de tourner la page des élections, de remiser leurs armes et, pendant un an ou deux au moins, de se consacrer entièrement à gouverner le pays. Cela aurait peut-être été possible si les résultats n'avaient pas été aussi serrés, si la guerre n'avait pas continué à faire rage en Irak, si les associations de militants, les experts et les médias de toutes sortes n'avaient pas eu tout intérêt à attiser le feu. Cela aurait peut-être été possible, bien sûr, avec une Maison-Blanche différente, moins obstinée à livrer une campagne perpétuelle, une Maison-Blanche qui aurait considéré ce score de 51-48 comme un appel à l'humilité et au compromis plutôt que comme un mandat certifié.

Mais, quelles qu'aient été les conditions requises pour une telle détente, elles n'existaient pas en 2005. Il n'y aurait ni concessions, ni gestes de bonne volonté. Deux jours après les élections, le président Bush déclara devant les caméras qu'il disposait d'un capital politique et qu'il avait l'intention de s'en servir. Le même jour, le militant conservateur Grover Norquist, nullement

1. Cette association diffusa pendant plusieurs jours un spot publicitaire mettant en doute le courage de John Kerry, le candidat démocrate à la présidentielle de 2004, pendant la guerre au Vietnam, l'accusant principalement d'avoir menti sur ses blessures de guerre et exagéré son héroïsme face à l'ennemi.

entravé par les convenances d'une fonction élective, fit observer, se référant à la situation des démocrates : « N'importe quel fermier vous dira que certaines bêtes sont agitées et désagréables mais qu'il suffit de leur faire comprendre qui commande pour qu'elles se calment. » Deux jours après ma prestation de serment, la parlementaire Stephanie Tubbs Jones, de Cleveland, prit la parole à la Chambre des représentants pour mettre en doute la validité des votes de l'Ohio en dressant une longue liste d'irrégularités commises dans cet État. Les républicains se sont renfrognés (« Mauvais perdants », ai-je entendu quelques-uns marmonner) mais le président de l'Assemblée, Hastert, et le chef de la majorité, DeLay, sont restés impassibles sur l'estrade, assurés d'avoir à la fois les votes et le marteau. Le sénateur de Californie Barbara Boxer a accepté de signer la contestation et, lorsque nous sommes retournés au Sénat, j'ai procédé à mon premier vote, avec soixante-treize des soixante-quatorze autres votants ce jour-là, afin d'installer George W. Bush à la présidence des États-Unis pour un deuxième mandat.

Après ce vote, j'ai reçu ma première grosse fournée de coups de téléphone et de lettres de critique. J'ai rappelé plusieurs de mes partisans démocrates mécontents pour leur assurer que, oui, je connaissais le problème de l'Ohio, que, oui, je pensais qu'une enquête s'imposait mais que, oui, j'estimais quand même que George Bush avait gagné les élections et que, non, je ne pensais pas m'être renié deux jours seulement après mon entrée au Sénat. La même semaine, j'ai croisé par hasard le sénateur sortant Zell Miller, démocrate de Géorgie à la silhouette mince et à l'œil vif, membre de la direction de la NRA, la puissante association en faveur de la vente libre des armes. Il s'était fâché avec le Parti démocrate, avait soutenu George Bush et prononcé un discours-programme introductif virulent à la Convention nationale républicaine, une attaque tous azimuts contre la perfidie de John Kerry et sa prétendue faiblesse sur la sécurité nationale. Nous avons eu une brève conversation, empreinte d'une ironie tacite : le vieil homme du Sud faisant sa sortie, le jeune Noir du Nord faisant son entrée, le contraste que la presse avait relevé dans nos discours respectifs aux conventions. Fort courtois, le sénateur Miller m'a souhaité bonne chance dans mes nouvelles fonctions. Plus tard, je suis tombé sur un passage de son livre, *A Deficit of Decency*, dans lequel il écrivait que mon discours à la Convention était l'un des meilleurs qu'il eût jamais entendus, avant de faire observer – avec un sourire narquois, j'imagine – que ce n'était peut-être pas le discours le plus efficace pour gagner les élections.

En d'autres termes : mon candidat avait perdu, celui de Zell Miller avait gagné. Telle était la dure réalité politique, tout le reste n'était que littérature.

Ma femme vous dira que je ne suis pas par tempérament quelqu'un qui s'énerve facilement. Quand je vois Ann Coulter ou Sean Hannity aboyer à la télévision, j'ai du mal à les prendre au sérieux. Je suppose qu'ils tiennent ces propos avant tout pour promouvoir la vente des livres ou faire grimper l'audience, même si je me demande qui est prêt à perdre de précieuses soirées avec de tels grincheux. Lorsque, dans une réception, des démocrates se précipitent sur moi pour affirmer que nous vivons la pire des périodes politiques, que le fascisme resserre son étreinte autour de nos gorges, je rappelle que l'internement des Nippo-Américains sous F. D. Roosevelt, les lois sur les étrangers et la sédition sous John Adams, ou un siècle de lynchage sous une douzaine de gouvernements, ont peut-être été pires, et je suggère que nous prenions tous une longue inspiration. Quand, dans un dîner, des gens me demandent comment je peux travailler dans le climat politique actuel, avec ces campagnes de publicité négative, ces attaques personnelles, j'évoque Nelson Mandela, Alexandre Soljenitsyne, ou quelque malheureux détenu dans une prison chinoise ou égyptienne. À vrai dire, se faire injurier, ce n'est pas si grave.

Je ne suis cependant pas immunisé contre le désarroi et, comme la plupart des Américains aujourd'hui, j'ai du mal à me départir du sentiment que notre démocratie va de travers.

Ce n'est pas seulement qu'il existe un fossé entre les idéaux que nous professons en tant que nation et la réalité dont nous sommes tous les jours témoins. Sous une forme ou sous une autre, ce fossé existe depuis la naissance des États-Unis. Les Américains ont fait des guerres, adopté des lois, procédé à des réformes, créé des syndicats et organisé des manifestations pour rapprocher promesses et réalité.

Non, le problème, c'est le fossé entre l'ampleur des défis à relever et l'étroitesse de notre politique, la facilité avec laquelle nous nous laissons détourner par le mesquin et le trivial, nos dérobades constantes devant les décisions difficiles, notre incapacité apparente à créer un consensus viable pour nous attaquer à un problème important.

Nous savons que la concurrence mondiale – sans parler de l'attachement sincère à l'égalité des chances et à l'ascenseur social – exige que nous repensions de fond en comble notre système d'éducation, que nous regarnissions les rangs du corps enseignant, que nous nous concentrions sur les maths et les matières scientifiques et que nous sauvions de l'illettrisme les jeunes défavorisés. Pourtant, notre débat sur l'éducation semble coincé entre ceux qui veulent liquider l'école publique et ceux qui veulent préserver un statu quo indéfendable, entre ceux qui disent que l'argent ne change rien en matière d'éducation et ceux qui réclament plus d'argent sans démontrer qu'il en sera fait bon usage.

Nous savons que notre système de santé est en panne : terriblement coûteux, tout à fait inefficace et très mal adapté à une économie qui ne repose plus sur l'emploi à vie. C'est un système qui expose nombre d'Américains qui travaillent dur à une insécurité chronique et, éventuellement, à la misère. Mais, année après année, l'idéologie et les astuces stratégiques n'ont débouché que sur l'inaction, excepté en 2003, lorsqu'une loi concernant les médicaments sur ordonnance a cumulé les pires aspects des secteurs public et privé, surfacturation et confusion bureaucratique, brèches dans la couverture médicale et ardoise astronomique pour le contribuable.

Nous savons que le combat contre le terrorisme international doit allier la lutte armée et l'affrontement des idées, que notre sécurité à long terme dépend à la fois d'une utilisation judicieuse des forces militaires et d'une coopération accrue avec d'autres pays, et que prendre à bras-le-corps les problèmes de la pauvreté et des États défaillants est vital pour nos intérêts – et qu'il ne s'agit pas d'une simple question de charité. Mais à suivre attentivement la plupart de nos débats de politique étrangère, on pourrait croire que nous n'avons qu'une alternative : belligérance ou isolationnisme.

Pour nous, la foi est source de réconfort et de compréhension, mais force est de constater que notre façon de l'exprimer sème la division. Nous nous croyons tolérants alors même que les tensions raciales, religieuses et culturelles bouleversent le paysage. Et, au lieu de résoudre ces tensions ou de négocier ces conflits, notre politique les attise, les exploite et nous divise encore davantage.

En privé, ceux d'entre nous qui gouvernent reconnaissent ce fossé entre la politique que nous menons et celle dont nous avons besoin. Les démocrates ne sont certes pas satisfaits de la situation actuelle puisque, pour le moment du moins, nous sommes dans le camp des perdants, dominés par des républicains qui, grâce au système selon lequel le gagnant ramasse tout, contrôlent toutes les branches du pouvoir et n'éprouvent pas le besoin de faire des compromis. Les républicains avisés devraient toutefois être moins optimistes, car, si les démocrates n'ont pas su gagner, il semble que les républicains, après avoir remporté les élections avec des engagements défiant souvent toute réalité (réductions d'impôt sans réductions des services publics, privatisation de la sécurité sociale sans modification des avantages, guerre sans sacrifices), soient incapables de gouverner.

Il est pourtant difficile de trouver, dans un camp comme dans l'autre, beaucoup de gens qui s'interrogent publiquement ou qui admettent la moindre responsabilité dans cette impasse. Nous assistons plutôt, non seulement dans les campagnes électorales mais dans les pages idées des journaux, dans les livres disposés sur les présentoirs ou dans l'univers des blogs en expansion constante, à une esquive des critiques et à un rejet du blâme sur autrui. Selon les points de vue, notre situation est la conséquence naturelle de l'ultra-conservatisme ou du progressisme libéralisme pervers, la faute à Tom DeLay ou à Nancy Pelosi, aux magnats du pétrole ou aux avocats cupides, aux bigots ou aux militants gays, à Fox News ou au *New York Times*. L'habileté dans la façon de raconter ces histoires, la subtilité des arguments et la qualité des preuves varient selon les auteurs et je ne cacherai pas ma préférence pour les histoires des démocrates, ni ma conviction que les arguments des progressistes libéraux reposent plus souvent sur la raison et les faits. Sous forme condensée, toutefois, les explications de la gauche comme de la droite sont devenues des reflets l'une de l'autre. Ce sont des histoires de conspiration, d'une Amérique tombée sous la coupe d'une cabale maléfique. Comme dans toute bonne théorie du complot, les fables des uns et des autres recèlent assez de vérité pour satisfaire ceux qui sont disposés à y croire, sans reconnaître pour autant certaines contradictions pouvant ébranler ces hypothèses. L'objectif n'est pas de persuader l'autre camp mais de maintenir l'agitation de la base et de la convaincre du bien-fondé de sa cause, ainsi que d'attirer suffisamment de nouveaux adhérents pour battre l'autre camp et le dominer.

Naturellement, il y a une autre histoire, celle que peuvent raconter les millions d'Américains qui s'activent tous les jours. Ils ont un travail ou ils en cherchent un, ils créent des entreprises, ils aident leurs enfants à faire leurs devoirs et se débattent avec les pleins d'essence trop chers, l'assurance maladie insuffisante ou une retraite que, sur décision d'un tribunal de commerce, quelque part, on se croit légitimé à ne plus leur verser. Leur avenir leur inspire tour à tour espoir et crainte. Leur vie regorge de contradictions et d'ambiguïtés. Et parce que la politique parle très peu de ce qu'ils subissent, parce qu'ils se rendent compte qu'elle n'est plus aujourd'hui qu'un business et non plus une mission, et que ce qu'on leur présente comme un débat n'est guère plus que du spectacle, ils se replient sur eux-mêmes, loin du vacarme rageur et de la fureur de ces bavardages incessants.

Un gouvernement qui représenterait vraiment ces Américains, qui serait vraiment à leur service, nécessiterait une autre sorte de politique, et cette politique devrait refléter nos vies telles que nous les vivons. Elle ne serait pas pré-emballée, il ne suffirait pas de la prendre sur l'étagère. Elle serait construite à partir de nos meilleures traditions et rendrait compte des aspects les plus sombres de notre passé. Elle impliquerait de comprendre comment nous en sommes arrivés là, sur cette terre de factions en guerre et de haines tribales, de nous rappeler que, malgré nos divergences, nous avons beaucoup en commun : espoirs et rêves – un lien qui ne se brisera pas.

L'une des premières choses que j'ai remarquées à mon arrivée à Washington, c'est la cordialité relative régnant entre les plus anciens membres du Sénat : la courtoisie à toute épreuve gouvernant les relations entre John Warner et Robert Byrd, ou l'amitié sincère entre le républicain Ted Stevens et le démocrate Daniel Inouye. On dit souvent que ces hommes sont les derniers spécimens d'une espèce en voie d'extinction, des hommes qui non seulement aiment le Sénat mais qui incarnent aussi une politique moins partisane. C'est l'un des rares points sur lesquels les commentateurs conservateurs et progressistes libéraux s'accordent, cette idée d'un temps avant la chute, d'un âge d'or de Washington où, quel qu'ait été le parti au pouvoir, la civilité régnait et le gouvernement travaillait.

Un soir, à une réception, j'ai entamé une conversation avec un vieux briscard de Washington qui avait servi le pays au Capitole et dans son voisinage pendant près de cinquante ans. Je lui ai demandé ce qui selon lui expliquait la différence d'atmosphère entre alors et maintenant.

« C'est une question de génération, m'a-t-il répondu sans hésiter. À l'époque, presque tous ceux qui détenaient une parcelle de pouvoir à Washington avaient fait la Seconde Guerre mondiale. Nous nous battions parfois comme chiens et chats sur tel ou tel problème. Beaucoup d'entre nous venaient de milieux différents, de quartiers différents, d'horizons politiques différents, mais la guerre nous donnait quelque chose en commun. Cette expérience partagée engendrait une certaine confiance, un certain respect. Elle contribuait à atténuer nos différences, et à nous permettre de faire des choses. »

En écoutant ce vieil homme évoquer ses souvenirs de Dwight Eisenhower et de Sam Rayburn, de Dean Acheson et d'Everett Dirksen, il était difficile de ne pas se laisser séduire par le portrait flou qu'il brossait : un temps d'avant les informations en continu et les collectes de fonds incessantes, où des hommes sérieux faisaient un travail sérieux. J'ai dû me rappeler que son attachement pour cette époque révolue impliquait une mémoire sélective : il avait effacé du tableau le groupe sudiste dénonçant au Sénat le projet de loi sur les droits civiques, le pouvoir insidieux du maccarthysme, la pauvreté paralysante que Bobby Kennedy contribuerait à mettre en lumière avant sa mort, l'absence de femmes et de représentants des minorités dans les avenues du pouvoir.

Je me suis également rendu compte qu'un ensemble de circonstances uniques avait assuré la stabilité du consensus de gouvernement dont cet homme avait fait partie : pas simplement l'expérience partagée de la guerre mais aussi la quasi-unanimité forgée par la guerre froide et la menace soviétique, et, plus important encore peut-être, la domination incontestée de l'économie américaine dans les années 1950 et 1960, quand l'Europe et le Japon en étaient encore à se relever de leurs ruines.

On ne peut néanmoins pas nier que la politique américaine des années d'après guerre ait été beaucoup moins idéologique – et que l'appartenance à un parti ait eu un sens beaucoup plus flou – qu'aujourd'hui. La coalition démocrate qui a dominé le Congrès pendant la majeure partie de cette période était un amalgame de progressistes libéraux comme Hubert Humphrey, de démocrates conservateurs du Sud comme James Eastland, et de loyalistes que les appareils des grandes villes faisaient sortir du rang. Ce qui cimentait cette coalition, c'était le populisme du New Deal : un système qui s'appuyait sur une vision faite de profits et de salaires justes, de clientélisme et de grands travaux, ainsi que sur un niveau de vie en hausse constante. Au-delà de ces aspects, le parti cultivait un certain « vivre et laisser vivre », une philosophie ancrée dans une acceptation tacite voire une défense active de l'oppression raciale dans le Sud, une philosophie reposant sur un mode de vie dans lequel les normes sociales – la nature de la sexualité, disons, ou le rôle des femmes – n'étaient que rarement mises en cause, sur une culture qui ne disposait pas encore du vocabulaire requis pour susciter un certain malaise, encore moins un débat politique, face à ces questions.

Pendant toutes les années 1950 et le début des années 1960, le GOP a lui aussi toléré toutes sortes de failles idéologiques : entre la doctrine « libertaire » de Barry Goldwater à l'ouest et le paternalisme de Nelson Rockefeller à l'est ; entre ceux qui prônaient le républicanisme d'Abraham Lincoln et de Teddy Roosevelt, avec ce qu'il comportait de défense du fédéralisme, et ceux qui privilégiaient le conservatisme d'Edmund Burke, qui préférait la tradition à l'expérimentation sociale. La conciliation de ces différences, régionales ou non, sur les droits civiques, les réglementations fédérales, ou même les impôts, n'était pas propre et nette. Mais, comme chez les démocrates, c'étaient essentiellement les questions économiques qui unissaient le GOP, une philosophie de l'économie de marché et de la modération fiscale à même de plaire à toutes les parties de son électorat, du commerçant dans la grand-rue au P-DG membre du country-club local. (Les républicains étaient peut-être aussi animés d'un anticommunisme plus fervent dans les années 1950, mais, comme John F. Kennedy a contribué à le prouver, les démocrates étaient

40

tout disposés à renchérir sur le GOP dans ce domaine chaque fois qu'une élection pointait le bout de son nez.)

Ce sont les années 1960 qui ont bouleversé ces alignements politiques, et cela pour des raisons dont on a fort bien rendu compte. Il y eut d'abord le mouvement pour les droits civiques qui, dès les heureux temps de ses débuts, mit fondamentalement en cause les structures sociales existantes et força les Américains à définir leur camp. Finalement, Lyndon Johnson choisit le bon côté dans cette bataille, mais, en fils du Sud qu'il était, il comprenait mieux que quiconque le prix qu'impliquait cette décision : en signant la loi sur les droits civiques de 1964, il déclara à son assistant Bill Moyers que, d'un trait de plume, il venait de livrer le Sud au Parti républicain pour un bon nombre d'années.

Puis vinrent les manifestations estudiantines contre la guerre du Vietnam, et l'idée se fit jour que l'Amérique n'avait pas toujours raison, que nos actes n'étaient pas toujours justifiés, avec comme corollaire l'affirmation qu'une nouvelle génération ne paierait pas n'importe quel prix et ne porterait pas n'importe quel fardeau imposés par ses aînés.

Par ces brèches dans le mur du statu quo, toutes sortes d'« intrus » se sont ensuite engouffrés : féministes, Latinos, hippies, Black Panthers, mères subsistant grâce aux allocations sociales, homosexuels, tous affirmant leurs droits, tous demandant à être reconnus, tous exigeant une place à table et une part du gâteau.

Il faudra quelques années pour que la logique de ces mouvements devienne obsolète. La stratégie sudiste de Nixon, son rejet du ramassage scolaire antiségrégationniste ordonné par les tribunaux et ses appels à la majorité silencieuse ont immédiatement payé des dividendes électoraux. Mais sa conception du gouvernement ne s'est jamais figée en une idéologie ferme : c'est lui, après tout, qui a lancé les premiers programmes fédéraux de discrimination positive et qui a créé l'Agence pour la protection de l'environnement ainsi que la Direction de la sécurité et de l'hygiène au travail. Jimmy Carter prouvera ensuite qu'il est possible d'allier le soutien des droits civiques à un message démocrate plus traditionnellement conservateur, et, malgré des défections dans leurs rangs, la plupart des parlementaires démocrates du Sud qui choisirent de rester dans le parti gardèrent leur siège grâce à l'avantage du sortant, aidant ainsi le Parti bleu à conserver au moins le contrôle de la Chambre des représentants.

Les plaques tectoniques du pays avaient cependant bougé. La politique n'était plus seulement une affaire de porte-monnaie mais aussi une question morale, sujette à des impératifs moraux. En outre, la politique était assurément personnelle, elle s'insinuait dans toutes les relations – entre Blancs et Noirs, hommes et femmes – et s'impliquait dans toute affirmation ou tout rejet de l'autorité.

Il en résultait que, dans l'imagination populaire, conservatisme et progressisme libéral se définissaient moins par la classe sociale que par l'attitude, la position prise à l'égard de la culture traditionnelle et de la contre-culture. Ce qui comptait, ce n'était pas seulement ce que vous pensiez du droit de grève ou de l'imposition fiscale des entreprises, mais aussi votre avis sur le sexe, la drogue et le rock and roll ou la messe en latin. Pour les électeurs blancs du Nord votant selon leur appartenance ethnique, et pour les Blancs du Sud en général, ce nouveau libéralisme n'avait aucun sens. La violence dans les rues et les excuses que lui trouvaient les milieux intellectuels (les Noirs qui envahissaient le quartier et les enfants blancs scolarisés à l'autre bout de la ville), les drapeaux brûlés, les crachats sur les anciens combattants : autant d'insultes, de dépréciations voire d'attaques en règle contre les valeurs – la famille, la religion, le drapeau, le quartier et, pour certains au moins, les privilèges des Blancs – qui leur tenaient le plus à cœur. Et quand au milieu de ce chambardement, de ces assassinats et de ces villes en flammes, de l'amère défaite au Vietnam, l'expansion économique abandonna le terrain aux queues devant les pompes à essence, à l'inflation et aux fermetures d'usine, quand tout ce que Jimmy Carter trouva de mieux à proposer fut de baisser le thermostat, quand une bande d'extrémistes iraniens ajoutèrent l'insulte aux blessures causées par l'OPEP, tout un pan de la coalition du New Deal commença à se chercher un autre foyer politique.

J'ai toujours eu des rapports curieux avec les années 1960. En un sens, je suis un pur produit de cette époque : rejeton d'un couple mixte, j'aurais eu une vie impossible, avec un avenir totalement bouché, sans les bouleversements sociaux qui affectaient alors le pays. Mais j'étais trop jeune pour saisir pleinement la nature de ces changements, trop éloigné – je vivais à Hawaii et en Indonésie – pour percevoir leurs retombées sur la mentalité américaine. Une grande partie de ce que j'ai intégré des années 1960 est passée par ma mère qui, à la fin de sa vie de femme, se qualifiait fièrement de « progressiste libérale rétrograde ». Le mouvement pour les droits civiques, en particulier, lui inspirait un grand respect, et chaque fois que l'occasion se présentait, elle m'inculquait les valeurs qu'elle y percevait : tolérance, égalité, défense des défavorisés.

À de nombreux égards, toutefois, sa compréhension des années 1960 était limitée à la fois par l'éloignement (elle avait quitté l'Amérique métropolitaine en 1960) et par un romantisme incorrigible. Sur le plan intellectuel, elle s'efforçait de comprendre le Black Power ou le SDS, mouvement estudiantin extrémiste, ou encore ses amies qui avaient cessé de s'épiler les jambes, mais elle n'avait en elle ni colère ni esprit d'opposition. Sur le plan affectif, son progressisme libéral resterait toujours nettement d'avant 1967 et son cœur une capsule témoin renfermant des images du programme spatial, du Peace Corps, cette organisation de coopération avec les pays en voie de développement, des Marches pour la Liberté, de Mahalia Jackson et de Joan Baez.

Ce n'est que plus avancé en âge, dans les années 1970, que j'ai commencé à saisir dans quelle mesure, pour ceux qui avaient eu une expérience plus directe de certains des événements fondateurs des années 1960, la situation a pu sembler devenir incontrôlable. Je l'ai compris en partie à cause des ronchonnements de mes grands-parents maternels, vieux démocrates qui avoueraient avoir voté pour Nixon en 1968, acte de trahison que ma mère ne leur laisserait jamais oublier. Ce que je comprenais des années 1960 provenait essentiellement de mes propres investigations puisque ma rébellion adolescente cherchait une justification dans les changements politiques et culturels qui avaient déjà commencé à se recroqueviller sur eux-mêmes. Entre quinze et vingt ans, j'étais fasciné par l'aspect dionysiaque de l'époque, où tout était à prendre. À travers les livres, le cinéma et la musique, je baignais dans une vision des années 1960 très différente de celle dont ma mère me parlait : images de Huey Newton, l'un des fondateurs des Black Panthers, de la Convention nationale démocrate de 1968, de l'évacuation de Saigon par hélicoptères, des Stones au festival d'Altamont. Bien que n'ayant pas de raisons immédiates de poursuivre la révolution, j'estimais que, par le style et le comportement, je pouvais être moi aussi un rebelle, libéré de toute la sagesse transmise par les plus de trente ans.

En définitive, mon rejet de l'autorité s'est transformé en complaisance envers moi-même et en autodestruction. En entrant à l'université, j'ai commencé à entrevoir que tout défi aux conventions renfermait la possibilité de ses propres excès et de sa propre orthodoxie. J'ai entrepris de réexaminer mes hypothèses, je me suis rappelé les valeurs que ma mère et mes grands-parents m'avaient apprises. Dans ce processus lent et intermittent de tri de mes convictions, je me suis mis à noter le moment où, dans nos discussions de chambre en résidence universitaire, mes camarades étudiants et moi cessions de penser et glissions dans les clichés, le moment où la dénonciation du capitalisme ou de l'impérialisme américain venait trop facilement, où l'on proclamait la libération des contraintes de la monogamie ou de la religion sans pleinement comprendre la valeur de ces contraintes, et où le rôle de victime servait un peu trop à se débarrasser de toute responsabilité et à affirmer des droits ou revendiquer une supériorité morale sur ceux qui étaient moins victimes...

Tout cela explique peut-être pourquoi, aussi perturbé que je l'aie été par l'élection de Ronald Reagan en 1980, aussi peu convaincu que je l'aie été par ses poses à la John Wayne, par sa politique de l'anecdote et ses attaques gratuites contre les pauvres, je comprenais l'attrait qu'il exerçait. C'était l'attrait qu'avaient toujours eu pour moi, enfant, les bases militaires de Hawaii, avec leurs rues propres et nettes, leurs rouages bien huilés, leurs uniformes pimpants et leurs saluts plus pimpants encore. C'était lié au plaisir que j'éprouve encore à regarder un match de base-ball bien joué ou que ma femme prend aux rediffusions du *Dick Van Dyke Show*. Reagan s'adressait au besoin d'ordre de l'Amérique, à notre envie de croire que nous ne sommes pas simplement le jouet de forces aveugles, impersonnelles, mais que nous pouvons nous forger un destin, individuel et collectif, à condition de redécouvrir les vertus traditionnelles du travail, du patriotisme, de la responsabilité personnelle, de l'optimisme et de la foi.

Que le message de Reagan ait trouvé un auditoire aussi réceptif en dit long non seulement sur son don pour la communication mais aussi sur l'incapacité d'un gouvernement démocrate à donner aux électeurs des classes moyennes, pendant une période de stagnation économique, le sentiment qu'il se bat pour eux. Car en réalité le gouvernement, à tous les échelons, montrait trop de désinvolture quand il dépensait l'argent des contribuables. Trop souvent, les bureaucrates n'avaient pas conscience de ce que coûtaient leurs programmes. Une grande partie des discours de gauche semblait mettre davantage l'accent sur les droits que sur les devoirs et les responsabilités. Reagan a peut-être exagéré les péchés de l'État-providence et les progressistes ont certes eu raison de reprocher à sa politique intérieure de pencher lourdement vers les couches supérieures, les raiders de la Bourse réalisant de jolis profits pendant toutes les années 1980 tandis que les syndicats étaient laminés et que le revenu du travailleur moyen stagnait.

Néanmoins, en promettant de soutenir ceux qui travaillaient dur, respectaient la loi, se souciaient de leur famille et aimaient leur pays, Reagan offrait aux Américains le sentiment d'un objectif commun que la gauche ne semblait plus capable de susciter. Plus ses adversaires le critiquaient, plus ils endossaient le rôle qu'il avait écrit pour eux : celui d'une petite élite politiquement correcte, coupée de la réalité, adepte d'une fiscalité lourde et d'un État dépensier, et portée à accuser d'abord l'Amérique.

Ce que je trouve remarquable, ce n'est pas que la formule politique mise au point par Reagan ait fonctionné à l'époque mais plutôt que le scénario qu'il a contribué à promouvoir ait autant duré. Bien que quarante ans aient passé, le tumulte des années 1960 et le retour de bâton qui suivit continuent à dominer notre discours politique. Ils soulignent la force avec laquelle les conflits de cette époque ont dû être ressentis par les hommes et les femmes qui avaient alors vingt ans et le fait que les discussions de cette période ont été vues non comme de simples débats politiques mais comme des choix individuels définissant une personnalité et une position morale.

Ils mettent aussi en lumière, je suppose, le fait que les problèmes explosifs des années 1960 n'ont jamais été tout à fait résolus. La rage de la contre-culture s'est peut-être dissoute dans le consumérisme, le choix d'un style de vie et les goûts musicaux plutôt que dans les engagements politiques, mais les problèmes de la race, de la guerre, de la pauvreté et des rapports entre les sexes n'ont pas disparu.

C'est peut-être simplement à mettre en relation avec la taille de la génération du Baby Boom, force démographique qui exerce son influence sur la politique comme sur tout le reste, du marché pour le Viagra au nombre des supports pour gobelet que les fabricants d'automobiles mettent dans leurs créations.

Quelle que soit l'explication, après Reagan la démarcation entre républicains et démocrates, progressistes et conservateurs, s'est tracée en termes idéologiques plus nets. C'était vrai, naturellement, pour les questions brûlantes de la discrimination positive, de la criminalité, de l'aide sociale, de l'avortement et de la prière à l'école, qui sont toutes des prolongations de batailles antérieures. Mais c'était vrai aussi désormais pour tous les autres problèmes, petits ou grands, nationaux ou internationaux, réduits à une alternative, soit ceci soit cela, pour ou contre, à un choix entre deux formules toutes prêtes. La politique économique ne consistait plus à élaborer un compromis entre objectifs de productivité et redistribution équitable, entre faire grossir le gâteau et couper les parts. On était soit pour les réductions soit pour les hausses d'impôts, pour une intervention forte ou faible du gouvernement. La politique de l'environnement ne consistait plus à trouver l'équilibre entre une gestion saine des ressources naturelles et les exigences d'une économie moderne : on soutenait soit un développement sans frein, la multiplication des forages, des extractions à ciel ouvert, etc., soit une administration et une réglementation paralysantes qui étouffaient la croissance. En matière de politiques, voire de politique, la simplicité était une vertu.

Je soupçonne parfois les dirigeants républicains qui ont immédiatement succédé à Reagan de ne pas avoir été tout à fait à l'aise avec les directions qu'il avait prises. Dans la bouche d'hommes comme George H. W. Bush, la rhétorique du clivage droite-gauche et la politique du ressentiment ont toujours paru forcées ; c'était un moyen d'arracher des électeurs à la base démocrate et non pas nécessairement une recette pour gouverner.

Mais pour une génération plus jeune de conservateurs qui accéderaient bientôt au pouvoir, Newt Gingrich, Karl Rove, Grover Norquist et Ralph Reed, les discours enflammés étaient plus qu'une stratégie de campagne électorale. Ils croyaient vraiment à ce qu'ils disaient, que ce soit « Pas de nouveaux impôts » ou « Nous sommes une nation chrétienne ». Avec leurs doctrines rigides, leurs méthodes de sabreurs et leur sentiment exacerbé d'avoir été lésés, ces nouveaux conservateurs rappelaient étrangement certains dirigeants de la Nouvelle Gauche des années 1960. Comme leurs homologues de gauche, cette nouvelle avant-garde de la droite voyait dans la politique un affrontement non entre des visions divergentes mais entre le bien et le mal. Des militants des deux partis se mirent à élaborer des tests décisifs, des listes de vérification d'orthodoxie qui plaçaient en quarantaine un démocrate mettant en cause l'avortement, un républicain défendant la réglementation des ventes d'armes. Dans cette lutte manichéenne, tout compromis apparaissait comme une faiblesse qu'il fallait punir ou expurger. Vous étiez pour ou contre, vous deviez choisir votre camp.

Il faut reconnaître à Bill Clinton le mérite singulier d'avoir tenté de transcender cette impasse idéologique en comprenant non seulement que ce qu'on avait pris le pli de signifier avec les étiquettes « conservateur » et « progressiste » jouait en faveur des républicains mais aussi que ces catégories n'étaient pas adaptées pour affronter les problèmes auxquels nous avions à faire face. Parfois, pendant sa première campagne électorale, ses appels du pied en direction des démocrates reaganiens mécontents ont pu sembler maladroits et transparents (qu'est devenue Sister Souljah, cette rappeuse noire dont il condamnait l'extrémisme ?) ou d'une froideur effrayante (permettant l'exécution, à la veille d'une primaire importante, d'un arriéré mental enfermé dans le couloir de la mort). Pendant les deux premières années de sa présidence, Clinton a été contraint de renoncer à plusieurs éléments capitaux de son programme (la couverture maladie universelle, des investissements massifs dans l'éducation et la formation) qui auraient pu contribuer de manière décisive à renverser les tendances à long terme qui minaient la situation des familles de travailleurs dans la nouvelle économie.

Clinton saisissait cependant d'instinct le manque de sincérité des choix présentés au peuple américain. Il pensait que crédits et réglementation pouvaient, s'ils étaient bien conçus, devenir des facteurs essentiels et non des inhibiteurs de la croissance économique, que le marché et la discipline fiscale pouvaient contribuer à la justice sociale. Il avait conscience que, pour combattre la pauvreté, la responsabilité sociétale mais aussi personnelle était nécessaire. Dans son programme – mais pas toujours, peut-être, dans sa politique au jour le jour –, la Troisième Voie allait au-delà de couper la poire en deux. Elle s'enracinait dans l'attitude pragmatique, non idéologique, de la majorité des Américains.

À la fin de son mandat, la politique de Clinton – manifestement progressiste quoique modeste dans ses objectifs – jouissait d'un large soutien dans l'opinion. Sur le plan politique, il avait purgé le Parti démocrate de quelques-uns des excès qui le handicapaient pendant les élections. Qu'il ait échoué, malgré une économie florissante, à transformer une politique populaire en coalition de gouvernement sous une forme ou une autre est révélateur des difficultés démographiques que les démocrates éprouvaient (en particulier, l'accroissement de la population dans un Sud de plus en plus solidement républicain) et des avantages structuraux dont le GOP bénéficiait au Sénat, où les votes de deux sénateurs républicains du Wyoming (493 782 habitants) comptaient autant que les votes de deux sénateurs démocrates de Californie (33 871 648 habitants).

Cet échec témoignait aussi toutefois de l'habileté avec laquelle Gingrich, Rove, Norquist et consorts étaient parvenus à consolider et institutionnaliser le mouvement conservateur. Ils ont puisé dans les ressources illimitées de leurs soutiens du monde de l'entreprise et de leurs donateurs millionnaires pour créer un réseau de laboratoires d'idées et de médias. Ils ont utilisé une technologie ultramoderne pour mobiliser leur base et concentrer le pouvoir à la Chambre des représentants afin de renforcer la discipline de parti.

En outre, ils ont compris la menace que Clinton faisait peser sur leur vision d'une majorité conservatrice à long terme, ce qui explique en partie la virulence de leurs attaques contre lui. Cela explique aussi pourquoi ils ont passé tellement de temps à se préoccuper de la moralité de Clinton, car, si sa politique n'était pas très radicale, sa biographie (l'usage de marijuana, l'intellectualisme de l'étudiant d'une grande université, la femme avocate qui se tenait loin des fourneaux et, surtout, les histoires de sexe) a fourni du grain à moudre aux conservateurs. En rabâchant, en laissant les faits dans le vague et en s'appuyant sur des preuves, en définitive irréfutables, des écarts de conduite personnels du Président, il était possible de faire de Clinton l'incarnation des traits mêmes du libéralisme des années 1960 qui avaient contribué à lancer le mouvement conservateur à l'origine. Clinton a peut-être réussi à obtenir un match nul, mais le mouvement en est sorti renforcé et, pendant le premier mandat de George W. Bush, ce mouvement s'est emparé du gouvernement des États-Unis.

C'est une façon trop carrée de raconter l'histoire, je le sais. Elle passe sous silence les fils critiques du récit : comment le déclin industriel et le licenciement par Reagan des contrôleurs aériens ont blessé gravement le mouvement syndical des États-Unis ; comment la création de circonscriptions « majorité-minorité[1] » dans le Sud a en même temps augmenté le nombre de Noirs à la Chambre et réduit les sièges démocrates dans la région ; comment des parlementaires démocrates, bien installés et contents d'eux, ne comprenant pas le combat dans lequel ils se trouvaient engagés, n'ont pas suffisamment coopéré avec Clinton. Elle ne souligne pas non plus à quel point le charcutage électoral accru a polarisé le Congrès, ni l'efficacité avec

1. Ainsi qualifie-t-on, aux États-Unis, les circonscriptions (ou les États) où la majorité de la population diffère de la population majoritaire dans le reste du pays.

laquelle l'argent et la publicité négative à la télévision ont empoisonné l'atmosphère.

Pourtant, lorsque je me rappelle ce que m'a dit ce soir-là le vieux briscard de Washington, lorsque je songe au travail d'un George Kennan ou d'un George Marshall, quand je relis les discours d'un Bobby Kennedy ou d'un Everett Dirksen, je ne peux m'empêcher de penser que la politique d'aujourd'hui souffre d'un arrêt de développement. Pour ces hommes, les problèmes de l'Amérique n'étaient jamais abstraits et par là même jamais simples. La guerre est horrible mais il est parfois juste de la faire. L'économie peut s'effondrer malgré les plans les mieux conçus. Des gens qui ont travaillé dur toute leur vie peuvent quand même tout perdre.

Pour la génération suivante de dirigeants, qui a grandi dans un confort relatif, des expériences différentes ont engendré des attitudes différentes envers la politique. Devant la partie de ping-pong entre Clinton et Gingrich, les élections de 2000 et 2004, j'ai parfois eu l'impression d'assister au psychodrame de la génération du Baby Boom, une pièce farcie de vieilles rancunes et de complots vengeurs ourdis dans quelques universités des années plus tôt et jouée sur la scène nationale. Les victoires remportées par la génération des années 1960 – l'accession des minorités et des femmes à une citoyenneté à part entière, le renforcement des libertés individuelles et une saine volonté de contester l'autorité – ont fait de l'Amérique un pays meilleur pour tous ses habitants. Mais ce que nous avons perdu dans le même temps et qu'il nous reste à remplacer, ce sont ces visions communes – cette confiance et cette compassion – qui nous rassemblent.

Où en sommes-nous ? En théorie, il est possible que le Parti républicain engendre son propre Clinton, un homme de centre droit capable de bâtir sur le conserva-

tisme fiscal de Clinton tout en agissant plus énergique-
ment pour donner un coup de frais à une administration
fédérale grinçante et apporter à la politique sociale des
solutions reposant sur le marché ou sur la confiance. De
fait, un tel dirigeant peut encore émerger. Tous les élus
républicains ne souscrivent pas aux principes des
conservateurs actuels. À la Chambre et au Sénat, dans
les capitales des États, il y a ceux qui s'accrochent aux
vertus conservatrices plus traditionnelles de la modération et de la mesure, des hommes et des femmes
convaincus qu'augmenter la dette publique pour financer des baisses d'impôts est irresponsable, que la réduction du déficit ne peut se faire sur le dos des pauvres, que
la séparation de l'Église et de l'État protège l'Église
autant que l'État, que préservation et conservatisme ne
s'opposent pas nécessairement et que la politique étrangère doit se fonder sur des faits, pas sur des vœux pieux.

Ce ne sont pas ces républicains qui ont mené le débat
ces six dernières années. Au lieu du « conservatisme
solidaire » promis par George Bush dans sa campagne
de 2000, ce qui caractérise le GOP d'aujourd'hui, c'est
l'absolutisme, pas le conservatisme. Il y a l'absolutisme
de la liberté du marché, une idéologie sans impôts, sans
réglementation, sans filet de sécurité, bref, sans État
au-delà de ce qui est requis pour protéger la propriété
privée et assurer la défense nationale.

Il y a l'absolutisme de la droite chrétienne, un mouvement qui a pris de la vigueur sur la question indéniablement difficile de l'avortement et qui s'est rapidement
épanoui en quelque chose de plus vaste, un mouvement
qui affirme non seulement que le christianisme est la
religion dominante de l'Amérique mais aussi qu'une
branche particulière, fondamentaliste, de cette confession doit diriger la politique publique, fouler aux pieds
toute source alternative de compréhension, que ce soient
les œuvres de théologiens libéraux, les découvertes de

l'Académie des Sciences ou les principes de Thomas Jefferson.

Enfin, il y a la croyance absolue en l'autorité de la majorité, ou du moins de ceux qui revendiquent le pouvoir en son nom, un dédain pour ces contrepoids institutionnels (les tribunaux, la Constitution, la presse, les conventions de Genève, le règlement du Sénat ou les traditions régissant le redécoupage électoral) qui pourraient ralentir notre marche inexorable vers la Nouvelle Jérusalem.

Naturellement, il y a au sein du Parti démocrate des gens qui ont tendance à faire preuve d'un fanatisme similaire. Mais ils sont loin d'avoir le pouvoir d'un Rove ou d'un DeLay, d'être capables de s'emparer du Parti, de le truffer de loyalistes et de transformer en lois plusieurs de leurs idées les plus radicales. La prédominance des différences régionales, ethniques et économiques dans le Parti, la carte électorale et les structures du Sénat, la nécessité de collecter des fonds dans les classes supérieures pour financer les élections : tout cela contribue à empêcher ces démocrates de s'écarter trop du centre. En fait, je connais très peu d'élus démocrates qui correspondent exactement à la caricature progressiste. Aux dernières nouvelles, John Kerry croit au maintien de la supériorité militaire des États-Unis, Hillary Clinton croit aux vertus du capitalisme et à peu près tous les membres du groupe noir au Congrès croient que Jésus est mort pour racheter leurs péchés.

En réalité, nous sommes, nous démocrates, en pleine confusion. Il y a ceux qui prônent encore l'ancien dogme, qui défendent la totalité du programme du New Deal et de la Great Society[1] contre les empiétements répu-

1. Programmes de réformes sociales mis en place par les démocrates (Roosevelt dans les années 1930 : le New Deal ; Johnson dans les années 1960 : la Great Society).

blicains et qui réalisent des scores de 100 % dans les mouvements de gauche. Mais ils sont à bout de souffle, constamment sur la défensive, dépourvus de l'énergie et des idées nouvelles nécessaires pour faire face aux circonstances changeantes de la mondialisation ou à des quartiers pauvres obstinément isolés. D'autres adoptent une ligne « centriste » en se disant que, s'ils coupent la poire en deux avec les conservateurs, ils font sûrement preuve de bon sens. Ils ne se rendent pas compte qu'au fil des ans ils cèdent de plus en plus de terrain. Individuellement, les élus et les candidats démocrates proposent quantité de lois sensées quoique marginales sur l'énergie et l'éducation, la santé publique et la sécurité intérieure en espérant que le tout s'additionnera pour donner quelque chose qui ressemblera à une politique de gouvernement.

Pour l'essentiel, cependant, le Parti démocrate est devenu le Parti de la réaction. En réaction à une guerre mal pensée, nous nous montrons soupçonneux à l'égard de toute intervention militaire. En réaction à ceux qui proclament que le marché peut guérir tous les maux, nous nous opposons aux efforts pour utiliser les principes du marché afin de résoudre des problèmes urgents. En réaction aux excès religieux, nous réduisons la tolérance au laïcisme et nous renonçons au langage moral qui nous aiderait à insuffler plus de sens à notre politique. Nous perdons les élections et nous espérons que les tribunaux feront échouer les plans des républicains. Nous perdons dans les tribunaux et nous attendons un scandale à la Maison-Blanche. Nous éprouvons de plus en plus le besoin d'imiter les braillements et le jeu dur de la droite républicaine. La sagesse qui guide aujourd'hui de nombreux mouvements de soutien et de militants démocrates se résume à peu près à ces termes : le Parti républicain a remporté régulièrement les élections non en élargissant sa base mais en calomniant les démocrates, en enfonçant des coins dans l'électorat, en dynamisant son aile droite et en mettant au pas ceux qui dévient de la ligne du Parti. Si les démocrates veulent revenir un jour au pouvoir, ils doivent en faire autant.

Je comprends la frustration de ces militants. La capacité des républicains à gagner de manière répétée est certes impressionnante. J'ai conscience des dangers de la subtilité et de la nuance face à la véhémence passionnée du mouvement conservateur. Et à mes yeux, quantité de décisions du gouvernement sont la cause d'une indignation justifiée.

En dernière analyse, je crois néanmoins que toute tentative des démocrates pour adopter une stratégie plus partisane et idéologique repose sur une mauvaise compréhension de la période que nous vivons. Je suis convaincu que chaque fois que nous donnons dans l'exagération, la diabolisation ou la simplification à l'extrême, nous perdons. Chaque fois que nous infantilisons le débat politique, nous perdons. Car ce sont la poursuite de la pureté idéologique, l'orthodoxie rigide et la prévisibilité de nos débats politiques actuels qui nous empêchent de trouver de nouvelles voies pour répondre aux défis que nous affrontons en tant que pays. C'est ce qui nous tient enfermés dans un mode de pensée blanc ou noir : l'idée qu'on ne peut avoir qu'un État omniprésent ou pas d'État du tout, que nous devons soit nous accommoder de quarante-six millions de personnes sans assurance maladie, soit nous convertir à la « médecine socialisée ».

C'est cette vision doctrinaire et partisane qui a détourné les Américains de la politique. Ce n'est pas un problème pour la droite : un électorat fidélisé – ou qui renvoie dos à dos les deux partis à cause du ton agressif, malhonnête, du débat – convient parfaitement à ceux qui cherchent à saper l'idée même de gouvernement. Après tout, un électorat cynique est un électorat égocentrique.

Mais pour ceux qui croient que le gouvernement a un rôle à jouer pour donner une chance à tous les Américains, un électorat fidélisé ne suffit pas. Obtenir une faible majorité démocrate ne suffit pas. Ce qu'il faut, c'est une large majorité d'Américains – démocrates, républicains, indépendants de bonne volonté – qui s'impliquent dans un projet de renouveau national et qui pensent que leur intérêt est inextricablement lié à celui des autres.

Je ne me fais pas d'illusions : bâtir une telle majorité ne sera pas une tâche facile. Mais c'est ce que nous devons faire, précisément parce que résoudre les problèmes de l'Amérique ne sera pas une tâche facile. Il faudra faire des choix difficiles, des sacrifices. Si les dirigeants politiques ne sont pas ouverts à de nouvelles idées, et non plus simplement à de nouveaux emballages, nous ne changerons pas suffisamment les cœurs et les esprits pour lancer une politique énergétique sérieuse ou réduire le déficit. Nous n'aurons pas le soutien populaire nécessaire pour élaborer une politique étrangère répondant aux défis de la mondialisation et du terrorisme sans recourir à l'isolationnisme ou rogner les libertés civiques. Nous ne recevrons pas le mandat nécessaire pour réparer le système de santé en panne de l'Amérique. Nous n'aurons pas le large soutien politique ni la stratégie efficace nécessaires pour sortir un grand nombre de nos compatriotes de la pauvreté.

J'ai développé les mêmes arguments dans une lettre que j'ai envoyée en septembre 2005 au Daily Kos, un blog de gauche, après qu'un certain nombre d'associations et de militants ont critiqué plusieurs de mes collègues démocrates ayant voté pour confirmer la nomination de John Roberts à la tête de la Cour suprême. Mes collaborateurs n'approuvaient pas trop cette idée :

puisque j'avais voté contre la confirmation de Roberts, ils ne voyaient aucune raison pour que je titille une partie aussi bruyante de la base démocrate. Mais j'en étais venu à apprécier les compromis que les blogs permettent et, dans les jours qui ont suivi l'envoi de ma lettre, plus de six cents personnes, de manière tout à fait démocratique, ont envoyé leurs commentaires. Certains m'approuvaient. D'autres estimaient que j'étais trop idéaliste, que le genre de politique que je proposais ne pouvait pas marcher face à l'appareil de relations publiques républicain. Un nombre non négligeable pensaient que les dirigeants de Washington m'avaient mandaté pour étouffer la dissidence dans nos rangs et/ou que j'étais à Washington depuis trop longtemps, que j'avais perdu le contact avec les Américains, et/ou – comme un blogger l'a soutenu plus tard – que j'étais simplement « débile ».

Ces critiques sont peut-être fondées. Il est peut-être impossible d'échapper à notre grand clivage politique, à l'affrontement sans fin de deux armées, et toute tentative pour changer les règles de l'engagement serait donc vaine. Ou alors, la banalisation de la politique a atteint un point de non-retour et la plupart des gens n'y voient qu'une distraction de plus, un sport, les hommes politiques jouant le rôle de gladiateurs pansus et ceux qui leur prêtent encore attention celui de leurs fans. Nous nous peignons le visage en rouge ou en bleu, nous applaudissons notre camp et nous conspuons le leur, et s'il faut un but de dernière minute ou un coup bas pour battre l'autre équipe, d'accord, parce que gagner est la seule chose qui compte.

Je ne le crois pas. Ils sont là, me dis-je, ces citoyens ordinaires qui ont grandi au milieu de toutes les batailles politiques et culturelles mais qui ont trouvé un moyen – dans leur vie, du moins – de faire la paix avec leurs voisins et avec eux-mêmes. J'imagine le Blanc du

Sud qui, en grandissant, a entendu son père répéter « Les nègres ceci, les nègres cela », mais qui a noué des amitiés avec des Noirs au bureau et s'efforce d'élever son fils autrement, qui pense que la discrimination est injuste mais qui ne voit pas pourquoi le fils d'un médecin noir devrait être admis en faculté de droit avant le sien. Ou l'ancien membre des Black Panthers qui a décidé de se lancer dans l'immobilier, qui a acheté quelques immeubles dans le quartier et qui est tout aussi excédé par les dealers qui campent devant ces immeubles que par les banquiers qui lui refusent un prêt pour développer son agence. Il y a la féministe d'âge mûr qui regrette encore son IVG, et les millions de serveuses, de secrétaires, d'aides soignantes et d'employées de grande surface intérimaires qui tournent et virent dans leur lit en espérant avoir assez d'argent à la fin du mois pour nourrir les enfants qu'elles ont mis au monde.

J'imagine qu'ils attendent tous une politique assez mûre pour équilibrer idéalisme et réalisme, distinguer entre compromis acceptables et inacceptables, admettre que l'autre camp peut quelquefois avoir raison. Ils ne comprennent pas toujours les discussions entre la droite et la gauche, les conservateurs et les libéraux, mais ils savent faire la différence entre dogme et bon sens, responsabilité et irresponsabilité, entre ce qui dure et ce qui n'a qu'un temps.

Ils sont là, ils attendent que républicains et démocrates les rattrapent.

2

Les valeurs

La première fois que j'ai vu la Maison-Blanche, c'était en 1984. Je venais de finir mes études et je travaillais dans un organisme associatif du campus de Harlem, au City College de New York. Le président Reagan proposait alors une série de coupes dans l'aide aux étudiants et avec un groupe de dirigeants estudiantins – pour la plupart noirs, portoricains ou originaires d'Europe de l'Est, et presque tous les premiers de leur famille à poursuivre des études – j'ai fait signer une pétition s'opposant aux réductions pour la remettre à une délégation new-yorkaise au Congrès.

Le voyage a été bref, presque entièrement passé à arpenter les couloirs du Rayburn Building, à avoir des entretiens polis mais hâtifs avec des collaborateurs de parlementaires à peine plus âgés que moi. À la fin de la journée, les étudiants et moi avons pris le temps de descendre jusqu'au Washington Monument et de contempler quelques instants la Maison-Blanche. Dans Pennsylvania Avenue, à quelques pas du poste de garde des Marines, à l'entrée principale, alors que les passants se faufilaient entre les groupes sur le trottoir et que les voitures passaient en grondant derrière nous, je suis resté planté, émerveillé non pas tant par les courbes élégantes du lieu que par le fait qu'il était exposé au tourbillon de la ville, que nous avions le droit de nous tenir si près des grilles, de faire le tour du bâtiment pour admirer la roseraie et la résidence présidentielle. Ce caractère ouvert de la Maison-Blanche est révélateur de notre confiance en nous en tant que démocratie, ai-je pensé.

Vingt ans plus tard, s'approcher de la Maison-Blanche n'était plus si simple. Des postes de contrôle, des gardes armés, des camionnettes, des chiens et des barrières mobiles délimitaient un périmètre de deux pâtés de maisons autour du bâtiment. Aucune voiture non autorisée ne pouvait rouler dans Pennsylvania Avenue. Par cet après-midi froid de janvier, la veille de ma prestation de serment au Sénat, Lafayette Park était quasi désert, et, lorsque ma voiture a franchi les grilles de la Maison-Blanche et remonté l'allée, je me suis senti nostalgique de ce qui avait été perdu.

L'intérieur n'a pas l'aspect lumineux que laissent présager les films ou les reportages télévisés. C'est un lieu bien tenu mais fatigué, une vieille maison où l'on doit sentir les courants d'air, les soirs d'hiver. Pourtant, alors que du vestibule je laissais mon regard errer dans les couloirs, je ne pouvais oublier que l'histoire s'y était écrite – John et Bobby Kennedy discutant en petit comité de la crise des missiles de Cuba ; F. D. Roosevelt apportant des changements de dernière minute à une allocution radiodiffusée ; Lincoln parcourant seul les couloirs et portant sur ses épaules le poids d'une nation. (Ce n'est que quelques mois plus tard que j'aurais l'occasion de voir sa chambre à coucher, modeste pièce au mobilier ancien, lit à colonnes, une copie du discours de Gettysburg discrètement exposée sous verre… et un grand téléviseur à écran plat sur l'un des bureaux. Qui, me suis-je demandé, a regardé *Sports-Center* pendant qu'il passait la nuit dans la chambre à coucher de Lincoln ?)

J'ai été immédiatement accueilli par un membre du personnel de la Maison-Blanche et conduit à la Salle

Dorée, où la plupart des nouveaux élus à la Chambre et au Sénat étaient déjà rassemblés. À seize heures précises, le président Bush, vigoureux et en forme, s'est dirigé vers l'estrade de cette démarche désinvolte et déterminée suggérant qu'il a un programme à remplir et qu'il limitera les digressions au strict minimum. Pendant une dizaine de minutes, il s'est adressé à la salle, faisant quelques plaisanteries et appelant le pays à se rassembler avant de nous inviter à nous rendre à l'autre bout de l'édifice pour les rafraîchissements et les photos en sa compagnie et celle de la First Lady.

Comme je mourais de faim, pendant que la plupart des autres parlementaires faisaient la queue pour la photo, je me suis dirigé vers le buffet. En croquant des canapés et en bavardant avec quelques membres de la Chambre, je me suis rappelé mes deux rencontres précédentes avec le Président, d'abord un bref coup de fil de félicitations après les élections puis un petit déjeuner à la Maison-Blanche avec les autres nouveaux sénateurs.

Les deux fois, j'ai découvert un homme aimable, rusé et discipliné, avec ces manières directes qui l'ont aidé à remporter deux élections. On l'imaginait facilement dans la peau d'un concessionnaire automobile, entraîneur d'une équipe de jeunes, officiant devant un barbecue dans son jardin : le genre de type offrant une compagnie agréable tant que la conversation tourne autour du sport et des gosses.

Il y avait eu cependant un moment, au cours du petit déjeuner, après les tapes dans le dos et les propos anodins, une fois que tout le monde était à table, avec le vice-président Cheney, impassible, mangeant ses œufs Bénédicte, et Karl Rove, au bout de la table, jetant discrètement un coup d'œil à son portable, où j'avais entrevu une facette différente de l'homme. Le Président avait commencé à discuter du programme de son second mandat, pour l'essentiel une réitération de son argumentaire de campagne – l'importance de tenir bon en Irak et de renouveler le Patriot Act, la nécessité de réformer la sécurité sociale et de remanier le système fiscal, sa détermination à obtenir un vote pour ses candidats aux instances judiciaires –, quand, tout à coup, ce fut comme si quelqu'un, dans les coulisses, avait appuyé sur un bouton. Le regard du Président était devenu fixe, sa voix avait pris le ton rapide, agité, d'une personne qui n'a pas l'habitude des interruptions et ne les apprécie pas ; son affabilité avait fait place à une certitude quasi messianique. En voyant mes collègues sénateurs, pour la plupart républicains, suspendus à ses lèvres, je m'étais alors souvenu que le pouvoir peut conduire à un dangereux isolement, et félicité de la sagesse des Pères Fondateurs, qui avaient conçu un système permettant de le contrôler...

« Sénateur ? »

Tiré de mes réflexions, j'ai levé les yeux et j'ai découvert près de moi un des Noirs âgés composant le gros du personnel de service de la Maison-Blanche.

« Je vous enlève cette assiette ? »

J'ai acquiescé de la tête en tâchant d'avaler un morceau de poulet à la je ne sais quoi et j'ai remarqué que la queue pour saluer le Président avait disparu. Voulant remercier mes hôtes, je me suis dirigé vers la Salle Bleue. À la porte, un jeune Marine m'a poliment informé que la séance de photos était terminée, que le Président devait se rendre à un autre rendez-vous. Mais avant que j'aie pu faire demi-tour, le Président en personne est apparu dans l'encadrement de la porte et m'a fait signe d'entrer.

« Obama ! s'est-il exclamé en me serrant la main. Venez que je vous présente à Laura. Laura, tu te souviens d'Obama ? Nous l'avons vu à la télévision pendant la soirée électorale. Belle famille. Et votre épouse, quelle femme impressionnante…

– Nous avons tous deux plus que nous ne méritons, monsieur le Président », ai-je répondu en serrant la main de la Première Dame et en espérant que je n'avais pas de miettes collées sur les lèvres.

George Bush s'est tourné vers un assistant proche qui lui a aspergé la paume d'une giclée de désinfectant.

« Vous en voulez ? m'a demandé le Président. C'est un bon truc, ça vous évite d'attraper des rhumes. »

Ne voulant pas paraître ignare en matière hygiénique, j'ai accepté un peu du produit.

« Venez par ici, a-t-il repris en m'entraînant dans un coin de la pièce. Vous ne voyez pas d'objection à ce que je vous donne un conseil ?

– Pas du tout, monsieur le Président.

– Vous avez devant vous un brillant avenir. Très brillant. Mais je suis dans cette ville depuis un moment et laissez-moi vous dire qu'elle peut être dure. Quand on est au centre de l'attention comme vous l'êtes, on se fait tirer dessus. Et les balles ne viendront pas forcément de mon camp, vous comprenez ? Elles viendront aussi du vôtre. Tout le monde attend que vous fassiez un faux pas, vous me suivez ? Alors, faites attention.

– Merci du conseil, monsieur le Président.

– Bon, il faut que j'y aille. Vous savez, nous avons un point commun, vous et moi.

– Lequel ?

– Nous avons dû débattre tous les deux avec Alan Keyes. C'est vraiment un sale type, non ? »

J'ai ri et, tandis que nous nous dirigions vers la porte, je lui ai rapporté quelques anecdotes de la campagne électorale. Ce n'est qu'après son départ que je me suis rendu compte que j'avais brièvement posé la main sur son épaule, une habitude inconsciente chez moi mais qui, présumais-je, aurait peut-être mis mal à l'aise un

64

grand nombre de mes amis, sans parler des agents du Secret Service présents dans la pièce et chargés de la protection du Président.

Depuis mon arrivée au Sénat, je critique réguliè-rement, et parfois avec véhémence, la politique du gou-vernement Bush. Je considère que les réductions d'impôts pour les riches sont à la fois irresponsables sur le plan fiscal et préoccupantes sur le plan moral. J'ai reproché au gouvernement de ne pas avoir de pro-gramme sérieux sur la santé et l'énergie, ni de stratégie pour rendre l'Amérique plus compétitive. En 2002, juste avant d'annoncer ma candidature au Sénat, j'ai prononcé pendant l'un des premiers rassemblements contre la guerre, à Chicago, un discours dans lequel j'ai mis en doute les preuves de l'existence d'armes de destruction massive et j'ai déclaré qu'une invasion de l'Irak serait une erreur coûteuse. Rien dans les nou-velles qui nous sont récemment parvenues de Bagdad ou du reste du Moyen-Orient n'est venu contredire cette opinion.

Mes auditoires démocrates sont souvent surpris quand je déclare que je ne considère pas George Bush comme un mauvais homme et que je suppose que ses ministres et lui s'efforcent de faire ce qu'ils jugent bon pour le pays.

Je ne tiens pas ces propos parce que je suis séduit par la proximité du pouvoir. Je prends mes invitations à la Maison-Blanche pour ce qu'elles sont – un exercice de courtoisie politique mutuelle – et j'ai conscience qu'on peut dégainer rapidement les couteaux dès que les objectifs du gouvernement sont sérieusement mena-cés. En outre, chaque fois que j'écris une lettre à une famille qui a perdu un être cher en Irak, ou que je lis un e-mail d'une électrice qui a dû abandonner ses études parce qu'on lui a retiré sa bourse, je me rappelle que

les actes de ceux qui sont au pouvoir ont des conséquences énormes, un prix qu'eux-mêmes n'ont presque
jamais à payer.

Cela revient à dire qu'une fois ôtés tous les attributs
de la fonction – le titre, les collaborateurs, les escortes –
le Président et ceux qui l'entourent sont à peu près
comme tout le monde, qu'ils présentent le même
mélange de vertus et de vices, d'incertitudes et de blessures enfouies que nous tous. Aussi insensée que me
paraisse leur politique, aussi convaincu que je sois
qu'ils doivent être tenus pour responsables des résultats de cette politique, je suis quand même capable,
lorsque je parle à ces hommes et à ces femmes, de
comprendre leurs motifs et de reconnaître chez eux des
valeurs que je partage.

Ce n'est pas une position facile à soutenir à Washington. Les enjeux du débat politique y sont souvent si
élevés – devons-nous envoyer nos garçons et nos filles
à la guerre, devons-nous permettre la poursuite des
recherches sur les cellules souches ? – que les plus
petites différences de point de vue sont terriblement
grossies. L'exigence de loyauté dans le parti, les impératifs des campagnes électorales et l'amplification des
affrontements par les médias, tout cela contribue à
créer un climat de méfiance. De plus, la plupart de
ceux qui occupent une fonction à Washington ont une
formation de juriste ou de collaborateur politique, des
professions dans lesquelles on s'attache davantage à
gagner une discussion qu'à résoudre les problèmes. Je
m'aperçois qu'après avoir passé un certain temps dans
la capitale il devient tentant de présumer que ceux qui
ne sont pas de votre avis ont des valeurs fondamentalement différentes, qu'ils sont en fait de mauvaise foi
et que ce sont peut-être des individus néfastes.

Hors de Washington, cependant, l'Amérique se sent
moins profondément divisée. L'Illinois, par exemple,

n'est plus considéré comme un État témoin. Depuis une dizaine d'années, il devient de plus en plus démocrate, en partie à cause d'une urbanisation accrue, en partie parce que le conservatisme social du GOP d'aujourd'hui n'est pas bien vu sur les terres de Lincoln. Mais l'Illinois demeure un microcosme représentatif du pays, un mélange de Nord et de Sud, d'Est et d'Ouest, d'urbain et de rural, de blanc, de noir et de toutes les nuances intermédiaires. Chicago a peut-être la sophistication d'une grande ville comme L. A. ou New York mais, d'un point de vue géographique et culturel, l'extrémité sud de l'Illinois est plus proche de Little Rock ou de Louisville, et de vastes parties de l'État sont, selon le jargon politique actuel, d'un rouge profond.

J'ai visité le sud de l'Illinois pour la première fois en 1997. C'était l'été après mon premier mandat au Parlement de l'État et nous n'avions pas encore d'enfants, Michelle et moi. La session parlementaire était terminée, je n'avais plus de cours à assurer et Michelle était retenue par son travail. J'ai donc convaincu mon assistant, Dan Shomon, de mettre une carte routière et quelques clubs de golf dans la voiture, et de partir faire le tour de l'Illinois pendant une semaine. Dan avait été reporter pour l'UPI et coordinateur pour plusieurs campagnes électorales dans le sud de l'État, il connaissait donc bien la région. Mais à mesure que la date du départ approchait, il semblait de moins en moins sûr de l'accueil que je recevrais dans les comtés que nous envisagions de visiter. Quatre fois, il m'a expliqué ce que je devais mettre dans mes valises : des pantalons en toile et des chemises de polo, pas de pantalon en lin ni de chemise en soie. Je lui ai assuré que je ne possédais aucun vêtement en lin ou en soie. En descendant vers le sud, nous nous sommes arrêtés dans un TGI Friday et j'ai commandé un cheese-burger. Lorsque la serveuse me l'a apporté, je lui ai demandé si elle avait de la moutarde de Dijon. Dan a secoué la tête.

« Non, non, pas besoin de ça, a-t-il dit à la serveuse. Tiens, en voilà, de la moutarde. »

Et il a poussé le pot de moutarde dans ma direction. La serveuse avait l'air perplexe.

« On en a, de la moutarde de Dijon, si vous voulez, m'a-t-elle dit.

– Formidable, merci », ai-je répondu en lui souriant.

Pendant qu'elle s'éloignait, je me suis penché vers Dan et je lui ai murmuré :

« Je ne crois pas qu'il y ait des photographes dans le coin. »

Nous avons repris notre voyage, nous arrêtant une fois par jour pour faire un parcours de golf dans une chaleur étouffante, passant devant des kilomètres de champs de maïs, d'épaisses forêts de frênes et de chênes, des lacs scintillants bordés de souches et de roseaux, des villes comme Carbondale et Mount Vernon, dotées de nombreux centres commerciaux et d'hypermarchés, de toutes petites bourgades comme Sparta et Pinckney-ville, dont un grand nombre pourvues en leur centre d'un tribunal en brique, d'une rue principale qui tenait péniblement le coup, avec un magasin sur deux fermé et, sur le bas-côté de la route, des marchands proposant des cageots de pêches ou, dans le cas d'un couple que nous croisâmes, des « prix intéressants sur les pistolets et les épées »…

Nous avons fait halte dans une cafétéria pour manger de la tarte et échanger des plaisanteries avec le maire de Chester. Nous avons posé devant la statue de Super-man haute de cinq mètres dans le centre de Metropolis. Nous avons entendu parler de tous ces jeunes qui par-taient pour les grandes villes parce que les usines et les mines fermaient. Des perspectives pour l'équipe de football du lycée la saison prochaine, et des longs trajets que les anciens combattants devaient faire en voiture pour se rendre au bureau le plus proche de leur association. Nous avons rencontré des femmes qui avaient été missionnaires au Kenya et qui m'ont accueilli en swahili, des fermiers qui parcouraient les pages financières du *Wall Street Journal* avant de monter dans leur tracteur. Plusieurs fois par jour, je faisais remarquer à Dan le nombre d'hommes en pantalon de lin blanc ou en chemise hawaiienne en soie que nous croisions. Dans la petite salle à manger d'un cadre du Parti démocrate de Du Quoin, j'ai interrogé le procureur local sur la criminalité dans un comté largement rural, presque uniformément blanc, m'attendant à des histoires de beuveries et de virées ou de gens chassant en dehors de la saison.

« Les Gangsters Disciples, a-t-il lâché, cessant un instant de mâchonner une carotte. On en a toute une bande, ici, des jeunes Blancs sans boulot qui vendent de la dope. »

À la fin de la semaine, j'étais désolé de quitter la région. Non seulement parce que je m'étais fait plein de nouveaux amis mais parce que, dans les visages des hommes et des femmes que j'avais rencontrés, j'avais reconnu des parties de moi-même. J'avais retrouvé en eux l'ouverture d'esprit de mon grand-père, le sens pratique de ma grand-mère, la gentillesse de ma mère. Le poulet frit, la salade de pommes de terre, les fragments de raisin dans la gelée : tout m'avait semblé familier.

C'est ce sentiment de familiarité qui me frappe chaque fois que je parcours l'Illinois. Je l'éprouve quand je participe à un dîner dans le West Side de Chicago. Quand je regarde des Latinos jouer au football dans un parc de Pilsen sous les encouragements de leurs familles. Quand j'assiste à un mariage indien dans l'une des banlieues nord de Chicago.

Un peu en dessous de la surface, me dis-je, nous devenons de plus en plus semblables.

Je ne voudrais pas exagérer en suggérant que les sondages se trompent et que nos différences – raciales, religieuses, régionales ou économiques – sont insignifiantes. Dans l'Illinois comme partout ailleurs, l'avortement préoccupe les gens. Dans certaines parties de l'État, parler de contrôle des ventes d'armes est sacrilège. Les opinions sur toutes les questions, des impôts au sexe sur le petit écran, divergent largement d'un endroit à un autre.

Ce que je veux souligner, c'est que dans l'Illinois et dans toute l'Amérique une pollinisation croisée est en cours. Il y a un télescopage, pas toujours très ordonné mais généralement pacifique, entre les gens et les cultures. Les identités se brouillent puis se reforment d'une nouvelle façon. Les convictions exprimées ne sont que rarement celles auxquelles on s'attendait. Les explications classiques sont constamment chamboulées. Prenez le temps de parler vraiment aux Américains, vous découvrirez que la plupart des chrétiens évangéliques sont plus tolérants que les médias ne veulent nous le faire croire, et la plupart des laïcistes plus religieux. La plupart des riches souhaitent que les pauvres réussissent et la plupart des pauvres sont plus critiques envers eux-mêmes et ont des aspirations plus hautes que la culture populaire ne le permet. La plupart des bastions républicains sont démocrates à 40 %, et vice-versa. Les étiquettes de progressiste et de conservateur collent rarement à la réalité individuelle des gens.

Ce qui nous amène à la question suivante : quelles sont les valeurs fondamentales que nous partageons ? Ce n'est pas de cette façon qu'on pose généralement le problème, naturellement. Notre culture politique détermine les points sur lesquels nos valeurs entrent en collision. Tout de suite après les élections de 2004, par exemple, dans un grand sondage national réalisé à la sortie des bureaux de vote, les électeurs déclaraient que les « valeurs morales » avaient déterminé leur vote. Les commentateurs se jetèrent sur les chiffres pour soutenir que les questions de société les plus controversées – en particulier le mariage homosexuel – avaient fait basculer un certain nombre d'États. Les conservateurs brandirent ce sondage, convaincus qu'il démontrait le pouvoir grandissant de la droite chrétienne.

Lorsqu'on examina les chiffres de plus près, il apparut que les experts et les pronostiqueurs avaient un peu tiré la couverture à eux. En réalité, les électeurs pensaient que la sécurité nationale constituait la question la plus importante, et même si un nombre important d'entre eux considéraient que les « valeurs morales » avaient joué un rôle important dans leur choix, le sens de ces termes était si vague qu'ils pouvaient recouvrir n'importe quoi, de l'avortement aux actes illicites des entreprises. Immédiatement, on entendit certains démocrates pousser un soupir de soulagement, comme si une diminution de l'importance du « facteur valeurs » servait leur cause, comme si discuter des valeurs était une diversion dangereuse et inutile par rapport aux préoccupations matérielles contenues dans le programme du Parti démocrate.

Je pense que les démocrates ont tort de fuir le débat sur les valeurs, de même que les conservateurs ont tort de ne voir en elles qu'un levier pour détacher des électeurs de la classe ouvrière de la base démocrate. C'est avec le langage des valeurs que les gens dressent la carte de leur monde. C'est ce qui peut les inciter à agir, à aller au-delà de leur isolement. Les sondages post-électoraux ont peut-être été mal conçus mais la question, plus vaste, des valeurs partagées – les normes et les principes que la majorité des Américains jugent importants pour leur vie et pour la vie du pays – devrait être au cœur de notre politique, la pierre angulaire de tout débat significatif sur les budgets, les programmes et les réglementations.

« Nous tenons pour évidentes par elles-mêmes les vérités suivantes : tous les hommes sont créés égaux ; ils sont dotés par leur créateur de certains droits inaliénables ; parmi ces droits se trouvent la vie, la liberté et la recherche du bonheur. »

Ces mots simples sont notre point de départ en tant qu'Américains. Ils décrivent non seulement les fondements de notre gouvernement mais aussi la substance de notre croyance commune. Tous les Américains ne sont pas capables de les réciter ; peu d'entre eux peuvent, si on le leur demande, rattacher la genèse de la Déclaration d'indépendance à ses racines dans la pensée libérale et républicaine du dix-huitième siècle. Mais l'idée essentielle derrière cette Déclaration – que nous naissons libres, tous ; que chacun de nous arrive dans ce monde avec un bagage de droits qu'aucune personne ni aucun État ne peut lui enlever sans une raison légitime ; que par nos actes nous pouvons et devons faire de nos vies ce que nous voulons – est une idée comprise par tous les Américains. Elle nous oriente, elle fixe notre cap chaque jour.

La valeur de la liberté est si profondément gravée en nous que nous avons tendance à penser qu'elle va de soi. On oublie facilement qu'à l'époque de la fondation de notre nation cette idée était radicale dans ses implications, aussi radicale que les thèses apposées par Luther aux portes de l'église de la Toussaint. C'est une idée qu'une partie du monde rejette encore, et dont une partie plus grande encore de l'humanité ne trouve que de maigres échos dans sa vie quotidienne.

Mon attachement à notre Bill of Rights, les dix premiers amendements à la Constitution, provient dans une grande mesure de ce que j'ai passé une partie de mon enfance en Indonésie et que j'ai encore de la famille au Kenya, pays où les libertés individuelles dépendent presque entièrement du bon vouloir de généraux ou du caprice de bureaucrates corrompus. Je me souviens de la première fois que j'ai emmené Michelle au Kenya, peu avant notre mariage. Afro-américaine, elle était enthousiasmée par l'idée de visiter le continent de ses ancêtres et nous avons connu des moments merveilleux, allant voir ma grand-mère dans l'intérieur du pays, nous promenant dans les rues de Nairobi, campant dans le Serengeti, pêchant dans l'île de Lamu…

Mais Michelle découvrit aussi – comme je l'avais découvert moi-même lors de mon premier voyage en Afrique – ce sentiment terrible qu'ont la plupart des Kényans de ne pas être maîtres de leur destin. Mes cousins lui ont expliqué la difficulté de trouver un travail ou de créer sa propre affaire sans verser des pots-de-vin. Des militants nous ont raconté qu'ils avaient été emprisonnés pour avoir exprimé leur opposition à la politique du gouvernement. Même au sein de ma famille, Michelle a pu constater que les exigences des liens familiaux ou tribaux peuvent être étouffants, avec des cousins éloignés qui réclament constamment des faveurs, des oncles et des tantes qui débarquent sans prévenir. Dans l'avion qui nous ramenait à Chicago, Michelle a reconnu qu'elle était impatiente de rentrer. « Je ne m'étais jamais rendu compte à quel point je suis américaine », a-t-elle dit. Elle ne s'était jamais rendu compte à quel point elle était libre, à quel point elle chérissait sa liberté.

Au niveau le plus élémentaire, nous avons de la liberté une conception négative. En règle générale, nous croyons au droit d'être laissés en paix et nous nous méfions de ceux – Big Brother ou des voisins curieux – qui veulent se mêler de nos affaires. Mais nous avons aussi une conception positive de notre liberté, de la notion d'égalité des chances et des valeurs secondaires qui contribuent à cette égalité des chances, toutes ces vertus simples que Benjamin Franklin a popularisées dans le *Poor Richard's Almanack* et qui ont inspiré tant de générations. La démocratie, le perfectionnement de ses connaissances personnelles, la prise de risques. Le dynamisme, la discipline, la tempérance et le travail, la prospérité et la responsabilité personnelle.

Ces valeurs sont enracinées dans un optimisme fondamental et une foi absolue dans le libre arbitre, la certitude qu'avec du courage et de la jugeote chacun peut se hisser au-dessus des conditions de sa naissance. Mais ces valeurs expriment aussi la conviction plus générale que si les hommes et les femmes sont libres, sur le plan individuel, de chercher à satisfaire leur intérêt, la société dans son ensemble prospérera. Notre système de démocratie et notre économie de marché reposent sur l'adhésion d'une majorité d'Américains à ces valeurs. La légitimité de notre gouvernement et de notre économie dépend de la mesure dans laquelle ces valeurs sont récompensées, et c'est pourquoi les valeurs d'égalité des chances et de non-discrimination complètent notre liberté plutôt qu'elles ne la restreignent.

Si les Américains sont foncièrement individualistes, si nous nous irritons instinctivement contre un passé d'allégeances tribales, de traditions, de coutumes et de castes, il serait erroné de croire que nous nous limitons à cela. Notre individualisme a toujours été inscrit dans un ensemble de valeurs collectives, ciment dont dépend toute société saine. Nous sommes attachés aux devoirs de la famille et aux obligations entre générations que la famille implique. Nous sommes attachés à la communauté, aux relations de bon voisinage, au patriotisme et aux obligations de la citoyenneté, au sens du devoir et du sacrifice pour notre pays. Nous sommes attachés à la croyance en quelque chose qui nous dépasse, que cela s'exprime sous forme de religion ou de préceptes éthiques. Enfin, nous sommes attachés à une kyrielle de conduites qui témoignent de notre respect mutuel : franchise, honnêteté, humilité, gentillesse, courtoisie et compassion.

Dans toute société (et chez tout individu) ces deux fils jumeaux – l'individuel et le collectif, l'autonomie et la solidarité – tirent dans des directions opposées, et c'est une des grandes chances de l'Amérique que les circonstances de la naissance de notre nation nous aient permis de résoudre cette opposition mieux que beaucoup d'autres. Nous n'avons pas connu les soulèvements violents que l'Europe a dû subir pour se libérer de son passé féodal. Notre passage d'une société agricole à une société industrielle a été facilité par les dimensions de notre continent, les vastes terres et les ressources abondantes qui ont permis d'accueillir vague après vague d'immigrés.

Nous ne pouvons cependant pas résoudre totalement cette opposition. Nos valeurs entrent parfois en collision parce que, aux mains des hommes, chacune d'elles fait l'objet de distorsions et d'abus. L'autonomie et l'indépendance peuvent se transformer en égoïsme et en licence, l'ambition en cupidité, en désir effréné de réussir à tout prix. Plus d'une fois, dans notre histoire, nous avons vu le patriotisme dégénérer en chauvinisme, en xénophobie, en répression de la dissidence. Nous avons vu la foi se calcifier en pharisaïsme, en étroitesse d'esprit, en cruauté envers autrui. Même les élans charitables peuvent se changer en paternalisme étouffant, en refus de reconnaître la capacité des autres à s'occuper d'eux-mêmes.

Lorsque cela se produit – quand la liberté est invoquée pour défendre la décision d'une entreprise de déverser des substances toxiques dans nos rivières, ou quand l'intérêt collectif de faire construire un centre commercial haut de gamme est utilisé pour justifier l'expulsion d'un individu de son foyer – nous devons nous appuyer sur des valeurs compensatrices pour tempérer notre jugement et limiter de tels excès.

Trouver le juste équilibre est parfois relativement facile. Nous convenons tous, par exemple, que la société a le droit de restreindre la liberté d'un individu lorsque celle-ci constitue une menace pour d'autres. Le Premier Amendement ne vous autorise pas à crier « Au feu ! » dans un cinéma bondé ; le droit de pratiquer votre religion ne s'étend pas aux sacrifices humains. De même, nous estimons tous qu'il doit y avoir des limites au pouvoir de l'État de réglementer notre conduite, même si c'est pour notre bien. Peu d'Américains apprécieraient que l'État nous dicte ce que nous devons manger, quels que soient le nombre de morts et le coût des dépenses médicales liées à l'obésité.

Le plus souvent, toutefois, trouver le juste équilibre entre des valeurs en opposition se révèle difficile. Des tensions naissent non parce que nous avons fait un mauvais choix mais simplement parce que nous vivons dans un monde complexe et contradictoire. Je suis convaincu, par exemple, que depuis le 11 Septembre nous avons joué avec les principes constitutionnels dans notre combat contre le terrorisme. Mais je reconnais que le Président le plus sage, le Congrès le plus prudent auraient des difficultés à faire la balance entre les exigences de notre sécurité collective et la nécessité tout aussi forte de maintenir les libertés civiques. Je crois que notre politique économique ne se préoccupe pas assez des délocalisations de travailleurs de l'industrie et de la destruction de villes industrielles. Mais je ne peux pas non plus ignorer les exigences parfois opposées de la sécurité économique et de la compétitivité.

Malheureusement, dans nos débats nationaux, nous ne parvenons même pas au point où nous pourrions réfléchir à ces choix ardus. Nous préférons soit exagérer l'empiétement d'une politique qui nous déplaît sur nos valeurs les plus sacrées, soit fermer les yeux quand la politique qui nous convient est en conflit avec d'importantes valeurs compensatrices. Les conservateurs, par exemple, se hérissent quand le gouvernement intervient dans le jeu du marché ou veut limiter le droit à porter une arme. Pourtant, ces mêmes conservateurs montrent peu d'inquiétude quand le gouvernement procède à des écoutes non autorisées ou tente de régenter les pratiques sexuelles. De la même manière, la plupart des progressistes montent sur leurs grands chevaux quand le gouvernement porte atteinte à la liberté de la presse ou au droit d'une femme de maîtriser sa maternité. Mais si vous parlez à ces mêmes progressistes du coût potentiel d'une réglementation pour le patron d'une petite entreprise, vous aurez souvent droit à un regard ébahi.

Dans un pays aussi divers que le nôtre, il y aura toujours des discussions passionnées sur les limites à tracer en matière d'action gouvernementale. C'est ainsi que notre démocratie fonctionne. Mais elle fonctionnerait peut-être un peu mieux si nous reconnaissions que nous avons tous des valeurs dignes de respect : si les progressistes reconnaissaient au moins qu'un chasseur peut accorder autant d'importance à son fusil qu'eux-mêmes aux livres des bibliothèques, et si les conservateurs reconnaissaient que la plupart des femmes sont aussi attachées à leur droit d'avoir ou non un enfant que les chrétiens évangéliques le sont à leur droit de pratiquer leur religion.

Un tel exercice peut avoir des résultats surprenants. L'année où les démocrates ont reconquis la majorité au Sénat de l'Illinois, j'ai proposé une loi imposant que les interrogatoires et les aveux soient filmés par caméra vidéo dans les affaires de crime grave. Si l'expérience nous démontre que la peine de mort ne contribue guère à dissuader les criminels, je crois qu'il existe des crimes – meurtres en série, viols et meurtres d'enfants – si atroces, si haineux que la communauté est justifiée lorsqu'elle exprime l'ampleur de l'outrage qu'elle ressent en infligeant la peine capitale. En revanche, la façon dont les crimes graves étaient jugés à l'époque dans l'Illinois était si entachée d'abus, pratiques policières discutables, préjugés raciaux, défense bâclée des accusés, que treize condamnés à mort ont été par la suite reconnus innocents et qu'un gouverneur républicain a décidé d'imposer un moratoire sur toutes les exécutions.

Malgré la nécessité manifeste de réformer le système, peu de gens ont soutenu ma proposition de loi. Les procureurs et les organisations de policiers étaient farouchement contre, ils pensaient que filmer les interrogatoires serait coûteux et lourd, que cela nuirait à leur capacité à boucler une affaire. Certains de ceux qui prônaient l'abolition de la peine de mort craignaient que tout effort de réforme ne détourne l'attention de la cause qui était la leur. Mes collègues parlementaires redoutaient de paraître indulgents envers le crime. Et le nouveau gouverneur récemment élu avait, pendant la campagne électorale, déclaré son opposition au filmage des interrogatoires.

La manière typique de faire de la politique aujourd'hui aurait voulu que chaque camp trace un trait dans le sable : pour les adversaires de la peine de mort, rabâcher les mêmes arguments sur le racisme et les bavures policières ; pour les forces de l'ordre, suggérer que ma loi dorlotait les criminels. Au lieu de quoi, pendant plusieurs semaines, nous nous sommes réunis – procureurs, avocats, organisations de policiers, opposants à la peine de mort –, quelquefois quotidiennement, en tâchant le plus possible de faire en sorte que nos discussions n'apparaissent pas dans la presse.

Au lieu d'insister sur les désaccords sérieux des participants, j'ai parlé de la valeur que, selon moi, ils partageaient tous, indépendamment de leur position sur la peine capitale, à savoir qu'aucun innocent ne doit se retrouver dans le couloir de la mort, qu'aucun coupable d'un crime grave ne doit rester en liberté. Lorsque les représentants de la police ont fait état de problèmes concrets qui les gêneraient dans leurs enquêtes, nous avons modifié le projet de loi. Quand ils ont proposé de ne filmer que les aveux, nous avons tenu bon en soulignant que cette loi avait précisément pour but de garantir à l'opinion publique que ces aveux étaient obtenus sans coercition. À la fin du processus, le projet de loi recueillait le soutien de toutes les parties concernées et il a été adopté à l'unanimité par le Sénat de l'Illinois.

Bien sûr, cette approche de la politique ne marche pas toujours. Quelquefois, les hommes politiques et les groupes d'intérêts favorisent le conflit pour atteindre un objectif idéologique plus vaste. De nombreux militants anti-avortement, par exemple, ont ouvertement dissuadé leurs alliés parlementaires de rechercher des mesures de compromis qui auraient réduit de manière significative l'utilisation d'une technique connue sous le nom d'« avortement par naissance partielle », parce que l'image que cette technique évoque dans l'opinion les a aidés à faire des adeptes.

Parfois aussi, nos préjugés idéologiques sont tellement enracinés que nous avons du mal à voir l'évidence. Pendant la période où j'étais membre du Sénat de l'Illinois, j'ai vu ainsi un collègue républicain se mettre dans tous ses états à cause d'un projet visant à offrir des petits déjeuners aux élèves de maternelle. Cela anéantirait chez eux tout sens de l'autonomie, a-t-il soutenu. J'ai dû lui faire remarquer que je connaissais très peu d'enfants de cinq ans autonomes et que les élèves qui ont trop faim pour apprendre convenablement pendant ces années décisives pour leur formation peuvent devenir plus tard des charges pour l'État.

Malgré tous mes efforts, le projet a été rejeté. Les enfants des écoles maternelles de l'Illinois ont été temporairement sauvés des effets débilitants des céréales et du lait (une version modifiée de la loi serait adoptée plus tard). Mais les propos de mon collègue républicain aident à cerner l'une des différences entre les idéologies et les valeurs : les valeurs s'appliquent aux faits alors que l'idéologie ne tient aucun compte des faits qui remettent sa thèse en question.

Une grande partie de la confusion qui entoure le débat sur les valeurs naît de l'idée erronée, à la fois chez les hommes politiques et dans l'opinion, que politique et gouvernement sont équivalents. Affirmer l'importance d'une valeur ne revient pas à dire qu'elle doit être réglementée ou faire l'objet d'un nouvel organisme public. À l'inverse, ce n'est pas parce qu'une valeur ne doit pas ou ne peut pas faire l'objet d'une loi qu'elle ne doit pas être soumise à un débat public.

Je fais grand cas des bonnes manières, par exemple. Chaque fois que je rencontre un jeune qui parle clairement, me regarde dans les yeux, dit « Oui, monsieur », « Merci », « S'il vous plaît » et « Excusez-moi », je me sens plus optimiste pour notre pays. Je crois que je ne suis pas le seul à avoir cette réaction. Je ne souhaite pas légiférer sur les bonnes manières mais je les encourage chaque fois que je m'adresse à un groupe de jeunes gens.

Il en va de même pour les compétences. Rien n'embellit davantage ma journée que d'avoir affaire à quelqu'un qui est fier de son travail ou prêt à aller au bout de son effort : un comptable, un plombier, un général à trois étoiles, la personne à l'autre bout du fil qui semble vraiment vouloir régler le problème que je lui soumets. J'ai l'impression de croiser plus irrégulièrement ces temps-ci ce genre de personnes, de passer plus de temps à chercher dans un magasin quelqu'un qui puisse m'aider ou à attendre que le livreur arrive. D'autres doivent l'avoir remarqué aussi. Cela nous agace tous et ceux d'entre nous qui refusent de voir ces réalités, qu'ils soient au gouvernement ou dans le commerce, le font à leurs risques et périls. (Je suis persuadé – bien que je n'en aie aucune preuve statistique – que les sentiments anti-impôts, anti-gouvernement, anti-syndicats se renforcent chaque fois que des gens se retrouvent dans la queue d'un service administratif où un seul guichet est ouvert tandis que trois ou quatre employés bavardent tranquillement derrière le comptoir.)

Les progressistes, en particulier, ne sont pas clairs sur ce point, ce qui nous conduit souvent à nous faire étriller aux élections. J'ai prononcé récemment une allocution à la Kaiser Family Foundation après la publication d'une étude montrant que le sexe à la télévision avait doublé en quelques années. Certes, j'apprécie HBO[1] autant qu'un autre et je ne me soucie généralement pas de ce que les adultes regardent dans l'intimité de leur foyer. En ce qui concerne les enfants, je pense qu'il appartient avant tout aux parents de surveiller ce qu'ils regardent et j'ai même suggéré dans mon discours que tout le monde en tirerait profit si les parents éteignaient simplement le téléviseur et essayaient d'avoir une conversation avec leurs enfants.

1. Home Box Office est une chaîne à péage américaine qui fait partie du groupe Time Warner. Elle s'est implantée dans des dizaines de pays et est devenue quasi incontournable.

J'ai ensuite indiqué que je n'étais pas très heureux des publicités pour les médicaments contre les troubles de l'érection qui envahissent l'écran tous les quarts d'heure chaque fois que je regarde un match de football avec mes filles. J'ai fait également observer qu'une série populaire visant un public adolescent, dans laquelle des jeunes sans ressources apparentes passent plusieurs mois à se soûler et à sauter nus dans des baignoires d'eau chaude avec des inconnus, ne reflète pas le « monde réel ». J'ai terminé en indiquant que les chaînes de télévision devraient adopter de meilleures normes et de meilleures techniques pour aider les parents à contrôler ce qu'elles déversent dans leur foyer.

On aurait pu me prendre pour Cotton Mather, le prédicateur puritain. En réponse à mon allocution, un journal a proclamé que ce n'était pas au gouvernement de réglementer la liberté d'expression, alors que je n'avais absolument pas réclamé de réglementation. Des journalistes ont insinué que je louvoyais cyniquement vers le centre pour me préparer à briguer un mandat national. Quelques sympathisants ont écrit à notre bureau pour signifier qu'ils m'avaient accordé leurs voix pour que je combatte le programme de Bush, pas pour que je joue les pères fouettards.

Pourtant, tous les parents que je connais, progressistes ou conservateurs, se plaignent d'une culture de plus en plus vulgaire, de la promotion d'un matérialisme facile et du plaisir immédiat, du clivage entre sexualité et intimité. Ils ne veulent pas d'une censure gouvernementale mais ils demandent que leurs préoccupations soient reconnues. Quand, par peur d'apparaître comme des censeurs, les dirigeants progressistes ne sont même pas capables de reconnaître le problème, les parents se tournent vers des dirigeants qui, eux, le reconnaissent et qui seront peut-être moins terrorisés par la notion de garde-fous constitutionnels.

Bien sûr, les conservateurs ont leurs propres points aveugles. Prenez par exemple la rémunération des patrons. En 1980, le P-DG moyen touchait quarante-deux fois le salaire d'un travailleur payé à l'heure. En 2005, le rapport était de 265. Des porte-voix conservateurs comme le *Wall Street Journal* tentent de justifier ces salaires et ces stock-options mirobolants en affirmant qu'ils sont nécessaires pour attirer des hommes de talent et que l'économie marche mieux lorsque les P-DG de l'Amérique sont riches et heureux. Mais l'explosion de leurs rémunérations n'a rien à voir avec leurs compétences. En fait, certains des patrons les mieux payés du pays ces dix dernières années ont pris des décisions conduisant à d'énormes baisses des bénéfices, à une chute de la valeur de l'action, à des licenciements massifs et à la sous-capitalisation des fonds de pension de leur personnel.

Cela montre que l'augmentation des rémunérations des patrons n'est pas un impératif du marché. Alors que le salaire du travailleur moyen stagne ou augmente peu, un grand nombre de P-DG s'emparent sans vergogne de ce sur quoi les membres de leur conseil d'administration, dociles et choisis avec soin, leur laissent mettre la main. Les Américains ont conscience des dégâts qu'une telle éthique de la cupidité a causés à notre vie collective. Une récente étude indique qu'ils considèrent la corruption au gouvernement et dans les affaires, la cupidité et le matérialisme comme deux des trois principaux problèmes à résoudre (la nécessité d'« inculquer aux enfants les bonnes valeurs » occupant la première place dans leurs préoccupations). Les conservateurs ont peut-être raison quand ils arguent que le gouvernement n'a pas à déterminer les rémunérations des cadres supérieurs mais ils devraient au moins se prononcer contre de tels abus dans les conseils d'administration avec la même rigueur morale, avec la même indignation que lorsqu'ils condamnent les paroles obscènes contenues dans un rap.

Il y a naturellement des limites au pouvoir qu'une tribune confère. Parfois, seule la loi peut pleinement donner raison à nos valeurs, en particulier quand les droits de certaines catégories de personnes sont bafoués. Cela a été vrai de notre lutte contre la discrimination raciale. Aussi importante qu'aient été les exhortations morales pour changer les cœurs et les esprits d'Américains blancs pendant le combat pour les droits civiques, ce qui a en définitive brisé la ségrégation, ce sont les procès de la Cour suprême et tout particulièrement l'affaire Brown contre le conseil de secteur scolaire, les lois de 1964 sur les droits civiques et de 1965 sur le droit de vote. Pendant leur discussion, d'aucuns avançaient que le gouvernement ne devait pas s'ingérer dans la société civile, qu'aucune loi ne pouvait contraindre des Blancs à fréquenter des Noirs. En réponse à ces arguments, Martin Luther King a déclaré : « Il est peut-être vrai que la loi ne peut amener un homme à m'aimer mais elle peut l'empêcher de me lyncher et je pense que c'est important aussi. »

Nous avons quelquefois besoin de bouleversements dans les mentalités et d'actes gouvernementaux – changements dans les valeurs et changements dans la politique – pour promouvoir la société que nous souhaitons. L'état des établissements scolaires des quartiers défavorisés en est une bonne illustration. Tout l'argent du monde n'aidera pas les élèves à réussir si les parents ne font pas d'efforts pour inculquer à leurs enfants les valeurs du travail et d'une satisfaction différée. Mais lorsque nous soutenons, en tant que société, que les enfants pauvres peuvent réaliser leur potentiel dans des écoles délabrées et sans sécurité, pourvues d'un équipement obsolète et de professeurs non formés pour les matières qu'ils enseignent, nous mentons à ces enfants et à nous-mêmes. Nous trahissons nos valeurs.

C'est l'une des raisons pour lesquelles je suis démocrate, je suppose, cette idée que nos valeurs collectives, notre sens d'une responsabilité mutuelle, d'une solidarité sociale doivent s'exprimer non seulement à l'église, à la mosquée ou à la synagogue, non seulement dans les quartiers où nous vivons, les lieux où nous travaillons, ou dans nos familles, mais aussi à travers notre gouvernement. Comme nombre de conservateurs, je crois également au pouvoir de la culture pour favoriser à la fois la réussite individuelle et la cohésion sociale, et je pense que nous négligeons les facteurs culturels à nos risques et périls. Mais je crois aussi que le gouvernement peut contribuer à façonner cette culture, pour le meilleur… ou pour le pire.

Je me demande souvent pourquoi les hommes politiques ont autant de mal à parler des valeurs d'une manière qui ne paraisse ni calculée ni hypocrite. C'est en partie, je crois, parce que ceux d'entre nous qui participent à la vie publique sont devenus si prévisibles, parce que les gestes que les candidats accomplissent pour signifier leurs valeurs sont devenus si standardisés (petit arrêt dans une église noire, partie de chasse, visite au siège de la Fédération de course automobile, lecture dans une classe de maternelle…) qu'il devient de plus en plus difficile pour l'opinion de distinguer entre intérêt sincère et mise en scène.

S'ajoute à cela le fait que la pratique de la politique actuelle semble elle-même dépourvue de valeurs. La politique (et le commentaire politique) non seulement autorise mais récompense souvent des comportements que nous jugerions en d'autres circonstances scandaleux : inventer des histoires, déformer le sens évident de ce que d'autres disent, salir ou, d'une manière générale, mettre en cause leurs motivations, fouiner dans leur vie privée pour y dénicher des informations compromettantes.

Pendant ma campagne pour les élections au Sénat des États-Unis, par exemple, mon adversaire républicain avait chargé un jeune homme de me suivre dans toutes mes apparitions publiques, une caméra à la main. C'est devenu une pratique banale dans de nombreuses campagnes électorales mais soit parce que ce jeune homme était trop zélé, soit parce qu'on lui avait donné pour instruction d'essayer de me provoquer, cela commençait à ressembler à du harcèlement. Du matin au soir, il me suivait partout, généralement à moins de trois mètres de distance. Il me filmait dans l'ascenseur, sortant des toilettes, téléphonant avec mon portable, parlant à ma femme ou à mes enfants.

Au début, j'ai essayé de le raisonner. Je me suis arrêté pour lui demander son nom, lui dire que je comprenais qu'il avait un boulot à faire et lui suggérer de rester suffisamment loin pour que je puisse avoir une conversation sans qu'il m'entende. Il s'est abstenu de toute réponse, excepté pour me dire qu'il s'appelait Justin. Je lui ai demandé de téléphoner à son patron pour vérifier si c'était bien ce qu'on attendait de lui. Il m'a répondu que je pouvais le faire moi-même, et il m'a donné le numéro. Au bout de deux ou trois jours de ce traitement, j'en ai eu assez. Traînant toujours Justin dans mon sillage, je suis entré dans la salle de presse du Parlement de l'État et j'ai fait signe à quelques reporters d'approcher.

« Les gars, je vous présente Justin, ai-je dit. Ryan l'a chargé de me coller aux basques partout où je vais. »

Pendant que j'expliquais la situation, Justin restait planté là et continuait à filmer. Les journalistes se sont tournés vers lui et l'ont bombardé de questions :

« Tu le suis dans les toilettes ?

– Tu lui files toujours le train d'aussi près ? »

Bientôt, des équipes sont arrivées avec leurs caméras pour filmer Justin me filmant. Tel un prisonnier de guerre, Justin répétait son nom, son grade et le numéro du quartier général de son candidat. À six heures du soir, la plupart des chaînes de télévision locale parlaient de Justin. Cette histoire a fini par occuper les médias de l'État pendant une semaine : dessins humoristiques, éditoriaux, etc. Après quelques jours de résistance, mon adversaire, cédant aux pressions, a demandé à Justin de reculer de quelques pas et a présenté des excuses. Les gens n'ont peut-être pas compris en quoi nous divergions sur l'assistance médicale ou le Moyen-Orient, mais ils savaient que la campagne de mon adversaire avait enfreint une valeur – un comportement courtois – importante à leurs yeux.

C'est sur sa capacité à mettre en adéquation sa conduite dans la vie de tous les jours et ses actes pour remporter une élection que l'on peut juger de la valeur d'un homme politique. Dans peu d'autres professions on vous demande chaque jour de choisir entre tant de revendications contraires : entre différents groupes d'électeurs, entre les intérêts de votre État et ceux du pays, entre la fidélité au parti et votre sentiment d'indépendance, entre servir le pays et remplir vos obligations envers votre famille. Dans cette cacophonie de voix, un homme politique court constamment le risque de perdre ses repères moraux et de devenir une girouette tournant au vent de l'opinion publique.

C'est peut-être pour cette raison que nous appelons de nos vœux ce qui manque peut-être le plus à nos dirigeants : l'authenticité, être ce que l'on prétend être, être d'une honnêteté allant au-delà des mots. Mon ami le sénateur Paul Simon, aujourd'hui disparu, possédait cette qualité. Pendant la majeure partie de sa carrière, il a dérouté les experts en s'assurant le soutien de gens qui désapprouvaient, parfois avec vigueur, sa politique de gauche. Cela tenait en partie au fait que son allure de médecin de campagne – ses lunettes, son nœud papillon et son visage de basset – inspirait confiance. Mais les gens sentaient aussi qu'il mettait ses valeurs en pratique dans sa vie, qu'il était sincère, qu'il se battait pour ses convictions et, surtout peut-être, qu'il se souciait réellement d'eux et des difficultés qu'ils rencontraient.

Ce dernier aspect de la personnalité de Paul – son empathie – est une qualité que j'apprécie de plus en plus avec l'âge. Elle est au cœur de mon code moral et c'est ainsi que je conçois ma règle d'or : pas simplement un appel à la compassion ou à la charité, mais quelque chose de plus exigeant, un appel à se mettre dans la peau de quelqu'un d'autre et à voir avec ses yeux.

Comme pour la plupart de mes valeurs, j'ai appris l'empathie avec ma mère. Elle rejetait toute forme de cruauté, de manque d'égards ou d'abus de pouvoir, qu'il s'agisse des préjugés raciaux, des persécutions dans la cour de l'école ou des salaires de travailleurs sous-payés. Chaque fois qu'elle décelait en moi une trace de ce comportement, elle me forçait à la regarder dans les yeux et me demandait : « Quel effet ça te ferait, à toi ? »

C'est cependant à travers mes rapports avec mon grand-père que j'ai intériorisé pour la première fois la pleine signification du mot « empathie ». Du fait de sa profession, ma mère résidait à l'étranger, et j'ai souvent vécu chez mes grands-parents pendant mes études secondaires ; aussi, en l'absence d'un père à la maison, c'était mon grand-père qui était la cible principale de ma rébellion adolescente. Il n'était pas lui-même toujours facile à vivre puisqu'il avait un tempérament irascible et qu'en outre on pouvait facilement blesser ses sentiments parce qu'il n'avait pas eu une carrière particulièrement réussie. Quand j'avais seize ans, nous nous heurtions sans cesse, généralement parce que je ne me pliais pas à ce que je considérais comme une série interminable de règles mesquines et arbitraires, par exemple refaire le plein d'essence après lui avoir emprunté sa voiture, ou rincer la brique de lait vide avant de la jeter à la poubelle.

Avec un certain talent pour la rhétorique, assorti d'une confiance absolue dans le bien-fondé de mes opinions, je remportais généralement ces joutes, au sens étroit où je laissais mon grand-père décontenancé et furieux. Mais au bout d'un certain temps, peut-être en terminale, ces victoires ont commencé à me paraître moins satisfaisantes. J'ai songé aux combats et aux déceptions qui avaient marqué sa vie, j'ai compris son besoin de se sentir respecté sous son toit. Je me suis rendu compte que respecter ses règles me coûterait peu et aurait une grande importance pour lui. J'ai pris conscience qu'il avait parfois raison et qu'en exigeant de n'en faire qu'à ma tête tout le temps, sans tenir compte de ses sentiments ou de ses besoins, je me rabaissais d'une certaine façon.

Cette prise de conscience n'a rien d'extraordinaire, bien sûr. Nous devons tous passer par là, d'une manière ou d'une autre, pour devenir adultes. Pourtant je me surprends à revenir constamment au principe simple de ma mère – « Quel effet ça te ferait, à toi ? » – pour me guider dans mon action politique.

C'est une question que nous ne nous posons pas assez souvent, je crois. En tant que pays, nous souffrons d'un manque d'empathie. Nous ne tolérerions pas des écoles qui n'enseignent rien, qui pâtissent d'un manque chronique de crédits, de personnel, si nous pensions vraiment que les enfants qui les fréquentent sont comme les nôtres, sont les nôtres. On imagine mal qu'un P-DG s'accorderait une prime de plusieurs millions de dollars tout en réduisant l'assurance maladie de ses ouvriers s'il les considérait d'une façon ou d'une autre comme ses égaux. De même, on peut présumer que les gens au pouvoir réfléchiraient davantage avant de déclencher une guerre s'ils pouvaient se représenter leurs propres fils et filles tombant au front.

Je pense qu'un sentiment plus fort d'empathie ferait pencher la politique actuelle en faveur de ceux qui luttent. Car, s'ils sont comme nous, leur lutte est la nôtre, et si nous ne les aidons pas, nous nous rabaissons.

Cela ne signifie pas que ceux qui luttent – ou ceux d'entre nous qui prétendent parler pour eux – ne sont pas tenus d'essayer de comprendre les perspectives de ceux qui sont mieux lotis. Les dirigeants noirs doivent prendre la mesure des craintes légitimes qui peuvent inciter certains Blancs à s'opposer à la discrimination positive. Les délégués syndicaux ne peuvent pas se permettre de ne pas comprendre les pressions de la concurrence que leurs employeurs peuvent subir. Je dois essayer de voir le monde avec les yeux de George Bush, quels que soient mes désaccords avec lui. C'est ce que fait l'empathie : elle nous convie tous à retrousser nos manches, conservateurs et progressistes, puissants et défavorisés, opprimés et oppresseurs. Elle nous tire tous de notre complaisance, elle nous force tous à aller au-delà de notre vision limitée.

Personne n'échappe à l'appel, à la nécessité de trouver un terrain commun.

Naturellement, au bout du compte, la compréhension mutuelle ne suffit pas. Parler ne coûte rien. Comme toute valeur, l'empathie doit se traduire en actes. Lorsque je travaillais pour une association, dans les années 1980, je lançais souvent un défi aux dirigeants des quartiers en leur demandant où passaient leur temps, leur énergie et leur argent. Voilà les véritables tests de nos valeurs, indépendamment de ce que nous nous racontons, leur disais-je. Si nous ne sommes pas prêts à payer le prix pour nos valeurs, si nous ne sommes pas disposés à faire des sacrifices afin de les mettre en œuvre, nous devons nous demander si nous y croyons vraiment.

Si l'on adopte ces critères, on a parfois l'impression que les Américains n'apprécient rien tant qu'être riches, sveltes, jeunes, célèbres et en sécurité. Nous prétendons faire grand cas de l'héritage que nous laissons à la génération suivante et nous lui léguons finalement une montagne de dettes. Nous proclamons notre foi en l'égalité des chances mais nous restons les bras croisés tandis que des millions d'enfants américains souffrent de pauvreté. Nous affirmons notre attachement à la famille mais nous structurons notre économie et nous organisons nos vies de telle façon que nous accordons de moins en moins de temps à notre famille.

Une partie de nous connaît cependant la vérité. Nous nous accrochons à nos valeurs même si elles nous paraissent parfois ternies et usées, même si, en tant que pays et dans notre vie quotidienne, nous les avons trahies plus souvent que nous ne voulons bien nous le rappeler. Nous n'avons rien d'autre pour nous guider. Ces valeurs sont notre héritage, ce qui fait de nous ce que nous sommes en tant que peuple. Et si elles peuvent être bousculées ou ridiculisées, contournées par les intellectuels et les critiques culturels, elles se sont révélées à la fois étonnamment durables et identiques quelles que soient les classes sociales, les races, les convictions religieuses et les générations. Nous pouvons émettre des revendications en nous appuyant sur nos valeurs à condition de savoir qu'elles doivent être soumises à l'épreuve des faits et de l'expérience, à condition de nous rappeler qu'elles exigent des actes et pas seulement des mots.

Agir autrement reviendrait à abandonner la meilleure part de nous-mêmes.

3

Notre Constitution

Les sénateurs ont une expression qu'ils utilisent fréquemment lorsqu'on leur demande de décrire leur première année au Capitole : « C'est comme boire à une lance d'arrosage. »

De fait, durant les premiers mois que j'ai passés au Sénat, j'ai eu l'impression que tout m'arrivait en même temps. J'ai dû engager des collaborateurs, établir des bureaux à Washington et dans l'Illinois, négocier un siège dans diverses commissions et intervenir pour accélérer la procédure sur les questions les concernant. Dix mille lettres d'électeurs s'étaient accumulées dans la corbeille de mon courrier depuis les élections et trois cents invitations à prendre la parole me parvenaient chaque semaine. Par tranches d'une demi-heure, je passais de la chambre du Sénat aux salles de commission, de halls d'hôtel aux stations de radio, comptant totalement sur une série de jeunes collaborateurs récemment engagés qui s'évertuaient à me faire respecter mon agenda, à me remettre les bonnes fiches, à me rappeler avec qui j'avais rendez-vous ou à m'ouvrir un chemin vers les toilettes les plus proches.

Le soir, je devais m'habituer à vivre seul. Michelle et moi avions décidé qu'elle resterait à Chicago avec les enfants, en partie parce que nous préférions élever les filles en dehors de l'ambiance de serre de Washington mais aussi parce que, ainsi, Michelle serait entourée de proches – sa mère, son frère, d'autres parents et amis – qui l'aideraient à surmonter les longues absences que mon travail exigerait. Pour les trois nuits par semaine que je passais à Washington, j'ai donc loué un petit deux-pièces près de la faculté de droit de Georgetown, dans une tour entre le Capitole et le centre.

Je me suis d'abord efforcé de prendre ma solitude à bras-le-corps en m'obligeant à me rappeler les plaisirs du célibat : collecter les listes des plats à emporter de tous les restaurants du quartier, regarder des matches de basket ou lire jusque tard dans la nuit, faire de l'exercice dans un gymnase à minuit, laisser des assiettes sales dans l'évier et ne pas faire mon lit. Peine perdue : après quinze ans de mariage, je me sentais totalement formaté et désemparé. Le premier jour, j'ai oublié d'acheter un rideau de douche et j'ai dû me plaquer contre le mur pour éviter d'inonder le sol de la salle de bains. Le lendemain soir, alors que je regardais un match en buvant une bière, je me suis endormi pendant la mi-temps et je me suis réveillé deux heures plus tard sur le canapé avec un torticolis. Je me suis surpris à téléphoner fréquemment à la maison rien que pour entendre la voix de mes filles. J'étais en manque de leurs caresses et de la merveilleuse odeur de leur peau.

« Allô, ma chérie !

– Salut, papa.

– Quoi de neuf ?

– Depuis ton dernier coup de fil ?

– Ouais.

– Rien. Je te passe maman ? »

Quelques autres sénateurs avaient aussi de jeunes enfants et, chaque fois que nous nous retrouvions, nous discutions de l'intérêt ou non d'installer notre famille à Washington, ainsi que de la nécessité de protéger de collaborateurs trop zélés le temps réservé à la famille. Mais la plupart de mes nouveaux collègues étaient beaucoup plus âgés – soixante ans en moyenne –, et lorsque je faisais le tour de leurs bureaux, leurs conseils portaient généralement sur les affaires du Sénat. Ils me détaillaient les avantages des diverses commissions, me décrivaient le tempérament de leurs présidents. M'expliquaient comment fédérer mes collaborateurs, à qui m'adresser pour obtenir plus d'espace de bureau, comment répondre aux requêtes de mes électeurs. La plupart de leurs conseils se sont révélés utiles, parfois contradictoires.

Avec les démocrates, la discussion se terminait invariablement par cette recommandation : « Arrange-toi pour rencontrer le sénateur Byrd le plus tôt possible, non seulement par courtoisie mais aussi parce que sa position à la Commission des Finances et au Sénat en général lui confère une influence considérable. »

À quatre-vingt-sept ans, le sénateur Robert C. Byrd n'était pas seulement le doyen du Sénat, il avait fini par en être l'incarnation, un fragment vivant de son histoire. Élevé par son oncle et sa tante dans la région minière extrêmement dure de l'ouest de la Virginie, il avait un talent inné pour réciter de mémoire de longs poèmes et jouait du violon avec une maîtrise étonnante. N'ayant pas les moyens de faire des études, il avait été boucher, vendeur de fruits et légumes, soudeur sur des cuirassés pendant la Seconde Guerre mondiale. À son retour en Virginie, il avait obtenu un siège au Parlement de l'État puis s'était fait élire au Congrès en 1952.

En 1958, il est passé au Sénat et là, pendant quarante-sept ans, il a rempli toutes les fonctions de la Chambre haute, dont six ans comme chef de la majorité et six ans comme chef de la minorité. Pendant toutes ces années, il a préservé l'élan populiste qui l'a conduit à se battre pour améliorer de manière tangible le sort des hommes et des femmes de sa région : indemnités pour silicose et protections syndicales chez les mineurs ;

routes, immeubles et programmes d'électrification pour des communautés désespérément pauvres. Après dix ans de cours du soir, il a passé un diplôme de droit et sa connaissance des règles du Sénat est légendaire. Il est l'auteur d'une histoire du Sénat en quatre volumes qui démontre non seulement son érudition et sa capacité de travail mais aussi un amour incomparable de cette institution qui a façonné sa vie. On dit que sa passion pour le Sénat n'avait d'égal que la tendresse qu'il témoignait à sa femme, de santé précaire, ainsi peut-être que sa vénération pour la Constitution, dont il portait en permanence sur lui un exemplaire de poche, qu'il brandissait souvent pendant un débat.

J'avais déjà laissé à son bureau un message sollicitant un rendez-vous quand j'ai eu l'occasion de le rencontrer. C'était le jour de la prestation de serment et nous étions dans l'Old Senate Chamber, un lieu sombre, lourdement décoré, où un grand aigle s'avance d'un auvent de velours rouge sang, telle une gargouille, au-dessus du fauteuil du président. Ce décor austère convenait aux circonstances puisque le groupe démocrate se réunissait pour se réorganiser après des élections difficiles et la perte de son leader. Une fois la nouvelle équipe installée, le chef de l'opposition, Harry Reid, a demandé au sénateur Byrd s'il souhaitait prononcer quelques mots. Lentement, celui-ci s'est levé de son siège, homme mince à la chevelure d'un blanc de neige encore épaisse, avec des yeux bleu pâle et un nez aquilin. Il est resté un instant silencieux, s'appuyant sur sa canne, la tête levée, les yeux au plafond, puis il s'est mis à parler d'un ton grave et mesuré, une trace d'accent des Appalaches dans la voix, tel le grain du bois sous le vernis.

Je ne me souviens plus des détails de son allocution mais je me rappelle les grands thèmes, abordés sur un rythme shakespearien : la conception minutieuse de la

Constitution et du Sénat, essence même des promesses de cette charte ; les dangereux empiétements, année après année, de l'exécutif sur la précieuse indépendance de la Chambre haute ; la nécessité pour chaque électeur de relire nos textes fondateurs afin de rester fidèle au sens de la République. Sa voix montait, son index poignardait l'air et la salle sombre a semblé se refermer sur lui jusqu'à ce qu'il ne soit plus qu'un spectre, l'esprit des Sénats passés, ses près de cinquante ans dans ce lieu rejoignant les cinquante années précédentes, et les cinquante années d'avant, et d'avant encore, jusqu'à l'époque où Jefferson, Adams et Madison arpentaient les couloirs du Capitole, où la ville de Washington n'était encore que champs et marais.

Une époque où ni moi ni ceux qui me ressemblent n'auraient pu siéger dans cette enceinte.

En écoutant le sénateur Byrd, j'ai senti pleinement toutes les contradictions que je représentais dans cet endroit nouveau pour moi, avec ses bustes en marbre, ses traditions secrètes, ses souvenirs et ses fantômes. J'ai songé au fait que, selon sa propre autobiographie, le sénateur Byrd était entré en politique à moins de vingt-cinq ans, en tant que membre du Ku Klux Klan du comté de Raleigh, une organisation qu'il avait reniée depuis longtemps, une erreur qu'il attribuait – sans nul doute à juste titre – à l'époque et au lieu où il avait grandi, mais qui avait continué à marquer sa carrière. J'ai songé à la façon dont il avait rejoint d'autres géants du Sénat, comme J. William Fullbright, de l'Arkansas, et Richard Russell, de la Géorgie, dans les rangs de la résistance sudiste aux lois sur les droits civiques. Je me suis demandé si cela comptait aux yeux des progressistes qui le portaient maintenant aux nues pour son opposition de principe à la résolution du Congrès sur la guerre en Irak : les militants de MoveOn.org, les héritiers de cette contre-culture pour laquelle le sénateur n'avait eu que mépris pendant une bonne partie de sa carrière.

Je me suis demandé si cela devait être pris en compte. La vie du sénateur Byrd a été – comme celle de la plupart d'entre nous – le théâtre d'impulsions contradictoires, le mariage de l'ombre et de la lumière. En ce sens, me suis-je rendu compte, il est vraiment le symbole du Sénat, dont les règles et la conception reflètent le superbe compromis de la fondation de l'Amérique : le marché conclu entre États du Nord et États du Sud, le Sénat comme garde-fou contre les passions du moment, défenseur des droits de la minorité et de la souveraineté des États mais aussi instrument pour protéger les nantis de la racaille et préserver les propriétaires d'esclaves de toute ingérence dans leur « institution particulière ». Imprimé dans les fibres mêmes du Sénat, dans son code génétique, il y a le même affrontement entre pouvoir et principes que celui qui a caractérisé l'Amérique dans son ensemble, une expression durable de ce grand débat entre quelques hommes brillants, non dépourvus de défauts, qui s'est conclu par une forme de gouvernement unique par son génie, et cependant incapable de voir le fouet et la chaîne.

À la fin du discours, les sénateurs ont applaudi, ils ont complimenté Byrd pour son talent oratoire. Je suis allé me présenter à lui et il m'a donné une poignée de main chaleureuse en m'assurant qu'il était impatient de me recevoir. En retournant à mon bureau, j'ai décidé de tirer de mes bagages le soir même mes vieux ouvrages de droit constitutionnel et de les relire. Car le sénateur Byrd avait raison : pour comprendre ce qui se passait à Washington en 2005, pour comprendre mon nouveau travail et le sénateur Byrd lui-même, je devais opérer un retour aux sources, aux premiers débats et aux textes fondateurs de l'Amérique, étudier la façon dont ils s'étaient démodés avec le temps et me faire mon idée à la lumière des événements ultérieurs.

Si vous demandez à ma fille de huit ans comment je gagne ma vie, elle vous répondra peut-être que je fais des lois. L'une des surprises que réserve cependant Washington, c'est le temps qu'on y passe à discuter non de ce que la législation devrait être mais de ce qu'elle est. La loi la plus simple – l'obligation pour une entreprise, par exemple, d'accorder des pauses toilettes aux ouvriers payés à l'heure – peut devenir sujette à des interprétations extrêmement différentes selon la personne à qui on s'adresse : le parlementaire qui a proposé la loi, le collaborateur qui a rédigé le projet, le chef de service qui aura pour tâche de l'appliquer, l'avocat dont le client la trouve inopportune, ou le juge qui pourra être appelé à la faire respecter.

C'est là le résultat, voulu, d'un système d'équilibre complexe. La répartition du pouvoir entre exécutif et législatif, entre le gouvernement fédéral et les États, implique qu'aucune loi n'est jamais définitive, qu'aucune bataille n'est jamais vraiment terminée. Il est toujours possible de renforcer ou d'affaiblir ce qui semble établi, d'édulcorer une réglementation ou de bloquer son application, de limiter le pouvoir d'un organisme en réduisant son budget ou de s'emparer d'une question là où on a laissé un vide.

Cela tient en partie à la nature même des lois. La plupart du temps, elles sont simples et bien établies. Mais la vie fait constamment surgir de nouveaux problèmes, et des juristes, des dirigeants, des citoyens débattent chaque jour de la signification de termes qui paraissaient clairs quelques années voire quelques mois plus tôt. Car en définitive les lois ne sont que des mots sur une feuille de papier, des mots parfois malléables, opaques, aussi dépendants du contexte que ceux d'un roman, d'un poème ou d'une promesse faite à quelqu'un, des mots dont le sens est sujet à érosion et s'effondre parfois en un clin d'œil.

Les controverses qui agitaient Washington en 2005 allaient toutefois au-delà des problèmes classiques d'interprétation juridique. Il s'agissait en fin de compte de savoir si ceux qui détenaient le pouvoir étaient liés ou non par la loi.

Quand on en est venu par exemple aux questions de sécurité nationale dans la période qui a suivi le 11 Septembre, la Maison-Blanche a affirmé n'avoir aucun compte à rendre, pas plus au Congrès qu'aux tribunaux. Lors des audiences pour confirmer Condoleezza Rice au poste de secrétaire d'État, les débats ont porté sur toute une série de points, du champ de la résolution du Congrès autorisant la guerre en Irak à l'acceptation de membres de l'exécutif de témoigner sous serment. Pendant la discussion entourant la confirmation d'Alberto Gonzalez comme ministre de la Justice, j'ai parcouru des mémorandums rédigés par son ministère et suggérant que des techniques comme la privation de sommeil ou la suffocation répétée ne constituaient pas un acte de torture tant qu'elles ne causaient pas de « graves souffrances » comme celles qui « accompagnent le mauvais fonctionnement d'un organe, la détérioration d'une fonction corporelle ou même la mort » ; des transcriptions laissant entendre que les conventions de Genève ne s'appliquaient pas aux « combattants ennemis » capturés pendant la guerre en Afghanistan ; des opinions selon lesquelles le Quatrième Amendement ne s'appliquait pas non plus aux citoyens américains qualifiés de « combattants ennemis » et arrêtés sur le territoire des États-Unis…

Cette attitude ne se limitait certes pas à la Maison-Blanche. Je me souviens qu'un jour où je me dirigeais vers le Sénat, un jeune homme aux cheveux bruns m'a arrêté et présenté à ses parents pour m'expliquer qu'ils étaient venus de Floride dans une dernière tentative pour sauver une jeune femme : Terri Schiavo, tombée dans un coma profond, et dont le mari voulait maintenant débrancher le système d'assistance respiratoire. C'était une histoire poignante mais je leur ai répondu qu'il y avait fort peu de précédents d'intervention du Congrès dans ce genre de cas, ignorant que j'étais alors du précédent instauré par Tom DeLay et Bill Frist.

L'étendue des pouvoirs présidentiels en temps de guerre. L'éthique entourant les décisions de « fin de vie ». Autant de questions difficiles. Bien qu'en désaccord profond avec les positions des républicains, j'estimais qu'elles méritaient une discussion sérieuse. Ce qui me troublait, c'était la procédure – ou le manque de procédure – par laquelle la Maison-Blanche et ses alliés au Congrès se débarrassaient des opinions opposées aux leurs, et le sentiment que les règles de gouvernement ne s'appliquaient plus et qu'il n'y avait aucun recours. C'était comme si les dirigeants en place avaient décidé que l'habeas corpus et la séparation des pouvoirs étaient des subtilités encombrantes qui ne faisaient que compliquer des choses évidentes (la nécessité d'arrêter les terroristes) ou faire obstacle à des principes justes (le caractère sacré de la vie) et qu'on pouvait donc les négliger ou tout au moins les plier à une forte volonté.

Paradoxalement, bien sûr, ce mépris des règles et cette manipulation du langage pour atteindre un objectif particulier étaient précisément ce dont les conservateurs accusaient depuis longtemps les progressistes. C'était l'une des justifications du Contrat avec l'Amérique de Newt Gingrich, cette idée que les barons démocrates qui contrôlaient alors la Chambre des représentants détournaient constamment la procédure législative dans leur propre intérêt. C'était la base des procédures de destitution contre Bill Clinton, ce mépris jeté sur la malheureuse phrase : « Tout dépend du sens du mot "est" ». C'était la base des bordées conservatrices tirées contre les universitaires de gauche, ces grands prêtres du politiquement correct qui, soutenait-on, refusaient de reconnaître les vérités éternelles ou la hiérarchie des connaissances et endoctrinaient la jeunesse américaine avec un dangereux relativisme moral.

Et c'était au cœur même des assauts conservateurs sur les tribunaux fédéraux.

S'emparer des tribunaux en général et de la Cour suprême en particulier était devenu le saint Graal de toute une génération de militants conservateurs, uniquement, affirmaient-ils, parce qu'ils considéraient les tribunaux comme le dernier bastion des partisans de l'avortement, de la discrimination positive, de l'homosexualité, du crime, des réglementations, de l'élitisme antireligieux. Selon ces militants, des juges de gauche s'étaient placés au-dessus des lois et fondaient leurs jugements non sur la Constitution mais sur leurs caprices et les résultats souhaités, ils inventaient des droits à l'avortement ou à la sodomie qui n'existaient pas dans les textes, détournaient la procédure démocratique et les intentions originelles des Pères Fondateurs. Pour rendre aux tribunaux leur véritable rôle, il fallait nommer dans les cours fédérales des partisans d'une « stricte interprétation » de la Constitution, des hommes et des femmes sachant faire la différence entre interpréter la loi et la créer, des hommes et des femmes qui s'en tiendraient au sens originel des textes des Pères Fondateurs. Des hommes et des femmes qui suivraient les règles.

Les gens de gauche avaient une vision très différente de la situation. Alors que les républicains conservateurs progressaient aux élections législatives et présidentielles, de nombreux démocrates voyaient dans les tribunaux le dernier rempart contre les tentatives effrénées pour remettre en cause les droits civiques, les droits des femmes, les libertés individuelles, la réglementation sur l'environnement, la séparation de l'Église et de l'État et tout l'héritage du New Deal. Pendant la procédure de nomination de Robert Bork, des mouvements et des dirigeants démocrates organisèrent leur opposition avec une sophistication sans précédent pour une confirmation judiciaire. Lorsque cette confirmation fut refusée, les conservateurs comprirent qu'ils devaient bâtir leur propre armée de militants de base.

Depuis, chaque camp a revendiqué des victoires (Scalia et Thomas pour les conservateurs, Ginsburg et Breyer pour les progressistes) et connu des revers (pour les conservateurs, la dérive vers le centre largement perçue avec O'Connor, Kennedy et surtout Souter ; pour les progressistes, l'avalanche de nominations de candidats de Reagan et de Bush senior dans les juridictions fédérales inférieures). Les démocrates se plaignirent bruyamment lorsque les républicains mirent à profit leur mainmise sur la Commission judiciaire pour bloquer la nomination de soixante et un candidats de Clinton à des cours d'appel et de district, et pendant le court laps de temps durant lequel ils détinrent la majorité, les démocrates pratiquèrent la même tactique avec les candidats de George W. Bush.

Mais lorsque les démocrates perdirent la majorité au Sénat, en 2002, il ne leur resta plus qu'une flèche dans leur carquois, une stratégie qu'on peut résumer d'un mot, un cri de bataille autour duquel les croyants démocrates se ralliaient : *Obstruction* !

Nulle part dans la Constitution il n'est fait mention de l'obstructionnisme. C'est une règle du Sénat qui remonte au tout premier Congrès. L'idée fondamentale est simple : puisque toutes les affaires sénatoriales se font par consentement unanime, un seul sénateur peut bloquer une procédure en exerçant son droit à un débat illimité et en refusant de passer au point suivant de l'ordre du jour. En d'autres termes, il peut parler. Aussi longtemps qu'il le veut. Il peut parler du contenu d'une loi en instance ou d'une motion pour proposer cette loi au vote. Il peut décider de lire les sept cents pages de la loi d'autorisation de la défense, dans son intégralité, ou relier certains aspects de cette loi à l'apogée et à la chute de l'Empire romain, au vol du colibri ou à l'annuaire téléphonique d'Atlanta. Tant qu'il souhaite garder la parole, tout le reste doit attendre, ce qui donne à chaque sénateur un énorme moyen de pression et un droit de veto effectif à une minorité déterminée sur tout projet de loi.

La seule façon de mettre un terme à une obstruction, c'est un vote des trois cinquièmes des membres du Sénat en faveur de ce qu'on appelle la clôture, c'est-à-dire la fin du débat. En pratique, cela signifie que tout acte en instance – loi, résolution ou nomination – doit recueillir le soutien de soixante sénateurs au lieu d'une simple majorité. Une série de règles complexes permettent aux obstructions et aux votes de clôture de se dérouler sans tapage : la seule menace d'une obstruction suffit souvent à attirer l'attention du chef de la majorité et un vote de clôture est alors organisé sans que personne soit contraint de passer la nuit à dormir dans un fauteuil ou sur un lit de camp. Mais pendant toute l'histoire récente du Sénat, l'obstruction est restée une prérogative jalousement gardée, l'une des caractéristiques, dit-on – avec le mandat de six ans et l'attribution de deux sénateurs à chaque État, quelle que soit sa population – qui différencient le Sénat de la Chambre et servent de bouclier contre les abus de la majorité.

L'obstructionnisme a cependant une histoire plus sombre, qui présente pour moi un intérêt particulier.

Pendant près d'un siècle, il a été l'arme privilégiée du Sud pour protéger la ségrégation des ingérences fédérales, le blocus juridique qui vidait de leur substance les Quatorzième et Quinzième Amendements. Décennie après décennie, des hommes courtois et érudits comme le sénateur de Géorgie Richard B. Russell (qui a donné son nom à l'élégant ensemble de bureaux du Sénat) ont utilisé l'obstruction pour étouffer toute tentative de faire adopter au Sénat une loi sur les droits civiques, sur le droit de vote, sur l'équité de l'emploi ou contre le lynchage. Avec des mots, avec des règles, avec des procédures et des précédents – avec le droit –, les sénateurs sudistes ont réussi à perpétuer l'asservissement des Noirs quand la violence n'y parvenait pas. L'obstructionnisme n'a pas seulement bloqué des lois. Pour de nombreux Noirs du Sud, il a éteint la flamme de l'espoir.

Les démocrates ont utilisé l'obstruction avec parcimonie pendant le premier mandat de George Bush : sur les plus de deux cents nominations judiciaires proposées par le Président, dix seulement n'ont pas pu être soumises à un vote direct. Mais ces dix nominations concernaient des cours d'appel, des tribunaux importants, et les dix candidats étaient des chefs de file de la cause conservatrice. Si les démocrates pouvaient maintenir leur obstruction sur ces remarquables juristes, rien ne les empêcherait d'imposer leur point de vue pour les futures nominations à la Cour suprême, arguèrent les conservateurs.

Il en résulta que le président Bush – enhardi par une majorité républicaine plus forte au Sénat et par sa mission autoproclamée – décida, dans les premières semaines de son second mandat, de proposer à nouveau les juges auparavant rejetés. Ce chiffon rouge agité sous le nez des démocrates produisit la réaction souhaitée. Le leader démocrate Harry Reid le qualifia de « gros baiser mouillé à l'extrême droite » et brandit de nouveau la menace d'une obstruction. Les mouvements de droite et de gauche se ruèrent à leurs postes, lancèrent des avis d'alerte générale, envoyèrent des courriels et des lettres implorant les donateurs de subventionner les guerres des ondes à venir. Sentant le moment venu de porter le coup de grâce, les républicains annoncèrent que si les démocrates s'obstinaient dans leur obstructionnisme, ils se verraient contraints de recourir à la redoutable « option nucléaire », une nouvelle manœuvre procédurière dans laquelle le président du Sénat (peut-être le vice-président Cheney en personne) ne tiendrait pas compte de l'opinion des membres du Sénat et, brisant deux cents ans de précédents d'un simple coup de marteau, déclarerait que l'obstructionnisme n'était plus admissible selon les règles du Sénat, du moins pour les nominations judiciaires.

Pour moi, cette menace n'était qu'un exemple de plus de l'habitude des républicains de changer les règles en cours de partie. On pouvait en outre faire valoir qu'un vote sur des nominations judiciaires était précisément un cas où les trois cinquièmes des voix exigés pour la clôture avaient un sens : parce que les juges fédéraux sont nommés à vie et qu'ils voient souvent se succéder de nombreux présidents, il appartient au Président – dans l'intérêt de notre démocratie – de trouver des candidats modérés pouvant jouir d'un certain soutien dans les deux camps. Peu des candidats de Bush entraient dans la catégorie « modérés », ils faisaient montre au contraire d'une tendance à l'hostilité envers les droits civiques, la protection de la vie privée et la limitation des pouvoirs de l'exécutif qui les plaçait à droite des juges les plus républicains (l'un d'eux, particulièrement inquiétant, avait même qualifié par dérision la sécurité sociale et autres avancées du New Deal de « triomphe de notre propre révolution socialiste »).

Je me souviens cependant d'avoir étouffé un rire en entendant pour la première fois les mots « option nucléaire ». Ils rendaient parfaitement compte de la perte de perspective qui avait fini par caractériser les confirmations judiciaires, illustrée par un véritable festival de manipulation dans lequel des mouvements de gauche avaient fait passer à la télévision des spots reprenant des scènes de *Monsieur Smith au Sénat*, sans préciser que Strom Thurmond et Jim Eastland avaient joué le rôle de James Stewart dans la vie réelle, et par la création éhontée de mythes qui avait permis à des républicains du Sud de fustiger au Sénat l'inconvenance des obstructionnistes sans reconnaître que c'étaient des élus de leurs États – leurs ancêtres politiques directs – qui avaient perfectionné cette technique pour une cause nuisible.

Rares ont été mes collègues démocrates à apprécier l'ironie de la chose. Alors que la procédure de confirmation devenait houleuse, j'ai reconnu, dans une conversation avec une amie, que j'étais préoccupé par certaines des tactiques que nous utilisions pour discréditer et bloquer des candidats. Je n'avais aucun doute sur les dégâts que certains des juges proposés par Bush pouvaient faire et j'avais l'intention de soutenir l'obstruction menée contre plusieurs d'entre eux, ne serait-ce que pour faire comprendre à la Maison-Blanche la nécessité de se montrer plus modérée dans ses choix futurs. Mais les élections veulent quand même dire quelque chose, ai-je déclaré à mon amie. Au lieu de nous en remettre aux procédures, nous avons un moyen sûr de garantir que les juges désignés reflètent nos valeurs, et c'est de gagner dans les urnes.

Mon amie a secoué la tête avec vigueur. « Tu penses vraiment que si la situation était inverse, les républicains auraient des scrupules à recourir à l'obstruction ? » m'a-t-elle demandé.

Je ne le pensais pas. Et pourtant je doutais que notre recours à l'obstruction pût contribuer à chasser l'image de démocrates toujours sur la défensive, utilisant les tribunaux, les avocats et les manœuvres procédurières pour pallier leur incapacité à se gagner l'opinion publique. Cette image n'est pas tout à fait juste : les républicains ne demandent pas moins que les démocrates aux tribunaux de renverser des décisions prises démocratiquement (comme la loi sur le financement des campagnes électorales) qui ne leur plaisent pas. Je m'interrogeais néanmoins : en comptant sur les tribunaux pour faire valoir non seulement nos droits mais aussi nos grands principes, les progressistes n'ont-ils pas perdu foi en la démocratie ?

Tout comme les conservateurs semblent ne plus croire que la démocratie doit être davantage que ce que la majorité réclame. Je me suis souvenu d'une après-midi, quelques années plus tôt, où, en tant que membre du Parlement de l'Illinois, j'avais proposé un amendement prévoyant une exception, en cas de risque pour la santé de la mère, à une loi républicaine sur l'interdiction de l'avortement par naissance partielle. Ma proposition avait été repoussée par un vote majorité contre opposition et j'étais ensuite sorti dans le couloir avec un de mes collègues républicains. Je lui avais fait remarquer que sans cet amendement la loi allait être déclarée anticonstitutionnelle par les tribunaux. Il m'avait répondu : « Peu importe l'amendement, les juges feront ce qu'ils voudront, de toute façon. » Se tournant pour partir, il avait ajouté : « Tout est politique. Et en ce moment, nous avons la majorité. »

Ces combats sont-ils importants ? Pour beaucoup d'Américains, les débats sur la procédure au Sénat, la séparation des pouvoirs, les nominations judiciaires et les règles de l'interprétation de la Constitution semblent ésotériques, éloignés des préoccupations quotidiennes : encore des joutes partisanes.

En fait, ils sont importants. Non seulement parce que les règles de procédure de notre gouvernement contribuent à déterminer les résultats obtenus sur toutes les questions – cela peut aller de la capacité du gouvernement à imposer une réglementation aux pollueurs jusqu'à celle de mettre votre téléphone sur écoute – mais parce qu'elles déterminent notre démocratie tout autant que les élections. Notre système de démocratie est une affaire complexe. C'est à travers ce système – et en le respectant – que nous donnons forme à nos valeurs et à nos engagements communs.

Évidemment, je suis partial. Avant de venir à Washington, j'ai enseigné le droit constitutionnel pendant dix ans à l'université de Chicago. J'adorais la salle, son caractère dépouillé, le fait de me tenir seul, tel un funambule, devant le tableau noir au début de chaque cours, tandis que les étudiants prenaient ma mesure, certains déterminés ou pleins d'appréhension, d'autres étalant leur ennui. Je brisais la tension par ma première question : « De quoi s'agit-il dans cette affaire ? » Des mains se levaient, hésitantes, les premières réponses fusaient et je m'appuyais sur les discussions qui s'ouvraient jusqu'à ce que, lentement, les mots soient libérés de leur gangue ; et ce qui paraissait sec et morne quelques minutes plus tôt prenait soudainement vie, le regard de mes étudiants s'animait, le texte devenait pour eux un élément non plus simplement du passé mais aussi de leur présent et de leur avenir.

Quelquefois, j'imaginais que mon travail n'était pas si différent de celui des professeurs de théologie qui officiaient à l'autre bout du campus car, comme ceux qui enseignaient les Saintes Écritures, présumais-je, je découvrais que mes étudiants croyaient souvent connaître la Constitution sans l'avoir vraiment lue. Ils étaient habitués à en extraire des phrases qu'ils avaient entendues et à s'en servir pour appuyer leurs arguments immédiats en écartant les passages qui semblaient contredire leur opinion.

Ce que j'appréciais le plus dans l'enseignement du droit constitutionnel, ce que je voulais faire apprécier à mes élèves, c'était combien les textes demeuraient accessibles, deux siècles plus tard. Pour mes étudiants, j'étais une sorte de guide mais ils n'avaient pas besoin d'intermédiaire car, à la différence des Évangiles, les textes fondateurs – la Déclaration d'indépendance, le Fédéraliste[1] et la Constitution – se présentent comme des œuvres humaines. Nous avons des documents sur les intentions des Pères Fondateurs, leurs discussions et leurs intrigues de palais, soulignais-je devant mes étudiants. Si nous ne pouvons pas toujours deviner ce qu'il y avait dans leur cœur, nous pouvons au moins dissiper la brume du temps et nous faire une idée des idéaux essentiels qui motivaient leurs actes.

Comment donc devons-nous comprendre notre Constitution et que dit-elle des controverses actuelles sur les tribunaux ? Pour commencer, une lecture attentive de nos textes fondateurs nous rappelle qu'ils ont façonné tous nos comportements. Prenez l'idée de droits inaliénables. Plus de deux ans après la rédaction de la Déclaration d'indépendance et la ratification du Bill of Rights, nous continuons à débattre du sens de « perquisitions raisonnables », à nous demander si le Deuxième Amendement interdit toute réglementation sur les armes, si la profanation du drapeau doit être considérée comme

1. Recueil d'articles rédigés sous le pseudonyme de Publius par Alexander Hamilton, James Madison et John Jay pour amener le peuple américain à ratifier la nouvelle Constitution.

une forme d'expression. Si des droits coutumiers fondamentaux comme celui de se marier, de préserver son intégrité corporelle sont implicitement, sinon explicitement, reconnus par la Constitution, et si ces droits englobent les décisions personnelles concernant l'avortement, les soins de « fin de vie » ou les rapports des couples homosexuels.

Malgré nos désaccords, nous aurions cependant bien du mal à trouver aujourd'hui en Amérique un conservateur ou un progressiste, républicain ou démocrate, expert ou profane, qui ne souscrive pas aux libertés individuelles fondamentales identifiées par les Pères Fondateurs et devenues partie intégrante de la Constitution : le droit d'exprimer son avis, de pratiquer sa religion comme on l'entend et si on le souhaite, de se rassembler pacifiquement pour présenter une revendication au gouvernement ; le droit de posséder, d'acheter et de vendre un bien, de ne pas en être dépossédé sans une juste compensation, de ne pas faire l'objet de perquisitions et saisies déraisonnables, de ne pas être détenu par l'État sans une procédure légale ; le droit à un procès équitable dans un délai raisonnable ; le droit de décider par nous-mêmes, avec un minimum de restrictions, de notre vie de famille et de la façon dont nous élevons nos enfants.

Nous estimons que ces droits sont universels, qu'ils constituent une codification de la notion de liberté, contraignante à tous les niveaux de gouvernement et applicable à tous dans le cadre de notre communauté politique. De plus, nous pensons que l'idée même de ces droits universels présuppose l'égalité de tous les individus. En ce sens, quelle que soit notre position sur le spectre politique, nous souscrivons aux enseignements des Pères Fondateurs.

Nous savons aussi qu'une déclaration n'est pas un gouvernement et que croire ne suffit pas. Les Fondateurs reconnaissaient qu'il y a des graines d'anarchie dans l'idée de liberté individuelle, un danger grisant dans l'idée d'égalité car si chacun est vraiment libre, hors les contraintes de la naissance, de la position ou d'un ordre social hérité – si ma conception de la foi n'est ni meilleure ni pire que la vôtre, si mes conceptions de la vérité, de la bonté et de la beauté sont aussi vraies, aussi bonnes et aussi belles que les vôtres –, comment pouvons-nous espérer former une société cohérente ? Des penseurs des Lumières comme Hobbes et Locke ont suggéré que des hommes libres constituent un gouvernement pour garantir que la liberté d'un seul ne devienne pas tyrannie pour un autre, qu'ils sacrifient la licence individuelle pour mieux préserver leur liberté. Se fondant sur cette notion, des théoriciens politiques écrivant avant l'Indépendance américaine ont conclu que seule une démocratie peut répondre à la fois au besoin de liberté et d'ordre : une forme de gouvernement dans laquelle ceux qui sont gouvernés donnent leur consentement et dans laquelle les lois limitant la liberté sont uniformes, prévisibles et transparentes, s'appliquant également aux gouvernants et aux gouvernés.

Imprégnés de ces théories, les Pères Fondateurs se sont retrouvés face à un fait décourageant : dans l'histoire du monde jusqu'à leur époque, il y avait peu d'exemples de démocraties fonctionnant bien et aucun concernant des communautés plus grandes que les cités-États de la Grèce antique. Avec treize vastes États et une population diverse de trois ou quatre millions d'habitants, un modèle athénien de démocratie était hors de question et la démocratie directe des petites villes de Nouvelle-Angleterre impraticable. Une forme républicaine de gouvernement dans laquelle le peuple élit des représentants semblait plus prometteuse, mais même les républicains les plus optimistes présumaient qu'un tel système ne pouvait marcher que pour une communauté politique compacte et homogène dans laquelle une culture et une religion communes adjointes à un ensemble bien établi de vertus civiques chez tous les citoyens limiteraient les disputes et les conflits.

La solution à laquelle les Fondateurs sont arrivés après des débats tendus et de multiples projets s'est révélée être leur contribution novatrice au monde. Les grandes lignes de l'architecture constitutionnelle de Madison sont si connues que même les enfants des écoles peuvent les réciter : non pas seulement l'autorité de la loi et un gouvernement représentatif, mais aussi la séparation du gouvernement national en trois pouvoirs égaux, un Congrès bicaméral et une conception du fédéralisme préservant l'autorité des gouvernements des États, le tout conçu pour répartir le pouvoir, mettre les factions en échec, équilibrer les intérêts et empêcher la tyrannie de quelques-uns ou d'un grand nombre. En outre, l'histoire a donné raison à l'hypothèse centrale des Pères Fondateurs : un gouvernement républicain indépendant fonctionnera mieux dans une société vaste et diverse où, selon les mots de Hamilton, le « désaccord des partis » et les divergences d'opinion favoriseront « délibération et circonspection ». Comme pour notre compréhension de la Déclaration d'indépendance, nous débattons de l'interprétation de la Constitution : nous pouvons par exemple pointer du doigt l'usage abusif par le Congrès de pouvoirs étendus en matière de commerce au détriment des États, ou le pouvoir du Congrès de déclarer la guerre. Mais nous sommes certains de la justesse fondamentale des plans des Pères Fondateurs et du foyer démocratique qui en a résulté. Conservateurs ou progressistes, nous sommes tous constitutionnalistes.

Mais si nous croyons tous aux libertés individuelles et à ces règles de démocratie, sur quoi porte vraiment le débat actuel entre conservateurs et progressistes ? Si nous sommes honnêtes avec nous-mêmes, nous reconnaîtrons que, la plupart du temps, nous discutons de résultats, des décisions que les tribunaux et les parlements prennent sur les questions profondes et difficiles qui contribuent à façonner nos vies. Devons-nous permettre aux enseignants d'inciter nos enfants à prier et laisser ouverte la possibilité de porter atteinte à la foi minoritaire de certains d'entre eux ? Devons-nous interdire cette prière et forcer des parents croyants à confier leurs enfants à un monde laïc huit heures par jour ? L'université est-elle juste quand elle tient compte de notre passé de discrimination et d'exclusion raciales pour allouer un nombre de places limité en faculté de médecine ? La justice exige-t-elle que l'université traite toutes les demandes d'inscription sans tenir compte de la couleur de la peau ? Très souvent, si une règle de procédure particulière – le droit à l'obstruction, par exemple, ou la conception de la Cour suprême en matière d'interprétation constitutionnelle – nous aide à gagner la discussion et nous apporte le résultat que nous souhaitons, nous estimons, du moins en cet instant précis, que c'est une excellente règle. Si elle ne nous aide pas à gagner, nous avons tendance à l'apprécier beaucoup moins.

En ce sens, mon collègue de l'Illinois avait raison de soutenir qu'on ne peut pas séparer de la politique les débats actuels sur la Constitution. Mais il n'y a pas que les résultats en jeu dans nos discussions sur la Constitution et le rôle des tribunaux. Nous débattons aussi de la façon de débattre : des moyens, dans une vaste démocratie très peuplée et braillarde, de régler nos divergences pacifiquement. Nous désirons imposer notre point de vue, mais la plupart d'entre nous reconnaissent aussi la nécessité d'une société prévisible et cohérente. Nous voulons que les règles gouvernant notre démocratie soient justes.

Lorsque nous nous querellons au sujet de l'avortement ou de la profanation du drapeau, nous appelons donc une autorité supérieure – les Pères Fondateurs et ceux qui ont ratifié la Constitution – à nous guider. Certains, comme le juge Scalia, concluent qu'il faut suivre l'interprétation originelle du texte et que, si nous obéissons strictement à cette règle, la démocratie sera respectée.

D'autres, comme le juge Breyer, ne contestent pas que le sens originel des clauses de la Constitution a son importance. Mais ils estiment que, parfois, l'interprétation originelle ne peut aider que jusqu'à un certain point : pour les cas vraiment difficiles, pour les grands débats, nous devons tenir compte du contexte, de l'histoire et des conséquences pratiques d'une décision. Selon cette conception, les Fondateurs et ceux qui ont ratifié la Constitution nous ont dit *comment* penser mais ils ne sont plus là pour nous dire ce que nous devons penser. Nous sommes seuls et nous ne pouvons compter que sur notre raison et notre jugement.

Qui a raison ? Je ne suis pas hostile à la position du juge Scalia : dans de nombreux cas, le texte de la Constitution est parfaitement clair et peut être strictement appliqué. Nous n'avons pas à nous livrer à des interprétations pour savoir quelle doit être la périodicité des élections, par exemple, ou l'âge qu'un président doit avoir, et chaque fois que c'est faisable, les juges doivent se conformer le plus étroitement possible à la signification claire du texte.

Je comprends en outre le respect que les partisans d'une interprétation stricte ont pour les Pères Fondateurs. D'ailleurs, je me suis souvent demandé si les Fondateurs avaient eux-mêmes saisi toute l'ampleur de ce qu'ils ont accompli. Ils n'ont pas simplement élaboré la Constitution à la suite de l'Indépendance, ils ont également écrit les articles du Fédéraliste pour la soutenir, ils ont guidé le texte jusqu'à sa ratification et l'ont amendé par le Bill of Rights, le tout en l'espace de quelques courtes années. Quand nous lisons ces textes, ils nous semblent si incroyablement justes qu'on pourrait aisément penser qu'ils sont le résultat de la loi naturelle sinon d'une intervention divine. Je comprends donc la tentation, chez Scalia et d'autres, de concevoir notre démocratie comme fixée à jamais et inébranlable ; je comprends la foi fondamentaliste selon laquelle, si nous suivons strictement l'interprétation originelle de la Constitution, sans question ni détournement, si nous restons fidèles aux principes que les Pères Fondateurs ont établis, comme ils le souhaitaient, nous serons récompensés et tout le bien espéré en découlera.

En dernière analyse, je dois cependant me ranger à la conception du juge Breyer de la Constitution : ce n'est pas un texte statique mais un texte vivant, et il faut le lire dans le contexte d'un monde sans cesse changeant.

Comment pourrait-il en être autrement ? Le texte de la Constitution nous fournit le principe général selon lequel le gouvernement ne doit pas nous soumettre à des « perquisitions déraisonnables ». Il ne nous dit rien de l'opinion précise des Pères Fondateurs sur le caractère raisonnable d'une opération d'extraction de données par l'ordinateur d'un service secret. Le texte nous dit que la liberté d'expression doit être protégée mais il ne nous dit pas ce que cette liberté signifie dans le contexte d'Internet.

De plus, si une grande partie de la langue de la Constitution est claire et peut être strictement appliquée, notre compréhension d'un grand nombre de ses clauses les plus importantes – le droit à une procédure régulière, à une protection égale – a beaucoup évolué avec le temps. L'interprétation originelle du Quatorzième Amendement, par exemple, permettrait certainement la discrimination sexuelle et peut-être même raciale, conception de l'égalité à laquelle peu d'entre nous voudraient revenir.

Enfin, quiconque cherche à résoudre notre débat constitutionnel actuel par une interprétation stricte du texte rencontre un problème supplémentaire : les Pères Fondateurs et ceux qui ont ratifié la Constitution étaient eux-mêmes en profond désaccord sur la signification de leur chef-d'œuvre. Avant même que l'encre eût fini de sécher sur le parchemin, des divergences avaient éclaté non seulement sur des clauses mineures mais aussi sur les principes premiers, non seulement entre des personnalités secondaires mais au cœur même de l'Indépendance. Il y avait débat sur le pouvoir du gouvernement national de réglementer l'économie, de se substituer à la législation des États, de lever une armée permanente ou d'assumer la dette. Il y avait débat sur le rôle du Président dans la conclusion de traités avec des puissances étrangères, sur celui de la Cour suprême dans la détermination du droit. Sur le sens de droits fondamentaux comme la liberté d'expression et la liberté de réunion. À plusieurs reprises, quand le fragile nouvel État paraissait menacé, les Pères Fondateurs ne furent pas opposés à mettre totalement ces droits entre parenthèses. Étant donné ce que nous savons de cette bataille, des alliances changeantes et de tactiques parfois sournoises, il est irréaliste de penser qu'un juge, deux cents ans plus tard, puisse discerner les intentions originelles des Pères Fondateurs et de ceux qui ont ratifié la Constitution.

Certains historiens et théoriciens du droit poussent plus loin encore l'argumentation contre une interprétation stricte. Ils affirment que la Constitution elle-même ne fut en grande partie qu'un heureux hasard, un texte assemblé non sur la base de principes mais en conséquence d'un jeu de pouvoir et de passion ; que nous ne pouvons espérer connaître les « intentions originelles » des Fondateurs puisque les intentions de Jefferson n'étaient pas celles de Hamilton et que celles de Hamilton différaient beaucoup des intentions d'Adams ; que, du fait que les « règles » de la Constitution dépendaient de l'époque et du lieu, ainsi que des ambitions des hommes qui les rédigèrent, notre interprétation de ces règles reflétera forcément la même dépendance, les mêmes affrontements, les mêmes impératifs – enveloppés de nobles formulations – qui finissent par avoir le dessus. Et si je reconnais le confort qu'offre une interprétation stricte, je trouve un certain attrait dans l'idée de briser le mythe, dans la tentation de croire que le texte de la Constitution n'est pas si contraignant que cela et que nous sommes libres d'affirmer nos propres valeurs sans nous encombrer de fidélité aux traditions pesantes d'un lointain passé. C'est la liberté du relativiste, du briseur de règles, de l'adolescent qui, découvrant que ses parents sont imparfaits, apprend à jouer l'un contre l'autre : la liberté de l'apostat.

Toutefois, cette apostasie me laisse finalement insatisfait, elle aussi. Peut-être suis-je trop imprégné du mythe de la fondation pour le rejeter totalement. Comme ceux qui rejettent Darwin pour le « dessein intelligent », je préfère peut-être présumer qu'il y a quelqu'un à la barre. En dernière analyse, la question que je ne cesse de me poser est la suivante : si la Constitution est seulement une affaire de pouvoir et non de principes, si nous ne faisons que l'inventer au fur et à mesure, pourquoi notre république a-t-elle non seulement survécu mais servi de modèle à tant de sociétés réussies ?

La réponse sur laquelle je me rabats – et qui n'est absolument pas originale à mes yeux – requiert un changement de métaphores : notre démocratie n'est pas une maison que nous devons bâtir mais un dialogue que nous devons avoir. Selon cette conception, le génie de Madison n'est pas de nous avoir fourni un plan établi pour nos actions, comme un architecte pour la construction d'un bâtiment. Il nous a fourni un cadre et des règles, mais la fidélité à ces règles ne garantit pas une société équitable ni un accord sur ce qui est juste. Elle ne nous dit pas si l'avortement est bien ou mal, si la décision appartient à une femme ou au Parlement. Elle ne nous dit pas davantage si la prière à l'école vaut mieux que pas de prière du tout.

Ce que le cadre de notre Constitution peut faire, c'est organiser le débat sur notre avenir. Son mécanisme complexe – séparation des pouvoirs, système d'équilibre, principes fédéralistes et Bill of Rights – est conçu pour nous contraindre au dialogue, à une « démocratie délibérative » dans laquelle on demande aux citoyens de mettre leurs idées à l'épreuve d'une réalité extérieure, de persuader les autres de la justesse de leur point de vue et de bâtir des alliances temporaires. Parce que le pouvoir est très diffus dans notre forme de gouvernement, le processus d'élaboration des lois nous oblige à envisager l'idée que nous n'avons pas toujours raison et à changer parfois d'avis. Il nous met au défi d'examiner sans cesse nos mobiles et nos intérêts, il suggère que nos jugements, tant individuels que collectifs, sont à la fois légitimes et hautement faillibles.

L'histoire vient à l'appui de cette conception, car s'il est une impulsion commune aux Pères Fondateurs, c'est le rejet de toute forme d'autorité absolue : monarque, théocrate, général, oligarque, dictateur, majorité, ou quiconque prétendrait choisir pour nous. George Washington a refusé la couronne de César à cause de cette impulsion et s'est retiré après deux mandats. Les plans de Hamilton pour diriger une armée nouvelle se sont effondrés et la réputation d'Adams a souffert après les lois sur les étrangers et la sédition, précisément parce qu'il n'a pas voulu suivre cette impulsion. C'est Jefferson, pas un juge libéral des années 1960, qui a réclamé un mur entre l'Église et l'État, et si nous n'avons pas suivi son conseil de lancer une révolution toutes les deux ou trois générations, c'est uniquement parce que la Constitution elle-même s'est révélée être un rempart suffisant contre la tyrannie.

Ce n'est pas simplement le pouvoir absolu que les Fondateurs de la nation ont cherché à empêcher. Dans la structure du texte, dans l'idée même d'une liberté ordonnée, il y avait un rejet implicite des vérités absolues, de l'infaillibilité de toute idéologie, de toute théologie ou de tout mot en « isme », de toute logique de tyrannie qui pourraient enfermer les générations futures dans un parcours unique, inaltérable, ou mener à la fois majorité et opposition aux cruautés de l'Inquisition, des pogroms, du goulag ou du djihad. Les Pères Fondateurs plaçaient leur confiance en Dieu mais, fidèles à l'esprit des Lumières, ils la placèrent aussi dans l'intelligence et le bon sens que Dieu leur avait donnés. Ils se méfiaient de l'abstraction et aimaient poser ces questions, et c'est la raison pour laquelle, à chaque tournant des débuts de notre histoire, la théorie a dû s'incliner devant les faits et la nécessité. Jefferson a contribué à renforcer le pouvoir du gouvernement national alors même qu'il déplorait et rejetait ce pouvoir. L'idéal d'Adams d'une politique se fondant uniquement sur l'intérêt public – une politique sans politique – s'est révélé obsolète dès que Washington s'est démis de ses fonctions. C'est peut-être la vision des Fondateurs qui nous inspire mais ce sont leur réalisme, leur sens pratique, leur souplesse et leur curiosité qui ont assuré la survie de l'Union.

Je reconnais qu'il y a un aspect réducteur dans cette lecture de la Constitution et de notre procédure démocratique. Elle semble prôner le compromis, la modestie et la « débrouille », justifier les échanges de faveurs, les petits arrangements, les intérêts égoïstes, les projets entrepris uniquement à des fins électoralistes, la paralysie et l'inefficacité : toute cette cuisine que personne ne veut voir et que les éditorialistes, à travers notre histoire, ont souvent qualifiée de corrompue. Je pense néanmoins que nous commettons une erreur en présumant que la délibération démocratique requiert l'abandon de nos idéaux les plus élevés ou de l'engagement pour le bien commun. La Constitution ne garantit pas notre liberté d'expression uniquement pour que nous puissions brailler à pleins poumons en restant sourds à ce que les autres ont à dire (bien que nous ayons effectivement ce droit). Elle nous offre aussi la possibilité d'un véritable marché d'idées où la « discordance des partis » favorise « la délibération et la circonspection », un marché où, par le débat et la confrontation, nous pouvons élargir nos perspectives, changer d'avis et parvenir en fin de compte non seulement à des accords mais à des accords solides et justes.

Le système d'équilibre, de séparation des pouvoirs et de fédéralisme de la Constitution peut souvent inciter des groupes d'intérêts à manœuvrer et ferrailler pour s'assurer des avantages étroits, mais cela n'a rien de fatal. La répartition du pouvoir peut également contraindre ces groupes à prendre en compte d'autres intérêts et même, avec le temps, à modifier leur façon de penser et de concevoir leurs propres intérêts.

Le rejet de l'absolutisme inhérent à notre structure constitutionnelle peut parfois faire apparaître notre politique comme dépourvue de principes. Mais, pendant la plus grande partie de notre histoire, il a favorisé le processus même de collecte d'informations, d'analyse et de discussion qui nous permet de faire des choix meilleurs, sinon parfaits, non seulement sur les moyens pour atteindre nos objectifs mais aussi sur ces objectifs eux-mêmes. Que nous soyons pour ou contre la discrimination positive, pour ou contre la prière à l'école, nous devons mettre nos idéaux, notre vision et nos valeurs à l'épreuve des réalités d'une vie commune afin qu'avec le temps ils puissent être affinés, rejetés ou remplacés par de nouveaux idéaux, une vision plus aiguë, des valeurs plus profondes. Selon Madison, c'est ce processus qui a donné la Constitution elle-même à travers une convention selon laquelle « aucun homme ne se sentait obligé de garder ses opinions plus longtemps qu'il n'était satisfait de leur justesse et de leur vérité et qu'il était ouvert à la force du débat ».

En somme, la Constitution englobe une feuille de route grâce à laquelle nous marions la passion à la raison, l'idéal de la liberté de l'individu aux exigences de la communauté. Le plus étonnant, c'est que cela a marché. Dans les premiers temps de l'Union, pendant les crises et les guerres mondiales, les multiples transformations de l'économie et l'expansion occidentale, l'arrivée de millions d'immigrés sur nos côtes, notre démocratie a non seulement survécu mais prospéré. Elle a connu des épreuves, bien sûr, des périodes de guerre et de peur, et elle en connaîtra d'autres, sans aucun doute.

Mais le dialogue n'a cessé totalement qu'une seule fois, et sur le seul sujet dont les Pères Fondateurs refusaient de parler.

La Déclaration d'indépendance a sans doute été, selon les termes de l'historien Joseph Ellis, un « mouvement transformateur de l'histoire du monde où toutes les lois et relations humaines reposant sur la coercition seraient balayées à jamais ». Mais, dans l'esprit des Fondateurs, cette notion de liberté ne s'étendait pas aux esclaves qui cultivaient leurs champs, faisaient leurs lits et s'occupaient de leurs enfants.

Le mécanisme raffiné de la Constitution garantissait les droits des citoyens, de ceux qu'on considérait comme membres de la communauté politique de l'Amérique. Mais il n'accordait aucune protection à ceux qui se trouvaient en dehors du cercle constitutionnel : les Américains de souche dont les traités se révélaient sans valeur devant les tribunaux du conquérant, ou le Noir Dred Scott, qui entra libre dans la salle de la Cour suprême et en ressortit esclave.

Le débat démocratique a peut-être suffi à étendre le droit de vote aux hommes blancs non propriétaires et finalement aux femmes ; la raison, la discussion et le pragmatisme américain ont peut-être atténué les douleurs de croissance économique d'une grande nation et les tensions religieuses ou de classe qui affligeaient d'autres pays. Mais la délibération n'a pas suffi pour donner à l'esclave sa liberté ni pour laver l'Amérique de son péché originel. Finalement, c'est l'épée qui a brisé ses chaînes.

Qu'est-ce que cela dit de notre démocratie ? Pour une certaine école de pensée, les Pères Fondateurs n'ont été que des hypocrites et la Constitution n'est qu'une trahison des grands idéaux exposés par la Déclaration d'indépendance ; comme les premiers abolitionnistes, elle estime que le grand compromis entre le Nord et le Sud était un pacte avec le diable. D'autres, représentant une sagesse plus conventionnelle, soutiennent que le compromis constitutionnel sur l'esclavage – l'omission du point de vue abolitionniste dans le projet originel de la Déclaration, la clause des trois cinquièmes et la clause sur les importations, le bâillon que le vingt-quatrième Congrès imposerait au débat sur la question de l'esclavage, de la structure même du fédéralisme et du Sénat – était une condition nécessaire, quoique regrettable, à la formation de l'Union ; que, par leur silence, les Fondateurs ont uniquement cherché à retarder une disparition finale de l'esclavage dont ils étaient certains, que cette unique faute ne met pas en cause le génie de la Constitution, qui a donné aux abolitionnistes l'espace requis pour se rassembler, qui a permis au débat de se dérouler et fourni le cadre grâce auquel, après la guerre de Sécession, les Treizième, Quatorzième et Quinzième Amendements ont pu être adoptés et l'Union finalement améliorée.

Comment pourrais-je, moi, un Américain aux veines irriguées par le sang de l'Afrique, choisir un camp dans ce débat ? J'en suis incapable. J'aime trop l'Amérique, je suis trop investi dans ce que ce pays est devenu, trop impliqué dans ses institutions, trop épris de sa beauté et même de sa laideur, pour me concentrer exclusivement sur les circonstances de sa naissance. Mais je ne peux pas non plus rejeter d'un revers de main l'énormité de l'injustice commise, ni effacer les fantômes des générations passées, ni ignorer la plaie ouverte qui tourmente encore ce pays.

Le mieux que je puisse faire, face à notre histoire, c'est me souvenir que ce ne sont pas toujours le pragmatisme, la voix de la raison ou la force du compromis qui ont créé les conditions de la liberté. Les faits têtus et froids me rappellent que c'est un idéaliste inflexible comme William Lloyd Garrison qui a le premier fait sonner l'appel à la justice ; que ce sont des esclaves et d'anciens esclaves, des hommes comme Denmark Vesey et Frederick Douglass, des femmes comme Harriet Tubman, qui ont compris que le pouvoir ne concéderait rien sans lutte. Ce sont les prophéties hallucinées de John Brown, le fait qu'il était prêt, au nom de sa vision, à verser le sang et pas seulement à faire des discours, qui ont contribué à imposer la question d'un pays à moitié esclave et à moitié libre. Je me rappelle que la délibération et l'ordre constitutionnel peuvent être parfois le luxe des puissants et que ce sont souvent les illuminés, les fanatiques, les prophètes, les agitateurs et les déraisonnables – en d'autres termes, les absolutistes – qui se sont battus pour un nouvel ordre. Sachant cela, je ne peux sommairement rejeter ceux qui aujourd'hui sont animés d'une semblable certitude – les militants contre l'avortement qui manifestent devant la salle où je tiens une réunion, les militants des droits des animaux qui saccagent des laboratoires – même si je suis en profond désaccord avec leurs opinions. Je n'ai même pas la certitude de l'incertitude, car les vérités absolues sont parfois bel et bien absolues.

Il ne me reste que Lincoln qui, mieux que quiconque avant ou après lui, a compris à la fois la fonction délibérative de notre démocratie et les limites de cette délibération. Nous nous souvenons de lui pour la fermeté et la profondeur de ses convictions, son opposition inébranlable à l'esclavage et sa certitude qu'une maison divisée ne peut tenir debout. Mais sa présidence a aussi été guidée par un pragmatisme qui aujourd'hui nous affligerait et qui l'a conduit à essayer de conclure divers marchés avec le Sud afin de maintenir l'Union sans faire la guerre ; à choisir et à rejeter une série de généraux et de stratégies une fois que la guerre avait éclaté ; à solliciter la Constitution jusqu'au point de rupture pour mener la guerre à une conclusion victorieuse. Je me plais à croire que pour Lincoln il n'a jamais été question de renoncer à une conviction pour des raisons d'opportunité. Il s'agissait plutôt de maintenir en lui l'équilibre entre deux idées contradictoires : nous devons discuter et parvenir à des points de vue communs précisément parce que nous sommes tous imparfaits et que nous ne pouvons jamais agir avec la certitude que Dieu est de notre côté ; et cependant, nous devons quelquefois agir quand même comme si nous avions une certitude, protégés de l'erreur par la seule providence.

Cette conscience, cette humilité ont conduit Lincoln à faire avancer ses principes dans le cadre de notre démocratie, par des déclarations et des débats, par des arguments raisonnés qui en appelaient au côté ange de notre nature. C'est cette même humilité qui lui a permis, une fois le dialogue entre le Nord et le Sud rompu et la guerre inévitable, de résister à la tentation de diaboliser les pères et les fils qui se battaient dans l'autre camp, ou de minimiser les horreurs de la guerre, aussi juste qu'elle pût être. Le sang des esclaves nous rappelle que notre pragmatisme peut quelquefois être de la lâcheté morale. Lincoln et tous ceux qui sont enterrés à Gettysburg nous rappellent que nous ne devons poursuivre nos vérités absolues qu'en sachant qu'il peut y avoir un prix terrible à payer.

Ces méditations d'heures tardives n'ont pas été nécessaires pour la décision que j'ai prise concernant les candidats de George W. Bush aux cours d'appel fédérales. Finalement, au Sénat, la crise a été évitée ou tout au moins reportée : sept sénateurs démocrates ont accepté de ne pas faire obstruction à trois des cinq propositions controversées de Bush et se sont engagés à n'user à l'avenir de l'obstruction que dans des « circonstances extraordinaires ». En échange, sept républicains ont accepté de voter contre une « option nucléaire » qui éliminerait définitivement toute pratique d'obstruction, là aussi en avertissant qu'ils pourraient changer d'avis en cas de « circonstances extraordinaires ». Personne ne pouvait définir ce qu'étaient des « circonstances extraordinaires », et les militants démocrates et républicains qui brûlaient d'en

découdre se sont plaints amèrement de ce qu'ils perce-
vaient comme une capitulation de leur camp.

J'ai décliné la proposition de faire partie de ce qu'on
a appelé la Bande des quatorze. Étant donné le profil
de plusieurs des juges concernés, on voyait mal quel
candidat pouvait être pire encore et constituer des
« circonstances extraordinaires » dignes d'une obstruction. Je ne pouvais cependant pas reprocher à mes collègues leurs efforts. Les démocrates impliqués avaient
pris une décision pratique : sans accord, l'« option
nucléaire » serait probablement passée.

Nul ne fut plus ravi que le sénateur Byrd de la tournure des événements. Le jour où l'accord a été annoncé,
il a parcouru triomphalement les couloirs du Capitole
avec le républicain John Warner, de Virginie, les jeunes
membres de la Bande prenant le sillage des vieux lions.
« Nous avons maintenu la République ! » a proclamé
Byrd devant une meute de reporters et j'ai souri en songeant à l'entretien que nous avions finalement réussi à
avoir, quelques mois plus tôt.

Il s'était déroulé au rez-de-chaussée du Capitole,
dans la tanière du sénateur, nichée dans une enfilade de
petites salles superbement décorées où se réunissaient
régulièrement les commissions. Sa secrétaire m'a introduit dans son bureau personnel, tapissé de livres et,
m'a-t-il semblé, de manuscrits anciens, de vieilles pho-
tographies et de souvenirs de campagne. Byrd m'a
demandé si on pouvait prendre quelques photos et nous
nous sommes serré la main en souriant pour le photo-
graphe. Après le départ de celui-ci et de la secrétaire,
nous nous sommes assis dans une paire de fauteuils
fatigués. Je lui ai demandé des nouvelles de sa femme,
dont j'avais entendu dire que l'état de santé s'était
aggravé, puis je lui ai posé des questions sur quelques-
unes des photos. Enfin, je lui ai demandé quel conseil il
donnerait au sénateur novice que j'étais.

« Apprenez les règles, a-t-il suggéré. Pas seulement les règles, mais les précédents. »

Il a pointé l'index vers une série d'épais classeurs portant chacun une étiquette manuscrite, derrière moi.

« Rares sont ceux qui se donnent la peine de les apprendre, de nos jours, a-t-il poursuivi. Tout se fait dans l'urgence, un sénateur doit s'occuper de tant de choses qu'il court toujours après le temps. Mais ces règles ouvrent l'accès au pouvoir, au Sénat. Elles sont les clefs du royaume. »

Nous avons parlé du passé du Sénat, des présidents qu'il avait connus, des lois qu'il avait fait adopter. Il m'a dit que je réussirais au Sénat mais que je ne devais pas être trop pressé : un grand nombre de sénateurs, obnubilés par la Maison-Blanche, ne comprennent pas que dans la conception constitutionnelle le Sénat est l'instance suprême, le cœur et l'âme de la République.

« Très peu de gens aujourd'hui lisent la Constitution, a-t-il ajouté en tirant de sa poche de poitrine son exemplaire. Je l'ai toujours dit, ce texte et la sainte Bible sont les seuls guides dont j'aie besoin. »

Avant que je parte, il a insisté pour que sa secrétaire m'apporte un jeu de ses livres sur l'histoire du Sénat. Tandis qu'il posait lentement sur la table les volumes magnifiquement reliés et qu'il cherchait un stylo, j'ai déclaré que je trouvais remarquable qu'il ait trouvé le temps d'écrire.

« Oh, j'ai eu beaucoup de chance, a-t-il soupiré. J'ai de nombreuses raisons d'être reconnaissant. Il n'y a pas grand-chose dans ma vie que je ne recommencerais pas. »

Levant soudain la tête, il m'a regardé dans les yeux.

« Je n'ai qu'un seul regret, vous savez. La bêtise de la jeunesse… »

Nous sommes restés un moment silencieux, songeant aux années et à l'expérience qui nous séparaient.

« Nous avons tous nos regrets, sénateur, ai-je fini par répondre. Demandons simplement qu'à la fin la grâce de Dieu brille sur nous. »

Il a scruté mon visage puis il a hoché la tête avec un infime sourire et ouvert l'un des livres à la page de garde.

« La grâce de Dieu, a-t-il répété. Oui, tout à fait. Laissez-moi vous les dédicacer… »

Et, une main affermissant l'autre, il a lentement apposé sa signature sur les ouvrages.

4

La politique

Les réunions publiques sont une de mes activités favorites en tant que sénateur. Pendant mon premier mandat, j'en ai tenu trente-neuf à travers tout l'Illinois, dans de petits bourgs ruraux comme Anna ou des banlieues riches comme Naperville, dans des églises noires du South Side ou une université de Rock Island. Cela se fait sans grand battage. Mes collaborateurs téléphonent au lycée, à la bibliothèque ou au centre universitaire locaux pour savoir s'ils accepteraient d'accueillir la réunion. Une semaine avant environ, nous annonçons la réunion dans le journal de la ville, les bulletins paroissiaux et à la station de radio. Le jour même, j'arrive une demi-heure plus tôt pour bavarder avec les élus de la ville et nous discutons des problèmes locaux, une route à refaire ou un projet de nouvelle maison de retraite. Après une séance de photos, nous entrons dans la salle où la foule attend. Je serre des mains en me dirigeant vers l'estrade, qui se réduit généralement à un micro, une bouteille d'eau et un drapeau américain déroulé au-dessus de la tribune. Puis, pendant l'heure qui suit, je réponds aux questions des gens qui m'ont envoyé à Washington.

La participation est variable : parfois une cinquantaine de personnes, parfois deux mille. Mais, quel que soit leur nombre, je suis heureux de les voir. Ces gens constituent une coupe transversale des comtés que nous visitons : républicains et démocrates, jeunes et vieux, gros et maigres, chauffeurs routiers, professeurs de faculté, mères au foyer, anciens combattants, instituteurs, agents d'assurance, experts-comptables, secrétaires, médecins, travailleurs sociaux. Ils sont généralement polis et attentifs, même lorsqu'ils ne sont pas d'accord avec moi (ou entre eux). Ils m'interrogent sur les médicaments sur ordonnance, la dette publique, les droits de l'homme au Myanmar, l'éthanol, la grippe aviaire, les crédits pour l'éducation et le programme spatial. Souvent, ils me surprennent : une jeune femme aux cheveux blond très clair, au fin fond d'une région agricole, prononce un plaidoyer passionné pour une intervention au Darfour, un vieux monsieur noir d'un quartier pauvre du centre-ville me pose des colles sur la conservation des sols.

Lorsque je promène mon regard sur l'assistance, je me sens encouragé. Dans la posture des participants, je perçois du labeur. Dans la façon dont ils élèvent leurs enfants, je vois de l'espoir. Être avec eux, c'est comme de se plonger dans un torrent frais. Je me sens purifié, content du métier que j'ai choisi.

À l'issue de la réunion, les gens s'approchent pour me serrer la main, prendre des photos, ou envoient leurs enfants demander un autographe. Ils me glissent des choses dans la main : articles de journaux, cartes de visite, notes manuscrites, médailles militaires, petits objets religieux, porte-bonheur. Parfois, quelqu'un me saisit la main et déclare qu'il a de grands espoirs pour moi mais qu'il craint que Washington ne me change et que je ne finisse comme tous les hommes de pouvoir.

S'il vous plaît, restez comme vous êtes, me disent-ils.

S'il vous plaît, ne nous décevez pas.

C'est une tradition américaine de relier les problèmes de notre politique à la qualité de ceux qui la font. Cette opinion s'exprime quelquefois en termes très précis : le Président est un crétin, le sénateur Untel est un minable. Quelquefois, le jugement est plus vaste : « Ils mangent tous dans la main des grands groupes. » La plupart des électeurs concluent que tout le monde à Washington « joue la comédie », c'est-à-dire que les élus votent ou prennent des positions en contradiction avec leur conscience – quand ils en ont une –, qu'ils se déterminent en fonction des contributions financières à leurs campagnes, ou des sondages, ou de la loyauté envers leur parti, au lieu d'essayer de faire ce qui est juste. Souvent, les gens réservent leurs critiques les plus féroces à l'homme politique de leur propre camp, au démocrate qui « ne se bat pour rien » ou au républicain qui « ne l'est que de nom ». Ce qui mène droit à la conclusion que si nous voulons que quelque chose change à Washington, il faut en chasser les canailles.

Cependant, année après année, nous laissons les canailles en place, avec un taux de réélection des membres de la Chambre atteignant les 96 % !

Les analystes scientifiques avancent plusieurs raisons pour expliquer ce phénomène. Dans le monde interconnecté d'aujourd'hui, il est difficile de pénétrer la conscience d'un électorat très occupé et distrait. En conséquence, gagner en politique se réduit à une simple reconnaissance de son nom et c'est la raison pour laquelle la plupart des sortants passent une grande partie de leur temps entre les élections à s'assurer qu'on répète leurs noms encore et encore, que ce soit quand ils coupent un ruban pour le défilé du 4 Juillet ou au fil des émissions-débats du dimanche matin. Les sortants ont un avantage bien connu dans la collecte des contributions financières puisque les groupes d'intérêts – de droite ou de gauche – vont dans le sens des chances de victoire lorsqu'il s'agit de verser de l'argent. Il y a aussi le rôle du charcutage électoral, qui épargne aux parlementaires un défi trop important : de nos jours, presque toutes les circonscriptions sont découpées par le parti au pouvoir avec une précision d'ordinateur pour garantir qu'une majorité constituée de ses partisans y réside. On peut affirmer sans crainte d'exagérer que les électeurs ne choisissent plus leurs représentants mais que ce sont les représentants qui choisissent leurs électeurs.

Un autre facteur entre en jeu, cependant. On en parle rarement mais il contribue à expliquer pourquoi les sondages indiquent régulièrement que les électeurs détestent le Parlement mais aiment bien leur parlementaire. Aussi difficile à croire que ce soit, la plupart des hommes politiques sont des gens dignes d'être appréciés.

Je pense que c'est vrai pour mes collègues sénateurs. Pris individuellement, ce sont de merveilleux compagnons. J'aurais peine à trouver meilleurs conteurs d'histoires que Ted Kennedy ou Trent Lott, des esprits plus vifs que Kent Conrad ou Richard Shelby, des personnalités plus chaleureuses que Debbie Stabenow ou Mel Martinez. En règle générale, ils se révèlent intelligents, réfléchis et travailleurs, disposés à consacrer de longues heures d'attention aux problèmes de leurs États. Certes, il y a ceux qui correspondent au cliché, qui parlent interminablement ou persécutent leurs collaborateurs, et plus je passe du temps au Sénat, plus je peux discerner dans chaque sénateur les défauts dont nous souffrons tous à des degrés divers : ici un mauvais caractère, là un entêtement profond ou une vanité insatiable. La plupart du temps, toutefois, la fréquence de ces traits de caractère n'est pas plus élevée au Sénat que dans n'importe quelle autre tranche de la population prise au hasard. Même lorsque je discute avec ceux de mes collègues avec qui je suis en total désaccord, je suis généralement frappé par leur sincérité foncière, leur désir d'améliorer les choses, de rendre le pays plus sain et plus fort, par leur désir de représenter leurs électeurs et leurs valeurs aussi loyalement que les circonstances le permettent.

Qu'est-il donc arrivé pour que ces hommes et ces femmes se transforment en ces personnages lugubres, obstinés, hypocrites et parfois cruels qui peuplent chaque soir nos journaux télévisés ? Qu'est-ce qui a empêché des hommes raisonnables et consciencieux de gérer convenablement les affaires du pays ? Au bout d'un certain temps passé à Washington, j'ai vu certains de mes amis chercher sur mon visage des signes de changement, des manières pompeuses dans mon comportement, des traces de mesquinerie ou de dissimulation. Je me suis examiné de plus près, j'ai discerné en moi certains traits que je partageais avec mes nouveaux collègues et je me suis demandé ce qui pourrait m'empêcher de me transformer moi-même en politicien typique de mauvais feuilleton télévisé.

Un des points de départ possibles de mon enquête fut d'essayer de comprendre la nature de l'ambition car, à cet égard au moins, les sénateurs sont différents du commun des mortels. On devient rarement sénateur des États-Unis par hasard. Cela requiert au minimum une certaine mégalomanie, la conviction que, de tous les gens talentueux de votre État, vous êtes, pour une raison ou pour une autre, le plus qualifié pour parler en son nom, une conviction suffisamment forte pour être prêt à subir l'épreuve parfois exaltante, parfois accablante, mais toujours légèrement ridicule, que nous appelons campagne électorale.

De plus, l'ambition seule ne suffit pas. Quel que soit l'écheveau de motivations, sacrées et profanes, qui nous pousse à devenir sénateur, ceux qui y parviennent doivent faire preuve d'une détermination quasi obsessionnelle, souvent au prix de leur santé, de leurs relations, de leur équilibre mental et de leur dignité. Je me souviens qu'à la fin des primaires j'ai regardé mon agenda, et je me suis rendu compte qu'en un an et demi j'avais pris exactement sept jours de vacances. Le reste du temps, j'avais travaillé de douze à seize heures par jour. Je n'en étais pas particulièrement fier. Comme Michelle me l'avait fait remarquer à maintes reprises pendant la campagne, ce n'était pas normal.

Ni l'ambition ni la détermination obsessionnelle ne rendent cependant totalement compte de la conduite des hommes politiques. Il s'y ajoute un sentiment peut-être plus général et plus destructeur, un sentiment qui, après la griserie de l'annonce officielle de votre candidature, vous prend dans ses griffes et ne vous lâche plus avant le jour des élections. C'est la peur. Pas seulement la peur de perdre – encore que ce soit déjà éprouvant –, mais la peur d'une humiliation totale.

Je garde par exemple un souvenir cuisant de ma seule défaite à ce jour en politique, une raclée face au sortant démocrate Bobby Rush en 2000. Ce fut une élection où tout ce qui pouvait mal tourner a mal tourné, où la tragédie et la farce ont aggravé mes propres erreurs. Deux semaines après avoir annoncé ma candidature et collecté quelques milliers de dollars, j'ai commandé mon premier sondage et découvert que 90 % des gens connaissaient le nom de M. Rush et seulement 11 % le mien. Son taux d'opinions favorables s'élevait à 70 %, le mien à 8 %. J'ai appris ainsi l'une des règles cardinales de la politique moderne : procédez au sondage *avant* de vous présenter.

À partir de là, tout est parti à vau-l'eau. En octobre, alors que je me rendais en voiture à une réunion pour obtenir le soutien d'un des rares dirigeants du Parti qui ne s'étaient pas encore prononcé en faveur de mon adversaire, j'ai entendu à la radio que le fils du parlementaire Rush avait été abattu devant sa maison par deux dealers. Profondément choqué et attristé pour mon adversaire, j'ai suspendu ma campagne pendant un mois.

Puis, durant les fêtes de fin d'année, alors que je m'étais rendu à Hawaii pour une brève visite à ma grand-mère et refaire connaissance de Michelle et de ma fille Malia, qui avait alors dix-huit mois, le Parlement de l'État a été rappelé en séance spéciale pour voter une loi sur la réglementation des armes à feu. Malia étant malade et ne pouvant prendre l'avion, je n'ai pas participé au vote. Deux jours plus tard, débarquant à l'aéroport O'Hare après un vol de nuit, accompagné de Michelle, qui portait un bébé en pleurs dans les bras et ne m'adressait plus la parole, j'ai été accueilli par un article à la une du *Chicago Tribune* indiquant qu'il n'avait manqué que quelques voix à la loi pour passer et que le candidat Obama avait « préféré de rester en vacances » à Hawaii. Mon directeur de campagne m'a appelé pour me décrire le spot que Rush ferait peut-être bientôt passer à la télévision : des palmiers, un type affalé dans un transat, sirotant un *mai tai*, avec en fond sonore des accords de ukulélé et une voix off expliquant : « Alors que Chicago connaît le taux de criminalité le plus élevé de son histoire, Barack Obama... ».

Je l'ai interrompu : j'avais compris.

Et j'ai su, au fond de moi, à moins de la moitié de la campagne, que j'allais perdre. À partir de ce jour, je me suis réveillé chaque matin avec un sentiment diffus de frayeur, conscient qu'il me faudrait passer la journée à sourire et à serrer des mains, à faire comme si tout se déroulait au mieux. Dans les dernières semaines avant la primaire, ma campagne a un peu repris du poil de la bête : j'ai été bon dans des débats peu couverts par les médias, j'ai obtenu des échos positifs à mes propositions sur la santé et l'éducation, j'ai même reçu le soutien de la *Tribune*. Mais c'était trop peu et trop tard. Je suis arrivé à ma « soirée de victoire » pour découvrir que la course était déjà jouée et que j'avais perdu de trente et un points.

Je ne prétends pas que les hommes politiques sont seuls à subir de telles déceptions. Mais à la différence de la plupart des gens, qui peuvent s'offrir le luxe de panser leurs plaies en privé, les déculottées des hommes politiques sont étalées au grand jour. Il y a le joyeux discours pour reconnaître la victoire de l'autre qu'il faut faire dans une salle des fêtes à moitié vide, l'expression courageuse que vous prenez pour réconforter collaborateurs et militants, les coups de téléphone de remerciements à ceux qui vous ont aidé et les demandes gênées de nouvelles contributions pour éponger les dettes. Vous faites tout cela de votre mieux, mais vous avez beau vous répéter le contraire – tenter d'attribuer votre défaite à un mauvais timing, à la malchance, au manque de fonds… – vous n'arrivez pas à ne pas penser, quelque part, que l'ensemble de la communauté vous a personnellement répudié, que vous n'avez pas tout à fait les qualités nécessaires et que, partout où vous allez, le mot « loser » traverse les esprits. C'est le genre de sentiment que la plupart des hommes n'ont plus éprouvé depuis le lycée, quand la fille pour qui vous vous mouriez d'amour vous a mis plus bas que terre devant tous les copains, ou quand vous avez raté trois lancers francs décisifs pour l'issue d'un match capital, le genre de sensation que la plupart des adultes cherchent à éviter en organisant sagement leur vie.

Imaginez l'impact de tels sentiments sur un homme politique important qui – contrairement à moi – a rarement connu l'échec dans sa vie, qui était le stratège de l'équipe de foot au lycée ou le major de sa promotion, dont le père était sénateur ou amiral et à qui on a répété depuis l'enfance qu'il était appelé à un grand destin… Je me souviens d'une conversation avec un dirigeant d'entreprise qui avait soutenu le vice-président Al Gore pendant l'élection présidentielle de 2000. Nous nous trouvions dans son bureau adéquatement luxueux donnant sur la partie centrale de Manhattan quand il m'a raconté une rencontre qui avait eu lieu six mois environ après l'élection, quand Gore cherchait des investisseurs pour son projet de télévision alors dans l'œuf.

« C'était étrange, m'a dit le P-DG. Il était là, ancien vice-président, un homme qui, quelques mois plus tôt, avait été sur le point de devenir le dirigeant le plus puissant de la planète. Pendant la campagne, je prenais ses coups de téléphone à n'importe quelle heure de la journée, je réorganisais mon emploi du temps chaque fois qu'il souhaitait me voir. Et là, lorsqu'il est entré dans mon bureau, après l'élection, je n'ai pas pu m'empêcher de penser que le recevoir était une corvée. J'ai honte de le reconnaître parce que j'avais vraiment de la sympathie pour lui. Mais d'une certaine façon, il n'était plus Al Gore, l'ancien vice-président. Il n'était qu'un des cent types par jour qui viennent me demander de l'argent. Cela m'a fait comprendre que vous, les politiques, vous marchez au bord d'une falaise escarpée. »

Une falaise escarpée, une chute soudaine… Durant ces cinq dernières années, Al Gore a montré la satisfaction et l'influence que peut apporter une vie après la politique et je soupçonne le P-DG de prendre à nouveau avec empressement les coups de téléphone de l'ancien vice-président. J'imagine pourtant qu'après sa défaite de 2000 Gore a senti le changement d'attitude de son ami. Assis en face de lui, résumant en quelques mots son projet de télévision, s'efforçant de tirer le meilleur parti possible d'une mauvaise passe, il a dû juger ridicule la situation dans laquelle il se retrouvait : après une vie de travail acharné, il risquait de tout perdre à cause d'une élection trafiquée, alors que son ami le P-DG au sourire condescendant pouvait se permettre de finir deuxième dans sa branche année après année, de voir peut-être les actions de son entreprise chuter, ou de faire un investissement inconsidéré, et cependant continuer à être considéré comme un gagnant, à éprouver l'orgueil de la réussite, à jouir d'une rémunération somptueuse et de l'exercice du pouvoir. Ce n'était pas juste, mais cela ne changeait rien à la réalité pour l'ancien vice-président. Comme la plupart des hommes et des femmes qui ont pris le chemin de la vie publique, Gore savait dès le départ dans quoi il s'engageait. En politique, il peut y avoir un second acte, mais pas de seconde place.

La plupart des autres péchés de la politique découlent de ce péché plus vaste : le besoin de gagner, mais aussi le besoin de ne pas perdre. C'est à coup sûr la raison de la chasse aux fonds. Autrefois, avant les lois sur le financement des campagnes électorales et les reporters fouineurs, l'argent régentait la politique par des pots-de-vin directs, un politicien pouvait traiter ses fonds de campagne comme son compte en banque personnel et accepter des cadeaux luxueux. Les importantes contributions financières provenant de personnes en quête d'influence étaient courantes et les lois adoptées allaient dans le sens du plus gros enchérisseur. Si les récentes informations sont exactes, ces formes grossières de corruption n'ont pas totalement disparu. Apparemment, il y a encore à Washington des gens qui voient dans la politique un moyen de devenir riches et, s'ils ne sont généralement pas assez stupides pour accepter des sacs de petites coupures, ils sont tout à fait disposés à dorloter les donateurs jusqu'à ce que le moment vienne enfin de passer à la pratique lucrative du lobbying en faveur de ceux pour qui ils ont auparavant légiféré.

Le plus souvent, toutefois, ce n'est pas de cette manière que l'argent influence la politique. Peu de lobbyistes proposent un donnant-donnant explicite aux élus. Ils n'ont pas à le faire. Leur influence tient uniquement au fait qu'ils ont plus facilement accès à ces élus que l'électeur moyen, qu'ils sont mieux informés que ce dernier et qu'ils ont plus d'endurance quand il s'agit de faire valoir une clause fiscale obscure qui peut rapporter des millions à leurs clients et dont tout le monde se fiche.

Pour la plupart des hommes politiques, l'argent ne sert pas à devenir riche. Au Sénat, tout au moins, un grand nombre d'élus le sont déjà. L'argent sert à garder sa position et son pouvoir. À faire fuir d'éventuels adversaires et à combattre la peur. L'argent ne garantit pas la victoire ; il n'achète ni l'ardeur, ni le charisme, ni le talent de conteur. Mais sans argent, sans les spots télévisés qui en dévorent d'énormes quantités, vous avez toutes les chances de perdre.

Les sommes en jeu sont astronomiques, en particulier pour les élections dans les grands États pourvus de multiples marchés médiatiques. Alors que j'étais membre du Parlement de l'Illinois, je n'ai jamais eu besoin de dépenser plus de 100 000 dollars pour une élection. J'ai même fini par avoir une réputation d'empêcheur de collecter en rond puisque j'ai été l'un des élus à l'origine de la première loi sur le financement des campagnes électorales adoptée en vingt-cinq ans, que je refusais les invitations à déjeuner des lobbyistes ainsi que les chèques provenant du jeu et de l'industrie du tabac. Lorsque j'ai décidé de me présenter au Sénat des États-Unis, mon conseiller en communication, David Axelrod, m'a demandé un moment de mon temps pour m'expliquer les réalités de la vie. Notre plan de campagne exigeait un budget minimal, il nous contraignait à dépendre fortement du soutien de la base et des « médias gagnés », c'est-à-dire de notre capacité à faire nous-mêmes notre actualité. David a cependant précisé qu'une semaine de spots télévisés sur le marché médiatique de Chicago coûterait approximativement 500 000 dollars et qu'il en faudrait 250 000 de plus pour couvrir le reste de l'État. En tablant sur quatre semaines de télé, en ajoutant les frais généraux et les salaires des collaborateurs, le budget final de la primaire s'élèverait à 5 millions de dollars. En cas de victoire, il me faudrait collecter 10 ou 15 millions supplémentaires pour l'élection proprement dite.

Une fois rentré chez moi, ce soir-là, j'ai dressé, en colonnes bien nettes, la liste de toutes les personnes que je connaissais qui pourraient m'apporter leur contribution financière. À côté de leurs noms, j'ai inscrit la somme maximale que je me sentais capable de leur demander sans nous mettre mal à l'aise.

Le total se montait à 500 000 dollars.

Faute de grosse fortune personnelle, il n'y a qu'une seule façon, fondamentalement, de collecter l'argent nécessaire pour se présenter au Sénat des États-Unis. Il faut le demander aux riches. Pendant les trois premiers mois de ma campagne, je m'enfermais dans une pièce avec mon assistant pour la collecte de fonds et nous démarchions par téléphone d'anciens donateurs démocrates. Cela n'avait rien de drôle. Parfois, les gens me raccrochaient au nez. Le plus souvent, leur secrétaire prenait le message mais ils ne rappelaient pas et je téléphonais deux ou trois autres fois avant de renoncer ou avant que la personne finisse par répondre et me fasse la courtoisie d'un refus en direct. J'ai commencé à m'esquiver pendant ces séances de démarchage : j'allais souvent aux toilettes, je prenais de longues pauses café, je proposais qu'on revoie plutôt une troisième ou une quatrième fois mon discours sur l'éducation. Parfois, je pensais à mon grand-père qui, dans son âge mûr, s'efforçait de placer des contrats d'assurance vie sans être très doué pour ça. Je me souvenais de son angoisse chaque fois qu'il tentait d'obtenir un rendez-vous avec des gens qui auraient préféré se faire arracher une dent plutôt que recevoir un agent d'assurance, ainsi que des regards que lui adressait ma grand-mère, qui, pendant la majeure partie de leur mariage, avait gagné plus d'argent que lui.

Je comprenais plus que jamais ce que mon grand-père avait dû ressentir.

Au bout de trois mois, nous avions à peine recueilli 250 000 dollars, soit une somme nettement en dessous du seuil qui rendrait ma campagne crédible. Pour ne rien arranger, je devais affronter ce que la plupart des hommes politiques considèrent comme leur pire cauchemar : un candidat autofinancé disposant de ressources illimitées. Il s'appelait Blair Hull et, quelques années plus tôt, il avait vendu sa société financière à Goldman Sachs pour 531 millions de dollars. Il était sans nul doute animé d'un désir sincère, quoique mal défini, de servir son pays et c'était à tous les égards un type brillant. Mais, sur le circuit de campagne, il se révéla d'une timidité quasi maladive, avec les manières introverties d'un homme qui a passé les trois quarts de sa vie seul devant un écran d'ordinateur. Je suppose que, comme beaucoup de gens, il s'imaginait que faire de la politique – contrairement à être médecin, pilote de ligne ou plombier – n'exigeait aucune compétence particulière et qu'un homme d'affaires comme lui s'en tirerait au moins aussi bien, et probablement mieux, que n'importe quel politicien professionnel qu'il voyait à la télévision. M. Hull considérait même son habileté avec les chiffres comme un atout inestimable : à un moment de sa campagne, il a révélé à un journaliste une formule mathématique qu'il avait mise au point pour gagner les élections, un algorithme commençant par

$$\text{Probabilité} = 1/(1+ \exp(-1 \times (-3,9659056 + (\text{Poids de l'élection générale} \times 1,92380219)$$

et se terminant par une suite de plusieurs facteurs indéchiffrables.

Autant de raisons qui incitaient à voir dans M. Hull un candidat négligeable… jusqu'à ce matin d'avril, ou de mai, où, sortant en voiture de l'allée circulaire de mon immeuble pour me rendre au bureau, j'ai découvert une longue série de grandes pancartes bleu, blanc, rouge s'étirant sur tout le pâté de maisons et clamant BLAIR HULL AU SÉNAT DES ÉTATS-UNIS, un avant-goût de celles que j'ai retrouvées sur tout le trajet, dans chaque rue, dans chaque grande artère, dans toutes les directions, dans les moindres coins et recoins, dans les vitrines des salons de coiffure, sur les murs de bâtiments abandonnés, devant les arrêts d'autobus et derrière les comptoirs des épiceries : des pancartes Hull partout, parsemant le paysage comme des pâquerettes au printemps.

On a coutume de dire dans l'Illinois que « les pancartes ne votent pas », ce qui signifie qu'on ne peut pas préjuger de l'issue d'une élection au nombre de panneaux que couvre un candidat. Très bien, mais personne dans l'Illinois n'avait jamais vu pendant une campagne autant de pancartes et de panneaux installés en une seule journée, personne n'avait expérimenté l'effrayante efficacité avec laquelle les équipes rémunérées par mon adversaire décrochaient toutes les autres pancartes et les remplaçaient par celles de Hull en une seule soirée. Nous avons alors entendu parler de dirigeants de quartier de la communauté noire qui estimaient tout à coup que M. Hull défendait les défavorisés, de certains dirigeants du sud de l'État qui vantaient le soutien de M. Hull à la petite exploitation agricole familiale. Et puis les spots télévisés ont frappé, six mois d'affilée et partout jusqu'au jour de l'élection, sur toutes les chaînes de l'État, à toutes les heures : Blair Hull avec les anciens, Blair Hull avec les enfants, Blair Hull prêt à reprendre Washington aux groupes d'intérêts… En janvier 2004, M. Hull occupait la première place dans les sondages et mes partisans me submergeaient de coups de téléphone : il fallait absolument que je fasse quelque chose, que j'apparaisse immédiatement à la télévision, sinon tout était perdu.

Que pouvais-je faire ? J'ai expliqué qu'à la différence de M. Hull ma valeur nette était négative. Dans le meilleur des cas, nous disposerions d'assez d'argent pour quatre semaines exactement de spots télévisés, et compte tenu de cette réalité, il serait probablement insensé d'engloutir en août tout le budget de notre campagne. Il fallait être patient, conseillais-je aux sympathisants. Rester confiant. Ne pas céder à la panique. Puis je raccrochais, je regardais par la fenêtre et je voyais passer le camping-car avec lequel Hull sillonnait l'État, long comme un paquebot et aussi bien équipé, disait-on, et je me demandais si le moment n'était pas venu de céder à la panique, finalement.

À de nombreux égards, j'ai eu plus de chance que la plupart des candidats dans de telles circonstances. Pour une raison ou une autre, ma campagne s'est mise un jour à prendre un élan mystérieux et difficile à cerner, à faire parler d'elle. Parmi les riches donateurs, il est devenu à la mode de défendre ma cause et, dans tout l'État, les petits donateurs ont commencé à envoyer des chèques par Internet avec une fréquence à laquelle nous ne nous attendions pas. Paradoxalement, mon statut de candidat surprise me protégeait des pièges les plus dangereux de la collecte de fonds : la plupart des CCF, les comités de collecte de fonds, m'évitaient et je ne leur devais donc rien. Les rares comités qui m'avaient aidé, comme la Ligue des électeurs pour la préservation de l'environnement, représentaient des causes auxquelles je croyais et pour lesquelles je me battais depuis longtemps. Finalement, M. Hull a quand même dépensé six fois plus d'argent que moi. Mais il faut lui rendre cette justice (il le regrette peut-être, d'ailleurs) : il n'a pas fait diffuser un seul spot me dénigrant. Mes chiffres dans les sondages restaient assez proches des siens et, au cours des dernières semaines de la campagne, quand mes propres spots sont passés à la télévision et que j'ai commencé à grimper, Hull a explosé en vol à cause de rumeurs selon lesquelles on l'aurait vu se disputer violemment avec une ex-épouse.

Pour moi au moins, le manque de fonds ou de soutien des grandes entreprises n'a pas été un obstacle à la victoire. Je ne peux cependant pas prétendre que la chasse aux fonds ne m'a pas changé à certains égards. Elle m'a assurément aidé à me débarrasser de la honte que j'éprouvais auparavant, lorsque je demandais des sommes importantes à des inconnus. À la fin de la campagne, les plaisanteries, les propos anodins qui accompagnaient mes sollicitations téléphoniques avaient disparu. J'en venais directement à la demande d'argent et je m'efforçais de ne pas accepter de refus.

Je crains néanmoins qu'il n'y ait eu un autre changement à l'œuvre. Je passais de plus en plus de temps avec des nantis : associés de cabinets juridiques et banquiers d'affaires, directeurs de sociétés d'investissement et spécialistes de placements à risque. En règle générale, c'étaient des gens intelligents, intéressants, connaissant bien la politique, de tendance progressiste et n'attendant rien d'autre en échange de leur chèque que de pouvoir faire entendre leur opinion. Mais ils reflétaient, quasi uniformément, les vues de leur classe sociale, ce 1 % de l'échelle des revenus qui peut se permettre de faire un don de 2 000 dollars à un candidat politique. Ils croyaient à la liberté du marché et à la méritocratie en matière d'éducation ; ils avaient peine à imaginer un mal social que d'excellents résultats à l'examen d'entrée à l'université ne puissent guérir. Le protectionnisme les exaspérait et ils trouvaient les syndicats gênants, ils ne montraient pas de compassion particulière pour ceux dont les mouvements du capital mondial bouleversaient la vie. La plupart étaient fermement partisans de l'avortement et vaguement soupçonneux à l'égard des sentiments religieux profonds.

Même si ma vision du monde et la leur coïncidaient sur de nombreux points – j'avais fréquenté les mêmes écoles qu'eux, lu les mêmes livres, et j'avais les mêmes préoccupations pour l'avenir de mes enfants –, je me surprenais à éviter certains sujets dans nos conversations, à masquer d'éventuelles divergences. Sur les questions de fond, j'étais franc : je n'avais aucun problème pour déclarer à ces sympathisants aisés qu'on devrait revenir sur les réductions fiscales que George Bush leur avait accordées. Chaque fois que j'en avais l'occasion, je m'efforçais de leur faire connaître les points de vue que j'entendais dans d'autres couches de l'électorat, concernant le rôle de la foi en politique, par exemple, ou l'importance des armes à feu dans les régions rurales de l'État.

Je sais cependant que ma quête de fonds a eu pour effet de me faire ressembler davantage aux riches donateurs que je rencontrais, tout simplement parce que je passais de plus en plus de temps au-dessus de la mêlée, en dehors d'un monde où sévissaient la faim, la peur, les déceptions, l'irrationalité et la dureté de la vie, le monde des 99 autres % de la population, c'est-à-dire ceux pour qui j'étais entré en politique. Et je soupçonne qu'il en va de même, d'une façon ou d'une autre, pour tous les sénateurs : plus vous restez longtemps au Sénat, plus le champ de ce qui retentit sur vous devient étroit. Vous pouvez résister en organisant des réunions publiques, en sillonnant l'État pour entendre les gens et en retournant dans votre ancien quartier, mais votre agenda vous oblige à évoluer sur une orbite différente de celle de la plupart des personnes que vous représentez.

Et lorsque l'élection suivante approche, une voix intérieure vous souffle que vous n'êtes pas obligé de vous infliger une fois encore la corvée de collecter tout cet argent par petites sommes. Vous vous rendez compte que vous ne disposez plus du prestige et de l'attrait de la nouveauté que vous offriez au départ ; vous n'avez pas changé Washington et vous avez mécontenté beaucoup de gens en rendant des votes difficiles. Le chemin de moindre pente – les collectes de fonds organisés par les groupes d'intérêts particuliers, par les CCF des entreprises et par les grands cabinets de lobbying – commence à vous paraître terriblement tentant, et si les opinions de ces gens en place ne collent pas parfaitement avec celles que vous aviez naguère, vous apprenez à justifier les changements en alléguant le réalisme, le compromis, la nécessité de connaître les ficelles. Les problèmes des gens ordinaires, les voix des régions d'industries sur le déclin ou de l'intérieur du pays en train de se vider, deviennent un écho lointain plutôt qu'une réalité palpable, des abstractions à gérer plutôt que des batailles à livrer.

D'autres forces s'exercent sur un sénateur. Aussi important que soit l'argent pour une campagne, ce n'est pas seulement la collecte de fonds qui hisse un candidat au sommet. Pour gagner en politique – pour ne pas perdre – les gens organisés peuvent être aussi importants que l'argent, en particulier dans les primaires à faible participation qui, dans un monde de circonscriptions soigneusement découpées, sont souvent les élections les plus disputées qu'un candidat aura à affronter. De nos jours, peu de gens ont le temps ou le désir de militer dans une campagne électorale, en particulier parce que cela implique plus souvent de coller des enveloppes et de frapper aux portes que de rédiger des discours ou de s'abîmer dans de profondes réflexions. Donc, si un candidat a besoin de militants ou de listes d'électeurs, il s'adresse à des gens déjà organisés. Pour les démocrates, ce sont les syndicats, les mouvements écologistes et les associations pour le droit à l'avortement. Pour les républicains, la droite religieuse, les chambres de commerce locales, la NRA et les organisations anti-impôts.

L'expression « groupes d'intérêts particuliers » ne m'a jamais tout à fait convenu, car elle met dans le même sac Exxon Mobil et les maçons, l'industrie pharmaceutique et les parents d'enfants en éducation spécialisée. La plupart des analystes politiques ne seront probablement pas de mon avis mais, selon moi, il y a une différence entre le lobby d'entreprise, dont l'influence repose uniquement sur l'argent, et un groupe d'individus partageant un même point de vue – que ce soient des ouvriers du textile, des passionnés d'armes à feu, des anciens combattants ou des petits fermiers – qui s'unissent pour défendre leurs intérêts, entre ceux qui usent de leur pouvoir économique pour exercer leur influence politique bien au-delà de ce que leur nombre justifierait et ceux qui cherchent simplement à regrouper leurs votes pour influencer leurs représentants. Les premiers subvertissent l'idée même de démocratie, les derniers en sont le fondement.

L'impact des groupes d'intérêts sur les candidats à un mandat politique n'est cependant pas toujours reluisant. Pour pouvoir maintenir un nombre élevé de membres actifs et de dons, se faire entendre par-dessus le vacarme général, les groupes qui ont une influence sur la politique ne sont surtout pas conçus pour promouvoir l'intérêt général. Ils ne cherchent pas le candidat le plus réfléchi, le mieux qualifié ou le plus large d'esprit à soutenir. Ils sont concentrés exclusivement sur une étroite série de préoccupations : leurs retraites, leurs subventions agricoles… leur cause. Dit simplement, ils prêchent pour leur paroisse. Et ils veulent que vous, l'élu, les aidiez, le plus souvent au détriment du reste.

Pendant ma première primaire, par exemple, je dois avoir rempli au moins cinquante questionnaires. Aucun d'eux n'était très subtil. Ils contenaient généralement une dizaine de questions rédigées de cette façon : « Vous engagez-vous solennellement, si vous êtes élu, à faire abroger la loi scélérate qui jette à la rue des veuves et des orphelins ? »

Faute de temps, je ne remplissais que les questionnaires envoyés par des organisations dont j'avais une chance de recueillir le soutien (étant donné mes votes antérieurs, la NRA et le Droit national à la vie, par exemple, n'entraient pas dans cette catégorie) et je répondais généralement « oui » à la plupart des questions, et cela sans le moindre embarras. Mais, parfois, je tombais sur une question qui me faisait hésiter. J'étais d'accord avec un syndicat sur la nécessité de renforcer les normes concernant le travail et l'environnement dans nos lois commerciales, mais étais-je partisan de supprimer l'Accord de libre-échange nord-américain (l'ALENA) ? Je pensais moi aussi qu'une couverture maladie universelle doit être l'une des priorités du pays mais s'ensuivait-il qu'un amendement constitutionnel était le meilleur moyen d'atteindre cet objectif ? Je me surprenais à tergiverser sur ces questions, à écrire dans la marge, à expliquer les choix politiques difficiles que cela impliquait. Mes collaborateurs secouaient la tête. « Réponds mal à une question, et le soutien, les militants, les listes d'adresses iront à l'autre candidat », arguaient-ils. Réponds bien à toutes et tu t'enfermes dans le type de joutes partisanes auxquelles tu as précisément promis de mettre fin, pensais-je.

Dire une chose pendant la campagne et en faire une autre une fois élu fait de vous un politicien à deux faces.

J'ai perdu le soutien de quelques organisations pour ne pas avoir donné la bonne réponse. Deux ou trois fois, un groupe nous a surpris en m'accordant son soutien malgré une mauvaise réponse.

Et quelquefois, peu importent les réponses que vous avez faites au questionnaire. Outre M. Hull, mon adversaire le plus redoutable dans la primaire démocrate pour l'élection au Sénat des États-Unis était le président de la cour des comptes de l'Illinois, Dan Hynes, homme et fonctionnaire remarquable, dont le père, Tom Hynes, était un ancien président du Sénat de l'État, juge assesseur du comté de Cook, membre du comité de circonscription, membre de la Commission nationale démocrate, l'une des personnalités politiques les plus influentes de l'Illinois. Avant même d'entrer en lice, Dan avait recueilli le soutien de quatre-vingt-cinq des cent deux présidents de comté démocrates de l'État, de la majorité de mes collègues au Parlement de l'Illinois et de Mike Madigan, à la fois président de l'Assemblée et président du Parti démocrate de l'État. Quand on déroulait sur le site Web de Dan la liste de ses soutiens, c'était comme le générique à la fin d'un film : on partait longtemps avant la fin.

Je gardais malgré tout l'espoir de recueillir quelques soutiens, en particulier parmi les syndicats. Pendant sept ans, j'avais été leur allié au Parlement, j'avais soutenu un grand nombre de leurs projets de loi et plaidé leur cause à la tribune. Je savais que, traditionnellement, l'AFL-CIO soutenait ceux qui votaient régulièrement en sa faveur. Mais lorsque la campagne s'est mise en branle, il s'est passé des choses curieuses. Le syndicat des camionneurs a tenu sa réunion sur le soutien aux candidats à Chicago un jour où je devais absolument être à Springfield pour un vote. Il a refusé de changer de date et a accordé son soutien à M. Hynes sans même m'avoir parlé. De même, une réception avait été organisée par les syndicats dans le cadre de la Foire de l'Illinois et on nous avait prévenus qu'aucune pancarte électorale ne serait admise. Or, en arrivant, mes collaborateurs et moi, nous avons découvert une salle tapissée d'affiches de Hynes. Le soir de la réunion de l'AFL-CIO sur le soutien, j'ai remarqué qu'un certain nombre de mes amis syndicalistes détournaient les yeux quand j'ai traversé la salle. Un vieux type qui dirigeait l'une des plus importantes unions locales de l'État s'est approché de moi et m'a tapoté le dos en disant avec un sourire triste :

« Je n'ai rien contre toi personnellement, Barack. Mais je connais Tom Hynes depuis cinquante ans. On a grandi dans le même quartier. On était de la même paroisse. Danny, je l'ai vu pousser. »

J'ai répondu que je comprenais.

« Tu pourrais peut-être te présenter au poste de Danny une fois qu'il sera élu au Sénat, a-t-il ajouté. Qu'est-ce que tu en penses ? Tu ferais un sacré président de la cour des comptes. »

Je suis allé rejoindre mes collaborateurs pour leur annoncer que nous n'aurions pas le soutien de l'AFL-CIO.

Une fois de plus, les choses se sont arrangées. Les dirigeants de plusieurs des principaux syndicats – la Fédération des enseignants de l'Illinois, le SEIU, l'AFSCME et UNITE HERE, représentant les travailleurs du textile, de l'hôtellerie et de la restauration – ont brisé les rangs et décidé de me soutenir plutôt que Hynes, soutien qui s'est révélé décisif pour donner à ma campagne un semblant de poids. C'était risqué de leur part : si j'avais perdu, ces syndicats auraient payé le prix en matière de crédibilité auprès de leurs membres.

Du coup, j'ai une dette envers eux. Quand leurs dirigeants téléphonent, je fais tout mon possible pour les rappeler immédiatement. Je ne me sens pas corrompu pour autant. Cela ne me gêne absolument pas d'avoir des obligations envers les aides-soignants à domicile qui nettoient chaque jour des bassins hygiéniques pour un peu plus que le salaire minimum, envers les enseignants de quelques-unes des écoles les plus dures du pays, dont un grand nombre mettent eux-mêmes la main à la poche pour acheter des crayons et des livres à leurs élèves. Je suis entré en politique afin de me battre pour eux et je suis heureux qu'un syndicat soit là pour me rappeler leurs luttes.

Mais je comprends aussi que, parfois, ces obligations se télescopent avec d'autres : les obligations envers les enfants des quartiers défavorisés qui ne savent pas lire, par exemple, ou envers les enfants à naître, que nous criblons de dettes. Déjà, il y a eu certaines tensions : j'ai proposé par exemple d'expérimenter le salaire au mérite pour les enseignants et j'ai appelé à élever les normes d'économie de carburant malgré l'opposition de mes amis du syndicat des travailleurs de l'automobile. Je me plais à penser que je continuerai à réfléchir à cette question du salaire au mérite, tout comme, je l'espère, mon homologue républicain réfléchira à son engagement contre tout nouvel impôt ou à son opposition à la recherche sur les cellules souches – inscrits dans son programme de campagne – à la lumière de ce qui est le mieux pour le pays en général, indépendamment de ce que ses partisans réclament. J'espère que je pourrai toujours aller voir mes amis syndicalistes et leur expliquer que ma position a un sens, qu'elle est cohérente avec mes valeurs et leurs intérêts à long terme.

Je soupçonne toutefois que les dirigeants syndicaux ne considéreront pas toujours les choses de cette façon. Il leur arrivera peut-être de dire à leurs membres que je les ai trahis. Je recevrai peut-être des lettres et des coups de téléphone indignés et ils ne me soutiendront peut-être pas la fois suivante.

Si cela vous arrive assez souvent, si vous êtes en passe de perdre une élection parce qu'une partie décisive de votre électorat est furieuse contre vous, ou si vous devez affronter dans la primaire un adversaire qui vous qualifie de traître, vous commencez à avoir moins envie de confrontation. Vous vous demandez ce que votre conscience vous dicte exactement : d'éviter d'être prisonnier d'« intérêts particuliers » ou d'éviter de laisser tomber vos amis ? La réponse ne va pas de soi. Alors, vous vous mettez à voter comme vous répondriez à un questionnaire. Vous ne pesez pas trop longtemps votre décision, vous cochez la case « oui » d'un bout à l'autre de la liste.

Les hommes politiques prisonniers de leurs riches donateurs ou succombant aux pressions de groupes d'intérêts : voilà un échantillon de la façon de rendre compte de la vie politique actuelle, le fil qui court dans presque toutes les analyses sur ce qui ne va pas dans notre démocratie. Mais pour l'élu qui se soucie de garder son siège, il y a une troisième force qui le tiraille et le bouscule, qui modèle le débat politique et délimite le champ de ce qu'il estime pouvoir faire ou non, des positions qu'il peut prendre ou non. Quarante ou cinquante ans plus tôt, cette force, c'était l'appareil des partis : les patrons des grandes villes, les experts en combines politiques, les décideurs de Washington, qui pouvaient faire ou briser une carrière d'un coup de téléphone. Aujourd'hui, cette force, ce sont les médias.

Une précision, ici : pendant trois ans, du jour où j'ai annoncé ma candidature au Sénat jusqu'à la fin de ma première année de sénateur, j'ai bénéficié d'une couverture médiatique positive exceptionnelle et parfois imméritée. Cela tenait sans aucun doute à mon statut d'outsider total dans la primaire, à la nouveauté d'un candidat noir aux origines exotiques. Cela tenait peut-être aussi à ma façon de communiquer, parfois décousue, hésitante et verbeuse (mes collaborateurs et Michelle me le rappellent souvent), mais propre peut-être à susciter de la sympathie chez les esprits littéraires.

De plus, même lorsque je faisais l'objet d'articles négatifs, les journalistes politiques à qui j'avais affaire étaient en général des types francs. Ils enregistraient nos entretiens, s'efforçaient de situer mes déclarations dans leur contexte et m'appelaient pour avoir ma réponse à leurs critiques.

Personnellement, je n'ai donc pas à me plaindre. Ce qui ne signifie pas pour autant que je peux me permettre d'ignorer la presse. Précisément parce que les médias ont donné de moi une image d'un niveau auquel j'aurai peut-être du mal à me maintenir, j'ai conscience que le système peut rapidement fonctionner en sens inverse.

Les chiffres suffisent à l'expliquer. Aux trente-neuf réunions publiques que j'ai tenues pendant ma première année au Sénat, la participation était en moyenne de cinq cents personnes, ce qui signifie que j'ai rencontré entre quinze et vingt mille personnes. Si je maintiens ce rythme pendant le reste de mon mandat, j'aurai eu des contacts personnels, directs, avec environ cent mille de mes électeurs avant que le jour des élections revienne.

Par comparaison, un reportage de trois minutes sur l'une des chaînes d'information les moins cotées du marché médiatique de Chicago peut toucher deux cent mille personnes. Autrement dit, je dépends presque entièrement des médias – comme tous les politiques au niveau fédéral – pour maintenir le contact avec mes électeurs. Les médias sont le prisme à travers lequel mes votes au Sénat sont interprétés, mes déclarations décortiquées, mes convictions examinées. Pour l'opinion publique, au moins, je suis ce que les médias disent que je suis. Je dis ce qu'ils disent que je dis. Je deviens ce qu'ils disent que je deviens.

L'influence des médias sur notre politique prend de nombreuses formes. Le plus frappant, aujourd'hui, c'est le développement d'une presse ouvertement partiale : les émissions-débats à la radio, Fox News, les éditorialistes des journaux, les débats sur le câble et, plus récemment, les bloggers, qui échangent insultes, accusations, ragots et insinuations vingt-quatre heures par jour, sept jours par semaine. Comme d'autres l'ont remarqué, ce style de journalisme d'opinion n'est pas vraiment nouveau ; à certains égards, il marque un retour de la tradition dominante du journalisme américain, une conception de l'information développée par des patrons de presse comme William Randolph Hearst et le colonel McCormick, avant qu'une idée plus saine du journalisme objectif émerge après la Seconde Guerre mondiale.

On ne peut toutefois nier que ce bruit et cette fureur, amplifiés par la télévision et par Internet, aient rendu plus rude la vie politique. Ils poussent les tempéraments à s'enflammer, ils contribuent à semer la méfiance. Que les hommes politiques l'admettent ou non, un flot constant de vitriol a des effets sur l'esprit. Curieusement, nous ne nous préoccupons pas trop des attaques les plus grossières. Si les auditoires de Rush Limbaugh prennent plaisir à l'entendre m'appeler « Oussama Obama », je les laisse s'amuser. Ce sont les praticiens plus subtils qui parviennent à vous piquer, en partie parce que l'opinion leur accorde une crédibilité plus grande, en partie à cause de l'habileté avec laquelle ils se jettent sur vos déclarations et vous font passer pour un crétin.

En avril 2005, par exemple, j'ai participé à l'émission consacrée à l'inauguration de la nouvelle Bibliothèque présidentielle Lincoln à Springfield. Il s'agissait d'une brève allocution de cinq minutes dans laquelle j'ai souligné que l'humanité d'Abraham Lincoln, ses imperfections, était la qualité même qui le rendait si fascinant. « Dans ses efforts pour sortir de la pauvreté, pour apprendre seul et finalement maîtriser la langue et le droit, ai-je dit dans une partie de mes remarques, dans sa capacité à surmonter des pertes personnelles et à demeurer déterminé face à des défaites répétées, nous voyons un élément fondamental du caractère américain, la conviction que nous pouvons sans cesse nous transformer pour nous élever à la hauteur de nos rêves les plus grands. »

Quelques mois plus tard, *Time* m'a proposé d'écrire un texte pour un numéro spécial sur Lincoln. N'ayant pas le temps de rédiger quelque chose de nouveau, j'ai demandé aux rédacteurs en chef du magazine si mon discours leur conviendrait. Ils ont acquiescé mais m'ont suggéré de le personnaliser un peu plus, d'ajouter quelque chose concernant l'influence de Lincoln sur ma vie. Entre deux réunions, j'ai apporté rapidement quelques modifications. L'une d'elles portait sur le passage cité plus haut, qui devenait : « Dans ses efforts pour sortir de la pauvreté, pour maîtriser finalement la langue et le droit, dans sa capacité à surmonter des pertes personnelles et à demeurer déterminé face à des défaites répétées, il me rappelait aussi mes propres luttes. »

À peine le numéro était-il paru que Peggy Noonan, ancien nègre de Reagan et chroniqueuse au *Wall Street Journal*, entrait en action. Sous le titre « Vanité bien ordonnée... », elle écrivait : « Cette semaine, le sénateur Barack Obama, jusqu'ici prudent, déploie ses ailes dans *Time* et nous explique qu'il est une sorte d'Abraham Lincoln, mais en mieux. » Elle ajoutait : « Il n'y a rien à reprocher au CV de Barack Obama, mais il est totalement dépourvu de cabanes en rondin. Et de grandeur, jusqu'ici. S'il continue à parler de lui de cette façon, ça ne risque pas de changer. »

Aïe !

Difficile de dire si Mme Noonan pensait sérieusement que je me comparais à Lincoln ou si elle prenait simplement plaisir à me piéger avec une rare élégance. À l'aune des attaques habituelles de la presse, la sienne était plutôt douce… et pas tout à fait imméritée.

Elle me rappelait cependant ce que mes collègues plus aguerris savaient déjà : que chacune de mes déclarations serait soumise à un examen minutieux, disséquée par toutes sortes d'experts, interprétée de façons sur lesquelles je n'avais aucun contrôle, et que mes adversaires y traqueraient la moindre erreur, inexactitude, omission ou contradiction, qu'ils garderaient soigneusement sous le coude pour en faire l'objet d'un spot télévisé déplaisant le moment venu. Dans un environnement où une seule remarque malavisée peut donner lieu à plus de publicité négative que des années de politique avisée, je n'aurais pas dû être surpris qu'au Capitole on décortique les plaisanteries, qu'on juge l'ironie suspecte, la spontanéité malvenue et la passion carrément dangereuse. J'ai commencé à me demander combien de temps il fallait à un homme politique pour intérioriser tout cela, combien de temps avant que le comité des scribes, des rédacteurs en chef et des censeurs n'élise résidence dans sa tête, avant que ses moments de « franchise » ne soient écrits d'avance, pour qu'il s'étouffe d'indignation au bon moment seulement… Combien de temps avant de se mettre à parler comme un politicien ?

Il y avait une autre leçon à tirer de cette histoire : dès sa parution, la chronique de Mme Noonan a parcouru Internet, elle est apparue sur tous les sites Web de droite comme la preuve que j'étais un idiot arrogant et creux (uniquement la citation de Mme Noonan et pas le reste de mon texte). En ce sens, l'incident illustrait un aspect plus subtil et plus corrosif des médias actuels : comment une histoire particulière, répétée inlassablement et lancée dans l'espace cybernétique à la vitesse de la lumière, finit par devenir une particule de réalité, comment des caricatures politiques et des pépites de conformisme s'incrustent dans notre cerveau sans que nous ayons le temps de les examiner.

Par exemple, il est difficile de trouver de nos jours une phrase sur les démocrates qui ne suggère pas qu'ils sont « faibles » et « n'ont de position sur rien ». Les républicains, en revanche, sont « forts » (quoiqu'un peu durs) et Bush est « déterminé », indépendamment du nombre de fois où il change d'avis. Un vote ou un discours de Hillary Clinton qui va à l'encontre des clichés est immédiatement qualifié de calculateur ; la même attitude chez John McCain rehausse encore sa réputation d'esprit indépendant. Selon un observateur caustique, mon nom doit « forcément » être assorti dans tout article des mots « étoile montante », même si le papier de Mme Noonan jette les fondations d'une ligne différente et cependant familière : l'histoire édifiante d'un homme jeune qui vient à Washington, perd la tête devant toute l'attention dont il est l'objet et finit par devenir calculateur ou partisan (à moins qu'il ne décide de passer dans le camp des indépendants).

Naturellement, les services de relations publiques des hommes politiques et de leurs partis contribuent à alimenter ces scénarios et au cours des derniers cycles électoraux, au moins, les républicains ont su bien mieux que les démocrates utiliser ce type de « messages » (un cliché qui, malheureusement pour nous, démocrates, est cette fois fondé). Au demeurant, la manipulation marche parce que les médias eux-mêmes lui ouvrent grand les bras. Tout reporter de Washington travaille sous la pression imposée par les rédacteurs en chef et les producteurs, qui doivent eux-mêmes rendre des comptes aux directeurs de journaux ou de chaînes, qui, de leur côté, ont l'œil rivé aux taux d'audience de la semaine précédente ou aux tirages de l'année d'avant et tentent de survivre à la préférence croissante pour la PlayStation et la téléréalité. Pour envoyer leur article à temps, pour maintenir leurs parts de marché et nourrir la bête de l'info par câble, les reporters se mettent à chasser en meute, ils travaillent à partir des mêmes dépêches, des mêmes stéréotypes, des mêmes événements bien réglés. Par ailleurs, pour des consommateurs d'infos très pris et donc peu attentifs, une histoire rebattue n'est pas entièrement mal accueillie. Elle demande peu de réflexion ou de temps ; elle est rapidement et aisément digérée. Accepter la manipulation est plus facile pour tout le monde.

Cette commodité explique aussi pourquoi, même chez les journalistes les plus scrupuleux, l'objectivité se réduit souvent à publier les arguments des deux camps sans donner d'indications sur celui qui pourrait avoir raison. Un article typique pourrait commencer par ces lignes : « La Maison-Blanche a déclaré aujourd'hui que malgré la dernière série de réductions fiscales le déficit devrait être divisé par deux en 2010. » Suivraient la réaction d'un analyste de gauche mettant en cause les chiffres de la Maison-Blanche et celle d'un analyste conservateur les défendant. L'un est-il plus crédible que l'autre ? Existe-t-il quelque part un analyste indépendant qui pourrait nous guider ? Qui peut trancher ? Un reporter a rarement le temps de s'attarder sur ces détails. Son article ne porte pas vraiment sur les mérites d'une réduction d'impôts ou les dangers du déficit mais sur le débat entre les parties. Après quelques paragraphes, le lecteur conclut que les républicains et les démocrates se chamaillent encore et il passe à la page des sports, où l'intrigue est moins prévisible et où le score vous indique à coup sûr qui a gagné.

Ce qui rend la juxtaposition de communiqués de presse contradictoires si captivante, c'est qu'elle nourrit ce vieux filon journalistique : le conflit personnel. On ne peut guère nier que la civilité politique a décliné ces dix dernières années et que les partis ont de profondes divergences sur les sujets essentiels. Mais ce déclin de la civilité provient en partie de ce que, du point de vue de la presse, ladite civilité est ennuyeuse. Vos propos ne seront pas publiés si vous déclarez : « Je comprends l'opinion de l'autre » ou : « Le problème est vraiment compliqué. » Mais partez à l'assaut et vous aurez du mal à repousser les photographes. Souvent, les journalistes s'efforcent d'attiser le feu en posant leurs questions dans des termes visant à provoquer une réponse incendiaire. Un reporter de télévision que j'ai connu à Chicago était célèbre pour vous suggérer la réponse qu'il souhaitait et ses interviews ressemblaient à un dialogue de Laurel et Hardy :

« Vous vous sentez trahi par la décision que le gouverneur a prise hier ? me demandait-il.

– Non. J'ai parlé au gouverneur et je suis persuadé que nous parviendrons à régler notre différend avant la fin de la session.

– Bien sûr… mais vous vous sentez trahi par le gouverneur ?

– Je n'emploierais pas ce mot. Il pense que…

– Mais n'est-ce pas une trahison de sa part ? »

Manipulation, grossissement des conflits, recherche tous azimuts des scandales et des bévues : tout cela a pour effet cumulé de saper les normes établies pour juger de la vérité. On raconte sur Daniel Patrick Moynihan, ancien sénateur de New York brillant, ombrageux et iconoclaste, aujourd'hui décédé, une anecdote savoureuse et peut-être inventée. Au cours d'une discussion animée avec lui, un de ses collègues, se sentant proche de la défaite, a fini par lâcher : « Vous n'êtes pas de mon avis, Pat, mais j'ai le droit d'avoir mon propre point de vue. » Ce à quoi Moynihan a répliqué froidement : « Votre propre point de vue, certes, mais pas vos propres faits. »

Cette affirmation de Moynihan n'est plus valable. Nous n'avons pas aujourd'hui de personnalité faisant autorité, pas de Walter Cronkite ou Edward R. Murrow que nous écoutons tous et à qui nous nous fions pour choisir entre des déclarations contradictoires. Les médias ont éclaté en milliers de fragments dont chacun propose sa version de la réalité, dont chacun réclame la loyauté d'un pays lui-même éclaté. Selon votre façon de voir, le changement climatique mondial s'accélère dangereusement ou non, le déficit du budget augmente ou diminue.

Le phénomène ne se limite pas aux questions complexes. Au début de 2005, *Newsweek* a publié des allégations selon lesquelles des gardes et des interrogateurs américains du centre de détention de Guantanamo avaient harcelé et brutalisé des prisonniers, et jeté un exemplaire du Coran dans une cuvette de WC. La Maison-Blanche a soutenu qu'il n'y avait rien de vrai dans cette histoire. Faute de preuves tangibles, et suite aux violentes manifestations provoquées au Pakistan par cet article, *Newsweek* a été contraint de faire amende honorable et de publier un rectificatif. Quelques mois plus tard, le Pentagone a publié un rapport indiquant que des membres du personnel américain de Guantanamo avaient effectivement eu à plusieurs reprises une conduite répréhensible, une femme ayant notamment, au cours de plusieurs interrogatoires, fait semblant d'étaler du sang menstruel sur des détenus, et un garde ayant au moins une fois aspergé un Coran et un prison-

nier d'urine. Et Fox News de ramer, cet après-midi-là :
« Le Pentagone n'a trouvé aucune preuve d'un Coran
jeté dans les toilettes. »

Je comprends que les faits seuls ne peuvent pas toujours régler nos différends politiques. Notre position
sur l'avortement n'est pas déterminée par nos connaissances du développement du fœtus, et notre jugement
sur l'opportunité de retirer nos troupes d'Irak repose
nécessairement sur des probabilités. Mais il y a quelquefois des réponses plus exactes que d'autres. Quelquefois,
on ne peut pas manipuler les faits : une discussion pour
savoir s'il pleut ou non est généralement réglée quand
on met le nez dehors. Une absence d'accord, même
approximative, sur les faits place toutes les opinions
sur un pied d'égalité et élimine donc toute base d'un
compromis sensé. Elle favorise non ceux qui ont raison
mais ceux qui, comme le service de presse de la Maison-
Blanche, peuvent présenter leurs arguments le plus
bruyamment, le plus fréquemment, avec le plus d'obs-
tination possible, et devant la meilleure toile de fond.

L'homme politique d'aujourd'hui le comprend. Il ne
ment pas forcément, mais il sait que ceux qui disent la
vérité ne doivent pas s'attendre à être récompensés, en
particulier lorsque cette vérité est complexe. La vérité
peut être source de consternation ; elle est souvent atta-
quée ; les médias n'ont pas la patience de faire le tri
des faits et l'opinion publique ne sait pas toujours faire
la différence entre vrai et faux. Ce qui compte alors,
c'est le positionnement : la déclaration qui évitera la
controverse ou suscitera l'attention requise, la posture
qui correspondra à la fois à l'image que les attachés de
presse ont construite pour l'homme politique et à l'une
des cases que les médias ont créées pour la politique en
général. Pour une question d'honnêteté personnelle,
l'homme politique peut quand même vouloir à tout
prix dire la vérité telle qu'il la voit. Or il le fait en

sachant que ce qui compte, ce n'est pas qu'il croie à son opinion mais qu'il ait l'air d'y croire, ce n'est pas qu'il parle franchement mais qu'il ait l'air de parler franchement à la télévision.

D'après ce que j'ai observé, de nombreux acteurs de la vie politique ont franchi ces obstacles en préservant leur intégrité ; des hommes et des femmes collectent des fonds pour leur campagne sans se laisser corrompre, ils s'assurent de soutiens sans devenir les otages d'intérêts particuliers et gèrent leurs rapports avec les médias sans perdre le sens de leur identité. Mais il y a un dernier obstacle que, une fois installé à Washington, vous ne pouvez entièrement éviter, et qui ne manquera pas d'inciter une partie au moins de vos électeurs à penser du mal de vous : la nature totalement insatisfaisante de la procédure législative.

Je ne connais pas un seul parlementaire qui ne s'angoisse pas régulièrement au sujet des votes qu'il ou elle doit faire. Il arrive qu'on ait le sentiment qu'un projet de loi est si manifestement justifié qu'il ne nécessite que peu de débat interne (l'amendement de John McCain interdisant la torture par le gouvernement des États-Unis me vient à l'esprit). D'autres fois, une loi proposée à la discussion est d'une partialité si flagrante ou si mal conçue qu'on se demande comment celui qui en a eu l'initiative peut garder un visage impassible pendant le débat.

Mais, la plupart du temps, la législation est un breuvage fangeux, le produit de cent compromis, petits et grands, un mélange de revendications légitimes, d'épate politique, de systèmes de réglementation mal bâtis et de bons vieux coups de pouce à sa circonscription. Souvent, quand je lisais les lois proposées pendant mes cinq premiers mois au Sénat, j'étais confronté au fait qu'une position de principe n'était pas aussi claire que je le pensais, qu'un vote « oui » et un vote « non » me laisseraient tous deux quelques remords. Devais-je voter pour une loi sur l'énergie contenant ma proposition de promouvoir la production de carburant de substitution et améliorant le statu quo mais tout à fait inadaptée pour réduire la dépendance de l'Amérique à l'égard du pétrole étranger ? Devais-je voter contre une modification de la loi sur la pureté de l'air qui assouplit la réglementation dans certaines régions et la renforce dans d'autres, et instaure un système plus prévisible pour contraindre les entreprises à s'y conformer ? Et si la loi accroît la pollution mais subventionne une technologie propre du charbon qui pourrait créer des emplois dans une région appauvrie de l'Illinois ?

Je me retrouve très souvent à examiner les données, à peser le pour et le contre du mieux que je peux malgré le manque de temps. Mes collaborateurs m'informent que les lettres et les coups de téléphone sont également partagés et que les groupes d'intérêts des deux camps font jeu égal. Tandis que l'heure de voter approche, je songe souvent à ces mots que John F. Kennedy écrivit il y a cinquante ans dans *Profiles in Courage* :

Il y a peu d'hommes, voire aucun, qui sont confrontés au caractère irrévocable d'une décision comme l'est un sénateur face à un vote important. Il voudrait peut-être plus de temps pour réfléchir – il pense qu'il y a du vrai dans les points de vue des deux camps, ou qu'un léger amendement éliminerait toutes les difficultés – mais, quand vient le moment de voter, il ne peut pas se cacher, il ne peut pas user de faux-fuyants, tergiverser, et il a l'impression que ses électeurs, comme le Corbeau dans le poème de Poe, sont perchés sur son bureau au Sénat et croassent « plus jamais » au moment où il exprime le vote qui met en jeu son avenir politique.

C'est peut-être un peu mélodramatique. Aucun parlementaire cependant n'est à l'abri de ces moments difficiles, et ils sont toujours bien pires pour ceux qui appartiennent à l'opposition. Si vous faites partie de la majorité, vous recevez des informations sur tout projet de loi important pour vous avant qu'il soit proposé au vote. Vous pouvez demander au président de la commission d'inclure une phrase qui aidera vos électeurs ou de supprimer un passage qui les blesserait. Vous pouvez même suggérer au chef de la majorité ou au principal auteur du projet de le mettre en réserve jusqu'à ce qu'un compromis vous convenant davantage soit atteint.

Si vous êtes dans l'opposition, vous ne bénéficiez pas de cette protection. Vous devez voter « oui » ou « non » quelle que soit la loi proposée, en sachant qu'on ne parviendra probablement pas à un compromis que vos partisans et vous estimeriez juste. Dans une ère d'échange de faveurs généralisé et de lois fourre-tout sur les dépenses, vous pouvez avoir une certitude : aussi élevé que soit le nombre de mauvaises clauses inclues dans la loi, elle comprendra aussi quelque chose – des crédits pour des gilets pare-balles destinés à nos troupes, par exemple, ou une augmentation modeste des pensions des anciens combattants – qui rendra difficile de s'y opposer.

Pendant le premier mandat de Bush, tout au moins, la Maison-Blanche a remarquablement utilisé ces pratiques astucieuses. On raconte une histoire instructive sur les négociations entourant la première série de réductions fiscales de Bush, quand Karl Rove convia un sénateur démocrate à la Maison-Blanche pour discuter d'un soutien éventuel du parlementaire au projet du Président. Bush avait remporté la victoire haut la main dans l'État du sénateur – en partie sur un programme de diminution des impôts – et celui-ci était d'une manière générale partisan de taux plus bas. Préoccupé cependant par le fait que les réductions proposées profiteraient surtout aux riches, il a suggéré quelques changements qui atténueraient l'impact de l'ensemble des mesures.

« Faites ces changements, a-t-il dit à Rove, et non seulement je voterai pour cette loi mais je peux vous garantir soixante-dix voix pour au Sénat.

– Nous n'avons pas besoin de soixante-dix votes, a répondu sèchement Rove. Cinquante et un nous suffisent. »

Que Rove fût convaincu ou non que la loi de la Maison-Blanche était bonne, il savait reconnaître un gagnant politique quand il en voyait un. Ou le sénateur votait « oui » et il contribuait à faire adopter le programme du Président, ou il votait « non » et il se faisait étriller aux prochaines élections.

Finalement, le sénateur – comme plusieurs démocrates d'États « rouges » – a voté « oui », ce qui correspondait sans doute à l'opinion dominante sur les réductions fiscales dans son État. Des histoires de ce genre illustrent les difficultés qu'éprouve tout parti minoritaire à adopter une attitude non partisane. Tout le monde est favorable à ce genre d'attitude. Les médias en particulier adorent l'expression « non partisane », qu'ils mettent volontiers en opposition avec les « chamailleries partisanes » dont ils nous rebattent les oreilles lorsqu'ils parlent du Capitole.

Une véritable attitude non partisane suppose toutefois une pratique honnête du donnant-donnant et l'on mesurera la qualité du compromis à l'aune de son utilité pour promouvoir un objectif sur lequel on s'est mis d'accord, que ce soient de meilleures écoles ou une baisse du déficit. Cela suppose aussi que la majorité soit obligée – par une presse exigeante et un électorat enfin bien informé – à négocier en toute bonne foi. Si ces conditions ne sont pas remplies – si personne en dehors de Washington ne prête vraiment attention au contenu de la loi, si le véritable coût d'une réduction d'impôts est enfoui sous des comptes trafiqués et sous-estimé de 3 billions de dollars –, le parti majoritaire peut entamer toute négociation en demandant 100 % de ce qu'il souhaite, puis en concéder 10 % et accuser tout membre de l'opposition qui ne soutient pas ce « compromis » de faire de l'« obstruction ». Dans de telles circonstances, pour le parti minoritaire, adopter une « attitude non partisane » revient à être régulièrement passé au rouleau compresseur, même si quelques sénateurs parviennent à glaner certaines récompenses politiques en votant régulièrement avec la majorité et en se forgeant ainsi une réputation de « modéré » ou de « centriste ».

Il n'est donc pas étonnant que des militants exigent ces temps-ci que les sénateurs démocrates tiennent bon par principe face à toute initiative républicaine, même si cette initiative a quelque mérite. Il faut dire que ces militants n'ont jamais eu à se présenter comme démocrates à une fonction publique quelconque dans un État à majorité républicaine, ni à être la cible de plusieurs millions de dollars de spots télévisés négatifs. Tout sénateur comprend que, s'il est facile de démolir un vote sur un projet de loi compliqué en trente secondes de publicité télévisée, il est très difficile d'expliquer la sagesse de ce même vote en moins de vingt minutes. Tout sénateur sait aussi que, pendant un seul mandat, il devra voter plusieurs milliers de fois. Cela fait beaucoup d'explications potentielles à donner le jour des élections.

La plus grande chance que j'aie eue durant ma campagne pour le Sénat, c'est peut-être qu'aucun de mes adversaires n'ait fait passer de publicité négative contre moi à la télévision. Cela est dû entièrement aux circonstances particulières de ma candidature et non à une absence totale de matériaux pouvant être utilisés. J'étais membre du Parlement de l'Illinois depuis sept ans quand je me suis présenté, j'avais appartenu à l'opposition pendant six de ces années et j'avais participé à des milliers de votes parfois difficiles. Comme c'est devenu une pratique courante de nos jours, la Commission nationale républicaine pour les sénatoriales avait préparé un épais dossier sur moi avant même que ma candidature soit proposée et ma propre équipe avait passé de longues heures à examiner soigneusement mes votes pour devancer les attaques que les républicains pouvaient dissimuler dans leurs manches.

Ils n'avaient pas trouvé grand-chose, mais suffisamment quand même : une dizaine de votes qui, sortis de leur contexte, pouvaient paraître effroyables. Lorsque mon conseiller en communication, David Axelrod, les a soumis à un sondage, mon taux d'opinions favorables a immédiatement chuté de dix points. Il y avait notamment un projet de loi visant à sévir contre le trafic de drogue dans les collèges et lycées, mais il était si mal rédigé que je l'avais jugé à la fois inefficace et non constitutionnel. « Obama a voté pour réduire les peines des dealers qui vendent de la drogue dans les écoles », telle était la façon dont mon attitude était présentée dans le sondage. Il y avait également une loi présentée par des adversaires de l'avortement et qui semblait plutôt sensée : elle proposait des mesures pour sauver la vie de bébés prématurés (sans préciser que ces mesures étaient déjà prévues par une autre loi) mais étendait aussi le « statut de personne » aux fœtus de moins de six semaines, ce qui revenait à contourner le jugement Roe contre Wade, reconnaissant le droit à l'avortement. Pour le sondage, j'avais « voté contre un traitement pouvant sauver la vie à des bébés prématurés ». En parcourant la liste, j'ai découvert en outre que j'aurais voté contre une loi pour « protéger nos enfants des délinquants sexuels ».

« Eh, une seconde ! me suis-je exclamé en arrachant la feuille des mains de David. J'ai appuyé malencontreusement sur le mauvais bouton, pour ce projet. Je voulais voter "oui" et j'ai fait immédiatement porter la correction dans le procès-verbal !

– Je ne sais pas pourquoi mais je ne crois pas que cette partie du procès-verbal apparaîtrait dans un spot télévisé républicain », a-t-il répondu avec un sourire.

Il m'a repris doucement la liste et a ajouté en me tapotant le dos :

« T'en fais pas, je suis sûr que ça t'aidera à avoir le vote des délinquants sexuels… »

Je m'interroge parfois sur la façon dont les choses auraient tourné si ces spots étaient passés à la télévision. Non que je me demande si j'aurais gagné ou perdu – à la fin de la primaire, j'avais vingt points d'avance sur mon adversaire républicain –, mais quelle image les électeurs auraient-ils eue de moi et n'aurais-je pas accédé au Sénat avec un capital de sympathie bien moindre ? Car c'est ainsi que la plupart de mes collègues, républicains ou démocrates, entrent à la Chambre haute : on claironne leurs erreurs, on déforme leurs propos, on met en cause leurs motivations. C'est leur baptême du feu et chaque fois qu'ils votent, chaque fois qu'ils publient un communiqué de presse ou font une déclaration, ils sont hantés par la peur non simplement de perdre une élection mais de perdre l'estime de ceux qui les ont envoyés à Washington, de tous ces gens qui leur ont dit, à un moment ou à un autre : « Nous plaçons de grands espoirs en vous. S'il vous plaît, ne nous décevez pas. »

Il y a bien sûr certaines dispositions techniques qui pourraient atténuer cette pression sur les hommes politiques, des changements structuraux qui renforceraient les liens entre les électeurs et leurs représentants. Un découpage électoral non partisan, des inscriptions le jour même et des élections pendant le week-end contribueraient à l'égalité des chances des candidats et à stimuler la participation des électeurs. Or, plus l'électorat est attentif, plus l'intégrité est récompensée. Le financement public des campagnes électorales ou un temps d'antenne gratuit à la radio et à la télévision réduiraient radicalement la course incessante à l'argent et l'influence des groupes d'intérêts. Des modifications des règles à la Chambre et au Sénat donneraient un pouvoir plus important aux parlementaires de l'opposition, rendraient la procédure plus transparente et encourageraient les journalistes à écrire des articles plus pénétrants.

Mais aucune de ces modifications ne se fera toute seule. Chacune d'elles requerra un changement d'attitude des personnes au pouvoir. Chacune exigera que les élus mettent en cause l'ordre existant, qu'ils renoncent à leur avantage de sortant, qu'ils luttent, avec leurs amis comme avec leurs ennemis, pour des idées abstraites auxquelles l'opinion semble peu s'intéresser. Chacune demandera à des hommes et à des femmes d'être prêts à remettre en jeu ce qui leur est acquis.

On en revient finalement à cette qualité que J. F. Kennedy cherchait à définir au début de sa carrière lorsqu'il se remettait d'une opération chirurgicale, se souvenant de son attitude héroïque pendant la guerre mais songeant peut-être aux défis plus ambigus qui l'attendaient. Le courage. Plus vous avez passé de temps dans la politique, plus il devrait être facile pour vous de rassembler ce courage, car vous vous sentez libéré, d'une certaine façon, quand vous prenez conscience que, quoi que vous fassiez, il se trouvera quelqu'un pour vous en vouloir, que les attaques politiques pleuvront quel que soit le soin avec lequel vous pèserez vos votes, qu'un jugement réfléchi pourra passer pour de la lâcheté et le courage lui-même pour du calcul. Je puise un certain réconfort dans le fait qu'avec les années la popularité m'apparaît moins gratifiante, que la recherche du pouvoir et de la célébrité me semble révéler une médiocrité d'ambition et que je dois en premier lieu rendre des comptes à ma conscience.

Et à mes électeurs. À l'issue d'une réunion publique à Godfrey, un vieux monsieur s'est approché de moi et m'a fait part de son indignation : si je m'étais opposé à la guerre en Irak, je n'avais toujours pas exigé un retrait total de nos troupes. Nous avons eu une discussion brève et plaisante au cours de laquelle je lui ai exposé ma crainte qu'un retrait précipité ne conduise à une guerre civile généralisée dans le pays et à un élargissement potentiel du conflit à tout le Moyen-Orient. À la fin de notre conversation, il m'a serré la main.

« Je persiste à penser que vous vous trompez, m'a-t-il dit, mais apparemment, vous avez au moins réfléchi au problème. D'ailleurs, vous me décevriez sûrement si vous étiez tout le temps de mon avis. »

Je l'ai remercié et, tandis qu'il s'éloignait, j'ai repensé à ce que le juge Louis Brandeis a dit un jour : « Dans une démocratie, la fonction la plus importante, c'est celle de citoyen. »

5

Les chances à saisir

Lorsqu'on est sénateur des États-Unis, on prend beaucoup l'avion. Il y a les allers-retours entre son État et Washington au moins une fois par semaine, les visites éclairs dans d'autres États pour prononcer un discours, collecter des fonds ou faire campagne pour vos collègues. Si vous représentez un vaste État comme l'Illinois, il y a aussi les déplacements dans le sud ou le nord pour participer à des réunions publiques ou à des inaugurations et veiller à ce que les gens ne pensent pas que vous les avez oubliés.

La plupart du temps, je voyage en classe économique en espérant que j'aurai une place comme je l'aime (couloir ou fenêtre) et que le type assis devant moi n'aura pas envie de baisser le dossier de son siège.

Mais parfois – parce que j'ai tout un circuit à faire sur la côte ouest, par exemple, ou que je dois me rendre dans une autre ville alors qu'il n'y a plus de vol sur les lignes normales – je prends un jet privé. Au début, je n'osais même pas envisager ce choix parce que je présumais que son coût était prohibitif. Mais, pendant la campagne, mes collaborateurs m'ont expliqué que, selon les règles du Sénat, un membre de la Chambre haute ou un candidat peuvent prendre un avion privé et payer seulement l'équivalent d'un vol en première classe. Après avoir étudié mon calendrier de campagne et réfléchi au temps que je gagnerais, j'ai décidé d'essayer les jets privés.

Voyager en avion se révèle une expérience bien différente à bord d'un jet privé. On embarque d'un terminal privé, dont les salles d'attente, aux murs tapissés de photos de vieux appareils, offrent au passager des canapés moelleux et des téléviseurs grand écran. Les toilettes, généralement inoccupées et d'une propreté irréprochable, proposent des machines à cirer les chaussures, des bains de bouche et des bonbons à la menthe dans un bol. Aucune précipitation : l'avion vous attend si vous êtes en retard, il est prêt si vous êtes en avance. Très souvent, vous n'avez pas à passer par le hall et vous pouvez rouler avec votre voiture jusqu'à la piste. Les pilotes vous accueillent, ils prennent vos bagages et vous conduisent à l'appareil.

Qui est superbe. La première fois que j'ai pris un jet privé, c'était un Citation X, un engin fuselé et brillant avec des boiseries et des fauteuils en cuir que vous pouvez rabattre complètement pour en faire un lit au cas où vous souhaiteriez faire un petit somme. Sur le siège d'à côté m'attendaient une salade de crevettes et un plateau de fromages ; devant, le minibar était bien pourvu. Les pilotes ont accroché mon manteau, m'ont offert un choix de journaux et m'ont demandé si j'étais bien installé. Je l'étais.

Puis l'avion a décollé, ses moteurs Rolls-Royce s'agrippant à l'air comme une voiture de sport bien conçue colle à la route. Tout en filant à travers les nuages, j'ai allumé le petit écran de télévision situé devant mon siège. Une carte des États-Unis est apparue, avec l'image de notre avion volant vers l'ouest, notre vitesse, notre altitude, notre heure d'arrivée et la température extérieure. À treize mille mètres, le pilote a entamé un palier et j'ai baissé les yeux vers la courbe de l'horizon, les nuages éparpillés, la géographie étalée sous mes yeux : d'abord le damier plat des champs de l'ouest de l'Illinois, puis les méandres serpentins du Mississippi, à nouveau des champs et des ranchs avant les Rocheuses déchiquetées, aux pics encore couverts de neige, jusqu'à ce que le soleil se couche et que le ciel orange se réduise à une mince ligne rouge finalement absorbée par la nuit, les étoiles et la lune.

On devait pouvoir s'habituer à un tel traitement.

L'objectif de ce voyage particulier était essentiellement de collecter des fonds : afin de préparer ma campagne à l'élection proprement dite, plusieurs de mes amis et partisans m'avaient organisé des réunions et des entretiens à L.A., San Diego et San Francisco. Mais le moment le plus mémorable, ce fut la visite que j'ai rendue à Mountain View, Californie, une petite ville située à quelques kilomètres de l'université de Stanford et de Palo Alto, au cœur de la Silicon Valley, où la compagnie de moteurs de recherche Google a son siège.

En 2004, Google était déjà le symbole non seulement de la puissance croissante d'Internet mais aussi de la transformation rapide de l'économie globale. Sur le chemin de San Francisco, j'ai parcouru l'histoire de l'entreprise : comment deux thésards en informatique, Larry Page et Sergey Brin, avaient mis au point ensemble, dans une chambre de cité universitaire, un meilleur moyen de faire des recherches sur le Web ; comment, en 1998, après avoir rassemblé un million de dollars grâce à diverses relations, ils avaient fondé Google, avec trois employés travaillant dans un garage ; comment Google avait conçu un modèle de publicité – reposant sur des textes non intrusifs et en rapport avec la recherche de l'utilisateur – qui avait rendu l'affaire lucrative, même quand la bulle Internet avait éclaté ; comment, six ans plus tard, Google était sur le point d'entrer en Bourse avec un prix de l'action qui allait faire de MM. Page et Brin deux des hommes les plus riches de la planète.

Mountain View ressemblait à une banlieue résidentielle typique de Californie : des rues tranquilles, des immeubles de bureaux flambant neufs, des maisons sans prétention qui, du fait du pouvoir d'achat exceptionnel des habitants de la Silicon Valley, valaient probablement un million de dollars ou davantage. Nous nous sommes arrêtés devant un ensemble de bâtiments modulaires modernes où nous avons été accueillis par le chef du service juridique de Google, David Drummond, un Afro-Américain de mon âge, à peu près, qui avait arrangé ma visite.

« Quand Larry et Sergey se sont adressés à moi pour se constituer en société commerciale, je les ai pris pour deux types très malins qui avaient eu, comme tant d'autres, une idée pour monter une start-up. Je ne m'attendais pas à tout ça », a déclaré Drummond.

Il m'a fait faire le tour du bâtiment principal, qui ressemblait plus à une résidence universitaire qu'à un bureau : au rez-de-chaussée, une cafétéria où l'ancien cuisinier des Grateful Dead supervisait la préparation de repas gastronomiques pour tout le personnel ; des jeux vidéo, une table de ping-pong et une salle de gym remarquablement équipée. (« Les gens passent beaucoup de temps ici, nous voulons qu'ils s'y sentent bien. ») Au premier étage, nous sommes passés devant des groupes d'hommes et de femmes d'une vingtaine d'années en jean et tee-shirt, concentrés sur l'écran de leur ordinateur ou vautrés sur des canapés et engagés dans une conversation animée.

Nous avons fini par rejoindre Larry Page, qui discutait avec un ingénieur d'un problème de logiciel. Vêtu comme ses employés, il ne paraissait pas beaucoup plus âgé si l'on exceptait quelques traces précoces de gris dans ses cheveux. Nous avons parlé de la mission de Google – organiser toute l'information du monde sous une forme universellement accessible et non filtrée – ainsi que de l'index de la firme, qui contenait déjà plus de six millions de pages Web. Récemment, elle avait lancé un nouveau système e-mail avec une fonction recherche incorporée ; ses ingénieurs travaillaient sur une nouvelle technologie qui permettrait de lancer une recherche vocale par téléphone et ils avaient déjà démarré leur Projet Livres, dont l'objectif est de scanner tous les livres publiés dans un format accessible par le Web pour créer une bibliothèque virtuelle rassemblant tout le savoir de l'humanité.

Vers la fin de la visite, Larry m'a conduit dans une pièce où une image en trois dimensions de la Terre tournait sur un grand écran plat. Il a demandé au jeune ingénieur indo-américain qui travaillait à proximité d'expliquer ce que nous avions sous les yeux.

« Ces lumières représentent toutes les recherches qui se déroulent en ce moment, a-t-il dit. Chaque couleur est un langage différent. Si vous basculez de ce côté (il a fait bouger l'écran), vous voyez les lignes du trafic de tout le système Internet. »

L'image était fascinante, plus organique que mécanique, comme si nous assistions aux premières phases d'un processus d'évolution accéléré dans lequel toutes les frontières entre les hommes – nationalité, race, religion, richesse – étaient rendues invisibles et sans objet, de sorte que le physicien de Cambridge, le trader de Tokyo, l'étudiant d'un village indien reculé et le directeur d'un grand magasin de Mexico étaient réunis dans une seule conversation bourdonnante, le temps et l'espace faisant place à un monde entièrement tissé de lumière. J'ai ensuite remarqué de larges bandes d'ombre quand le globe a tourné sur son axe : une grande partie de l'Afrique, des pans de l'Asie du Sud et même quelques régions des États-Unis, où les épaisses cordes de lumière se réduisaient à quelques fils discrets.

J'ai été tiré de mes réflexions par l'arrivée de Sergey, un homme trapu ayant peut-être quelques années de moins que Larry. Il m'a proposé de participer à leur réunion du vendredi soir, une tradition qu'ils maintenaient depuis la création de l'entreprise, quand tous les employés de Google se retrouvaient devant une bière et des amuse-gueule pour discuter de tout ce qui leur occupait l'esprit. Nous sommes entrés dans une vaste salle où un grand nombre de jeunes gens étaient déjà assis, certains buvant et riant, d'autres tapant encore sur leur ordinateur portable ou leur agenda électronique. Un groupe d'une cinquantaine de personnes semblait plus attentif que les autres et David nous a expliqué qu'il s'agissait de nouvelles recrues sortant de l'université. C'était le jour où elles s'incorporaient à l'équipe de Google. L'un après l'autre, les nouveaux ont été présentés tandis que leur visage apparaissait sur un grand écran à côté d'informations sur leurs diplômes, leurs passe-temps et leurs centres d'intérêt. Au moins la moitié d'entre eux semblaient asiatiques et un grand nombre des Blancs avaient des noms d'Europe de l'Est. Autant que je pouvais en juger, il n'y avait ni Noirs ni Latinos. Plus tard, en retournant à ma voiture, j'en ai fait la remarque à David.

« Nous savons que c'est un problème », a-t-il répondu avant de me parler des efforts de Google pour offrir des bourses afin d'augmenter la proportion de femmes et de membres des minorités parmi les étudiants en maths et en sciences. En attendant, Google devait rester compétitif, ce qui impliquait d'embaucher les meilleurs diplômés des meilleures écoles de mathématiciens, d'ingénieurs et d'informaticiens du pays : MIT, Caltech, Stanford, Berkeley. « On peut compter sur ses deux mains le nombre de jeunes Noirs et Latinos qui fréquentent ces universités », a précisé David.

Selon lui, trouver des ingénieurs américains de naissance, quelle que soit leur race, devient de plus en plus difficile : voilà pourquoi toutes les entreprises de la Silicon Valley s'appuient désormais sur un grand nombre d'étudiants étrangers. Ces derniers temps, les patrons du secteur high-tech ont un nouveau souci : depuis le 11 Septembre, beaucoup d'étudiants étrangers hésitent à venir poursuivre leurs études aux États-Unis à cause de la difficulté d'obtenir un visa. Les meilleurs ingénieurs ou concepteurs de logiciels n'ont plus besoin de venir dans la Silicon Valley pour trouver du travail ou des fonds afin de financer une start-up. Les firmes high-tech s'installent de plus en plus en Inde ou en Chine et les capitaux à risque sont à présent mondialisés, ils s'investissent aussi bien à Bombay ou à Shanghai qu'en Californie. À long terme, cela pourrait nuire à l'économie des États-Unis, a souligné David.

« Nous continuerons à attirer des jeunes gens de talent parce que nous avons un nom prestigieux, a-t-il poursuivi. Mais pour les start-up, pour certaines des entreprises moins établies, la future Google, qui sait ? J'espère que quelqu'un à Washington comprend que la concurrence est devenue très dure. Notre domination ne va pas de soi. »

À peu près à la même époque, j'ai fait un autre voyage qui m'a également amené à réfléchir à ce qui arrivait à notre économie. Cette fois, pas de jet privé mais des kilomètres en voiture sur une route nationale déserte jusqu'à une ville appelée Galesburg, à trois quarts d'heure environ de la frontière de l'Iowa, dans l'ouest de l'Illinois.

Fondée en 1836, Galesburg était au départ une ville universitaire parce qu'un groupe de pasteurs presbytériens et congrégationnistes avaient décidé d'apporter dans l'Ouest leur mélange de réforme sociale et d'enseignement pratique. College Knox, l'université qui en avait résulté, était devenu un foyer de militantisme abolitionniste avant la guerre de Sécession ; une branche du réseau clandestin permettant aux esclaves noirs en fuite de se réfugier dans le Nord passait par Galesburg, et Hiram Revels, le premier sénateur noir des États-Unis, avait fréquenté son école préparant à l'université avant de retourner au Mississippi. En 1854, la voie ferrée Chicago, Burlington & Quincy passa par Galesburg, ce qui développa considérablement le commerce de la région. Quatre ans plus tard, dix mille personnes s'y réunirent pour entendre le cinquième débat entre Douglas et Lincoln, au cours duquel ce dernier définit pour la première fois son opposition à l'esclavage sur un plan moral.

Ce n'est cependant pas ce riche passé qui m'amenait à Galesburg. J'y allais pour rencontrer un groupe de dirigeants syndicaux de l'usine Maytag car la compagnie avait annoncé un plan de licenciement de mille six cents employés et une délocalisation au Mexique. Comme d'autres villes de tout le centre et l'ouest de l'Illinois, Galesburg avait été frappée par la délocalisation des entreprises à l'étranger. Au cours des années précédentes, elle avait perdu des fabricants de pièces industrielles puis une usine de tuyaux en caoutchouc. Butler Manufacturing, une aciérie récemment achetée par des Australiens, menaçait maintenant de fermer. Le taux de chômage était déjà de 8 % à Galesburg. Avec la fermeture de Maytag, la ville perdrait encore 5 à 10 % de ses emplois.

Dans le local du syndicat des opérateurs sur machine, sept ou huit hommes et deux ou trois femmes assis sur des chaises pliantes métalliques parlaient à voix basse, quelques-uns fumant une cigarette, la plupart âgés d'une cinquantaine d'années, tous en jean ou pantalon de toile, tee-shirt ou épaisse chemise écossaise. Le président du syndicat, Dave Bevard, un costaud au poitrail de taureau, quarante-cinq ans environ, barbe brune et lunettes teintées, portait un feutre qui le faisait ressembler à l'un des guitaristes du groupe ZZ Top. Il m'a expliqué que le syndicat avait eu recours à toutes les tactiques possibles pour faire revenir Maytag sur sa décision : alerter la presse, prendre contact avec les actionnaires, solliciter le soutien d'élus de la ville ou de l'État. La direction de Maytag était restée inflexible.

« C'est pas comme si ces types faisaient pas de bénéfices, a-t-il argué. Et si vous leur demandez, ils vous diront qu'on est l'une des usines les plus productives de la compagnie. Fabrication de qualité. Taux d'erreurs très bas. On a accepté des réductions de salaire, des suppressions d'avantages acquis, des licenciements. L'État et la ville ont accordé à Maytag au moins 10 millions de dollars de réductions d'impôts en huit ans en échange de leur promesse de rester. Mais c'est jamais assez. Un P-DG qui gagne déjà des millions décide qu'il faut faire grimper le prix de l'action pour qu'il puisse encaisser ses stock-options, et le moyen le plus facile, c'est de transférer le boulot au Mexique et de payer les ouvriers là-bas un sixième de ce qu'on touche ici. »

Je lui ai demandé quelles mesures les agences nationales ou de l'Illinois avaient prises pour la reconversion des travailleurs, et presque toutes les personnes présentes ont eu un rire amer.

« La reconversion, c'est du pipeau, a déclaré Doug Dennison, le vice-président du syndicat. Dans quoi se reconvertir quand il n'y a pas de boulot ici ? »

Il a expliqué qu'un conseiller lui avait suggéré de devenir aide-soignant, avec un salaire à peine plus élevé que les caissières de Wal-Mart. L'un des plus jeunes du groupe m'a raconté une histoire particulièrement cruelle : il avait décidé de suivre une formation de technicien en informatique mais, au bout d'une semaine de stage, Maytag l'avait rappelé. C'était pour un travail temporaire mais selon le règlement, s'il refusait l'offre de Maytag, il n'avait plus droit aux indemnités de formation. D'un autre côté, s'il retournait à Maytag et abandonnait les cours qu'il suivait déjà, l'agence fédérale estimerait qu'il avait fait usage de sa possibilité de reconversion et ne lui en offrirait pas d'autre.

Je leur ai dit que je parlerais d'eux pendant la campagne électorale et j'ai exposé quelques propositions que mon équipe avait mises au point : réformer le code fiscal pour supprimer les réductions d'impôts aux entreprises délocalisant ; remodeler et mieux financer les programmes fédéraux de reconversion. Comme je m'apprêtais à partir, un colosse coiffé d'une casquette de base-ball a pris la parole. Il s'appelait Tim Wheeler, il avait été le secrétaire du syndicat de l'aciérie Butler voisine. Là-bas, les ouvriers avaient déjà reçu leur avis de licenciement et Tim touchait ses indemnités en se demandant ce qu'il ferait après. Son grand souci, c'était la couverture santé.

« Mon fils Mark a besoin d'une greffe du foie, a-t-il dit d'un air sombre. On est sur la liste d'attente pour avoir un donneur, mais maintenant que je ne suis plus assuré par Butler pour la maladie, on se demande si Medicaid[1] couvrira les frais. Personne n'est capable de me donner une réponse claire et, vous savez, je suis prêt à vendre tout ce que j'ai pour Mark, mais... »

Sa voix s'est brisée. Sa femme, assise à côté de lui, a enfoui sa tête dans ses mains. Je leur ai promis d'essayer de savoir ce que Medicaid couvrirait exactement. Tim a hoché la tête en passant un bras autour des épaules de sa femme.

---

1. Assistance médicale fédérale aux personnes défavorisées de moins de soixante-cinq ans, Medicare couvrant de son côté les personnes âgées.

Dans la voiture nous ramenant à Chicago, je m'efforçais d'imaginer le désespoir de Tim : plus de boulot, un fils malade, les économies qui fondent.

Vous passez à côté de ces histoires – à côté de la vie – dans un jet privé qui vole à treize mille mètres d'altitude.

On ne met plus guère en doute ces temps-ci, à droite comme à gauche, l'idée que nous traversons une phase de transformation économique fondamentale. Les progrès dans les domaines de la technologie numérique, des fibres optiques, d'Internet, des satellites et du transport ont démantelé les barrières entre pays et continents. Des masses de capitaux parcourent la terre, en quête du meilleur taux de profit, et il suffit d'appuyer sur quelques touches d'un clavier pour que des billions de dollars franchissent les frontières. L'effondrement de l'Union soviétique, l'introduction en Inde et en Chine de réformes reposant sur le marché, l'abaissement des barrières douanières et l'apparition de chaînes d'hypermarchés comme Wal-Mart ont placé plusieurs milliards d'habitants du globe en concurrence directe avec les compagnies et les travailleurs américains. Que le monde soit plat, comme l'affirme le journaliste et écrivain Thomas Friedman, ou non, il devient plus plat chaque jour.

Il ne fait aucun doute que la mondialisation a largement profité aux consommateurs américains. Elle a fait baisser les prix d'articles autrefois considérés comme luxueux, des téléviseurs grand écran aux pêches en hiver, elle a accru le pouvoir d'achat d'Américains ayant des revenus modestes. Elle a contribué à endiguer l'inflation, elle a fait grimper les bénéfices de millions d'Américains qui investissent maintenant en Bourse, elle a ouvert de nouveaux marchés aux biens et aux services américains, elle a permis à des pays comme la Chine et l'Inde de réduire la pauvreté de manière spectaculaire, ce qui, à long terme, rend le monde plus stable.

Mais on ne peut nier que la mondialisation a aussi grandement accru l'instabilité de la situation économique de millions d'Américains ordinaires. Pour rester compétitives et continuer à satisfaire les investisseurs dans un marché mondialisé, les firmes américaines ont automatisé, dégraissé, sous-traité et délocalisé. Elles ont contenu les augmentations de salaires et remplacé des plans à objectifs définis en matière de santé et de retraite par des comptes d'épargne de santé et de retraite qui font davantage peser les coûts et les risques sur les travailleurs.

Ces changements ont entraîné l'émergence de ce que certains appellent une économie du « tout au gagnant », dans laquelle une marée montante ne soulève pas obligatoirement tous les bateaux. Au cours des dix dernières années, nous avons assisté à une croissance économique forte mais à une croissance anémique de l'emploi, à d'importants gains de productivité tandis que les salaires ne décollaient pas, à d'énormes bénéfices pour les entreprises alors qu'une part de plus en plus réduite de ces profits allaient aux travailleurs. Pour des hommes comme Larry Page et Sergey Brin, pour ceux qui possèdent un talent et des compétences exceptionnels, pour les gens hautement diplômés – ingénieurs, avocats, conseillers et mercaticiens – qui les aident dans leur travail, les récompenses potentielles d'un marché mondial n'ont jamais été plus grandes. Mais pour ceux dont le travail peut être automatisé, numérisé ou délocalisé dans des pays à bas salaires, comme les travailleurs de Maytag, les conséquences peuvent être très dures : un avenir dans un secteur tertiaire grandissant mal rémunéré, avec peu d'avantages, le risque de se retrouver sans un sou en cas de maladie et l'impossibilité d'économiser pour la retraite ou les études d'un enfant.

La question est de savoir ce que nous devons faire, face à cette situation. Depuis le début des années 1990, lorsque ces tendances ont commencé à apparaître, une aile du Parti démocrate – emmenée par Bill Clinton – a adhéré à cette nouvelle économie en encourageant le libre-échange, la discipline fiscale ainsi que des réformes dans l'enseignement et la formation qui aideraient les travailleurs à obtenir des emplois plus valorisés et mieux rémunérés à l'avenir. Mais une partie importante de la base démocrate – en particulier des syndicalistes ouvriers comme Dave Bevard – ont résisté à ces objectifs. En ce qui les concerne, le libre-échange a servi les intérêts de Wall Street mais n'a pas fait grand-chose pour arrêter l'hémorragie d'emplois américains bien payés.

Le Parti républicain n'a pas été épargné par ces tensions. Avec le récent tollé contre l'immigration clandestine, par exemple, le conservatisme à la sauce « l'Amérique d'abord » d'un Pat Buchanan pourrait resurgir au sein du GOP et s'opposer à la politique de libre-échange du gouvernement Bush. Dans sa campagne électorale de 2000 et au début de son premier mandat, George W. Bush a suggéré un rôle légitime du gouvernement, un « conservatisme solidaire » qui, soutient la Maison-Blanche, s'est exprimé dans le plan pour les médicaments sur prescription de Medicare et dans le programme de réformes de l'enseignement connu sous le nom « Aucun enfant à la traîne », et tout cela a donné des aigreurs d'estomac aux conservateurs partisans d'un rôle très réduit du gouvernement.

Toutefois, le programme économique républicain sous la présidence de Bush a été essentiellement consacré à réduire les impôts et les réglementations, à privatiser des services publics… et à réduire encore les impôts. Les dirigeants de l'administration Bush appellent cela la Société de la propriété, mais la plupart de ses grands axes sont des reprises de politiques économiques libérales prônées au moins depuis les années 1930 :

la conviction qu'une forte baisse – voire dans certains cas une suppression totale – des impôts sur le revenu, les grandes propriétés, les bénéfices financiers et les dividendes encouragera la formation du capital, fera grimper le taux d'épargne, les investissements et la croissance économique ; que les programmes sociaux du gouvernement sont par nature inefficaces, qu'ils rendent dépendants, réduisent la responsabilité, l'initiative et le choix individuels.

Ou, comme Ronald Reagan l'a dit succinctement : « Le gouvernement n'est pas la solution à notre problème ; le problème, c'est le gouvernement. »

Jusqu'ici, l'administration Bush n'a atteint que la moitié de son objectif. Le Congrès, contrôlé par les républicains, a imposé plusieurs séries de réductions d'impôts mais a refusé de faire des choix difficiles pour maîtriser les dépenses : les affectations de fonds à des intérêts particuliers ont augmenté de 64 % depuis que Bush est entré en fonction. En même temps, les parlementaires démocrates (et l'opinion) ont résisté à des coupes drastiques dans des investissements vitaux et ont carrément rejeté la proposition du gouvernement de privatiser l'aide sociale. On ne sait si le gouvernement croit vraiment que les déficits fédéraux et le gonflement de la dette nationale qui en résulte sont sans importance. Ce qui est clair, c'est qu'en s'enfonçant dans le rouge on rend difficile aux gouvernements futurs de lancer de nouveaux investissements pour faire face aux défis économiques de la mondialisation ou pour renforcer le filet de sécurité de l'Amérique.

Je n'exagère pas les conséquences de cette impasse. Avoir pour stratégie de ne rien faire et de laisser la mondialisation suivre son cours ne provoquera pas l'effondrement immédiat de l'économie des États-Unis. Le PIB de l'Amérique demeure supérieur à ceux de la Chine et de l'Inde réunis. Pour le moment du moins, les entreprises américaines gardent un avantage dans les secteurs de technologie du savoir comme la conception des logiciels et la recherche pharmaceutique, et notre réseau d'universités continue à faire l'envie du monde entier.

Mais, à long terme, ne rien faire débouchera probablement sur une Amérique très différente de celle où nous avons grandi. Un pays plus stratifié sur le plan économique et social qu'il ne l'est déjà, où les membres d'une classe cultivée de plus en plus prospère, vivant dans des enclaves chics, pourront se procurer sur le marché tout ce qu'ils veulent – écoles privées, soins médicaux privés, sécurité privée, jets privés – tandis qu'un nombre croissant de leurs compatriotes seront condamnés à des emplois de services mal payés, exposés aux délocalisations, contraints de travailler plus longtemps, tout en dépendant, pour leur santé, leur retraite et les études de leurs enfants, de services publics inadéquatement financés, immanquablement surchargés et fonctionnant mal.

Une Amérique où nous continuerions à hypothéquer nos biens auprès de prêteurs étrangers et à nous soumettre aux caprices des producteurs de pétrole, une Amérique qui n'investirait pas assez dans la recherche scientifique fondamentale et la formation et qui ne se soucierait pas des crises écologiques potentielles. Une Amérique de plus en plus polarisée et instable à mesure que la frustration économique monterait et inciterait les gens à s'en prendre les uns aux autres.

Pire encore, une Amérique offrant de moins en moins de possibilités aux jeunes Américains, avec le déclin de la promotion sociale, laquelle a été au cœur de la promesse de ce pays depuis sa fondation.

Ce n'est pas l'Amérique que nous voulons pour nous et pour nos enfants. Je suis convaincu que nous avons le talent et les ressources nécessaires pour créer un avenir meilleur, un avenir de croissance économique et de prospérité partagée. Ce qui nous empêche de forger cet avenir, ce n'est pas le manque de bonnes idées. C'est l'absence d'un engagement national pour prendre les mesures difficiles nécessaires qui rendront l'Amérique plus compétitive, c'est l'absence d'un nouveau consensus sur un rôle adéquat du gouvernement dans le marché.

Pour bâtir ce consensus, nous devons considérer la façon dont notre système de marché a évolué avec le temps. Calvin Coolidge l'a dit un jour : « L'affaire des Américains, ce sont les affaires », et on trouverait difficilement un pays ayant autant adhéré à la logique du marché. Notre Constitution place la propriété privée au cœur même de notre système de liberté. Nos traditions religieuses exaltent la valeur du labeur et promettent qu'une vie vertueuse sera matériellement récompensée. Plutôt que de stigmatiser les riches, nous les donnons en exemple et notre mythologie regorge d'histoires d'hommes entreprenants : l'immigré qui arrive sans rien dans ce pays et réussit, le jeune homme qui part pour l'Ouest chercher fortune. Selon la formule célèbre de Ted Turner : « En Amérique, l'argent est l'aune à laquelle nous mesurons tout. »

Cette culture des affaires a créé une prospérité sans précédent dans l'histoire de l'humanité. Il faut se rendre à l'étranger pour apprécier pleinement les facilités dont jouissent les Américains. Même nos pauvres considèrent comme allant de soi des biens et des services – l'électricité, l'eau courante, les sanitaires à l'intérieur de la maison, le téléphone, la télévision, les appareils ménagers – encore inaccessibles pour la plupart des habitants du globe. L'Amérique a peut-être reçu en partage quelques-uns des meilleurs territoires de la planète mais, de toute évidence, ce ne sont pas uniquement nos ressources naturelles qui expliquent notre réussite économique. Notre plus grand atout a été notre système d'organisation sociale qui, pendant des générations, a encouragé l'innovation, l'initiative individuelle et l'utilisation efficace des ressources.

Il n'est donc pas étonnant que nous ayons tendance à considérer comme évidente notre économie de marché, à présumer qu'elle découle naturellement des lois de l'offre et de la demande, et de la main invisible d'Adam Smith. Partant de cette présomption, il n'y a qu'un pas à franchir pour soutenir que toute ingérence de l'État dans les rouages magiques du marché – que ce soit par les impôts, les réglementations, les poursuites judiciaires, les tarifs douaniers, la protection du travail ou les dépenses sociales – sape nécessairement l'entreprise privée et entrave la croissance économique. La faillite du communisme et du socialisme comme autre mode d'organisation économique n'a fait que renforcer cette présomption. Dans nos manuels d'économie comme dans nos débats politiques, le laisser-faire est la règle par défaut ; quiconque le met en cause nage à contre-courant.

Il est donc important de nous rappeler que notre économie de marché ne résulte ni d'une loi naturelle ni de la providence divine. Elle a émergé d'un processus difficile d'essais et d'erreurs, d'une série de choix délicats entre efficacité et équité, stabilité et changement. Et si les avantages de notre système proviennent essentiellement des efforts individuels de générations d'hommes et de femmes à la poursuite de leur vision du bonheur, dans chaque période de bouleversement économique et de transition, nous avons dû nous en remettre au gouvernement pour offrir de nouvelles possibilités, encourager la concurrence et assurer un meilleur fonctionnement du marché.

En gros, l'intervention gouvernementale a pris trois formes. Premièrement, le gouvernement a eu pour mission dans toute notre histoire d'édifier les infrastructures, de former la force de travail et, d'une manière générale, de jeter les fondations nécessaires à la croissance économique. Les Pères Fondateurs ont tous reconnu le lien entre propriété privée et liberté, mais c'est Alexander Hamilton qui a le mieux compris le vaste potentiel d'une économie nationale reposant non sur le passé agricole de l'Amérique mais sur un avenir commercial et industriel. Pour réaliser ce potentiel, argua-t-il, il faut à l'Amérique un gouvernement fort et actif. Premier secrétaire au Trésor de l'Amérique, il entreprit de mettre ses idées en œuvre. Il nationalisa la dette de la guerre d'Indépendance, ce qui non seulement souda les économies des différents États mais favorisa un système national de crédit et contribua à créer un marché fluide de capitaux. Il prit des mesures – lois rigoureuses sur les brevets, tarifs douaniers élevés – pour promouvoir l'industrie manufacturière américaine et proposa les investissements nécessaires en routes et ponts pour amener les produits sur le marché.

Hamilton se heurta à une farouche résistance de Thomas Jefferson, qui craignait qu'un gouvernement national puissant lié à de grands intérêts commerciaux ne détruise son rêve d'une démocratie égalitaire liée à la terre. Mais Hamilton avait conscience que ce n'était qu'en libérant le capital des intérêts fonciers locaux que l'Amérique pourrait puiser dans ses ressources essentielles : l'énergie et l'esprit d'entreprise du peuple américain. Cette idée de mobilité sociale constitua l'un des premiers grands paris du capitalisme américain : le capitalisme industriel et commercial pouvait conduire à une instabilité plus grande, mais il créerait un système dynamique dans lequel tout individu ayant assez d'énergie et de talent pourrait se hisser au sommet. Sur ce point au moins, Jefferson était d'accord : c'est en se fondant sur sa foi en une méritocratie et non en une aristocratie héréditaire qu'il demanda la création d'une université nationale, subventionnée par le gouvernement, pour éduquer les esprits talentueux d'un bout à l'autre du pays qui venait de naître et qu'il considéra la fondation de l'université de Virginie comme l'une de ses plus grandes réalisations.

Cette tradition d'un investissement de l'État dans l'infrastructure matérielle de l'Amérique et dans son peuple a été totalement adoptée par Abraham Lincoln et le Parti républicain des premiers temps. Pour Lincoln, l'essence même de l'Amérique, c'étaient les chances offertes, la possibilité pour les « travailleurs libres » de progresser dans la vie. Il considérait le capitalisme comme le meilleur moyen de créer ces chances, mais il constatait aussi que le passage d'une société agricole à une société industrielle saccageait la vie des individus et détruisait des communautés.

En pleine guerre de Sécession, il se lança donc dans une série de mesures qui non seulement fournirent les bases d'une économie nationale totalement intégrée mais étendirent le champ des possibilités aux couches inférieures. Il se battit pour faire construire la première voie ferrée transcontinentale. Il constitua l'Académie nationale des sciences pour stimuler la recherche fondamentale et les découvertes scientifiques pouvant déboucher sur des technologies nouvelles et des applications commerciales. Il fit adopter le Homestead Act de 1862, qui offrit de vastes terres publiques de l'Ouest américain aux pionniers venus de l'Est et aux immigrants du monde entier afin qu'eux aussi puissent revendiquer une part d'une économie en plein essor. Et plutôt que de laisser ces pionniers se débrouiller seuls, il créa un système d'instituts agricoles subventionnés pour inculquer aux fermiers les dernières techniques agricoles et leur fournir la culture générale qui leur permettrait de porter leurs rêves au-delà des limites de la vie à la ferme.

L'intuition fondamentale de Hamilton et de Lincoln – les ressources et le pouvoir d'un gouvernement national facilitent plutôt qu'ils ne remplacent un marché libre dynamique – a continué de servir de pierre angulaire aux politiques tant démocrates que républicaines à chaque stade du développement de l'Amérique. Le barrage Hoover, l'aménagement de la vallée du Tennessee, le réseau routier entre les États, Internet, le programme de recherches sur le génome humain : à maintes reprises, l'implication du gouvernement a contribué à paver la voie à l'explosion des activités économiques privées. Par la création d'un système d'écoles et d'instituts d'enseignement supérieur publics, à travers des programmes comme les bourses accordées aux anciens GI, qui ont permis à des millions d'Américains de suivre des études, le gouvernement a contribué à fournir aux individus les outils nécessaires pour innover dans un contexte de changements technologiques constants.

En plus de procéder à des investissements nécessaires dont le secteur privé ne pouvait ou ne voulait pas se charger, un gouvernement national actif s'est également révélé indispensable pour pallier les échecs du marché : les pannes récurrentes de tout système capitaliste qui entravent un fonctionnement efficace du marché ou nuisent à la population. Teddy Roosevelt comprit que le pouvoir des monopoles restreignait la concurrence et fit du « démantèlement des trusts » un axe central de son gouvernement. Woodrow Wilson créa la Réserve fédérale pour gérer les ressources monétaires et lutter contre les mouvements de panique périodiques affectant les marchés financiers. Le gouvernement fédéral et les États établirent les premières lois sur la consommation – loi sur la qualité des aliments et la mise en circulation des médicaments, loi sur le contrôle de la qualité de la viande – pour protéger les Américains des produits nocifs.

Mais ce fut pendant le krach boursier de 1929 et la dépression économique qui suivit que le rôle vital du gouvernement dans la régulation du marché devint pleinement apparent. Face à la confiance en miettes des investisseurs, aux retraits massifs dans les banques qui menaçaient de faire s'effondrer le système financier, à la chute vertigineuse de la demande des consommateurs et des investissements commerciaux, Franklin D. Roosevelt procéda à une série d'interventions qui mit un coup d'arrêt à la récession économique. Pendant les huit années qui suivirent, l'administration du New Deal expérimenta diverses politiques pour relancer l'économie et, si elles n'eurent pas toutes les résultats escomptés, elles mirent sur pied une structure régulatrice contribuant à limiter le risque de crise économique : une Commission des opérations de Bourse pour assurer la transparence des marchés financiers et protéger les petits investisseurs des escroqueries et des manipulations internes ; une assurance garantissant la sécurité des dépôts bancaires pour donner confiance aux déposants, et des mesures fiscales et monétaires contracycliques, sous forme de réductions d'impôts, d'accroissement des liquidités ou de dépenses gouvernementales directes afin de stimuler la demande quand les entreprises et les consommateurs se sont retirés du marché.

Enfin – et c'est un point très controversé – le gouvernement contribua à structurer le contrat social entre l'entreprise et le travailleur. Pendant les cent cinquante premières années de l'Amérique, tandis que le capital se concentrait dans des trusts et des sociétés à responsabilité limitée, les patrons eurent recours à la loi comme aux violences pour empêcher les ouvriers de former des syndicats qui leur donneraient un moyen de pression accru. Les ouvriers n'avaient quasiment aucune protection contre des conditions de travail inhumaines, aussi bien dans les ateliers, où l'on pratiquait une exploitation effrénée, que dans les abattoirs. La culture américaine ne se montrait pas compatissante non plus pour les travailleurs appauvris par les accès périodiques de « destruction créatrice » du capitalisme : la clef de la réussite individuelle, c'est de travailler plus dur, pas de se faire dorloter par l'État. Le peu de secours existants provenait des maigres ressources de la charité privée.

Là encore, il fallut le choc de la Grande Dépression, avec un tiers des actifs se retrouvant au chômage, mal logés, mal vêtus et mal nourris, pour que le gouvernement corrige ce déséquilibre. Deux ans après son élection, F. D. Roosevelt put faire adopter par le Congrès en 1935 la loi sur l'aide sociale, pièce maîtresse du nouvel État-providence, filet de sécurité qui tirerait de la pauvreté près de la moitié des personnes âgées, garantirait une assurance chômage à ceux qui avaient perdu leur emploi, et de modestes allocations aux handicapés et aux personnes âgées dans la misère. Roosevelt fut aussi à l'initiative de lois qui changèrent radicalement les relations entre le capital et le travail : la semaine de quarante heures, les lois sur le travail des enfants et sur le salaire minimum, ainsi que la loi nationale sur les relations du travail, qui permit l'organisation de syndicats industriels à large base et contraignit les employeurs à négocier de bonne foi.

La logique qui sous-tendait ces lois provenait en partie de la politique économique keynésienne : pour sortir de la crise, il fallait assurer aux travailleurs américains plus de revenus pour la consommation. Mais Roosevelt comprenait aussi qu'en démocratie le capitalisme a besoin du consentement du peuple et qu'en donnant aux travailleurs une part plus grande du gâteau économique ses réformes saperaient l'attrait potentiel des systèmes autoritaires contrôlés par l'État – fascistes, socialistes ou communistes –, qui jouissaient d'un soutien croissant dans toute l'Europe. Comme il l'expliqua en 1944 : « Les gens qui ont faim, les gens qui n'ont pas de travail sont l'étoffe dont sont faites les dictatures. »

Un moment, on eut l'impression que l'histoire s'arrêterait là : F. D. Roosevelt sauve le capitalisme de lui-même grâce à un gouvernement fédéral dynamique qui investit dans le peuple et les infrastructures, réglemente le marché et protège les travailleurs des souffrances et des privations chroniques. Effectivement, pendant les vingt-cinq années suivantes, sous des gouvernements républicains et démocrates, ce modèle de l'État-providence américain bénéficia d'un large consensus. Il y avait, à droite, ceux qui se plaignaient d'un socialisme rampant et, à gauche, ceux qui estimaient que Roosevelt n'était pas allé assez loin. Mais la croissance énorme de l'économie de production de masse des États-Unis et le gigantesque fossé entre ses capacités productives et celles des économies délabrées d'Europe et d'Asie étouffaient la plupart des batailles idéologiques. Sans rivaux sérieux, les firmes américaines pouvaient faire supporter à leurs clients des coûts de main-d'œuvre et de réglementation plus élevés. Le plein emploi permettait aux ouvriers syndiqués d'accéder à la classe moyenne, de faire vivre une famille avec un seul salaire et de bénéficier d'avantages stables en matière de santé et de retraite. Dans ce contexte de profits réguliers pour les employeurs et de salaires en hausse, les dirigeants politiques ne rencontraient qu'une faible résistance aux hausses d'impôts et à de nouvelles réglementations pour s'attaquer à des problèmes sociaux pressants : d'où les programmes de la Great Society, notamment Medicare, Medicaid et l'assistance sociale, sous la présidence de Johnson, ainsi que la création de l'Agence pour la protection de l'environnement et de la Direction de la sécurité et de l'hygiène au travail sous Nixon.

Il n'y avait qu'un problème avec ce triomphe progressiste : le capitalisme refusait de se tenir tranquille. Dans les années 1970, la croissance de la productivité des États-Unis, moteur de l'économie d'après guerre, commença à ralentir. La détermination accrue de l'OPEP permit aux producteurs de pétrole de se tailler une part bien plus grande de l'économie mondiale, ce qui révéla la vulnérabilité de l'Amérique face à des ruptures d'approvisionnement en énergie. Les entreprises américaines commencèrent à subir la concurrence des usines asiatiques produisant à moindre coût et un flot d'importations bon marché – dans le textile, la chaussure, l'électronique et même l'automobile – envahit des pans entiers du marché national. En même temps, des firmes multinationales à base américaine délocalisaient leurs unités de production, en partie pour avoir accès aux marchés étrangers mais aussi pour profiter d'une main-d'œuvre peu coûteuse.

Dans ce contexte mondial plus concurrentiel, la vieille formule patronale alliant profits réguliers et direction lourde et rigide ne fonctionnait plus. La possibilité se restreignant d'infliger aux consommateurs des coûts plus élevés et des produits de mauvaise qualité, les profits et les parts de marché se réduisirent et les actionnaires demandèrent plus de créations de valeur. Certaines compagnies parvinrent à augmenter la productivité par l'innovation et l'automation. D'autres recoururent principalement aux licenciements brutaux, à la résistance à la syndicalisation et à de nouvelles délocalisations de la production à l'étranger. Les dirigeants d'entreprise qui ne s'adaptaient pas furent la proie de raiders et des spécialistes du LBO[1], qui procé-

1. Rachat d'entreprises financé par l'endettement.

dèrent aux changements à leur place, sans la moindre considération pour des employés dont la vie se trouvait bouleversée ni pour des régions ravagées. D'une façon ou d'une autre, les entreprises américaines devinrent sans pitié, des ouvriers d'industries anciennes et des villes comme Galesburg supportant le gros des conséquences de cette transformation.

Le secteur privé ne fut pas le seul à devoir s'adapter à cette nouvelle conjoncture. Comme l'élection de Reagan le montra clairement, les Américains voulaient aussi que l'État change.

Dans ses discours, Reagan avait tendance à exagérer les proportions que l'État-providence avait prises en vingt-cinq ans. À son point le plus haut, le budget fédéral rapporté à la totalité de l'économie américaine demeurait bien inférieur aux niveaux atteints en Europe occidentale, même en y incorporant les énormes dépenses militaires des États-Unis. La « révolution conservatrice » que Reagan avait contribué à introduire gagna cependant du terrain parce que l'intuition fondamentale du Président républicain – à savoir que l'État-providence était devenu trop satisfait de lui et bureaucratique, avec des dirigeants démocrates plus soucieux de découper le gâteau que de le faire grossir – contenait une bonne part de vérité. Tout comme de trop nombreux chefs d'entreprise, protégés de la concurrence, avaient cessé de produire de la valeur, trop de bureaucrates gouvernementaux avaient cessé de se demander si leurs actionnaires (les contribuables américains) et leurs clients (les usagers des services publics) en avaient pour leur argent.

Tous les programmes gouvernementaux ne marchaient pas aussi bien qu'on le prétendait. Certaines activités auraient été mieux assurées par le secteur privé, et dans certains cas une incitation reposant sur le marché aurait donné les mêmes résultats qu'une réglementation autoritaire, pour un coût inférieur et avec plus de souplesse. Les taux d'imposition élevés en vigueur lorsque Reagan prit ses fonctions ne dissuadaient peut-être pas le travail ou l'investissement, mais ils influençaient les décisions en matière d'investissement et conduisaient à une recherche d'abris fiscaux source de gaspillage. De même, si l'assistance sociale portait indéniablement secours à un grand nombre d'Américains appauvris, elle engendrait des effets pervers en matière d'éthique du travail et de stabilité familiale.

Contraint à passer des compromis avec un Congrès à majorité démocrate, Reagan ne put réaliser un grand nombre de ses projets ambitieux visant à diminuer le rôle de l'État. En revanche, il changea radicalement les termes du débat. La révolte fiscale des classes moyennes devint une constante de la politique nationale et fixa une limite à l'extension du rôle de l'État. Pour de nombreux républicains, la non-ingérence dans le marché prit valeur d'article de foi.

Bien entendu, de nombreux électeurs continuèrent à se tourner vers le gouvernement dans les périodes de ralentissement économique, et l'appel de Bill Clinton à une intervention plus active de l'État l'aida à conquérir la Maison-Blanche. Après la défaite, politiquement désastreuse, de son programme de santé et l'élection d'un Congrès républicain en 1994, Clinton dut revoir ses ambitions à la baisse mais il réussit à donner une certaine orientation progressiste à plusieurs des objectifs de Reagan. Déclarant révolu le temps d'un rôle important de l'État, Clinton réforma l'assistance sociale, réduisit les impôts pour les couches moyennes et les travailleurs pauvres, lutta contre la bureaucratie et la paperasse. C'est Clinton qui parvint à accomplir ce que Reagan n'avait pu faire : mettre de l'ordre dans la sphère fiscale du pays tout en diminuant la pauvreté et en accordant de nouveaux crédits, même modestes, à l'enseignement et à la formation professionnelle. Lorsqu'il quitta ses fonctions, un nouvel équilibre avait, semble-t-il, été atteint : un rôle moindre de l'État mais en préservant le filet de sécurité que Roosevelt avait mis en place.

Sauf que le capitalisme ne se tient toujours pas tranquille. Les politiques de Reagan et de Clinton ont peut-être dégraissé en partie l'État-providence mais elles n'ont pas modifié les réalités sous-jacentes de la concurrence mondiale et de la révolution technologique. Les emplois partent toujours pour l'étranger – pas seulement dans l'industrie mais de plus en plus aussi dans le secteur des services qu'on peut transmettre sous forme numérique, comme la programmation informatique élémentaire. L'Amérique continue à importer bien plus qu'elle n'exporte, à emprunter bien plus qu'elle ne prête.

Sans ligne claire en matière de gouvernement, l'administration Bush et ses alliés au Congrès ont réagi en poussant la « révolution conservatrice » à sa conclusion logique : encore moins d'impôts, encore moins de réglementation et un filet de sécurité en peau de chagrin. Avec cette politique, les républicains livrent la dernière guerre, celle qu'ils ont engagée et gagnée dans les années 1980, tandis que les démocrates sont contraints de mener une bataille d'arrière-garde en défendant le programme du New Deal des années 1930.

Aucune de ces stratégies ne marche aujourd'hui. L'Amérique ne peut pas rivaliser avec la Chine et l'Inde en réduisant simplement les coûts et le rôle de l'État, à moins que nous ne soyons prêts à accepter une baisse drastique du niveau de vie américain, avec des villes étouffant sous le smog et des files de mendiants dans les rues. Elle ne peut pas non plus se contenter d'ériger des barrières douanières et d'élever le salaire minimum, à moins que nous ne soyons prêts à confisquer tous les ordinateurs du monde.

Mais notre histoire devrait nous convaincre que nous ne sommes pas obligés de choisir entre une économie pesante dirigée par l'État et un capitalisme chaotique et sans pitié. Elle nous enseigne que nous pouvons sortir plus forts et non plus faibles des grands bouleversements économiques. Comme ceux qui nous ont précédés, nous devons nous demander quel cocktail de politiques peut conduire à un marché libre et dynamique, à une large sécurité économique, à l'innovation des entreprises et à la promotion sociale. Nous pouvons être guidés en cela par la maxime simple de Lincoln : ne faire collectivement, par l'État, que les choses que nous ne pouvons pas faire aussi bien, ou pas du tout, au niveau individuel et privé.

En d'autres termes, nous laisser guider par ce qui marche.

À quoi ressemblerait ce nouveau consensus économique ? Je ne prétends pas détenir toutes les réponses et une discussion détaillée de la politique économique américaine occuperait plusieurs volumes. Mais je peux proposer quelques exemples de secteurs où nous pouvons nous dégager de l'impasse politique actuelle, où, dans la tradition de Hamilton et de Lincoln, nous pouvons investir dans nos infrastructures et dans notre peuple ; des moyens de commencer à moderniser et à rebâtir le contrat social que F. D. Roosevelt fut le premier à instaurer au milieu du siècle dernier.

Commençons par les investissements qui peuvent rendre l'Amérique plus compétitive dans l'économie mondiale : des investissements dans l'éducation, les sciences et les techniques, l'indépendance énergétique.

Pendant toute notre histoire, l'enseignement a été au cœur du marché que ce pays passe avec ses citoyens : si vous travaillez dur et si vous prenez des responsabilités, vous aurez une chance d'accéder à une vie

198

meilleure. Dans un monde où le savoir détermine la valeur sur le marché de l'emploi, où un enfant de Los Angeles doit rivaliser non seulement avec un enfant de Boston mais aussi avec des millions d'enfants de Bangalore et de Pékin, trop d'écoles américaines ne respectent pas leur part du marché.

En 2005, je me suis rendu au lycée Thornton, un établissement à majorité noire de la banlieue sud de Chicago. Mon équipe avait travaillé avec des enseignants pour organiser une réunion de jeunes : des représentants de chaque classe avaient passé des semaines à faire des sondages pour savoir quels sujets préoccupaient leurs camarades et en avaient ensuite présenté les résultats dans une série de questions qui m'étaient adressées. À la réunion, ils ont parlé de la violence dans les cités, du manque d'ordinateurs dans leurs salles de classe. Mais le problème numéro un était le suivant : comme le district scolaire ne pouvait se permettre de garder les professeurs une journée entière, les élèves de Thornton sortaient chaque jour à treize heures trente. Avec cet horaire réduit, les élèves ne pouvaient pas avoir d'heures de travaux pratiques de science ou de langues étrangères.

Pourquoi on se fait escroquer comme ça ? m'ont-ils demandé. On dirait que personne ne s'attend à ce qu'on aille à l'université, ont-ils ajouté.

Ils voulaient *plus* d'école.

Nous nous sommes habitués à ce genre d'histoires : les enfants noirs et latinos pauvres se languissant dans des lycées qui ne les préparent pas à l'ancienne économie industrielle, encore moins à l'ère de l'informatique. Mais les problèmes de notre système scolaire ne se limitent pas aux quartiers défavorisés. L'Amérique a aujourd'hui le taux d'élèves qui abandonnent leurs études secondaires le plus élevé du monde industrialisé. En terminale, les lycéens américains ont de moins bons résultats en maths et en sciences que leurs homologues étrangers. La moitié des adolescents ne comprennent pas les fractions simples, la moitié des enfants de neuf ans ne savent pas faire des multiplications ou des divisions simples, et si les élèves américains sont plus nombreux que jamais à se présenter à l'examen d'entrée à l'université, 22 % seulement ont le niveau requis en anglais, en mathématiques et en sciences.

Je ne crois pas que le gouvernement puisse à lui seul renverser ces statistiques. C'est avant tout aux parents d'inculquer à leurs enfants une éthique de l'effort et de la réussite à l'école. Mais les parents sont en droit d'attendre que l'État, à travers l'enseignement public, soit un partenaire à part entière dans le processus éducatif, comme il l'a été pour les générations précédentes.

Malheureusement, au lieu d'innovations et de reformes hardies – des réformes qui permettraient aux jeunes de Thornton de se mettre sur les rangs pour obtenir un emploi chez Google –, pendant près de deux décennies le gouvernement n'a fait qu'arrondir les angles et tolérer la médiocrité. C'est en partie le résultat de batailles idéologiques aussi désuètes que prévisibles. De nombreux conservateurs soutiennent que l'argent ne sert à rien pour élever le niveau de réussite scolaire, que les problèmes des établissements publics sont dus à une bureaucratie regrettable et à des syndicats d'enseignants intransigeants, que la seule solution consiste à briser le monopole de l'État en distribuant des bons[1]. Tandis qu'à gauche on se voit souvent contraint de soutenir un statu quo indéfendable en arguant que seuls des crédits supplémentaires amélioreront les résultats scolaires.

Les deux affirmations sont fausses. L'argent joue un rôle dans l'éducation – sinon, pourquoi les parents

1. Dans le système britannique, ces bons distribués aux parents permettent d'assurer à leurs enfants une scolarité dans un établissement de leur choix, public ou privé.

paieraient-ils aussi cher pour habiter dans des districts scolaires bien subventionnés ? – et de nombreuses écoles urbaines et rurales ont encore des classes surchargées, des manuels dépassés, du matériel inadéquat et des enseignants contraints de payer de leur poche le matériel de base. Mais on ne peut nier que la façon dont un grand nombre d'écoles publiques sont gérées pose autant problème que les subventions dont elles bénéficient.

Notre tâche consiste donc à identifier les réformes qui ont le plus d'impact sur la réussite scolaire, à leur affecter des crédits adéquats et à éliminer les programmes qui ne donnent aucun résultat. De fait, nous connaissons déjà par l'expérience des réformes qui marchent : des programmes scolaires plus audacieux et plus rigoureux, mettant l'accent sur les mathématiques, les sciences, la maîtrise de la lecture et de l'écriture ; plus d'heures de cours et plus de jours d'école pour donner aux enfants le temps et l'attention dont ils ont besoin pour apprendre ; un enseignement dès la petite enfance pour que certains élèves ne soient pas déjà perdus le premier jour d'école ; des évaluations significatives et reposant sur les résultats afin d'avoir une idée plus juste des capacités des élèves, le recrutement et la formation de proviseurs capables d'évoluer et de professeurs plus efficaces.

Ce dernier point – le besoin de bons enseignants – mérite d'être souligné. Des études récentes montrent que le facteur le plus déterminant dans la réussite d'un élève n'est pas la couleur de sa peau ni ses origines mais qui il a pour professeur. Malheureusement, trop de nos écoles s'appuient sur des professeurs inexpérimentés et peu formés dans les matières qu'ils enseignent, et trop souvent concentrés dans des établissements déjà en difficulté. De plus, la situation ne s'améliore pas, elle s'aggrave : chaque année, les districts scolaires perdent des enseignants expérimentés avec l'arrivée à l'âge de la retraite des baby-boomers, et il faudra recruter deux millions de professeurs dans les dix années qui viennent uniquement pour répondre aux besoins d'inscriptions en hausse.

Le problème n'est pas le manque d'intérêt pour l'enseignement. Je rencontre sans cesse des jeunes gens sortis des meilleures universités qui, à travers des programmes comme Teach for America, se sont engagés à enseigner deux ans dans certains des lycées et collèges les plus durs du pays. Ils trouvent ce travail extraordinairement gratifiant et les élèves qui suivent leurs cours bénéficient de leur créativité et de leur enthousiasme. Mais, à la fin des deux ans, la plupart changent de carrière ou passent dans un établissement de banlieue aisée : c'est la conséquence d'un salaire peu élevé, d'un manque de soutien de la hiérarchie et d'un sentiment envahissant d'isolement.

Si nous voulons sérieusement construire le système scolaire du vingt et unième siècle, nous devons prendre au sérieux le métier d'enseignant. Cela signifie qu'il faut modifier le système de certification pour qu'un étudiant en chimie qui veut enseigner puisse éviter un travail trop prenant dans d'autres matières, il faut associer chaque nouvelle recrue à un professeur aguerri pour briser son isolement et donner aux enseignants confirmés plus de contrôle sur ce qui se passe dans leur classe.

Cela implique aussi de donner aux professeurs le salaire qu'ils méritent. Il n'y a aucune raison pour qu'un enseignant efficace, expérimenté, hautement qualifié, ne gagne pas 100 000 dollars par an au sommet de sa carrière. Des professeurs extrêmement compétents dans des matières essentielles comme les mathématiques et les sciences devraient même gagner plus.

Il y a un hic, cependant. En échange d'un meilleur salaire, les enseignants doivent être davantage tenus d'obtenir des résultats et les districts scolaires doivent avoir une latitude plus grande pour se débarrasser d'enseignants incompétents.

Jusqu'ici, les syndicats se sont opposés à l'idée d'un salaire au mérite, en partie parce que ce salaire pourrait être soumis aux caprices d'un proviseur. Les syndicats arguent aussi – à juste titre, selon moi – que la plupart des districts scolaires se fondent uniquement sur les résultats aux examens pour juger de la compétence d'un professeur et que ces résultats peuvent dépendre de facteurs sur lesquels les enseignants n'ont aucune prise, comme le nombre d'élèves pauvres ou handicapés dans leur classe.

Ce ne sont pas des problèmes insolubles. En travaillant avec les syndicats enseignants, les États et les districts scolaires peuvent mettre au point de meilleurs critères de compétence combinant les résultats aux examens à un système d'évaluation par les collègues (la plupart des professeurs peuvent vous dire, avec une constance étonnante, qui dans leur établissement est vraiment bon ou vraiment mauvais). Et nous pouvons veiller à ce que des professeurs incompétents ne handicapent plus des enfants qui désirent apprendre.

Si nous voulons faire les investissements requis pour restructurer nos écoles, nous devons recommencer à croire que tout enfant *peut* apprendre. Récemment, j'ai eu l'occasion de me rendre à l'école primaire Dodge, dans le West Side de Chicago, un établissement qui, il y a peu, touchait quasiment le fond dans à peu près tous les domaines mais qui est en train de se redresser. Alors que je discutais avec quelques enseignants des défis auxquels ils sont confrontés, un jeune professeur a parlé de ce qu'il appelle le syndrome « ces gosses » : les millions d'excuses que la société est prête à trouver pour expliquer que « ces gosses » ne peuvent pas apprendre, comme « ces gosses proviennent de milieux difficiles » ou « ces gosses ont trop de retard »…

« Ça me rend dingue, d'entendre ces mots, m'a-t-il dit. Ce ne sont pas *ces* gosses. Ce sont *nos* gosses. »

La façon dont l'économie américaine fonctionnera dans les années à venir pourrait bien dépendre de l'attention que nous accorderons à des propos aussi sensés.

Notre investissement dans l'éducation ne peut se limiter à l'amélioration des cycles primaire et secondaire. Dans une économie du savoir où huit sur neuf des professions en expansion rapide ces dix dernières années demandent des qualifications scientifiques ou technologiques, la plupart des travailleurs auront besoin d'une éducation supérieure pour exercer les métiers de l'avenir. De même que l'État a institué un enseignement secondaire libre et obligatoire à l'aube du vingtième siècle pour fournir aux travailleurs les compétences correspondant à l'ère industrielle, notre gouvernement doit aider les travailleurs d'aujourd'hui à s'adapter aux réalités du vingt et unième siècle.

À de nombreux égards, notre tâche devrait être plus facile que celle des dirigeants d'il y a cent ans. En premier lieu, notre système d'universités existe déjà et peut accueillir davantage d'étudiants. Par ailleurs, il n'est pas nécessaire de convaincre les Américains de l'importance de l'éducation supérieure : le pourcentage de jeunes obtenant une licence s'est élevé à chaque décennie, passant de 16 % environ en 1980 à près de 33 % de nos jours.

Là où les Américains ont besoin d'aide, immédiatement, c'est dans le contrôle des coûts en hausse de l'université, une réalité que Michelle et moi ne connaissons que trop bien : pendant les dix premières années de notre mariage, nos versements mensuels combinés pour rembourser les emprunts contractés afin de financer nos études dépassaient de beaucoup ceux de l'achat de notre maison. En cinq ans, les frais de scolarité et les droits d'inscription dans les universités publiques ont, compte tenu de l'inflation, augmenté de 40 %. Pour faire face à ces dépenses, les étudiants doivent s'endetter de plus en plus, ce qui décourage de nombreux diplômés de faire carrière dans un secteur peu lucratif comme l'enseignement. On estime que, chaque année, deux cent mille lycéens aptes à poursuivre des études renoncent à l'université parce qu'ils n'en ont pas les moyens.

Il existe un certain nombre de mesures que nous pouvons prendre pour diminuer ces coûts et améliorer l'accès à l'enseignement supérieur. Les États peuvent limiter l'augmentation annuelle des frais de scolarité dans les universités publiques. Pour de nombreux étudiants, les instituts techniques et les cours on-line peuvent constituer une option de formation peu coûteuse dans une économie en mutation constante. Et les étudiants peuvent exiger de leurs établissements qu'ils concentrent leurs efforts au moins autant sur la qualité de l'enseignement que sur la construction d'un nouveau stade de football.

Mais quel que soit le succès de ces mesures pour limiter la hausse vertigineuse du coût de l'éducation, nous devons aussi prodiguer à de nombreux parents et étudiants une aide directe, que ce soit sous forme de bourses, de prêts à faible intérêt, de comptes d'épargne éducation exemptés d'impôts ou de déduction fiscale des frais de scolarité et d'inscription. Jusqu'ici, le Congrès a pris une direction opposée en augmentant le taux d'intérêt des prêts aux étudiants garantis par le gouvernement fédéral et en n'alignant pas les bourses des étudiants modestes sur l'inflation. Cette politique est totalement injustifiée si nous voulons que l'égalité des chances et la promotion sociale continuent à caractériser l'économie américaine.

Un autre aspect de notre système d'éducation mérite notre attention et concerne directement la compétitivité des États-Unis. Depuis que Lincoln a signé la loi Morrill et créé un système d'instituts agricoles subventionnés, des établissements d'enseignement supérieur servent au pays de laboratoires de recherche et de développement. C'est par eux que nous formons les innovateurs de l'avenir, le gouvernement fédéral fournissant un soutien essentiel pour les infrastructures – des laboratoires de chimie aux accélérateurs de particules – et les crédits pour la recherche qui ne débouche pas forcément sur une application commerciale immédiate mais peut conduire ultérieurement à des percées scientifiques décisives.

Ici aussi, notre politique va dans la mauvaise direction. À la remise des diplômes de la Northwestern University, en 2006, j'ai entamé la conversation avec le Dr Robert Langer, professeur de génie chimique au MIT, l'un des plus grands hommes de science du pays. Langer n'est pas un universitaire retranché dans sa tour d'ivoire, il a déposé plus de cinq cents brevets et ses recherches ont conduit à toutes sortes d'applications, des patchs anti-tabac au traitement du cancer du cerveau. Tandis que nous attendions le début de la cérémonie, je l'ai interrogé sur ses travaux actuels et il m'a parlé de ses recherches en ingénierie tissulaire, prometteuses de nouvelles méthodes, plus efficaces, d'administration de médicaments au corps. Me rappelant les récentes controverses entourant la recherche sur les cellules souches, je lui ai demandé si la limitation par le gouvernement Bush du nombre de lignées de cellules souches constituait l'obstacle majeur à des progrès dans son domaine. Il a secoué la tête.

« Disposer de lignées plus nombreuses serait à coup sûr utile, mais le véritable problème, ce sont les réductions importantes des subventions fédérales », a-t-il répondu. Il m'a expliqué qu'il y a quinze ans 20 à 30 % de tous les projets de recherche bénéficiaient d'un soutien fédéral. Le taux est aujourd'hui plus proche de 10 %. Pour les scientifiques et les chercheurs, cela signifie plus de temps consacré à quémander de l'argent et moins pour la recherche. Cela signifie aussi que, chaque année, des directions de recherche prometteuses sont abandonnées, en particulier les recherches à haut risque pouvant, à terme, déboucher sur les résultats les plus éclatants.

La remarque du Dr Langer n'est pas isolée. Chaque mois, des hommes de science et des ingénieurs viennent me voir dans mon bureau pour discuter de l'implication en baisse du gouvernement dans la recherche fondamentale. Au cours des trente dernières années, les crédits fédéraux pour la physique, les mathématiques et l'ingénierie ont baissé en pourcentage du PIB, au moment même où d'autres pays augmentent leur budget de recherche et développement. Comme le souligne le Dr Langer, la baisse de l'aide à la recherche fondamentale a un impact direct sur le nombre de jeunes gens qui s'orientent vers les mathématiques, les sciences et l'ingénierie, ce qui, entre autres, explique pourquoi la Chine forme chaque année huit fois plus d'ingénieurs que les États-Unis.

Si nous voulons une économie de l'innovation qui crée chaque année de nouveaux Google, nous devons investir dans nos futurs innovateurs en doublant les crédits fédéraux à la recherche fondamentale dans les cinq prochaines années, en formant cent mille ingénieurs et scientifiques de plus en quatre ans, en accordant de nouvelles bourses de recherche aux plus remarquables jeunes scientifiques du pays. Le coût total du maintien de notre avance scientifique et technologique s'élève à 42 milliards de dollars en cinq ans, une somme importante, certes, mais qui ne représente que 15 % de la facture fédérale pour le réseau routier.

En d'autres termes, nous avons les moyens de faire ce qui doit être fait. Ce qui manque, ce n'est pas l'argent, c'est un sentiment national d'urgence.

Le dernier investissement essentiel pour rendre l'Amérique plus compétitive, ce sont des infrastructures nous permettant de nous acheminer vers l'indépendance énergétique. Par le passé, la guerre ou les menaces directes sur la sécurité nationale ont fait sortir l'Amérique de son autosatisfaction et ont conduit à augmenter les crédits pour la science et l'éducation ainsi qu'à des efforts pour réduire notre vulnérabilité. C'est ce qui s'est passé au plus fort de la guerre froide, quand le lancement du satellite Spoutnik nous a fait craindre que les Soviétiques ne soient en train de passer devant nous dans le domaine technologique. En réponse, le président Eisenhower doubla l'aide fédérale à l'éducation et fournit à toute une génération de scientifiques et d'ingénieurs la formation dont ils avaient besoin pour parvenir à des progrès révolutionnaires. La même année fut créée l'Agence de programmes de recherche de pointe pour la défense (DARPA), qui prodigua à la recherche fondamentale les milliards de dollars qui finiraient par conduire à Internet, aux codes-barres et à la conception assistée par ordinateur. En 1961, le président Kennedy lançait le programme spatial Apollo, incitant lui aussi des jeunes gens de tout le pays à partir à la conquête de la Nouvelle Frontière de la science.

Notre situation actuelle exige que nous adoptions la même attitude avec l'énergie. Notre addiction au pétrole sape notre avenir, on ne saurait trop le souligner. Selon la Commission nationale sur la politique énergétique, si l'on ne change rien, la demande américaine de pétrole augmentera de 40 % dans les vingt prochaines années. On prévoit que, pendant la même période, la demande mondiale grimpera d'au moins 30 % quand des pays en développement rapide comme la Chine et l'Inde étendront leurs capacités industrielles et que cent quarante millions de voitures en plus rouleront sur leurs routes.

Notre dépendance par rapport au pétrole n'affecte pas uniquement notre économie. Elle nuit à notre sécurité nationale. Une bonne part des 800 millions de dollars que nous dépensons chaque jour pour acheter du pétrole à l'étranger va à quelques-uns des régimes les plus instables du monde : l'Arabie saoudite, le Nigeria, le Venezuela et, indirectement au moins, l'Iran. Peu importe que ce soient des régimes despotiques ayant des visées nucléaires, des havres pour les madrasas qui sèment les graines du terrorisme dans de jeunes esprits, ils obtiennent notre argent parce que nous avons besoin de leur pétrole.

Pire, le risque de rupture d'approvisionnement est élevé. Dans le golfe Persique, Al Qaïda prépare depuis des années des attentats contre des raffineries de pétrole mal protégées. Une attaque couronnée de succès contre l'un des grands complexes pétroliers saoudiens pourrait provoquer une chute en vrille de l'économie américaine. Oussama ben Laden lui-même conseille à ses partisans de concentrer leurs « opérations sur [le pétrole], en particulier en Irak et dans la région du Golfe parce que c'est cela qui... fera mourir [les ennemis] les uns après les autres ».

Il y a aussi les conséquences écologiques de notre économie fondée sur un combustible fossile. Tous les scientifiques extérieurs à la Maison-Blanche estiment que le changement climatique est réel, grave, et accéléré par la libération continue de gaz carbonique dans l'atmosphère.

Si la perspective de la fonte des calottes glaciaires, de l'élévation du niveau des mers, de changements météorologiques, d'ouragans plus fréquents, de tornades plus violentes, de tempêtes de poussière interminables, de forêts dévastées, de récifs coralliens agonisants, d'accroissement des troubles respiratoires et des maladies transmises par les insectes… si tout cela ne constitue pas une menace grave, je me demande ce qui est grave.

Jusqu'ici, la politique énergétique du gouvernement Bush a consisté essentiellement à accorder des subventions aux grandes compagnies pétrolières et à multiplier les forages, tout en affectant des crédits symboliques à la mise au point de carburants de rechange. Cette démarche pourrait avoir un sens si l'Amérique disposait de ressources pétrolières abondantes et encore inutilisées pouvant satisfaire ses besoins, et si les compagnies pétrolières ne réalisaient pas des profits record. Mais ces ressources n'existent pas. Les États-Unis possèdent 3 % des réserves pétrolières mondiales. Nous utilisons 25 % du pétrole de la planète. Nous ne réglerons pas le problème en forant le sol.

Ce que nous pouvons faire, c'est créer des sources d'énergie plus propre pour le vingt et unième siècle. Au lieu de financer l'industrie pétrolière, nous devrions supprimer toutes les réductions fiscales que l'industrie perçoit aujourd'hui et exiger que 1 % des revenus des compagnies pétrolières réalisant plus d'un milliard de dollars de bénéfices par trimestre aille au financement de recherches sur des énergies de substitution et des infrastructures nécessaires. Non seulement un tel programme rapporterait d'énormes dividendes sur le plan de l'économie, de la politique étrangère et de l'environnement, mais il pourrait être le moteur permettant de former une génération nouvelle de scientifiques et d'ingénieurs, la source de nouvelles industries exportatrices et d'emplois à hauts salaires.

Des pays comme le Brésil le font déjà. Ces trente dernières années, le gouvernement brésilien a eu recours à une conjugaison de réglementation et d'investissements directs pour développer une industrie des biocarburants hautement efficace. 70 % de ses nouveaux véhicules roulent maintenant avec de l'éthanol fabriqué à partir de sucre de canne. Sans cette incitation gouvernementale, l'industrie américaine de l'éthanol ne fait que démarrer. Les partisans de la liberté du marché arguent que la démarche très interventionniste des Brésiliens n'a pas sa place dans une économie américaine reposant sur la liberté du marché. Mais la réglementation, lorsqu'on l'applique avec souplesse et sensibilité aux forces du marché, peut susciter des innovations dans le secteur privé et des investissements dans le secteur énergétique.

Prenons par exemple les normes de faible consommation de carburant. Si nous avions régulièrement élevé ces normes au cours des vingt dernières années, quand l'essence était bon marché, les fabricants d'automobiles américains auraient peut-être investi dans des modèles sobres au lieu de produire des 4 × 4 qui sont des gouffres à essence. Et nous voyons maintenant les concurrents japonais faire le siège de Detroit. Toyota a prévu de vendre cent mille Prius en 2006 alors que le modèle hybride de General Motors ne sera pas mis sur le marché avant 2007. Et nous devons nous attendre que des firmes comme Toyota évincent les fabricants américains sur le marché chinois naissant puisque la Chine a déjà des normes de consommation de carburant plus élevées que nous.

Le fond du problème, c'est que les voitures consommant peu et les carburants de substitution comme l'E85, qui contient 85 % d'éthanol, sont l'avenir de l'industrie automobile. C'est un avenir qui sera à la portée des constructeurs américains si nous commençons à faire dès maintenant des choix difficiles. Pendant des années, les patrons et les syndicats de l'automobile se sont opposés aux normes de faible consommation parce qu'une restructuration coûte de l'argent et que Detroit se débat déjà avec des coûts de soins médicaux énormes pour ses retraités et une concurrence féroce. Pendant ma première année au Sénat, j'ai donc proposé une loi que j'ai appelée « Soins médicaux contre hybrides ». Il s'agit d'un marché avec les constructeurs américains : en échange d'un aide financière fédérale pour la couverture médicale des travailleurs de l'automobile en retraite, les trois grands (GM, Ford, Chrysler) investiront les économies réalisées dans la mise au point de véhicules consommant moins de carburant.

Des investissements dynamiques dans les sources alternatives de carburant peuvent en outre déboucher sur la création de milliers d'emplois nouveaux. Il y a dix ou vingt ans, la vieille usine de Maytag à Galesburg aurait pu rouvrir comme raffinerie d'éthanol cellulosique. Au bout de la rue, des scientifiques travailleraient dans un laboratoire de recherche sur une nouvelle pile à hydrogène. En face, une nouvelle usine produirait des voitures hybrides. Les emplois créés pourraient être occupés par des travailleurs américains formés aux nouvelles technologies de l'école primaire jusqu'à l'université.

Nous ne pouvons pas nous permettre de tergiverser plus longtemps. J'ai eu un aperçu des conséquences qu'une dépendance énergétique peut avoir quand je me suis rendu en Ukraine avec le sénateur Dick Lugar en 2005 et que j'ai rencontré le président récemment élu, Victor Iouchenko. L'histoire de son élection avait fait la une des journaux dans le monde entier : se présentant contre le parti au pouvoir qui, pendant des années, avait fait les quatre volontés de la Russie voisine, Iouchenko avait survécu à une tentative d'assassinat, à une élection truquée et à des menaces de Moscou avant que le peuple ukrainien ne finisse par se dresser dans une « révolution orange », série de manifestations pacifiques qui conduisirent finalement à l'installation de Iouchenko à la présidence.

L'ancien État soviétique aurait dû connaître des heures enivrantes et, partout où nous nous sommes rendus, on parlait effectivement de démocratisation et de réformes économiques. Mais, au cours de nos conversations avec Iouchenko et ses ministres, nous n'avons pas tardé à découvrir que l'Ukraine avait un problème majeur : elle continuait à dépendre totalement de la Russie pour le pétrole et le gaz naturel. Moscou avait déjà indiqué qu'il ne permettrait plus à l'Ukraine d'acheter son énergie à un prix inférieur à celui du marché, décision qui triplerait la facture de chauffage des maisons pendant les mois d'hiver précédant les élections législatives. Les forces pro-russes du pays attendaient leur heure, conscientes qu'en dépit des discours enflammés, des drapeaux orange, des manifestations et du courage de Iouchenko l'Ukraine demeurait à la merci de son ancien protecteur.

Un pays qui ne contrôle pas ses sources d'énergie ne maîtrise pas son avenir. L'Ukraine n'a peut-être pas le choix, mais le pays le plus riche et le plus puissant au monde n'est certainement pas dans le même cas.

Éducation. Science et technologie. Énergie. Des investissements dans ces trois secteurs clefs pourraient fortement contribuer à rendre l'Amérique plus compétitive. Bien sûr, ils ne donneront pas de résultats du jour au lendemain. Et ils feront l'objet de controverses. Les investissements dans la recherche et le développement, dans l'éducation, coûteront de l'argent à un moment où le budget fédéral est déjà très lourd. Augmenter la sobriété des voitures américaines ou instaurer le salaire au mérite pour les enseignants de l'école publique implique de surmonter les doutes de travailleurs qui se sentent déjà aux prises avec de grandes difficultés. Et les discussions sur les bons de scolarité ou la fiabilité des piles à combustible ne sont pas près de s'arrêter.

Si les moyens utilisés pour atteindre ces objectifs doivent être soumis à un débat vif et ouvert, ces objectifs eux-mêmes ne doivent pas être discutés. Si nous n'agissons pas, notre position dans le monde déclinera. Si nous agissons hardiment, notre économie sera moins vulnérable aux bouleversements, notre balance commerciale sera meilleure, le rythme de nos innovations technologiques s'accélérera et le travailleur américain sera dans une position plus forte pour s'adapter à l'économie mondiale.

Est-ce que ce sera suffisant, toutefois ? À supposer que nous parvenions à surmonter certains de nos différends idéologiques et à maintenir la croissance de l'économie américaine, pourrai-je regarder les ouvriers de Galesburg dans les yeux et leur affirmer que la mondialisation peut être bénéfique pour eux et pour leurs enfants ?

C'est la question que j'avais en tête pendant le débat de 2005 sur l'Accord de libre-échange de l'Amérique centrale, l'ALEAC. Pris isolément, cet accord menaçait peu les travailleurs américains : les économies conjuguées des pays d'Amérique centrale concernés équivalaient à peu près à celle de New Haven, Connecticut. Il ouvrait de nouveaux marchés aux agriculteurs américains et promettait les investissements étrangers dont des pays pauvres comme le Honduras ou la République dominicaine ont grand besoin. Il y avait quelques problèmes mais, globalement, l'ALEAC constituait sans doute un plus pour l'économie des États-Unis.

Or, quand j'ai rencontré les représentants des syndicats, ils ne voulaient pas en entendre parler. Selon eux, l'ALENA avait été une catastrophe pour les travailleurs américains et l'ALEAC promettait d'avoir les mêmes résultats. Ce qu'il faut, disaient-ils, ce n'est pas le libre-échange mais des échanges équitables : des protections plus fortes pour les travailleurs des pays commerçant avec les États-Unis, notamment le droit de se syndiquer et l'interdiction du travail des enfants ; des normes écologiques plus élevées dans ces mêmes pays ; la suppression des subventions gouvernementales aux exportateurs étrangers et de l'absence de barrières douanières pour les exportations américaines ; de meilleures protections de la propriété intellectuelle des États-Unis et – en particulier pour la Chine – la fin d'une sous-évaluation de la monnaie qui désavantage les entreprises américaines.

Comme la plupart des démocrates, je soutiens fermement toutes ces mesures. Pourtant, je me suis senti obligé de déclarer à ces représentants des syndicats qu'aucune d'entre elles ne changerait les réalités sous-jacentes de la mondialisation. Ces clauses plus contraignantes sur la protection des travailleurs ou de l'environnement dans un accord commercial peuvent certes constituer une pression incitant les pays concernés à continuer à améliorer les conditions de travail, et des efforts pour obtenir des commerçants américains qu'ils vendent des produits fabriqués contre un salaire juste peuvent aller dans le même sens. Mais cela ne fera pas disparaître le fossé entre le tarif horaire des travailleurs américains et celui des travailleurs du Honduras, de l'Indonésie, du Mozambique ou du Bangladesh, pays où s'échiner dans une usine sale ou dans un atelier étouffant est souvent considéré comme une promotion sur l'échelle sociale.

De même, si la Chine acceptait de réévaluer sa monnaie, le prix des biens qu'elle fabrique augmenterait un peu, ce qui rendrait les biens américains un peu plus compétitifs. Mais, en dernière analyse, la Chine aura toujours dans ses campagnes un surplus de main-d'œuvre équivalent à la moitié de la population des

États-Unis, ce qui signifie que Wal-Mart fera encore travailler ses fournisseurs chinois très, très longtemps.

Il nous faut une nouvelle approche de la question commerciale qui tienne compte de ces réalités.

Mes camarades des syndicats hocheront la tête, diront que m'entendre exposer mes idées les intéresse… mais en attendant, est-ce qu'ils peuvent considérer que je voterai « non » à l'ALEAC ?

En fait, le débat sur le libre-échange a peu changé depuis le début des années 1980, les syndicats et leurs alliés perdant généralement la partie. L'idée prévaut ces jours-ci chez les politiques, chez les journalistes et dans le monde des affaires que le libre-échange profite à tout le monde. Un moment, il peut entraîner des suppressions d'emplois et causer des difficultés et des souffrances localisées, arguent-ils, mais pour mille emplois industriels perdus suite à la fermeture d'une usine, on pourra en créer un même nombre voire davantage dans les nouveaux secteurs des services en pleine expansion.

Avec l'accélération du rythme de la mondialisation, il n'y a pas que les syndicats qui s'inquiètent des perspectives à long terme pour les travailleurs américains. Des économistes ont remarqué que partout dans le monde – y compris en Chine et en Inde – il faut apparemment plus de croissance économique chaque année pour créer le même nombre d'emplois, conséquence d'une automation et d'une productivité sans cesse croissantes. Certains analystes se demandent si une économie américaine dominée par les services peut connaître la même hausse de la productivité, et donc du niveau de vie, que par le passé. En fait, les statistiques de ces cinq dernières années montrent que les salaires des emplois américains perdus étaient plus élevés que ceux des emplois créés.

Si l'élévation du niveau d'éducation des travailleurs américains augmente leur capacité à s'adapter à l'économie mondiale, cela ne suffira pas obligatoirement à les protéger d'une concurrence croissante. Si les États-Unis formaient deux fois plus de programmeurs informatiques par habitant que la Chine, l'Inde ou les pays d'Europe de l'Est, le seul nombre des nouveaux entrants sur le marché mondial implique qu'il y aurait quand même beaucoup plus de programmeurs à l'étranger qu'aux États-Unis, tous disponibles à un salaire cinq fois moindre pour n'importe quelle entreprise ayant accès à un réseau à larges bandes.

Autrement dit, le libre-échange peut faire grossir le gâteau économique mondial mais aucune loi ne dit que les travailleurs américains continueront à en recevoir une part de plus en plus grande.

Compte tenu de ces réalités, il est facile de comprendre pourquoi certains veulent mettre un terme à la mondialisation, à savoir geler le statu quo et nous isoler des bouleversements économiques.

Au cours d'un séjour à New York pendant le débat sur l'ALEAC, j'ai mentionné quelques études que j'avais lues à Robert Rubin, l'ancien secrétaire au Trésor de Clinton, dont j'avais fait la connaissance pendant ma campagne. Il serait difficile de trouver un démocrate plus étroitement identifié à la mondialisation que Rubin : non seulement il a été pendant des dizaines d'années l'un des banquiers les plus influents de Wall Street mais, durant une bonne partie des années 1980, il a aussi été de ceux qui définissaient la ligne de la finance internationale. C'est en outre une des personnes les plus réfléchies et les plus modestes que je connaisse. Je lui ai donc demandé si certaines des craintes, au moins, que les travailleurs de Galesburg exprimaient étaient fondées : n'y a-t-il aucun moyen d'éviter un déclin à long terme du niveau de vie américain si nous nous exposons totalement à la concurrence d'une main-d'œuvre bien moins coûteuse à l'étranger ?

« C'est une question compliquée, a répondu Rubin. La plupart des économistes vous diront qu'il n'y a pas de limite intrinsèque au nombre de bons nouveaux emplois que l'économie américaine peut créer parce qu'il n'y a pas de limite à l'ingéniosité humaine. Les gens inventent constamment de nouvelles industries et de nouveaux besoins. Je crois que les économistes ont probablement raison. Historiquement, c'est ce qui s'est passé. Bien sûr, rien ne garantit que cela se reproduira cette fois. Du fait de l'accélération des changements technologiques, de la taille des pays avec lesquels nous sommes en concurrence et du différentiel de coût avec ces pays, nous pourrions voir émerger une autre dynamique. Il se peut donc que, même si nous faisons tout correctement, nous ayons des problèmes. »

J'ai répondu que les gens de Galesburg ne trouveraient peut-être pas cette réponse rassurante.

« J'ai dit que c'est possible, pas probable, a-t-il précisé. J'ai tendance à être d'un optimisme prudent et à penser que, si nous mettons de l'ordre dans notre fiscalité et si nous améliorons notre système d'enseignement, leurs enfants s'en tireront très bien. De toute façon, il y a une chose certaine que je voudrais dire aux ouvriers de Galesburg : toute tentative de protectionnisme ira à l'encontre de l'objectif recherché et se retournera finalement contre leurs enfants. »

J'ai apprécié que Rubin reconnaisse que les travailleurs américains puissent avoir des raisons légitimes de s'inquiéter de la mondialisation. D'après mon expérience, la plupart des dirigeants de syndicats ont beaucoup réfléchi au problème et on ne peut les rejeter d'un revers de main en les traitant de protectionnistes inconditionnels.

Difficile aussi de rejeter l'intuition de Rubin : nous pouvons essayer de ralentir la mondialisation mais nous ne pouvons pas l'arrêter. L'économie américaine est tellement intégrée à celle du reste du monde, le commerce on-line est si répandu qu'on ne peut pas imaginer, encore moins imposer, un système efficace de protectionnisme. Des droits de douane sur l'acier importé apporteraient peut-être un soulagement temporaire aux sidérurgistes américains mais rendrait les industriels des États-Unis qui utilisent de l'acier pour leurs produits moins compétitifs sur le marché mondial. C'est dur d'« acheter américain » quand un jeu vidéo vendu par une entreprise américaine a été mis au point par des concepteurs de logiciels japonais et emballé au Mexique. Les douaniers américains ne peuvent pas bloquer les services d'un centre d'appel installé en Inde ni empêcher un informaticien de Prague d'envoyer son travail par e-mail à une société de Dubuque. Quand il s'agit de commerce, il ne reste plus guère de frontières.

Cela ne signifie pas pour autant que nous devions lever les bras au ciel et dire aux travailleurs de se débrouiller par eux-mêmes. J'ai attiré l'attention du président Bush sur le problème à la fin du débat sur l'ALEAC lorsque, avec d'autres sénateurs, j'ai été invité à la Maison-Blanche pour discuter. Je crois aux avantages du commerce et je ne doute pas que la Maison-Blanche parviendra à obtenir les voix nécessaires pour cet accord, ai-je dit au Président. Mais j'ai ajouté que l'opposition à l'ALEAC tient moins aux détails de l'accord qu'à l'insécurité croissante des travailleurs américains. Si nous ne trouvons pas de stratégie pour apaiser ces craintes, si nous ne persuadons pas les travailleurs américains, par un signal fort, que le gouvernement est à leur côté, le protectionnisme ne fera que croître.

Le Président a écouté poliment puis il a dit qu'il m'avait entendu exposer mes idées avec intérêt et qu'il espérait pouvoir compter sur mon vote.

Raté. J'ai fini par voter contre l'ALEAC, que le Sénat a adopté par 55 voix contre 45. Mon choix ne m'a procuré aucune satisfaction, mais c'était à mes yeux le seul moyen de protester contre ce que je considérais comme l'indifférence de la Maison-Blanche à l'égard des perdants du libre-échange. À l'instar de Bob Rubin, j'étais optimiste concernant les perspectives à long terme de l'économie des États-Unis et la capacité des travailleurs américains à être compétitifs dans le cadre du libre-échange, mais uniquement si nous répartissons plus équitablement les coûts et les avantages de la mondialisation entre tous.

La dernière fois que nous avons dû faire face à une transformation économique aussi déstabilisante que celle que nous affrontons aujourd'hui, F. D. Roosevelt a mené le pays à un nouveau contrat social, un marché entre le gouvernement, le monde des affaires et les travailleurs qui s'est traduit par une large prospérité et une sécurité économique générale pendant plus de cinquante ans. Pour l'Américain moyen, cette sécurité reposait sur trois piliers : la possibilité de trouver un emploi permettant d'entretenir une famille et de faire des économies pour parer aux cas d'urgence, un ensemble d'avantages en matière de santé et de retraite assurés par l'employeur, et un filet de sécurité garanti par l'État – sécurité sociale[1], Medicaid et Medicare, assurance chômage et, dans une moindre mesure, protections fédérales des retraites – pouvant amortir la chute de ceux qui subissaient des revers.

L'impulsion sous-jacente à ce contrat du New Deal impliquait certes un sentiment de solidarité sociale : l'idée que les patrons doivent se comporter correctement envers leurs employés et que si le sort ou une erreur de jugement faisait trébucher l'un de nous, la

1. Il convient ici de préciser qu'elle est beaucoup moins protectrice que dans le système français.

communauté américaine dans son ensemble était là pour l'aider à se relever.

Mais ce contrat reposait également sur l'idée qu'un système de partage des risques et des avantages pouvait aussi améliorer le fonctionnement du marché. Roosevelt estimait que des salaires et des prestations convenables pour les travailleurs créeraient le socle de consommateurs des couches moyennes qui stabiliserait l'économie du pays et dynamiserait son expansion. Il pensait que nous prendrions tous plus volontiers des risques dans la vie – changer d'emploi, créer une entreprise, accueillir favorablement la concurrence d'autres pays – si nous savions pouvoir compter sur une certaine protection en cas d'échec.

C'est ce que la sécurité sociale, cette pièce maîtresse du New Deal, a garanti : une forme d'assurance sociale qui nous protège des risques. Nous signons constamment des contrats d'assurance privée sur le marché parce que, aussi autonomes que nous soyons, nous avons conscience que les choses ne tournent pas toujours comme prévu – un enfant tombe malade, l'entreprise pour laquelle nous travaillons ferme ses portes, un parent souffre de la maladie d'Alzheimer, notre portefeuille d'actions en Bourse part en fumée... Plus les personnes cotisant sont nombreuses, plus le risque est réparti, plus la couverture est assurée, plus le prix est bas. Quelquefois, cependant, nous ne pouvons contracter d'assurances sur le marché pour certains risques parce que les compagnies n'y trouvent aucun profit. Quelquefois, l'assurance fournie par notre emploi ne suffit pas et nous ne pouvons pas la compléter nous-mêmes. Quelquefois, une tragédie inattendue s'abat sur nous et il apparaît que notre assurance était insuffisante. Pour toutes ces raisons, nous demandons à l'État d'intervenir et de créer pour nous une mutuelle, une mutuelle comprenant tous les Américains.

Aujourd'hui, le contrat social que Franklin Roosevelt a contribué à bâtir commence à s'écrouler. En réponse à une concurrence étrangère accrue, à une Bourse qui exige des augmentations de profits trimestrielles, les patrons automatisent, dégraissent et délocalisent, ce qui expose davantage les travailleurs aux pertes d'emploi et leur donne moins de moyens de pression pour réclamer de meilleurs salaires et avantages. Bien que le gouvernement fédéral offre des réductions d'impôts généreuses aux entreprises qui fournissent une assurance santé à leurs employés, les patrons ont reporté le coût grimpant en flèche de cette assurance sur les travailleurs sous forme de primes plus élevées, de paiements partagés et de franchises ; en même temps, la moitié des petites entreprises, dans lesquelles des millions d'Américains travaillent, ne peuvent offrir aucune assurance à leurs employés. De même, des entreprises passent du plan de retraite traditionnel, à prestation clairement définie, à des 401 k, plans d'épargne retraite individuels reposant sur des placements en Bourse, et ont parfois recours aux tribunaux de commerce pour se déclarer en faillite et échapper à leurs obligations en matière de retraite.

L'impact cumulatif sur les familles est dévastateur. Les salaires du travailleur américain moyen ont à peine suivi le taux d'inflation ces vingt dernières années. Depuis 1988, les coûts d'une assurance santé familiale ont quadruplé. Le taux d'épargne des personnes n'a jamais été aussi bas, et le niveau d'endettement jamais aussi élevé.

Plutôt que de prendre des mesures pour réduire l'impact de ces tendances, le gouvernement Bush les a encouragées. C'est l'idée fondamentale derrière la Société de la propriété : si nous libérons les patrons de toute obligation envers leurs employés et démantelons ce qui reste du New Deal, des programmes gouvernementaux d'assurance sociale, la magie du marché se chargera du reste. Alors qu'on pouvait résumer la philosophie sous-tendant le système traditionnel d'assurance sociale par la formule « Nous sommes tous dans le même bain », celle de la Société de la propriété semble être « Vous êtes tout seuls »…

C'est une idée tentante, élégante dans sa simplicité et qui nous dégage de toutes les obligations que nous avons les uns envers les autres. Il n'y a qu'un problème. Elle ne marche pas, du moins pour ceux que l'économie mondiale laisse déjà à la traîne.

Prenons la tentative du gouvernement de privatiser la sécurité sociale. Le gouvernement affirme que la Bourse offre aux individus une meilleure rentabilité des investissements et, dans l'ensemble au moins, il a raison. Historiquement, la Bourse obtient des résultats supérieurs aux ajustements de la sécurité sociale sur le coût de la vie. Mais les décisions individuelles d'investissement donneront toujours des gagnants et des perdants : ceux qui ont acheté des actions Microsoft très tôt et ceux qui ont acheté des actions Enron très tard. Qu'est-ce que la Société de la propriété fera des perdants ? À moins d'être prêts à voir des personnes âgées mourir de faim dans la rue, nous devrons couvrir d'une manière ou d'une autre le coût de leurs retraites, et, comme nous ne savons pas à l'avance lesquels d'entre nous seront les perdants, il semble judicieux de tous cotiser à une mutuelle qui nous assure au moins un minimum garanti pour nos vieux jours. Cela ne signifie pas que nous ne devons pas permettre à certains de prendre des risques, de mener des stratégies d'investissements à hauts rapports. Ils doivent pouvoir le faire. Mais avec d'autres économies que celles investies dans la sécurité sociale.

Les mêmes principes s'appliquent lorsque le gouvernement s'efforce d'encourager un passage de plans d'assurance maladie garantis par l'employeur ou par l'État à des comptes épargne santé individuels. Cette idée aurait un sens si la somme forfaitaire que chaque individu perçoit suffisait à obtenir un plan santé convenable à travers l'employeur et si cette somme forfaitaire suivait l'inflation des coûts des soins médicaux. Mais si vous travaillez pour un employeur qui n'offre pas de plan santé ? Ou si la théorie du gouvernement sur le coût des soins médicaux se révèle erronée : si le coût élevé de la santé n'est pas dû à l'attitude désinvolte des gens envers leur santé ni à un désir irraisonné d'acheter plus qu'ils n'ont besoin ? La « liberté de choisir » signifiera alors que les employés subiront l'essentiel des augmentations futures des soins médicaux et que l'argent de leurs comptes épargne santé leur assurera une couverture moindre chaque année.

Autrement dit, la Société de la propriété ne tente même pas de répartir les risques et les avantages de la nouvelle économie entre tous les Américains. Elle amplifie au contraire les risques et les avantages inégaux de l'économie du « tout au gagnant ». Si vous êtes en bonne santé, riche ou simplement chanceux, vous le serez plus encore. Si vous êtes pauvre ou malade, si vous traversez une mauvaise passe, vous n'aurez personne à qui demander de l'aide. Ce n'est pas la bonne recette pour une croissance soutenue de l'économie ni le maintien d'une classe moyenne forte. Ce n'est pas la bonne recette pour la cohésion sociale. Elle va à l'encontre des valeurs selon lesquelles nous avons mutuellement intérêt à la réussite de l'autre.

Ce n'est pas ce que nous sommes en tant que peuple.

Fort heureusement, il existe une autre approche qui refonde le contrat social de F. D. Roosevelt de façon à le faire répondre aux besoins d'un nouveau siècle. Dans chaque domaine où les travailleurs sont vulnérables – salaire, perte d'emploi, retraite, santé – il y a de bonnes idées, certaines nouvelles et d'autres anciennes, qui contribueraient beaucoup à augmenter la sécurité économique des Américains.

Commençons par les salaires. Les Américains croient au travail, pas seulement comme moyen de subsistance mais comme moyen de donner à leur vie sens, ordre et dignité. Le vieux programme d'aide aux familles avec enfants à charge a trop souvent échoué à honorer cette valeur essentielle, ce qui explique en partie non seulement pourquoi il est impopulaire dans l'opinion mais aussi pourquoi il a souvent isolé les personnes mêmes qu'il était censé aider.

D'un autre côté, les Américains croient aussi que si nous travaillons à plein temps, nous devons pouvoir entretenir une famille. Pour beaucoup de personnes cantonnées aux derniers barreaux de l'échelle sociale – principalement les employés peu qualifiés d'un secteur services en rapide expansion – cette promesse fondamentale n'est pas tenue.

Des mesures gouvernementales peuvent aider ces employés sans trop affecter l'efficacité du marché. Pour commencer, nous pourrions élever le salaire minimum. Il est peut-être vrai – comme le soutiennent certains économistes – que toute hausse importante du salaire minimum décourage les patrons d'embaucher. Mais quand le salaire minimum n'a pas bougé en neuf ans et qu'il donne moins de pouvoir d'achat qu'en 1955, si bien qu'une personne travaillant aujourd'hui à temps plein pour le salaire minimum ne gagne pas assez pour sortir de la pauvreté, de tels arguments perdent beaucoup de leur force. L'Aide fiscale aux salariés, le programme de Ronald Reagan assurant aux bas salaires un revenu supplémentaire par l'intermédiaire de la fiscalité, devrait être étendu et rationalisé pour que davantage de familles puissent en profiter.

Afin d'aider tous les travailleurs à s'adapter à une économie qui change rapidement, il est temps également

225

de moderniser le système actuel d'assurance chômage et d'aide à l'adaptation économique. Il existe en fait quantité de bonnes idées pour créer un système plus vaste d'aide à l'adaptation. Nous pourrions l'étendre au secteur des services, créer des comptes d'éducation souples que les travailleurs utiliseraient pour leur reconversion, ou fournir une aide à la reconversion aux travailleurs des secteurs de l'économie exposés aux délocalisations, avant qu'ils perdent leur emploi. Dans une économie où le travail que l'on perd paie souvent plus que le travail qu'on retrouve, nous pourrions aussi expérimenter l'idée d'une assurance salaire qui couvrirait 50 % de la différence entre l'ancien et le nouveau salaire pour une période allant d'un à deux ans.

Enfin, pour aider les travailleurs à obtenir de meilleurs salaires et avantages, nous devons remettre syndicats et patrons sur un pied d'égalité. Depuis le début des années 1980, les syndicats perdent régulièrement du terrain, non seulement à cause des changements de l'économie mais aussi parce que les lois actuelles – et la composition du Conseil national des relations du travail – offrent aux salariés très peu de protections. Chaque année, plus de vingt mille travailleurs sont licenciés ou perdent leur salaire uniquement parce qu'ils ont voulu se syndiquer. Cela doit changer. Il faut prévoir des sanctions plus sévères pour empêcher les employeurs de licencier des travailleurs qui cherchent à s'organiser ou de leur faire subir des discriminations. Les employeurs doivent reconnaître un syndicat si une majorité d'employés le choisissent pour les représenter. En outre, il faut assurer une médiation des autorités fédérales pour aider un employeur et un nouveau syndicat à parvenir à un accord sur un contrat dans un délai raisonnable.

Les milieux d'affaires prétendront qu'une main-d'œuvre plus syndicalisée privera l'économie américaine de sa souplesse et de sa compétitivité. Mais c'est précisément à cause d'un contexte mondial plus concurrentiel que nous devons souhaiter que les travailleurs syndiqués désirent collaborer avec les patrons… et la condition première en est qu'ils reçoivent une part juste d'une productivité plus élevée.

De même que la politique gouvernementale peut augmenter les salaires sans nuire à la compétitivité des entreprises, nous pouvons permettre aux travailleurs de vivre leur retraite dans la dignité. Nous devrions commencer par nous engager à préserver la nature essentielle de la sécurité sociale et soutenir sa solvabilité. Les problèmes de fonds de la sécurité sociale sont réels mais gérables. En 1983, face à un problème similaire, Ronald Reagan et le président de la Chambre des représentants, Tip O'Neil, ont élaboré ensemble, avec l'accord des deux partis, un plan censé stabilisé le système pour soixante ans. Il n'y a aucune raison pour que nous ne puissions pas en faire autant aujourd'hui.

En ce qui concerne le système de retraite privé, nous devons reconnaître que les plans de retraite à prestation définie ont décliné et exiger que les entreprises honorent toutes les promesses importantes faites aux salariés et aux retraités. Il faut modifier les lois sur la faillite pour que les bénéficiaires d'une retraite soient placés au premier rang des créanciers afin que les entreprises ne puissent pas invoquer le chapitre 11 pour léser les travailleurs. De plus, de nouvelles réglementations devraient contraindre les firmes à financer convenablement leurs fonds de retraite, en partie pour que ce ne soient pas les contribuables qui règlent finalement la facture.

Si les Américains finissent par dépendre de plans à versements définis comme les 401 k pour compléter la sécurité sociale, le gouvernement doit intervenir pour qu'ils soient accessibles à tous et favorisent plus efficacement l'épargne. Gene Sperling, ancien conseiller de Clinton en économie, a suggéré la création d'un 401 k universel dans lequel l'État ajouterait sur un nouveau compte épargne retraite l'équivalent des sommes versées par des familles aux revenus bas et modestes. D'autres experts proposent une mesure simple et non coûteuse : les employeurs inscrivent automatiquement leurs salariés sur leur 401 k au niveau maximal autorisé. Les gens pourraient toujours choisir de verser moins que le maximum ou de ne pas participer du tout, mais l'expérience montre qu'en changeant la règle par défaut le taux de participation des employés augmente de manière spectaculaire. Pour suppléer la sécurité sociale, nous devons prendre les meilleures et les plus abordables de ces idées et nous orienter vers un système de retraite renforcé et accessible à tous qui non seulement encouragera l'épargne mais offrira à chaque Américain une part plus grande des fruits de la mondialisation.

Aussi vital qu'il soit d'augmenter les salaires des travailleurs et de sécuriser leur retraite, notre tâche la plus urgente est peut-être de réparer notre système de santé en panne. À la différence de la sécurité sociale, les deux principaux programmes de santé financés par l'État – Medicare et Medicaid – sont vraiment en panne. Si on ne change rien, en 2050, ces deux systèmes de protection sociale pourraient, avec la sécurité sociale, représenter une part de notre économie nationale aussi grande que tout le budget fédéral actuel. L'addition d'une réglementation sur les médicaments prescrits par ordonnance – qui s'est révélée très onéreuse, n'offre qu'une couverture limitée et ne réduit en rien le prix des médicaments – n'a fait que compliquer le problème. Et le système privé est devenu un patchwork de bureaucratie inefficace, de paperasserie sans fin, générant des professionnels de la santé surchargés et des patients mécontents.

En 1993, le président Clinton a tenté de créer un système de couverture universelle et en a été empêché. Depuis, le débat est dans l'impasse, avec à droite ceux qui réclament une forte dose de marché à travers les comptes d'épargne santé, d'autres à gauche qui demandent un système national de santé semblable à ceux qui existent en Europe et au Canada, et, d'un bout à l'autre de l'éventail politique, des experts recommandant une série de réformes sensées mais limitées du système existant.

Il est temps de sortir de cette impasse en prenant acte de quelques vérités simples.

Étant donné les sommes que nous dépensons en soins (plus par habitant que n'importe quel autre pays), nous devrions être capables de fournir une couverture élémentaire à chaque Américain. Mais nous ne pouvons pas continuer à supporter chaque année le taux actuel d'augmentation des frais de santé, nous devons contenir les coûts de tout le système, y compris Medicare et Medicaid.

Puisque les Américains changent plus fréquemment d'emploi, qu'ils risquent davantage de connaître des périodes de chômage, de travailler à temps partiel ou d'être à leur compte, l'assurance santé ne doit plus passer par les employeurs. Elle doit être mobile.

Le marché ne peut à lui seul résoudre nos problèmes de soins médicaux, en partie parce qu'il s'est révélé incapable de créer des groupements de cotisants assez vastes pour que les coûts restent abordables pour les individus, en partie parce que la santé n'est pas comme les autres produits ou services : lorsque votre enfant tombe malade, vous ne cherchez pas la meilleure affaire sur le marché.

Enfin, les réformes que nous appliquons doivent comprendre des incitations fortes à une qualité améliorée des soins et à la prévention.

En gardant ces principes à l'esprit, essayons de voir à quoi un plan de réforme sérieux de la santé pourrait ressembler. Nous pourrions commencer par charger une institution non partisane comme l'Institut de médecine (IOM) de l'Académie nationale des sciences de déterminer la forme qu'un système élémentaire de santé de haute qualité devrait prendre et ce qu'il devrait coûter. Pour concevoir ce système modèle, l'IOM examinerait quels systèmes fournissent les meilleurs soins de la manière la plus économe. Ce système devrait en particulier mettre l'accent sur la couverture des soins élémentaires, la prévention, les soins en cas de catastrophe et le traitement de maladies chroniques comme l'asthme ou le diabète : 20 % de tous les patients reçoivent 80 % des soins, et si nous pouvons empêcher des maladies de se déclarer ou traiter leurs effets par des interventions simples comme veiller à ce que les patients surveillent leur régime alimentaire ou prennent leurs médicaments régulièrement, nous améliorerons considérablement les résultats des soins et réaliserons d'importantes économies.

Il faut ensuite permettre à tous d'accéder à ce système modèle, soit par une assurance existante comme celle des employés fédéraux, soit par une série de nouvelles assurances créées dans chaque État. Des assureurs privés comme Blue Cross Blue Shield et Aetna entreraient en concurrence pour fournir une couverture aux adhérents de ces assurances, mais le plan santé qu'ils offriraient devrait répondre aux critères de haute qualité et de limitation des coûts définis par l'IOM.

Pour réduire encore les coûts, nous demanderions aux assureurs et aux prestataires de soins qui font partie de Medicare, de Medicaid, ou des nouveaux plans de santé, d'informatiser les feuilles de soins et les dossiers, de moderniser les systèmes de détection d'erreurs, ce qui réduirait radicalement les frais administratifs et le nombre d'erreurs médicales (ce qui réduirait par voie de conséquence le nombre de poursuites coûteuses pour faute professionnelle). À elle seule, cette mesure diminuerait de 10 % le coût des soins médicaux, certains experts prédisant même une réduction plus importante encore.

Avec l'argent économisé par une augmentation des soins préventifs, une réduction des frais administratifs et des coûts des fautes professionnelles, nous pourrions accorder une aide financière à des familles à bas revenus souhaitant accéder au système modèle par l'assurance de leur État, et garantir une couverture immédiate à tous les enfants non assurés. Au besoin, nous pourrions trouver l'argent nécessaire pour ces aides financières en restructurant les réductions d'impôts que les patrons utilisent afin de fournir des soins à leurs employés. Ils continueraient à obtenir des réductions fiscales pour les plans offerts aux salariés, mais nous pourrions reconsidérer les réductions pour les plans santé plaqués or des cadres qui ne fournissent aucun avantage supplémentaire.

Ces arguments ne visent pas à suggérer qu'il existe une formule simple pour résoudre les problèmes de notre système de santé. Il n'y en a pas. Il faudrait régler quantité de détails avant de progresser vers un programme comme celui esquissé ci-dessus. Nous devrions en particulier veiller à ce que la création d'une nouvelle assurance dans un État ne conduise pas des employeurs à abandonner les plans santé qu'ils fournissent déjà à leurs salariés. Et il y a peut-être d'autres moyens plus élégants et plus économes d'améliorer le système de santé.

En fait, si nous nous engageons à assurer à tous des soins convenables, il y a des moyens de le faire sans ruiner le trésor public ni instaurer de rationnement.

Si nous voulons que les Américains acceptent les rigueurs de la mondialisation, nous devons prendre cet engagement.

Une nuit, il y a cinq ans, Michelle et moi avons été réveillés par notre fille Sasha qui pleurait dans sa chambre. Comme elle n'avait alors que trois mois, il n'était pas rare qu'elle se réveille en pleine nuit. Mais il y avait quelque chose d'inquiétant dans sa façon de pleurer et dans son refus d'être consolée. Finalement, nous avons appelé notre pédiatre, qui a accepté de nous recevoir dans son cabinet à l'aube. Après l'avoir examinée, il nous a dit qu'elle avait peut-être une méningite et il nous a envoyés immédiatement aux urgences.

Sasha avait effectivement une méningite mais sous une forme pouvant être traitée par des antibiotiques administrés par intraveineuse. Si le médecin n'avait pas diagnostiqué la maladie à temps, Sasha aurait pu perdre l'ouïe ou même la vie. Michelle et moi avons passé trois jours à l'hôpital avec notre bébé, regardant les infirmières qui la maintenaient tandis qu'un médecin procédait à une ponction lombaire, écoutant ses cris, priant pour que son état ne s'aggrave pas.

Sasha est aujourd'hui en parfaite santé et aussi heureuse que peut l'être une enfant de cinq ans. Mais je frissonne encore lorsque je pense à ces trois jours. Mon monde s'était réduit à un seul point, je ne m'intéressais à rien ni à personne en dehors des quatre murs de cette chambre d'hôpital : ni à mon travail, ni à mon agenda, ni à mon avenir. Et je me rappelle qu'à la différence de Tim Wheeler, le métallurgiste de Galesburg dont le fils avait besoin d'une greffe du foie, à la différence de millions d'Américains passant par une même épreuve, j'avais un emploi et une assurance.

Les Américains sont prêts à entrer en concurrence avec le monde entier. Nous travaillons plus dur que les habitants de n'importe quel autre pays riche. Nous sommes prêts à affronter une instabilité plus grande encore et à prendre des risques personnels pour aller de l'avant. Mais nous ne pouvons être concurrentiels que si notre gouvernement procède aux investissements qui nous donnent une chance de nous battre et si nous savons que nos familles ont sous elles un filet qui les empêchera de tomber.

C'est un marché qui vaut la peine d'être conclu avec le peuple américain.

Des investissements pour rendre l'Amérique plus compétitive, un nouveau contrat social : menées de pair, ces deux larges orientations conduiront à un avenir meilleur pour nos enfants et petits-enfants. Mais il reste une pièce à ajouter au puzzle, une question persistante qui revient dans tous les débats politiques à Washington.

Comment trouver l'argent ?

À la fin de la présidence de Bill Clinton, nous avions une réponse. Pour la première fois en près de trente ans, nous avions un important excédent budgétaire et la dette nationale se résorbait rapidement. Au point que le président de la Réserve fédérale, Alan Greenspan, craignait que cette dette ne soit remboursée trop vite, ce qui aurait limité la capacité de la Réserve à mener une politique monétaire. Même avec l'éclatement de la bulle Internet et la nécessité pour l'économie d'absorber le choc du 11 Septembre, nous avions la possibilité d'investir dans une croissance soutenue et de meilleures chances offertes à tous les Américains.

Ce n'est pas le choix que nous avons fait. Notre Président nous a déclaré que nous pouvions mener deux guerres, augmenter notre budget militaire de 74 %, protéger la patrie, augmenter les crédits à l'éducation, lancer un nouveau plan médicaments pour les personnes âgées et procéder à une série de réductions fiscales massives, tout cela en même temps. Les chefs de nos groupes parlementaires nous ont assuré qu'ils pouvaient compenser le manque à gagner en éliminant le gaspillage et la fraude, alors même que les projets clientélistes augmentaient de 64 %.

Le résultat de ce déni collectif est la situation budgétaire la plus précaire que nous ayons connue depuis des années. Nous avons maintenant un déficit annuel de près de 300 milliards de dollars, sans compter plus de 180 milliards que nous empruntons chaque année au Fonds de la sécurité sociale, ce qui s'ajoute à notre dette nationale. Cette dette s'élève maintenant à 9 billions de dollars, soit approximativement 30 000 dollars pour chaque homme, femme et enfant de ce pays.

Ce n'est pas la dette en soi qui est préoccupante. Une dette d'un certain niveau pourrait être justifiée si nous avions consacré l'argent à des investissements nous rendant plus compétitifs : remanier notre système scolaire, accroître la portée de notre réseau à larges bandes, installer des pompes à éthanol dans toutes les stations-service du pays. Nous aurions pu utiliser les excédents pour renforcer la sécurité sociale ou restructurer notre système de santé. Au lieu de quoi l'essentiel de la dette provient directement des réductions d'impôts décidées par le Président, dont 47,4 % sont allés aux 5 % supérieurs de l'échelle des revenus, dont 36,7 % sont allés à 1 % du haut de cette échelle, dont 15 % sont allés à un dixième de ce 1 %, soit des gens gagnant 1,6 million de dollars par an ou plus.

En d'autres termes, nous avons tiré sans compter sur la carte de crédit nationale pour que les plus gros bénéficiaires de l'économie mondiale puissent recevoir une part plus grande encore.

Jusqu'ici, nous sommes parvenus à échapper aux conséquences de cette énorme dette parce que des Banques centrales étrangères – celle de la Chine, en particulier – souhaitent que nous continuions à acheter leurs exportations. Mais ce crédit facile ne durera pas éternellement. À un moment donné, les étrangers cesseront de nous prêter de l'argent, les taux d'intérêt grimperont et nous consacrerons l'essentiel de la production nationale à les rembourser.

Si nous voulons sérieusement éviter un tel avenir, nous devons commencer à nous sortir de ce trou. Sur le papier, au moins, nous savons ce qu'il faut faire. Nous pouvons réduire et consolider les programmes non essentiels, limiter les dépenses de santé. Nous pouvons supprimer les crédits d'impôts qui ont perdu leur utilité et les niches fiscales qui permettent à des entreprises d'échapper à l'impôt. Nous pouvons aussi rétablir une loi en vigueur sous la présidence de Clinton – Paygo –, qui interdisait de faire sortir des fonds du Trésor fédéral, que ce soit sous forme de nouvelles dépenses ou de réductions fiscales, sans compenser les rentrées perdues.

Si nous prenons toutes ces mesures, il sera quand même dur de sortir de cette situation fiscale. Nous devrons probablement reporter des investissements que nous savons nécessaires pour améliorer notre compétitivité dans le monde et nous devrons donner la priorité à l'aide que nous accordons aux familles américaines en difficulté.

Mais, tout en faisant ces choix difficiles, nous devrons méditer la leçon de ces six dernières années et nous demander si nos budgets et notre politique fiscale reflètent réellement les valeurs que nous prétendons défendre.

« S'il y a une lutte des classes en Amérique, ma classe est en train de gagner. »

J'étais assis dans le bureau de Warren Buffett, président de Berkshire Hathaway et deuxième fortune mondiale. J'avais entendu parler de la simplicité de ses goûts : il vit encore dans la maison modeste qu'il a achetée en

1967 et il envoyé tous ses enfants à l'école publique d'Omaha.

J'avais quand même été un peu surpris en entrant dans l'immeuble banal d'Omaha puis dans ce qui faisait penser au bureau d'un agent d'assurances, avec de fausses boiseries, quelques photos décoratives sur les murs... et personne en vue. « Revenez sur vos pas », m'avait suggéré une voix de femme et j'avais tourné le coin pour me retrouver devant l'Oracle en personne, riant en compagnie de sa fille Susie et de son assistante Debbie, vêtu d'un costume un peu froissé, des sourcils broussailleux surplombant ses lunettes.

Buffett m'avait invité à Omaha pour discuter de politique fiscale. Plus exactement, il voulait savoir pourquoi Washington continuait à accorder des déductions aux gens de sa tranche d'imposition alors que le pays était fauché.

« J'ai fait un calcul, l'autre jour, m'a-t-il dit quand nous nous sommes installés dans son bureau. Bien que je n'aie jamais eu recours aux avantages fiscaux ni aux services d'un conseiller fiscal, après avoir inclus les impôts sur le revenu, que nous payons tous, j'ai cette année un taux d'imposition inférieur à celui de ma réceptionniste. Je suis même à peu près sûr qu'il est inférieur à celui de l'Américain moyen. Et si on laisse faire le Président, je ne vais pas tarder à payer encore moins. »

Le taux d'imposition bas de Buffett tenait au fait que, comme pour la plupart des Américains riches, presque tous ses revenus proviennent de dividendes et de plus-values qui, depuis 2003, ne sont plus imposés qu'à 15 %. Le salaire de la réceptionniste, en revanche, est imposé à un taux presque deux fois plus élevé, une fois prises en compte les cotisations sociales. Buffett trouvait cette différence tout à fait déraisonnable.

« Le marché est le meilleur mécanisme jamais conçu pour faire l'utilisation la plus efficace et la plus productive des ressources, m'a-t-il dit. L'État ne le fait pas très bien. Mais le marché n'est pas aussi performant pour garantir que la richesse produite soit répartie équitablement ou utilisée judicieusement. Il faut réinjecter une partie de cette richesse dans l'éducation pour donner sa chance à la génération suivante, entretenir nos infrastructures et offrir une sorte de filet de sécurité aux perdants de l'économie de marché. Et il est normal que ceux d'entre nous qui ont le plus profité du marché paient une part plus grande. »

Nous avons passé l'heure suivante à parler de la mondialisation, des indemnités des cadres, du déficit commercial qui s'aggrave et de la dette nationale. Buffett était particulièrement préoccupé par le projet de Bush de supprimer les droits de succession, mesure qui, selon lui, encouragerait une aristocratie de la fortune plutôt que du mérite.

« Quand on se débarrasse des droits de succession, on remet quasiment les commandes des ressources du pays à des gens qui ne l'ont pas mérité. Ça revient à sélectionner l'équipe olympique de 2020 en choisissant les enfants de tous les vainqueurs des Jeux de 2000. »

Avant de partir, j'ai demandé à Buffett combien de ses collègues millionnaires partagent son opinion.

« Pas beaucoup, a-t-il répondu en riant. Ils estiment que c'est "leur" argent et qu'ils doivent le garder jusqu'au dernier centime. Ils ne tiennent pas compte de tous les investissements publics qui nous permettent d'avoir ce mode de vie. Moi, par exemple, il se trouve que j'ai un talent pour placer des capitaux. Mais ma capacité à utiliser ce talent dépend entièrement de la société dans laquelle je suis né. Si j'avais vu le jour dans une tribu de chasseurs, ce talent serait tout à fait inutile. Je ne cours pas très vite. Je ne suis pas particulièrement fort. J'aurais probablement fini par servir de dîner à quelque animal sauvage…

« Mais j'ai eu la chance de naître à une époque et dans un endroit où la société apprécie mon talent et m'a donné une éducation pour le développer ainsi que les lois et le système financier pour me permettre de faire ce que j'aime, et de gagner beaucoup d'argent en même temps. Le moins que je puisse faire, c'est contribuer à payer pour tout ça. »

On peut trouver étonnant d'entendre l'un des plus grands capitalistes au monde parler de cette façon, mais l'opinion de Buffett n'est pas forcément le signe d'un cœur tendre. Elle indique plutôt que, pour apporter une bonne réponse à la mondialisation, il ne suffit pas d'identifier la bonne politique. Il faudra aussi un changement d'esprit, une volonté de placer nos intérêts communs et ceux des générations futures avant les opportunités à court terme.

Plus particulièrement, nous devrons cesser de faire comme si toutes les dépenses ou toutes les augmentations d'impôts se valaient. Supprimer des subventions aux entreprises qui ne visent aucun objectif économique identifiable est une chose ; réduire les prestations de santé à des enfants pauvres en est une autre. Alors que des familles ordinaires se sentent frappées de tous côtés, il est honorable et juste de vouloir maintenir leur imposition au plus bas niveau possible. Ce qui est moins honorable, c'est la tentative des nantis et des puissants d'utiliser ce sentiment anti-impôts à leurs propres fins, ou la façon dont le Président, le Congrès, les lobbyistes et les commentateurs conservateurs sont parvenus à unir dans l'esprit des électeurs le fardeau fiscal bien réel de la classe moyenne et le fardeau fiscal tout à fait supportable des riches.

Jamais cette confusion n'a été plus évidente que dans le débat entourant le projet d'annulation des droits de succession. Selon la loi actuelle, un mari et une femme peuvent léguer 4 millions de dollars sans payer de droits de succession et, en 2009, ce chiffre passera à 7 millions. Ces droits touchent aujourd'hui 0,5 % seulement de la population et n'en concerneront que 0,33 % en 2009. Et comme supprimer totalement les droits de succession coûterait environ un billion au trésor américain, on trouverait difficilement une réduction d'impôt correspondant moins aux besoins des Américains ordinaires ou aux intérêts à long terme du pays.

Néanmoins, après un marketing habile du Président et de ses alliés, 70 % des Américains sont maintenant opposés à l'« impôt sur la mort ». Des associations d'agriculteurs viennent me voir dans mon bureau et soutiennent que les droits de succession entraîneront la disparition de la ferme familiale, bien que le Farm Bureau soit incapable de citer une seule ferme du pays victime de l'« impôt sur la mort ». Je reçois également des P-DG qui m'expliquent qu'il est facile pour Warren Buffett de défendre les droits de succession : même si ses biens étaient imposés à 90 %, il lui resterait encore quelques milliards à léguer à ses enfants, alors que cet impôt lèse grossièrement ceux dont le patrimoine est « seulement » de 10 ou 15 millions de dollars.

Soyons clairs. Les riches de ce pays n'ont pas à se plaindre. De 1971 à 2001, alors que le salaire médian du travailleur ordinaire n'augmentait quasiment pas, les revenus des plus riches, représentant 0,01 % de la population, ont grimpé de près de 500 %. La répartition de la richesse est encore plus faussée et l'inégalité encore plus grande qu'à l'âge du capitalisme triomphant, à la fin du dix-neuvième siècle. Ces tendances étaient déjà à l'œuvre dans les années 1990, et la politique fiscale de Clinton les a simplement freinées un peu. Les réductions fiscales de Bush les ont aggravées.

Je souligne ces faits non pour attiser l'envie de classe, comme arguerait un républicain. J'ai de l'admiration pour un grand nombre d'Américains fortunés et je ne suis absolument pas jaloux de leur réussite. Je sais que beaucoup d'entre eux, si ce n'est la plupart, ont réussi en travaillant dur, en fondant des entreprises et en créant des emplois. Je pense simplement que ceux d'entre nous qui ont profité le plus de la nouvelle économie ont les moyens de veiller à ce que chaque enfant américain ait une chance de connaître la même réussite. Je tiens peut-être de ma mère et de ses parents une sensibilité du Midwest que Warren Buffett semble partager : passé un certain point, on possède assez de choses et on peut prendre autant de plaisir à voir un Picasso accroché dans un musée qu'à en avoir un dans son salon ; on peut faire un très bon repas au restaurant pour moins de 20 dollars et quand vos doubles rideaux coûtent plus que le salaire annuel moyen des Américains, vous pouvez vous permettre de payer un peu plus d'impôts.

Ce que nous ne pouvons pas nous permettre de perdre, c'est ce sentiment que, malgré de grandes inégalités de richesse, nous nous élevons et nous tombons ensemble. À mesure que le rythme du changement s'accélère, que certains s'élèvent et que beaucoup tombent, ce sentiment d'une appartenance commune devient plus difficile à maintenir. Jefferson n'avait pas tout à fait tort de craindre la vision de Hamilton pour le pays, car nous avons constamment fait un numéro d'équilibre entre intérêts égoïstes et communauté, marché et démocratie, concentration de la richesse et du pouvoir et ouverture des chances à tous. Je crois que nous avons perdu cet équilibre à Washington. Alors que nous nous démenons tous afin de trouver de l'argent pour nos campagnes électorales, que les syndicats sont affaiblis, que la presse regarde ailleurs et que les lobbyistes des puissants profitent pleinement de leur avantage, on entend peu de voix discordantes pour nous rappeler qui nous sommes et d'où nous venons, et pour affirmer les liens qui nous unissent.

Tel était le contexte du débat au début de 2006, lorsqu'une affaire de pots-de-vin a suscité de nouvelles tentatives pour limiter l'influence des lobbyistes à Washington. L'une des propositions avancées aurait mis fin à l'usage permettant aux sénateurs de voyager en jet privé pour le prix d'un billet de première classe sur une ligne commerciale normale. Elle avait peu de chances d'être adoptée. Mes collaborateurs m'ont cependant suggéré, en ma qualité de porte-parole du Parti démocrate sur la réforme éthique, de prendre l'initiative d'une interdiction de cette pratique que je m'imposerais à moi-même.

C'était une idée juste mais je ne mentirai pas : la première fois que j'ai dû faire une tournée de quatre villes en deux jours par les lignes aériennes normales, j'ai senti un pincement de regret. La circulation était épouvantable sur le chemin de l'aéroport de Chicago, et, quand j'y suis enfin arrivé, le vol pour Memphis avait été retardé. Puis un gosse a renversé du jus d'orange sur mes chaussures.

C'est à ce moment-là qu'un homme d'une trentaine d'années, pantalon de toile et chemise de golf, s'est approché de moi et m'a dit qu'il espérait que le Congrès ferait quelque chose cette année pour la recherche sur les cellules souches. « Je souffre de la maladie de Parkinson à un stade précoce et j'ai un fils de trois ans, a-t-il ajouté. Je ne jouerai probablement jamais au ballon avec lui. Je sais qu'il est sans doute trop tard pour moi, mais il n'y a aucune raison pour que quelqu'un d'autre doive connaître ce que je subis en ce moment. »

Voilà les histoires qu'on rate quand on voyage en jet privé, ai-je pensé.

6

La foi

Deux jours après avoir remporté la primaire démocrate pour les élections sénatoriales, j'ai reçu d'un docteur de la faculté de médecine de l'université de Chicago
un courriel qui commençait ainsi :

*Félicitations pour votre victoire écrasante et encou-
rageante. J'ai été heureux de voter pour vous à la
primaire et je voulais vous dire que j'envisage sérieusement de le faire à nouveau pour l'élection proprement dite. Je vous écris pour vous faire part de
préoccupations qui pourraient finalement m'empêcher
de vous soutenir.*

Ce médecin se présentait comme un chrétien conscient
d'avoir un engagement profond et « totalisant ». Sa foi
l'a conduit à s'opposer avec vigueur à l'avortement et
au mariage homosexuel, mais aussi à mettre en cause
l'idolâtrie du marché et le recours au militarisme qui
semblent caractériser une grande partie de la politique
étrangère du président Bush.

Si cet homme envisageait de donner sa voix à mon
adversaire, ce n'était pas à cause de ma position sur
l'avortement en tant que telle. Il avait lu sur mon site
Web une entrée suggérant que je combattrais les « idéologues de droite qui veulent priver les femmes du droit
de choisir ». Voici la suite de son e-mail :

*Je vous sens animé d'un profond sentiment de justice
et conscient de la position précaire de la justice dans*

tout système politique. Je sais que vous vous êtes fait l'avocat de ceux qui ne peuvent pas s'exprimer. Je sens aussi que vous êtes un homme impartial qui fait grand cas de la raison... Quelles que soient vos convictions, si vous pensez réellement que ceux qui s'opposent à l'avortement sont tous des idéologues poussés par le désir pervers d'infliger des souffrances aux femmes, vous n'êtes pas impartial, selon moi... Vous savez que nous entrons dans une période lourde de possibilités de faire le bien et de faire le mal, une période où nous nous efforçons de donner sens à une entité politique commune dans un contexte de pluralité, où nous ne sommes pas sûrs des raisons que nous avons de faire des déclarations qui engagent autrui... Je ne vous demande pas à ce stade de vous opposer à l'avortement mais seulement de parler de ce problème en termes impartiaux.

J'ai vérifié sur mon site Web et j'ai retrouvé les mots offensants. Ils n'étaient pas de moi. Mon équipe les avait utilisés pour résumer ma position en faveur de l'avortement pendant la primaire démocrate, au moment où certains de mes adversaires mettaient en doute ma volonté de protéger le jugement rendu dans l'affaire Roe contre Wade. Dans la bulle politique démocrate, c'était une formule standard destinée à galvaniser la base. Inutile de croiser le fer sur la question avec l'autre camp, pensions-nous. Toute ambiguïté sur le sujet serait de la faiblesse et, face à l'attitude partiale et sans merci du mouvement contre l'avortement, nous ne pouvons pas nous permettre d'être faibles.

En relisant le courriel du médecin, j'ai éprouvé un sentiment de honte. Il y avait effectivement dans le mouvement contre l'avortement ceux pour qui je n'avais aucune sympathie, ceux qui bousculaient les femmes ou les empêchaient d'entrer dans une clinique, leur jetaient à la figure des photos de fœtus mutilés et hurlaient à leurs oreilles, ceux qui cherchaient à les intimider et recouraient parfois à la violence.

Mais ces manifestants contre l'avortement n'étaient pas ceux qui se présentaient quelquefois à l'entrée de mes réunions publiques. Ceux-là, je les rencontrais dans les petites villes du sud de l'État où nous faisions campagne. Avec une expression lasse mais déterminée, ils manifestaient en silence devant le bâtiment où se déroulait la réunion, tenant devant eux comme des boucliers leurs pancartes écrites à la main. Ils ne criaient pas, ne tentaient pas de perturber notre réunion, même s'ils rendaient mes collaborateurs nerveux. La première fois qu'un groupe de ces manifestants est apparu, l'avant-garde de mon équipe est passée en alerte rouge : cinq minutes avant mon arrivée dans la salle de la réunion, ils ont appelé la voiture dans laquelle je me trouvais et ont suggéré que je passe par-derrière pour éviter un affrontement.

« Je ne veux pas passer par-derrière, ai-je dit au collaborateur qui conduisait. Réponds-leur que nous entrons par-devant. »

Nous avons tourné dans le parking de la bibliothèque et découvert sept ou huit manifestants alignés le long d'un grillage : quelques femmes d'âge mûr et ce qui semblait être une famille, un homme et une femme avec deux jeunes enfants. Je suis descendu de la voiture, je me suis approché du groupe pour me présenter. L'homme a marmonné son nom avec une poignée de main hésitante. Il paraissait avoir à peu près mon âge et portait un jean, une chemise écossaise et une casquette des Cardinals de Saint Louis. Son épouse m'a serré la main, elle aussi, mais les femmes plus âgées ont gardé leurs distances. Les enfants, âgés de neuf ou dix ans, me dévisageaient avec une curiosité non dissimulée.

« Vous voulez entrer ? ai-je demandé.

– Non, merci, a répondu l'homme, qui m'a remis une brochure. Monsieur Obama, je veux que vous sachiez que je suis d'accord avec beaucoup de choses que vous dites.

– J'en suis heureux.

– Je sais que vous êtes chrétien, que vous avez des enfants.

– C'est exact.

– Alors, comment pouvez-vous encourager le meurtre de bébés ? »

Je lui ai dit que je comprenais son point de vue mais que je ne pouvais que le désapprouver. J'ai exprimé ma conviction que peu de femmes prennent à la légère la décision de mettre fin à une grossesse, que toute femme enceinte supporte le poids des aspects moraux impliqués et lutte avec sa conscience lorsqu'elle prend cette décision déchirante, qu'interdire l'avortement contraindrait les femmes, je le craignais, à se faire avorter dans des conditions peu sûres, comme elles le faisaient autrefois dans ce pays et comme elles continuent à le faire dans les pays qui poursuivent en justice les médecins qui pratiquent l'avortement et les femmes qui font appel à eux. J'ai suggéré que nous pourrions peut-être nous mettre d'accord dans un premier temps sur des moyens de réduire le nombre de femmes qui se sentent confrontées à la nécessité d'avorter.

L'homme m'a écouté poliment puis il m'a montré la page de sa brochure donnant le chiffre d'enfants à naître sacrifiés chaque année, selon lui. Au bout de quelques minutes, je lui ai dit que je devais aller dans la salle saluer mes sympathisants et je lui ai de nouveau proposé d'entrer. De nouveau, il a refusé. Comme je m'éloignais, sa femme m'a lancé :

« Je prierai pour vous. Je prierai pour que vous changiez d'avis. »

Je n'ai pas changé d'avis, ni ce jour-là ni les jours suivants. Mais je songeais à cette famille quand j'ai répondu au médecin et que je l'ai remercié de son courriel. Le lendemain, j'ai distribué une copie de ce courriel à mon équipe et j'ai fait changer l'entrée incriminée de mon site Web pour qu'elle traduise en termes clairs mais simples ma position en faveur du choix des femmes. Ce soir-là, avant de me coucher, j'ai fait une prière : que je sois capable de prêter aux autres la bonne foi que le médecin avait présumée en moi.

Les Américains sont un peuple religieux, c'est un truisme. Selon les études les plus récentes, 95 % d'entre eux croient en Dieu, plus des deux tiers appartiennent à une Église, 37 % se considèrent comme des chrétiens engagés et ils sont considérablement plus nombreux à croire aux anges qu'à l'évolution. La religion ne se limite pas pour eux aux lieux de culte. Des livres proclamant la fin des temps se vendent par millions d'exemplaires, des airs de musique chrétienne sont en bonne place sur la liste des best-sellers musicaux et de nouvelles églises géantes sortent chaque jour de terre, semble-t-il, dans les banlieues des grandes métropoles, fournissant toutes sortes de services allant de la garderie aux rencontres pour personnes seules en passant par le yoga et les cours de gymnastique Pilates. Notre Président rappelle souvent que le Christ l'a transformé et les joueurs de football pointent un doigt vers le ciel après chaque essai, comme si Dieu, de la touche céleste, choisissait les combinaisons de jeu.

Bien sûr, cette ferveur n'est pas nouvelle. Les Pères Pèlerins sont venus sur nos côtes pour échapper aux persécutions religieuses et pratiquer librement leur branche particulière d'un calvinisme strict. Le « réveil » évangélique a plusieurs fois balayé le pays et les vagues successives d'immigrants ont fait appel à leur foi pour ancrer leur vie dans cet étrange Nouveau Monde. Le sentiment et le militantisme religieux ont donné naissance à plusieurs de nos mouvements politiques les plus puissants, de l'abolitionnisme aux droits civiques et au populisme d'un William Jennings Bryan.

Pourtant, si vous aviez demandé il y a cinquante ans aux commentateurs sociologiques les plus éminents quel était l'avenir de la religion en Amérique, ils vous auraient sans nul doute répondu qu'elle était sur le déclin. La religion à l'ancienne dépérissait, victime de la science, de niveaux d'éducation plus élevés dans la population et des merveilles de la technologie, arguait-on. Les gens respectables continuaient à aller à la messe tous les dimanches, les brandisseurs de bible et les guérisseurs par la foi continuaient à parcourir le circuit du « réveil » religieux dans le Sud, la peur du « communisme athée » contribuait à nourrir le maccarthysme et le « péril rouge », mais, d'une manière générale, la pratique religieuse traditionnelle – et à coup sûr le fondamentalisme – était considérée comme incompatible avec la modernité, comme un refuge des pauvres et des illettrés contre les duretés de l'existence. Mêmes les croisades monumentales de Billy Graham étaient traitées par les experts et les universitaires comme un curieux anachronisme, le vestige d'un temps qui n'avait rien à voir avec des tâches sérieuses comme la gestion d'une économie moderne ou la conception d'une politique étrangère.

Lorsque les années 1960 arrivèrent, un grand nombre des dirigeants des Églises classiques, protestante et catholique, avaient conclu que pour survivre les institutions religieuses devaient s'« adapter » à une époque changeante en modifiant la doctrine en fonction de la science et en définissant un évangile social s'attelant aux préoccupations matérielles, inégalités économiques, racisme, sexisme, militarisme américain.

Que s'était-il passé ? En partie, on a toujours exagéré le refroidissement du zèle religieux américain. À cet égard au moins, la critique conservatrice de l'« élitisme de gauche » est en grande partie fondée : retranchés dans les universités et les grands centres urbains, les universitaires, les journalistes et les pourvoyeurs de culture populaire n'ont tout bonnement pas su comprendre le rôle que les formes d'expression religieuse continuaient à jouer dans la population, d'un bout à l'autre du pays. L'incapacité des institutions culturelles à comprendre le besoin de religion de l'Amérique a contribué à développer dans le domaine spirituel un esprit d'entreprise sans égal dans les autres pays industrialisés. Poussé hors de vue mais vibrant encore de vitalité dans tout l'intérieur du pays et la Bible Belt, un univers parallèle a émergé, un monde fait non seulement de « réveil » religieux et de ministères prospères mais aussi de télévisions, de radios, d'universités, de maisons d'édition et de distractions chrétiennes, permettant aux croyants de rejeter la culture populaire de la même façon que celle-ci les rejetait.

La répugnance de nombreux chrétiens évangéliques à s'engager en politique – leur concentration intérieure sur le salut individuel et leur volonté de rendre à César ce qui lui appartient – aurait peut-être duré éternellement s'il n'y avait eu les bouleversements sociaux des années 1960. Dans l'esprit des chrétiens du Sud, la décision d'une lointaine Cour fédérale de mettre fin à la ségrégation semblait aller de pair avec ses décisions de supprimer la prière à l'école : c'était un assaut sur plusieurs fronts contre les piliers traditionnels de la vie sudiste. Dans toute l'Amérique, le mouvement féministe, la révolution sexuelle, l'affirmation de soi croissante des gays et des lesbiennes et, d'une manière déterminante, la sentence de la Cour suprême dans l'affaire Roe contre Wade semblaient constituer un défi direct aux enseignements de l'Église sur le mariage, la sexualité et le rôle propre de l'homme et de la femme. Se sentant attaqués et tournés en ridicule, les chrétiens conservateurs estimèrent qu'il ne leur était plus possible de s'isoler des grands courants politiques et culturels du pays. Et si c'est Jimmy Carter qui a introduit le langage du christianisme évangélique dans la politique moderne, le Parti républicain, en portant l'accent sur la tradition, l'ordre et les « valeurs familiales », était le mieux placé pour moissonner cette vague de chrétiens évangéliques éveillés à la politique et les dresser contre l'orthodoxie de gauche.

Inutile de répéter ici comment Ronald Reagan, Jerry Falwell, Pat Robertson, Ralph Reed et, finalement, Karl Rove et George W. Bush ont mobilisé cette armée de fantassins du Christ. Il suffit de souligner que les chrétiens évangéliques blancs sont aujourd'hui (avec les catholiques conservateurs) le cœur et l'âme de la base du Parti républicain, un noyau de partisans constamment mobilisés par un réseau de chaires et de médias que la technologie n'a fait qu'amplifier. Ce sont leurs thèmes – la lutte contre l'avortement, contre le mariage homosexuel, la prière à l'école, le « dessein intelligent », Terri Schiavo, l'affichage des Dix Commandements dans les tribunaux, l'éducation à la maison, les bons de scolarité et la composition de la Cour suprême – qui font souvent la une des journaux et constituent l'une des principales lignes de faille de la politique américaine. Chez les Américains blancs, la ligne de partage la plus déterminante pour l'adhésion à un parti ne passe pas entre hommes et femmes, entre ceux qui résident dans les États « rouges » et ceux qui vivent dans les États « bleus », mais entre ceux qui vont régulièrement à la messe et ceux qui n'y vont pas. Les démocrates s'efforcent d'avoir la religion de leur côté, alors même qu'un noyau de notre électorat demeure obstinément laïc dans son orientation et craint – à juste titre – que le programme d'un pays s'affirmant vigoureusement chrétien ne laisse aucune place à leurs choix de vie.

Mais l'influence politique grandissante de la droite chrétienne n'explique par tout. Si la Majorité morale et la Coalition chrétienne se sont nourries du mécontentement de nombreux chrétiens évangéliques, ce qui est plus remarquable, c'est la capacité de l'évangélisme non seulement à survivre mais à prospérer dans une Amérique moderne, high-tech. Alors que les Églises protestantes traditionnelles perdent toutes des fidèles, les Églises évangéliques se développent, suscitent chez leurs membres un niveau d'engagement et de participation qu'aucune autre institution américaine n'atteint.

Il y a à cette réussite diverses explications allant de l'habileté en marketing au charisme des dirigeants. Mais leur succès traduit aussi un besoin du produit qu'ils vendent, une faim de spirituel qui va au-delà de toute question ou cause particulière. Chaque jour, semble-t-il, des milliers d'Américains vaquent à leurs occupations quotidiennes – ils déposent leurs enfants à l'école, se rendent au bureau, prennent l'avion pour une réunion d'affaires, font les courses au centre commercial, s'efforcent de suivre leur régime – et s'aperçoivent qu'il leur manque quelque chose. Ils se rendent compte que leur travail, leurs biens, leurs distractions, leurs activités ne leur suffisent pas. Ils veulent avoir le sentiment d'un but, de quelque chose qui les soulagera d'une solitude chronique ou les élèvera au-dessus du fardeau de la vie quotidienne. Ils ont besoin de savoir que quelqu'un là-haut se soucie d'eux, les écoute, qu'ils ne sont pas simplement voués à rouler sur une autoroute menant au néant.

Si je suis à même de percevoir ce mouvement vers un engagement religieux plus profond, c'est peut-être parce que c'est une route que j'ai parcourue.

Je n'ai pas été élevé dans une famille croyante. Mes grands-parents maternels, originaires du Kansas, ont baigné dans la religion dès leur enfance : mon grand-père a été élevé par des grands-parents baptistes très croyants après que son père a disparu sans laisser d'adresse et que sa mère s'est suicidée ; les parents de ma grand-mère – qui occupaient une place un peu plus haute dans la hiérarchie de la société des petites villes de la Grande Crise (son père travaillait dans une raffinerie de pétrole, sa mère était institutrice) – étaient des méthodistes pratiquants.

Mais pour les mêmes raisons peut-être que mes grands-parents finiraient par quitter le Kansas pour s'installer à Hawaii, la foi n'a jamais pris racine dans leur cœur. Ma grand-mère était trop rationnelle et trop têtue pour croire à quelque chose qu'elle ne pouvait ni voir, ni sentir ni toucher. Mon grand-père, le rêveur de la famille, avait cette sorte d'âme agitée qui aurait pu trouver refuge dans une croyance religieuse s'il n'avait eu d'autres traits de caractère – un esprit rebelle, une incapacité totale à réfréner ses appétits, et une grande tolérance à l'égard des faiblesses des autres – qui l'empêchaient de trop s'impliquer dans quelque domaine que ce soit.

Cette combinaison – le rationalisme intransigeant de ma grand-mère, la jovialité de mon grand-père, son incapacité à juger les autres et lui-même trop sévèrement – s'est transmise à ma mère. Sa propre expérience d'enfant sensible et studieuse grandissant dans de petites villes du Kansas, de l'Oklahoma et du Texas n'a fait que renforcer ce scepticisme hérité. Elle n'avait pas gardé un bon souvenir des chrétiens qui peuplaient sa jeunesse. Parfois, elle évoquait à mon intention les prédicateurs sentencieux qui rejetaient les trois quarts de la population du monde comme des païens ignorants condamnés à une damnation éternelle et qui, dans un même souffle, affirmaient que la terre et les cieux avaient été créés en sept jours, malgré toutes les preuves géologiques et astrophysiques du contraire. Elle se rappelait les bigotes, toujours promptes à éviter ceux qui se révélaient incapables de satisfaire à leurs propres critères de décence alors même qu'elles s'efforçaient désespérément de cacher leurs sales petits secrets personnels, et les bigots, qui proféraient des injures racistes et tiraient de leurs ouvriers tout le profit possible.

Pour ma mère, la religion organisée habillait trop souvent l'étroitesse d'esprit du manteau de la piété et enveloppait la cruauté et l'oppression dans la cape de la vertu.

Cela ne signifie pas qu'elle ne m'ait donné aucune instruction religieuse. Dans son esprit, une connaissance des grandes religions du monde constituait un élément indispensable d'une éducation complète. Dans notre foyer, la Bible, le Coran et la Bhagavad-Gita voisinaient sur les étagères avec des livres de mythologie grecque, scandinave et africaine. À Pâques ou à Noël, ma mère m'emmenait parfois à l'église comme elle m'emmenait au temple bouddhiste, dans un sanctuaire shintoïste ou sur un site funéraire ancien d'Hawaii. Mais elle me faisait comprendre que ces échantillons religieux ne demandaient aucun engagement soutenu de ma part : ni exercices d'introspection ni autoflagellation. La religion est une expression de la culture humaine, m'expliquait-elle, elle n'est pas sa source, elle n'est qu'une des nombreuses façons – et pas nécessairement la meilleure – par lesquelles l'homme tente de gérer l'inconnaissable et de saisir les vérités profondes de notre vie.

En somme, ma mère voyait la religion avec les yeux de l'anthropologue qu'elle deviendrait : un phénomène à traiter avec le respect mais aussi le détachement adéquats. En outre, dans mon enfance, je fréquentais rarement des gens qui auraient pu me proposer une vision différente de la foi. Mon père était presque totalement absent puisqu'il avait divorcé de ma mère quand j'avais deux ans. De toute façon, bien qu'il ait été élevé dans la foi musulmane, il était devenu un athée endurci lorsqu'il avait rencontré ma mère et il considérait la religion comme une superstition comparable au charabia des sorciers qu'il avait vus dans les villages kényans de son enfance.

Ma mère s'est remariée avec un Indonésien à l'esprit tout aussi sceptique, un homme pour qui la religion n'était pas particulièrement utile pour faire son chemin dans le monde, et qui avait grandi dans un pays mêlant à l'islam des restes d'hindouisme, de bouddhisme et d'anciennes traditions animistes. Pendant les cinq années que j'ai passées en Indonésie avec mon beau-père, j'ai fréquenté d'abord une école de quartier catholique puis une école majoritairement musulmane. Dans les deux cas, ma mère se préoccupait moins de mon initiation au catéchisme ou de mes interrogations sur le sens de l'appel du muezzin à la prière du soir que de me faire apprendre mes tables de multiplication.

Pourtant, malgré le laïcisme qu'elle professait, ma mère était à de nombreux égards la personne la plus éveillée à la spiritualité que j'aie connue. Elle avait un instinct infaillible pour la gentillesse, la charité et l'amour, et passait une grande partie de sa vie à se fier à cet instinct, parfois à son détriment. Sans le secours de textes religieux ou d'autorités extérieures, elle a grandement contribué à instiller en moi des valeurs que beaucoup d'Américains apprennent au catéchisme : honnêteté, empathie, discipline, gratification différée, travail. Elle s'indignait de la pauvreté et de l'injustice, et méprisait ceux qui y étaient indifférents.

Mais surtout elle savait s'émerveiller et nourrissait pour la vie et sa nature précieuse, éphémère, un respect proche de la dévotion. Dans la journée, lorsqu'il lui arrivait d'arrêter son regard sur un tableau, de lire quelques vers ou d'entendre un air de musique, je voyais des larmes lui monter aux yeux. Parfois, quand j'étais enfant, elle me réveillait au milieu de la nuit pour me faire contempler une lune particulièrement spectaculaire, ou elle me demandait de fermer les yeux quand nous nous promenions ensemble au crépuscule pour écouter le bruissement des feuilles. Elle aimait prendre un enfant – n'importe quel enfant – sur ses genoux, le chatouiller ou jouer avec lui, examiner ses mains, tracer du doigt le miracle des os et des tendons, des vérités qu'on y découvrait. Elle voyait des mystères partout et se réjouissait de la simple étrangeté de la vie.

Ce n'est que rétrospectivement, bien sûr, que je me rends pleinement compte de la profonde influence que son esprit a eue sur moi. Il m'a soutenu malgré l'absence d'un père à la maison, il m'a aidé à naviguer entre les récifs de l'adolescence, il m'a guidé de manière invisible vers le chemin que je finirais par prendre. Mes ambitions ont peut-être été nourries par mon père, par ce que je savais de ses succès et de ses échecs, par mon désir inexprimé de gagner d'une manière ou d'une autre son amour, par mon ressentiment et ma colère envers lui. Mais c'est la foi fondamentale de ma mère – en la bonté des gens et en la valeur ultime de la brève vie qui est donnée à chacun de nous – qui a canalisé ces ambitions. C'est en cherchant une confirmation des valeurs de ma mère que j'ai fait des études de sciences politiques, en quête à la fois d'un langage et de systèmes d'action qui pourraient aider à bâtir une communauté et à instaurer la justice. C'est en cherchant une application pratique de ces valeurs que j'ai accepté après l'université un emploi de coordonnateur pour un groupe d'Églises de Chicago tentant de répondre au chômage, à la drogue et au désespoir.

J'ai raconté dans un livre précédent comment ce premier emploi à Chicago m'a aidé à devenir un homme, comment travailler avec des pasteurs et des laïcs a approfondi ma résolution de m'engager dans la vie publique, comment ils ont fortifié mon identité raciale et conforté ma croyance en la capacité des gens ordinaires à accomplir des choses extraordinaires. Mais mon expérience de Chicago m'a aussi contraint à affronter un dilemme que ma mère n'a jamais totalement résolu dans sa propre vie : l'absence de communauté ou de traditions communes dans lesquelles enraciner mes croyances les plus profondes. Les chrétiens avec qui je travaillais se reconnaissaient en moi, ils constataient que je connaissais leur Livre, que je partageais leurs valeurs et que je chantais leurs hymnes. Mais ils sentaient qu'une partie de moi demeurait lointaine, détachée : j'étais un observateur parmi eux. J'ai fini par prendre conscience que sans un véhicule pour mes croyances, sans un engagement dépourvu d'équivoque envers une communauté spirituelle particulière, je serais condamné à rester toujours à l'écart, libre comme ma mère l'avait été, mais seul également, comme elle l'avait été à la fin.

Il y a pire que cette liberté. Ma mère vivait heureuse en citoyenne du monde, se constituant une communauté d'amis partout où elle se trouvait, satisfaisant son besoin de sens par son travail et ses enfants. J'aurais pu moi aussi me satisfaire d'une telle vie s'il n'y avait eu les qualités particulières de l'Église noire historique, qui m'ont aidé à me défaire d'une partie de mon scepticisme et à embrasser la foi chrétienne.

Tout d'abord, j'ai été attiré par la capacité de la tradition religieuse afro-américaine à stimuler les changements sociaux. Par nécessité, l'Église noire a dû secourir la personne entière. Par nécessité, l'Église noire se payait rarement le luxe de séparer salut individuel et salut collectif. Elle a dû jouer pour la communauté le rôle de centre aussi bien politique, économique et social que spirituel. Elle a saisi dans son essence l'appel biblique à nourrir ceux qui ont faim, vêtir ceux qui sont nus et défier les puissants. Dans l'histoire de ces luttes, j'ai pu voir dans la foi plus qu'un simple réconfort pour ceux que la vie a usés, plus qu'un rempart contre la mort : la foi a été un agent actif, tangible, dans le monde. Dans la vie quotidienne des hommes et des femmes que je rencontrais chaque jour à l'église, dans leur capacité à « trouver un moyen dans l'absence de moyens », à maintenir l'espoir et la dignité dans les situations les plus difficiles, je voyais le Verbe se manifester.

C'est peut-être dans cette connaissance intime des duretés de la vie, dans l'enracinement de la foi dans la lutte que l'Église noire historique m'a offert une deuxième prise de conscience : avoir la foi ne signifie pas que vous ne doutez pas ou que vous relâchez votre emprise sur ce monde. Longtemps avant qu'il devienne à la mode chez les évangélistes de télévision, le sermon noir typique reconnaissait volontiers que les chrétiens (pasteurs compris) pouvaient éprouver la même cupidité, le même ressentiment, la même luxure et la même colère que tout le monde. Les *gospel songs*, les pieds qui frétillent de bonheur, les larmes et les cris, tout cela traduisait une libération, une reconnaissance et finalement une canalisation de ces sentiments. Dans la communauté noire, les limites entre pécheurs et élus étaient plus souples ; les péchés de ceux qui allaient à l'église n'étaient pas très différents des péchés de ceux qui n'y allaient pas et on pouvait donc en parler avec humour tout en les condamnant. Vous aviez besoin de venir à l'église précisément parce que vous étiez de ce monde et non pas séparé de lui ; riche, pauvre, pécheur, élu, vous aviez besoin d'embrasser le Christ précisément parce que vous aviez des péchés à expier : parce que vous étiez humain et que, dans votre voyage difficile, il vous fallait un allié pour niveler les pics et combler les vallées, pour rendre droits tous ces chemins tortueux.

C'est à cause de cette vision nouvelle – l'engagement religieux n'exigeait pas de moi de suspendre toute pensée critique, de me désengager du combat pour la justice économique et sociale ou plus généralement de me retirer du monde que je connaissais et que j'aimais – que j'ai enfin pu descendre un jour l'allée centrale de la Trinity United Church of Christ et me faire baptiser. C'était plus un choix qu'une révélation : les questions que je me posais n'ont pas disparu par magie. Mais là, en m'agenouillant sous un crucifix dans le South Side de Chicago, j'ai senti l'esprit de Dieu me faire signe. Je me suis soumis à Sa volonté et je me suis engagé à découvrir Sa vérité.

Les discussions sur la foi sont peu souvent acharnées dans l'enceinte du Sénat. Personne n'est pressé de questions sur ses convictions religieuses et j'ai rarement entendu invoquer le nom de Dieu pendant un débat. L'aumônier du Sénat, Barry Black, est un homme avisé et plein d'expérience. Ancien chef des aumôniers de la marine, c'est un Noir qui a grandi dans l'un des quartiers les plus durs de Baltimore et il remplit ses fonctions – diriger la prière du matin, organiser des séances d'étude de la Bible, fournir des conseils en matière de religion à ceux qui en cherchent – avec un constant esprit de chaleur et d'accueil. Le petit déjeuner de prière du mercredi matin est tout à fait facultatif, ouvert aux deux partis et œcuménique (le sénateur Norm Coleman, qui est juif, en assure actuellement l'organisation pour les républicains) ; ceux qui décident d'y participer choisissent tour à tour un passage des Saintes Écritures et dirigent la discussion en groupe. Devant la sincérité, l'esprit d'ouverture, l'humilité et la bonne humeur avec lesquels les sénateurs les plus ouvertement croyants – des hommes comme Rick Santorum, Sam Brownback ou Tom Coburn – partagent leur itinéraire spirituel personnel pendant ces petits déjeuners, on est tenté de croire que l'impact de la foi sur la politique est en grande partie salutaire, qu'elle est un frein aux ambitions personnelles, un ballast contre les bourrasques de vent des manchettes quotidiennes et les opportunités politiques.

En dehors du cadre distingué du Sénat, toutefois, les discussions sur la religion et son rôle dans la politique peuvent prendre un tour un peu moins courtois. J'en veux pour exemple mon adversaire républicain en 2004, l'ambassadeur Alan Keyes, lequel, dans les derniers jours de la campagne, a développé un argument nouveau pour attirer les électeurs.

« Le Christ ne voterait pas pour Barack Obama, a-t-il proclamé, parce que Barack Obama a voté pour des comportements inconcevables pour le Christ. »

Ce n'était pas la première fois que M. Keyes tenait de tels propos. Après que mon premier adversaire républicain avait été contraint de se retirer, suite à des révélations gênantes sur son divorce, le Parti républicain de l'Illinois, ne parvenant pas à trouver un remplaçant local, s'était décidé à faire appel à M. Keyes. Il était du Maryland, n'avait jamais vécu dans l'Illinois ni remporté la moindre élection où que ce soit, beaucoup de membres du Parti républicain au niveau national le trouvaient insupportable, mais rien de tout cela n'avait dissuadé le GOP de l'Illinois de faire ce choix. Un de mes collègues républicains au Sénat de l'État m'a fourni une explication franche de cette stratégie : « Nous avons notre Noir conservateur sorti de Harvard à opposer au Noir progressiste sorti de Harvard. Il ne gagnera peut-être pas, mais il peut au moins te faire perdre ton auréole. »

M. Keyes lui-même ne manquait pas de confiance en soi. Docteur en philosophie, protégé de Jeane Kirkpatrick et ambassadeur des États-Unis au Conseil économique et social des Nations unies sous la présidence de Ronald Reagan, il s'est hissé sur le devant de la scène publique en étant deux fois candidat au Sénat des États-Unis pour le Maryland puis deux fois candidat à l'investiture républicaine pour la Maison-Blanche. Les quatre fois, il a pris un bouillon, mais ces défaites n'ont rien fait pour ternir sa réputation parmi ses partisans : à leurs yeux, un échec électoral confirmait simplement son attachement inébranlable aux principes conservateurs.

Il ne fait aucun doute que l'homme sait parler. M. Keyes est capable de vous débiter au débotté une dissertation grammaticalement irréprochable sur quasiment n'importe quel sujet. Sur une estrade, il sait montrer une intensité farouche, balançant le corps, le front couvert de sueur, l'index perforant l'air, la voix haut perchée tremblant d'émotion quand il appelle les fidèles à lutter contre les forces du mal.

Malheureusement pour lui, ni son intelligence ni son éloquence ne parviennent à gommer certains de ses défauts. À la différence de la plupart des hommes politiques, par exemple, M. Keyes ne fait aucun effort pour cacher ce qu'il estime être sa supériorité morale et intellectuelle. Avec son port droit, ses manières guindées presque théâtrales et ses paupières tombantes qui lui donnent l'air de perpétuellement s'ennuyer, il fait penser à un croisement entre un prédicateur pentecôtiste et William F. Buckley.

Cette assurance a désamorcé en lui l'instinct d'autocensure qui permet à la plupart des gens d'évoluer dans le monde sans tomber constamment dans les bagarres à coups de poing. M. Keyes dit ce qui lui passe par la tête et, avec une logique obstinée, il suit jusqu'à basculer dans le vide toute idée qui lui vient à l'esprit. Déjà désavantagé par un départ tardif et par son statut de parachuté, il a réussi en trois mois à offenser à peu près tout le monde. Il a qualifié les homosexuels – y compris la fille de Dick Cheney – d'« hédonistes égoïstes » et affirmé que l'adoption d'un enfant par des couples gays conduirait inévitablement à l'inceste. Il a traité les journalistes de l'Illinois d'instruments du « programme anti-mariage, anti-protection de la vie ». Il m'a accusé de prendre une position d'« esclavagiste » dans ma défense du droit à l'avortement et m'a taxé de « marxiste pur et dur » pour mon soutien à la couverture maladie universelle et autres programmes sociaux, puis il a ajouté, pour faire bonne mesure, que je n'étais pas vraiment afro-américain puisque je ne suis pas descendant d'esclaves. Il s'est même aliéné les républicains conservateurs qui l'avaient recruté pour l'Illinois en prônant – peut-être pour chercher à gagner des votes noirs – des indemnités sous forme d'exonération totale d'impôt sur le revenu pour tous les Noirs descendant d'esclaves. (« C'est n'importe quoi ! s'étranglait un internaute sur le site Web de la droite dure de l'État, l'Illinois Leader. ET LES BLANCS ? ? ? »)

En d'autres termes, Alan Keyes était l'adversaire idéal. Tout ce que j'avais à faire, c'était me taire et commencer à penser à ma cérémonie de prestation de serment. Et cependant, à mesure que la campagne se déroulait, j'ai découvert qu'il me tapait sur les nerfs comme peu de gens que j'avais connus. Lorsque nos chemins se sont croisés, pendant la campagne, j'ai souvent dû résister à une envie peu charitable de le tourner en ridicule ou de lui tordre le cou. Un jour, nous nous sommes retrouvés face à face dans le défilé de l'Indian Independence Day et je lui ai enfoncé l'index dans la poitrine en exposant un argument, un comportement de mâle dominant que je n'avais pas eu depuis le lycée et qu'une équipe de télévision observatrice a habilement filmé. La scène est repassée au ralenti, le soir, sur les petits écrans. Au cours des trois débats organisés avant l'élection, j'ai souvent été emprunté dans mes propos, irritable et curieusement tendu, ce que le public (qui, à ce stade, avait rayé M. Keyes de ses tablettes) n'a pas remarqué mais qui a causé un vif désarroi chez certains de mes sympathisants. « Pourquoi vous laissez ce type vous mettre dans un tel état ? » me demandaient-ils. Pour eux, M. Keyes était un cinglé, un extrémiste dont les arguments ne méritaient même pas d'être pris en considération.

Ce qu'ils ne comprenaient pas, c'était que je ne pouvais pas m'empêcher de le prendre au sérieux. Car il prétendait parler au nom de ma religion, et même si je n'aimais pas ses propos, je devais bien admettre que certaines de ses opinions comptaient de nombreux soutiens dans l'Église chrétienne.

Son argumentation était la suivante : l'Amérique a été fondée sur les principes jumeaux de la liberté accordée par Dieu et de la foi chrétienne. Des présidents de gauche successifs ont détourné le gouvernement fédéral pour servir un matérialisme athée, sapant ainsi – par la réglementation, par des programmes sociaux socialisants, des lois sur les armes à feu, l'école publique obligatoire et l'impôt sur le revenu (l'« impôt des esclaves », selon les termes de M. Keyes) – les libertés individuelles et les valeurs traditionnelles. Des juges de gauche avaient accentué cette décadence morale en dénaturant le Premier Amendement pour le tirer dans le sens de la séparation de l'Église et de l'État et en validant toutes sortes de conduites aberrantes – en particulier l'avortement et l'homosexualité – qui menacent de détruire la famille. La réponse était donc simple : remettre la religion en général – et le christianisme en particulier – à sa place légitime au centre de notre vie publique et privée, aligner la loi sur les préceptes religieux et réduire radicalement le pouvoir du gouvernement fédéral de légiférer dans des domaines que n'ont prescrits ni la Constitution ni les Commandements de Dieu.

Autrement dit, Alan Keyes représentait la vision fondamentale de la droite religieuse, libérée de toute retenue ou de tout esprit de compromis. Dans le cadre de ses propres termes, elle était entièrement cohérente et fournissait à M. Keyes la certitude et la parole aisée d'un prophète de l'Ancien Testament. Et si je trouvais assez facile de disposer de ses arguments constitutionnels et politiques, sa lecture de la Bible me mettait sur la défensive.

M. Obama prétend qu'il est chrétien mais il soutient des conduites qui pour la Bible sont une abomination, déclarait-il.

M. Obama prétend qu'il est chrétien et cependant il soutient la destruction de vies innocentes et sacrées.

Que pouvais-je répondre ? Qu'une lecture littérale de la Bible est stupide ? Que M. Keyes, catholique romain, ne devrait pas tenir compte des enseignements du pape ? Répugnant à prendre cette voie, j'ai fourni la réponse progressiste habituelle dans de tels débats : nous vivons dans une société pluraliste, je ne peux pas imposer mes vues religieuses à quelqu'un d'autre, je me présente pour être sénateur des États-Unis, pas pour devenir le pasteur de l'Illinois. Mais, au moment même où je répondais, je songeais à l'accusation implicite de M. Keyes : je baignais dans le doute, ma foi était corrompue, je n'étais pas un vrai chrétien.

En un sens, mon dilemme face à M. Keyes reflète le dilemme plus vaste que les progressistes ont dû affronter pour répondre à la droite religieuse. Le progressisme nous enseigne à faire preuve de tolérance envers les convictions religieuses d'autrui tant qu'elles ne causent de mal à personne et n'empiètent pas sur le droit des autres à penser différemment. Dans la mesure où les communautés religieuses se contentent de s'occuper de leurs affaires et où la foi est nettement circonscrite à une question de conscience individuelle, cette tolérance n'est pas mise à l'épreuve.

Mais la religion se pratique rarement seul. La religion organisée, au moins, est une affaire publique. Les fidèles peuvent se sentir obligés par leur religion de faire du prosélytisme partout où c'est possible. Ils peuvent avoir le sentiment qu'un État laïc promeut des valeurs qui offensent directement leurs croyances. Ils peuvent désirer que la société dans son ensemble valide et renforce leurs points de vue.

Et quand des personnes animées de motivations religieuses s'affirment politiquement pour atteindre ces objectifs, les progressistes ne peuvent s'empêcher de s'inquiéter. Ceux d'entre nous qui exercent une fonction publique peuvent tenter d'éviter toute conversation sur les valeurs religieuses de crainte d'offenser qui que ce soit, et prétendre que – indépendamment de nos convictions personnelles – les principes constitutionnels nous lient les mains sur des questions comme l'avortement ou la prière à l'école. (Les hommes politiques catholiques d'une certaine génération semblent à cet égard particulièrement prudents, peut-être parce qu'ils sont devenus adultes à une époque où une grande partie de l'Amérique se demandait encore si John K. Kennedy finirait par prendre ses ordres du pape.) Certains à gauche (mais non pas ceux qui exercent une fonction publique) vont plus loin en déclarant sur la place publique que la religion est intrinsèquement irrationnelle, intolérante et donc dangereuse, et soulignent qu'en mettant l'accent sur le salut personnel et le contrôle de la moralité privée le discours religieux a fourni aux conservateurs un paravent permettant d'ignorer les questions de moralité publique, telles que la pauvreté ou les méfaits des entreprises.

Cette stratégie d'évitement peut fonctionner quand les progressistes ont Alan Keyes pour adversaire. Mais, à long terme, je pense que nous commettons une erreur lorsque nous refusons de prendre acte de l'importance de la foi dans la vie des Américains et que nous nous dérobons ainsi à un débat sérieux sur la possibilité de concilier cette foi avec notre démocratie moderne pluraliste.

Pour commencer, c'est une mauvaise politique. Il y a beaucoup de croyants en Amérique et les démocrates le sont majoritairement. Lorsque nous abandonnons le terrain du discours religieux – lorsque nous fuyons le débat sur ce que cela signifie d'être un bon chrétien, un bon musulman ou un bon juif, lorsque nous discutons de la religion uniquement de manière négative, à savoir où elle ne doit pas être pratiquée, et non de manière positive, à savoir ce qu'elle nous dit sur nos obligations l'un envers l'autre, quand nous évitons les lieux de culte et les émissions religieuses parce que nous présumons que nous n'y serons pas les bienvenus –, d'autres viennent combler le vide. Et il y a de fortes chances pour que ce soient ceux qui ont la conception la plus insulaire de la foi, ou ceux qui utilisent cyniquement la religion pour justifier des fins partisanes.

Plus fondamentalement, l'embarras dans lequel toute trace de religiosité met certains progressistes nous a souvent empêchés de nous atteler aux grandes questions en termes moraux. Le problème est en partie rhétorique : débarrassons le langage de tout contenu religieux et nous perdons l'imagerie et la terminologie à travers lesquelles des millions d'Américains comprennent à la fois leur morale personnelle et la justice sociale. Imaginez le Deuxième Discours d'investiture de Lincoln sans référence aux « jugements du Seigneur », ou le discours de Martin Luther King « J'ai fait un rêve » sans référence à « tous les enfants de Dieu ». Leur invocation d'une vérité supérieure a aidé à inspirer ce qui semblait impossible et a incité le pays à embrasser une destinée commune. Naturellement, la religion organisée n'a pas le monopole de la vertu et il n'est pas nécessaire d'être croyant pour faire des déclarations morales ou appeler à un bien commun. Mais nous ne devrions pas éviter de faire ces déclarations et ces appels – ou renoncer à toute référence à nos riches traditions religieuses – dans le seul but d'éviter d'offenser qui que ce soit.

Notre échec de progressistes à puiser dans les fondements moraux de la nation n'est cependant pas uniquement rhétorique. Notre crainte de tomber dans le « sermon » peut aussi nous conduire à ne pas tenir compte du rôle que les valeurs et la culture jouent dans notre façon de nous atteler à certains de nos problèmes sociaux les plus urgents.

Après tout, les problèmes de la pauvreté et du racisme, des gens sans assurance sociale et sans emploi ne sont pas de simples problèmes techniques en quête du plan parfait en dix points. Ils s'enracinent aussi dans l'indifférence sociétale et la dureté individuelle, le désir de ceux qui occupent le haut de l'échelle sociale de maintenir coûte que coûte leur fortune et leur rang, ainsi que dans le désespoir et la pulsion autodestructrice de ceux qui se trouvent au bas de l'échelle.

Résoudre ces problèmes exigera des changements de politique gouvernementale, des changements dans les cœurs et les esprits aussi. Je suis partisan de ne pas admettre d'armes dans nos cités et je pense que nos dirigeants doivent le dire en face au lobby des fabricants d'armes. Mais je crois aussi que lorsqu'un membre d'une bande tire au hasard dans une foule parce qu'il pense que quelqu'un lui a manqué de respect, nous avons un problème de morale. Non seulement nous devons le punir pour son crime, mais nous devons comprendre qu'il y a dans son cœur un vide que les programmes sociaux ne peuvent suffire à combler. Je crois en une application ferme de nos lois contre la discrimination ; je crois aussi qu'une transformation des consciences et un engagement sincère des P-DG du pays pour la diversité donneraient plus rapidement des résultats qu'une armée de juristes. Je pense qu'il faudrait investir davantage l'argent de nos impôts dans l'éducation des filles et des garçons pauvres, leur fournir des informations sur la contraception qui pourraient empêcher des grossesses non désirées, faire baisser le nombre des avortements et contribuer à ce que chaque enfant soit aimé et chéri. Mais je crois aussi que la foi peut fortifier le sentiment d'identité d'une jeune femme, le sentiment de responsabilité d'un jeune homme et le sentiment de respect que tous les jeunes devraient avoir pour les rapports intimes.

Je ne suggère pas à tout progressiste d'adhérer à la terminologie religieuse ni d'abandonner le combat pour des changements institutionnels en faveur de « mille points de lumière ». J'ai conscience que, souvent, les appels à la vertu privée deviennent des excuses pour l'inaction. En outre, rien n'est plus transparent qu'une expression hypocrite de la foi, comme un politicien qui se montre dans un église noire un peu avant les élections, qui claque dans ses mains (à contretemps) avec les chanteurs de gospel et arrose de quelques citations bibliques un discours politique totalement sec.

Je suggère que si nous, progressistes, parvenons à nous défaire d'une partie de nos préjugés, nous percevrons peut-être les valeurs que croyants et noncroyants partagent lorsqu'il s'agit de la direction morale et matérielle de notre pays. Nous saisirons peut-être que l'appel au sacrifice pour la génération suivante, la nécessité de penser en termes de « tu » et non pas seulement de « je » résonnent dans les communautés religieuses de tout le pays. Nous devons prendre la foi au sérieux non seulement pour bloquer la droite religieuse mais aussi pour impliquer tous les croyants dans le grand projet de renouveau américain.

Cela a peut-être déjà commencé. Des pasteurs de grandes Églises comme Rick Warren et T. D. Jakes usent de leur énorme influence pour s'attaquer au sida, à la dette du tiers-monde et au génocide au Darfour. Des hommes qui se présentent comme des « chrétiens évangéliques progressistes » tels que Jim Wallis et Tony Campolo reprennent l'injonction biblique d'aider les pauvres pour mobiliser les chrétiens contre la réduction des crédits aux programmes sociaux et les inégalités croissantes. Dans tout le pays, des Églises comme la mienne soutiennent des programmes de garderie, construisent des centres pour personnes âgées et aident les anciens délinquants à rebâtir leur vie.

Mais pour construire sur ces partenariats encore hésitants entre les mondes religieux et laïc, il faudra plus de travail. Il faudra affronter directement les tensions et les doutes de chaque côté de la ligne de partage religieuse, et de part et d'autre nous devrons accepter des règles élémentaires de collaboration.

Le premier pas, le pas le plus difficile pour certains chrétiens évangéliques, consiste à reconnaître le rôle essentiel que l'*establishment clause*[1] a joué non seulement dans le développement de notre démocratie mais aussi dans la vigueur de notre pratique religieuse. Contrairement aux allégations d'un grand nombre de membres de la droite chrétienne qui protestent contre la séparation de l'Église et de l'État, leur querelle ne les oppose pas à une poignée de juges de gauche des années 1960. Ils sont en désaccord avec les rédacteurs du Bill of Rights et avec les précurseurs de l'Église évangélique d'aujourd'hui.

Un grand nombre des phares de l'Indépendance américaine, tout particulièrement Franklin et Jefferson, étaient des déistes qui, bien que croyant en un Dieu tout-puissant, mettaient en doute non seulement les dogmes de l'Église chrétienne mais aussi les principes fondamentaux du christianisme même, y compris la divinité du Christ. Jefferson et Madison réclamaient ce que le premier appelait un « mur de séparation » entre l'Église et l'État afin de protéger la liberté individuelle de croyance et de pratique religieuses, d'éviter à l'État des affrontements sectaires et de défendre la religion organisée contre les empiétements ou l'influence indue de l'État.

Bien sûr, tous les Pères Fondateurs ne partageaient pas ce point de vue. Des hommes comme Patrick Henry et John Adams ont avancé toute une série de propositions pour que le bras de l'État favorise la religion. Mais si Jefferson et Madison firent adopter la loi sur la liberté religieuse en Virginie qui servirait de modèle aux clauses du Premier Amendement sur la religion, ces férus des Lumières ne furent pas les parti-

1. Clause interdisant l'établissement d'une religion d'État par le Congrès.

sans les plus fermes d'une séparation entre Église et État.

Ce sont des baptistes comme le révérend John Leland et d'autres évangéliques qui ont apporté le soutien populaire nécessaire pour la ratification de ces clauses. Ils l'ont fait parce qu'ils étaient des marginaux, parce que le style exubérant de leur culte séduisait les classes inférieures, parce que leur évangélisation de tous ceux qui venaient à eux – y compris les esclaves – menaçait l'ordre établi, parce qu'ils ne respectaient ni le rang ni les privilèges, et parce qu'ils étaient sans cesse persécutés et méprisés par l'Église anglicane dominante dans le Sud et par les ordres congrégationalistes dans le Nord. Non seulement ils craignaient à juste titre qu'une religion soutenue par l'État ne réduise leur liberté, en tant que minorité religieuse, de pratiquer leur foi, mais ils croyaient aussi que la vitalité religieuse dépérit inévitablement lorsqu'elle est imposée ou soutenue par l'État. Selon les termes du révérend Leland : « C'est l'erreur seule qui a besoin du soutien du gouvernement ; la vérité s'en passe parfaitement. »

La formule de Jefferson et Leland a fonctionné. Non seulement l'Amérique a échappé aux guerres de religion qui affligent encore le monde, mais ses institutions religieuses ont continué à se développer, phénomène que certains observateurs attribuent directement à l'absence d'une Église soutenue par l'État, prime à l'expérimentation religieuse et au bénévolat. En outre, du fait de la diversité croissante de la population américaine, les dangers du sectarisme n'ont jamais été plus grands. Nous ne sommes plus seulement un pays chrétien, nous sommes aussi un pays juif, musulman, bouddhiste, hindou et athée.

Supposons même que nous n'ayons que des chrétiens à l'intérieur de nos frontières. Quel christianisme enseignerons-nous dans nos écoles ? Celui de James

Dobson ou celui d'Al Sharpton ? Quels passages des Écritures doivent guider notre politique ? Le Lévitique, qui trouve l'esclavage normal et la consommation de coquillages abominable ? Le Deutéronome, qui nous suggère de lapider notre enfant s'il s'écarte de la foi ? Ou devons-nous simplement nous en tenir au Sermon sur la Montagne, un texte si radical qu'on peut douter que notre ministère de la Défense survivrait à son application ?

Cela nous amène à un point différent : la manière dont les points de vue religieux devraient éclairer le débat public et guider nos élus. À coup sûr, les laïcistes ont tort quand ils demandent aux croyants de laisser leur religion au vestiaire avant d'entrer dans l'arène publique. Frederick Douglass, Abraham Lincoln, William Jennings Bryan, Dorothy May, Martin Luther King – à vrai dire, la majorité des grands réformateurs de l'histoire américaine – ont non seulement été motivés par leur foi mais ont fait à maintes reprises usage d'un langage religieux pour défendre leur cause. Soutenir que des hommes et des femmes ne doivent pas injecter leur « morale personnelle » dans le débat politique est une absurdité pratique. Notre droit est par définition une codification de la morale, et en grande partie fondé sur la tradition judéo-chrétienne.

Ce dont notre démocratie délibérative et pluraliste a besoin, c'est que les personnes motivées par la religion traduisent leurs préoccupations dans des valeurs universelles plutôt que dans des valeurs spécifiquement religieuses. Cela suppose que leurs propositions soient sujettes à discussion et accessibles à la raison. Si je suis opposé à l'avortement pour des motifs religieux et que je m'efforce de faire adopter une loi qui l'interdise, je ne peux pas me contenter de faire état des enseignements de mon Église ni d'invoquer la volonté de Dieu et espérer que mes arguments l'emporteront. Si je veux que d'autres m'écoutent, je dois expliquer pourquoi l'avortement viole un principe accessible aux personnes de toute confession, y compris celles qui n'en ont aucune.

Pour ceux qui croient à l'infaillibilité de la Bible, comme de nombreux évangéliques, de telles règles de l'engagement peuvent apparaître comme un exemple de plus de la tyrannie des mondes séculiers et matériels sur le sacré et l'éternel. Mais, dans une démocratie pluraliste, nous n'avons pas le choix. Presque par définition, la foi et la raison opèrent dans des domaines différents et impliquent des moyens différents de discerner la vérité. La raison – et la science – implique l'accumulation de connaissances fondées sur des réalités que nous pouvons appréhender. La religion, en revanche, repose sur des vérités qu'on ne peut pas prouver par l'entendement humain ordinaire : c'est la « croyance en des choses invisibles ». Lorsque les professeurs de sciences insistent pour interdire l'entrée du créationnisme ou du dessein intelligent dans leur classe, ils ne soutiennent pas que la connaissance scientifique est supérieure à la vision religieuse. Ils affirment simplement que chaque chemin vers la connaissance a des règles différentes et que ces règles ne sont pas interchangeables.

La politique n'est pas une science et elle s'appuie trop rarement sur la raison. Mais, dans une démocratie pluraliste, les mêmes distinctions s'appliquent. La politique, comme la science, doit se fonder sur notre capacité à nous persuader l'un l'autre d'objectifs communs reposant sur une réalité commune. De plus, la politique, à la différence de la science, implique le compromis, l'art du possible. Au niveau fondamental, la religion ne permet pas le compromis. Elle réclame l'impossible. Si Dieu a parlé, on attend des disciples qu'ils suivent les édits de Dieu, quelles qu'en soient les conséquences.

Fonder sa vie sur des engagements sans compromis peut être sublime ; fonder l'élaboration de notre politique sur de tels engagements serait dangereux.

L'histoire d'Abraham et d'Isaac en offre un exemple simple mais convaincant. Selon la Bible, Dieu ordonne à Abraham d'offrir son fils unique, Isaac, en sacrifice. Sans discuter, Abraham emmène Isaac au sommet de la montagne, l'attache sur un autel et brandit son couteau, prêt à agir comme Dieu l'a ordonné.

Bien sûr, nous connaissons le dénouement heureux : à la dernière minute, un ange envoyé par Dieu intervient. Abraham a passé avec succès l'épreuve de dévotion, il devient un modèle de fidélité à Dieu et sa foi inébranlable est récompensée dans les générations suivantes. Ne peut-on cependant assurer que si l'un de nous voyait un Abraham du vingt et unième siècle brandir un couteau sur le toit de son immeuble, nous appellerions la police, nous le maîtriserions ? Et même s'il laissait retomber son arme au dernier moment, nous nous attendrions à ce que la DASS emmène Isaac et accuse Abraham de violences sur enfant. Nous le ferions parce que ni Dieu ni Ses anges ne se révèlent à nous au dernier moment. Nous n'entendons pas ce qu'Abraham entend, nous ne voyons pas ce qu'il voit, même si ces sensations sont vraies. Le mieux que nous puissions faire, c'est agir conformément aux choses que nous pouvons tous connaître, conscients qu'une partie de ce que nous savons être vrai – en tant qu'individus ou communauté de croyants – n'est vrai que pour nous seuls.

Finalement, toute conciliation entre foi et pluralisme démocratique requiert un certain sens des proportions. Ce n'est pas entièrement étranger à la doctrine religieuse : même ceux qui proclament l'infaillibilité de la Bible font la distinction entre les édits des Saintes Écritures en se fondant sur le sentiment que certains passages – les Dix Commandements, par exemple, ou la croyance en la divinité du Christ – sont capitaux pour la foi chrétienne alors que d'autres, de nature plus culturelle, peuvent être modifiés pour correspondre à la vie moderne. Les Américains le comprennent intuitivement, c'est la raison pour laquelle la majorité des catholiques pratiquent la limitation des naissances et que certains de ceux qui s'opposent au mariage homosexuel s'opposent néanmoins à un amendement constitutionnel qui l'interdirait. Les dirigeants religieux n'ont pas besoin de cette sagesse pour conseiller leurs fidèles, mais ils devraient la reconnaître dans leur politique.

Si un certain sens des proportions doit guider le militantisme chrétien, il doit aussi éclairer ceux qui tracent les limites entre Église et État. Toute référence à Dieu en public ne constitue pas une brèche dans le mur de séparation ; comme la Cour suprême l'a souligné à juste titre, le contexte compte. On peut douter que des enfants récitant le Serment d'allégeance se sentent opprimés quand ils marmonnent les mots « selon Dieu ». Personnellement, je n'ai jamais senti rien de tel. Permettre l'utilisation de locaux scolaires pour des groupes de prière de lycéens volontaires ne doit pas davantage être vu comme une menace que son utilisation par le Club républicain du lycée ne doit l'être pour les démocrates. On peut imaginer certains programmes s'appuyant sur la foi – et destinés aux anciens délinquants ou aux consommateurs de drogue – qui offriraient un moyen extrêmement efficace de régler les problèmes et mériteraient donc un soutien soigneusement adapté.

Ces grands principes pour discuter de la foi dans une démocratie ne sont pas exhaustifs. Il serait utile, par exemple, que dans les débats sur les questions touchant la religion – comme dans tous les débats démocratiques – nous sachions résister à la tentation de supposer de la mauvaise foi chez ceux qui ne sont pas de notre avis. En jugeant du caractère convaincant de divers discours moraux, nous devrions être à l'affût de l'incohérence avec laquelle ces déclarations sont appliquées : en règle générale, je suis plus enclin à écouter ceux qui sont autant scandalisés par l'existence de sans-abri que par l'indécence de certains clips musicaux. Et nous devons reconnaître que, parfois, nos différends portent moins sur ce qui est juste que sur l'identité de la personne qui le décide en dernière instance : avons-nous besoin du bras coercitif de l'État pour faire appliquer nos valeurs ou vaut-il mieux laisser ce sujet à la conscience individuelle et à des normes en évolution ?

Bien sûr, même une application ferme de ces principes ne résoudra pas tous les conflits. Si un grand nombre des adversaires de l'avortement sont disposés à faire une exception en cas de viol ou d'inceste, cela indique qu'ils sont prêts à renoncer à un principe pour des considérations pratiques ; si même les plus ardents partisans de la liberté de choix sont disposés à accepter quelques restrictions sur l'interruption d'une grossesse avancée, c'est parce qu'ils reconnaissent qu'un fœtus est davantage qu'une partie du corps et que la société a intérêt à ce qu'il se développe. Néanmoins, entre ceux qui croient que la vie commence dès la conception et ceux qui voient le fœtus comme une simple extension du corps de la femme jusqu'à la naissance, on parvient rapidement à un point où aucun compromis n'est possible. Le mieux que nous puissions faire alors, c'est assurer que l'issue politique soit déterminée par la persuasion plutôt que par la violence et l'intimidation, et que nous reportions au moins une partie de notre énergie sur la réduction du nombre de grossesses non désirées par l'éducation (y compris l'abstinence), la contraception, l'adoption ou toute autre stratégie qui jouit d'un large soutien et a prouvé son efficacité.

Pour de nombreux chrétiens pratiquants, cette incapacité à accepter un compromis peut aussi s'appliquer au mariage homosexuel. Je trouve cette position préoccupante, en particulier dans une société où des croyants se livrent notoirement à l'adultère et à d'autres violations de leur foi sans encourir de sanction civique. Trop souvent, j'ai entendu dans une église un pasteur tirer grossièrement sur la ficelle anti-homosexuelle : « La Bible dit Adam et Ève, pas Adam et Steve ! » braille-t-il, généralement quand son sermon ne marche pas trop bien. Je crois que la société américaine peut décider de faire une place particulière à l'union d'un homme et d'une femme en tant que moyen le plus fréquent d'élever les enfants dans la plupart des cultures. Je ne suis pas pour que l'État dénie à des citoyens une union civile conférant des droits équivalents dans des domaines aussi élémentaires que les visites à l'hôpital ou l'assurance maladie, simplement parce que ceux qui s'aiment sont du même sexe ; je ne suis pas disposé non plus à accepter une lecture de la Bible dans laquelle un passage obscur de l'épître aux Romains est plus fondamental pour le christianisme que le Sermon sur la Montagne.

Peut-être suis-je aussi sensible sur ce sujet parce que j'ai vu la souffrance que ma propre légèreté a causée. Avant mon élection, pendant ma période de débats avec M. Keyes, j'ai reçu un message téléphonique d'une de mes plus ferventes sympathisantes. C'était une commerçante, une mère, une personne réfléchie et généreuse. C'était aussi une lesbienne, qui avait une relation monogame avec sa partenaire depuis dix ans.

Elle savait, quand elle avait décidé de me soutenir, que j'étais opposé au mariage entre personnes du même sexe et elle m'avait entendu déclarer qu'en l'absence d'un consensus significatif l'accent mis sur le mariage détournait l'attention d'autres mesures accessibles pour empêcher la discrimination contre les gays et les lesbiennes. En l'occurrence, son message avait pour origine une interview à la radio dans laquelle je m'étais référé à mes traditions religieuses pour expliquer ma position sur la question. Elle avait été blessée par mes remarques ; elle avait le sentiment qu'en introduisant la religion dans l'équation je suggérais qu'elle et d'autres comme elle étaient d'une certaine façon de mauvaises personnes.

Je m'en suis voulu et je le lui ai dit quand je l'ai rappelée. En lui parlant, j'ai songé que les chrétiens qui s'opposent à l'homosexualité ont beau prétendre qu'ils détestent le péché mais qu'ils aiment le pécheur, un tel jugement fait souffrir des gens bien, des gens faits à l'image de Dieu et souvent plus fidèles au message du Christ que ceux qui les condamnent. Je me suis rappelé que j'ai pour obligation, non seulement en tant qu'élu dans une société pluraliste mais aussi en tant que chrétien, de rester ouvert à la possibilité que mon refus d'approuver le mariage homosexuel soit une erreur, de même que je ne peux pas prétendre être infaillible dans mon soutien au droit à l'avortement. Je dois admettre que j'ai peut-être été contaminé par les préjugés et les préférences de la société et que je les ai attribués à Dieu ; que l'appel de Jésus à nous aimer les uns les autres requiert peut-être une conclusion différente et qu'on jugera peut-être plus tard que j'étais du mauvais côté de l'histoire. Je ne crois pas que ces doutes font de moi un mauvais chrétien. Je pense qu'ils font de moi un être humain, limité dans sa compréhension des desseins de Dieu et donc enclin à pécher. Lorsque je lis la Bible, je le fais avec la conviction que ce n'est pas un texte statique mais le Verbe vivant, et que je dois demeurer ouvert à de nouvelles révélations, qu'elles viennent d'une amie lesbienne ou d'un médecin opposé à l'avortement.

Cela ne signifie pas que je ne suis pas solidement attaché à ma foi. Il y a des choses dont je suis absolument sûr : règle d'or, la nécessité de combattre la cruauté sous toutes ses formes, la valeur de l'amour et de la charité, de l'humilité et de la grâce.

Cette conviction s'est trouvée renforcée il y a deux ans quand j'ai pris l'avion pour Birmingham, Alabama, afin de prononcer un discours à l'Institut des droits civiques de la ville. Cet institut se situe en face de l'église baptiste de la 16e Rue où, en 1963, quatre jeunes enfants – Addie Mae Collins, Carole Robertson, Cynthia Wesley et Denise McNair – ont perdu la vie lorsqu'une bombe déposée par des partisans de la suprématie blanche a explosé pendant l'école du dimanche, et avant de prendre la parole j'ai saisi cette occasion de visiter l'église. Le jeune pasteur et quelques diacres m'ont accueilli à l'entrée et m'ont montré la balafre encore visible sur le mur, là où la bombe a explosé. J'ai vu, dans le fond de l'église, l'horloge toujours arrêtée à dix heures vingt-deux, et j'ai contemplé les portraits des quatre fillettes.

Après la visite, le pasteur, les diacres et moi avons récité une prière en nous tenant par la main. Puis ils m'ont laissé m'asseoir sur l'un des bancs et me recueillir. Quelle terrible épreuve cela a dû être pour les parents, quarante ans plus tôt, de voir leurs filles chéries arrachées à eux par une violence à la fois aussi indifférente et féroce ! ai-je pensé. Comment ont-ils pu supporter cette angoisse sans avoir la certitude qu'il y avait un dessein derrière le meurtre de leurs enfants et qu'on pouvait trouver un sens à cette perte incommensurable ? À l'enterrement, ils ont vu des gens affligés venus de tout le pays, ils ont reçu des condoléances provenant du monde entier, ils ont entendu Lyndon Johnson annoncer à la télévision nationale que l'heure était venue de triompher[1], ils ont vu le Congrès adopter enfin la loi sur les droits civiques de 1964. Des amis et des inconnus leur ont assuré que leurs filles n'étaient pas mortes en vain, qu'elles avaient éveillé la conscience d'une nation et contribué à libérer un peuple, que la bombe avait détruit un barrage pour laisser la justice et la vertu couler comme un torrent. Mais savoir cela suffirait-il à vous consoler, à vous protéger de la folie et d'une rage éternelle si vous ne saviez pas aussi que vos enfants étaient partis pour un monde meilleur ?

Mes pensées se sont tournées vers ma mère et ses derniers jours, après qu'un cancer avait gagné tout son corps et qu'il était devenu clair qu'elle ne guérirait pas. Pendant sa maladie, elle m'avait avoué qu'elle n'était pas prête à mourir. La soudaineté de l'événement l'avait saisie par surprise, comme si le monde physique qu'elle aimait tant s'était retourné contre elle, l'avait trahie. Et bien qu'elle eût lutté vaillamment, enduré la souffrance et la chimiothérapie avec bonne humeur jusqu'à la fin, j'avais vu plus d'une fois la peur luire dans ses yeux. Plus que la peur de la douleur ou de l'inconnu, c'était la solitude de la mort qui l'effrayait, je crois, l'idée que pour ce dernier voyage, cette dernière aventure, elle n'aurait personne avec qui partager pleinement, personne pour s'étonner avec elle de la capacité du corps à s'infliger une telle douleur, ou pour rire de l'absurdité de la vie une fois que les cheveux commencent à tomber et que les glandes salivaires cessent de fonctionner.

1. *We Shall Overcome*, « Nous triompherons », célèbre chant du mouvement pour les droits civiques.

J'ai emporté ces pensées avec moi quand j'ai quitté l'église et fait mon discours. Plus tard, de retour chez moi à Chicago, assis à la table du dîner, j'ai regardé Malia et Sasha rire, se chamailler et manger sans enthousiasme leurs haricots verts avant que leur mère les poursuive dans l'escalier jusqu'à la salle de bains. Lavant la vaisselle seul dans la cuisine, j'ai imaginé mes deux filles en train de grandir et j'ai ressenti ce pincement que tout parent doit éprouver à un moment ou à un autre, ce désir de saisir chaque instant de la présence de son enfant et de ne jamais le laisser partir, de préserver chaque geste, d'enfermer pour l'éternité le reflet de ses boucles ou la pression de ses doigts sur les vôtres. J'ai pensé à Sasha qui m'avait demandé un jour ce qui se passe quand on meurt – « Je ne veux pas mourir, papa », avait-elle ajouté d'un ton détaché –, et je l'avais serrée contre moi en disant : « Tu as de longues, longues années devant toi avant de te soucier de ça », ce qui avait paru la satisfaire. Je me suis demandé si j'aurais dû lui dire la vérité : je ne sais pas vraiment ce qui se passe quand on meurt, pas plus que je ne sais vraiment où se trouve l'âme ni ce qui existait avant le Big Bang. En montant l'escalier, je savais cependant ce que j'espérais : que ma mère soit quelque part avec ces quatre petites filles, qu'elle puisse d'une manière ou d'une autre les prendre dans ses bras et puiser de la joie dans leur esprit.

Je sais qu'en bordant mes filles, ce soir-là, j'ai saisi un petit coin de ciel.

7

La race

L'enterrement eut lieu dans une vaste église, une structure géométrique étincelante sise au milieu d'un parc de plus de cinq hectares soigneusement entretenu. On disait que sa construction avait coûté 35 millions et chaque dollar dépensé sautait aux yeux : il y avait une salle de banquet, un centre de conférence, un parking pour mille deux cents voitures, un système de sonorisation dernier cri et un studio de télévision équipé pour le montage numérique.

À l'intérieur de l'église, quatre mille personnes s'étaient déjà rassemblées, pour la plupart des Afro-Américains, un bon nombre appartenant à l'enseignement et aux professions libérales : médecins, avocats, comptables, agents immobiliers. Sur l'estrade, des sénateurs, des gouverneurs et des capitaines d'industrie voisinaient avec des dirigeants noirs tels Jesse Jackson, John Lewis, Al Sharpton et T. D. Jakes. Dehors, sous un brillant soleil d'octobre, des milliers d'autres personnes se pressaient dans les rues silencieuses : des couples âgés, des hommes solitaires, des jeunes femmes avec leurs poussettes, certains regardant les files de voitures qui passaient de temps à autre, d'autres perdus dans une contemplation intérieure, tous attendant de rendre un dernier hommage à la toute petite femme aux cheveux gris gisant dans le cercueil, à l'intérieur de l'église.

La chorale chanta, le pasteur récita une prière d'ouverture. L'ancien président Bill Clinton se leva pour prendre la parole et évoqua ses souvenirs de jeune Blanc du Sud empruntant des autobus interdits aux Noirs, le combat du mouvement pour les droits civiques, que Rosa Parks avait contribué à déclencher et qui les avait libérés, lui et ses voisins blancs, de leur propre racisme. L'aisance de Clinton devant son auditoire noir, l'affection presque irréfléchie ici témoignée parlaient de réconciliation, de pardon, de guérison partielle des blessures du passé.

À de nombreux égards, le fait qu'un homme qui était à la fois l'ancien leader du monde libre et un fils du Sud reconnaisse la dette qu'il avait envers une couturière noire constituait un hommage adéquat à l'héritage de Rosa Parks. La magnifique église, la multitude d'élus noirs, la prospérité évidente de tant de personnes présentes, et ma propre présence à la tribune en qualité de sénateur des États-Unis : on pouvait faire remonter tout cela à ce jour de décembre 1955 où, avec une détermination tranquille et une dignité imperturbable, Mme Parks avait refusé de quitter sa place dans l'autobus. En l'honorant, nous honorions aussi des milliers de femmes, d'hommes et d'enfants de tout le Sud dont les noms ne figurent pas dans les manuels d'histoire, dont la mémoire s'est perdue dans le lent écoulement du temps, mais dont le courage a contribué à libérer un peuple.

Pourtant, tandis que j'écoutais l'ancien président et les nombreux orateurs qui suivirent, mon esprit revenait sans cesse aux scènes de dévastation qui avaient fait l'actualité deux mois plus tôt, quand le cyclone Katrina avait frappé la côte du Golfe et que La Nouvelle-Orléans avait été submergée par les eaux. Je revoyais ces mères adolescentes pleurant ou jurant devant le Superdome de la ville, un bébé somnolant sur la hanche, ces vieilles femmes en fauteuil à roulettes, dodelinant de la tête dans la chaleur, leurs jambes flétries dépassant de robes tachées. Je me suis souvenu de ce reportage télévisé montrant un corps solitaire que quelqu'un avait étendu près d'un mur, et qui gisait sous la fragile dignité d'une couverture ; de ces images de jeunes gens au torse nu, agitant les jambes dans des eaux sombres, entourant de leurs bras ce qu'ils avaient réussi à prendre dans les magasins proches, une lueur de chaos dans les yeux.

J'étais à l'étranger et je rentrais d'un voyage en Russie quand le cyclone avait d'abord touché le Golfe. Une semaine après le début de la tragédie, je m'étais rendu à Houston pour rejoindre Bill et Hillary Clinton, ainsi que George H. W. Bush et sa femme Barbara, quand ils avaient annoncé une collecte de fonds pour les victimes du cyclone, et j'avais rencontré quelques-uns des vingt-cinq mille réfugiés regroupés dans le Houston Astrodome et l'annexe voisine.

La ville de Houston avait accompli un travail impressionnant en mettant en place les installations d'urgence nécessaires pour accueillir autant de gens, et collaboré avec la Croix-Rouge et la FEMA, l'Agence pour la prévention des catastrophes et l'aide aux sinistrés, pour leur fournir de la nourriture, des vêtements, des abris et des soins médicaux. Mais tandis que nous parcourions les rangées de lits de camp de l'annexe, serrant des mains, jouant avec les enfants, écoutant les gens raconter leur histoire, il était évident qu'un grand nombre des survivants de Katrina avaient été abandonnés longtemps avant que l'ouragan déferle. Il y avait les visages qu'on trouve dans tous les quartiers défavorisés d'une ville américaine, les visages de la pauvreté noire : les chômeurs et les presque chômeurs, les malades et ceux qui le seraient bientôt, les fragiles et les vieux. Une jeune mère racontait qu'elle avait dû faire monter ses enfants dans un car et les confier à des inconnus. Des vieillards décrivaient à voix basse la maison qu'ils avaient perdue, l'absence d'une assurance ou d'une famille pour les aider. Un groupe de jeunes gens affirmaient que les digues avaient été sabotées par ceux qui voulaient débarrasser La Nouvelle-Orléans de sa population noire. Une femme décharnée, l'air hagarde dans un tee-shirt Astros trop grand pour elle, m'a saisi par le bras et m'a attiré vers elle.

« Avant la tempête, on n'avait rien, a-t-elle murmuré. Maintenant, on a moins que rien. »

Dans les jours qui suivirent, je suis retourné à Washington et j'ai passé des heures au téléphone pour tenter d'obtenir des secours et des fonds. Aux réunions du groupe démocrate du Sénat, mes collègues et moi avons discuté de l'éventualité d'une loi. Aux émissions-débats du dimanche matin, j'ai rejeté l'idée que le gouvernement avait réagi lentement parce que les victimes de Katrina étaient noires – « L'incompétence a été exempte de préjugés raciaux », ai-je déclaré –, mais j'ai souligné que la planification inadéquate du gouvernement dénotait son indifférence envers les problèmes des quartiers pauvres. Un après-midi, nous nous sommes joints à plusieurs sénateurs républicains pour ce que le gouvernement Bush pensait être un briefing secret sur la réaction des autorités fédérales. Presque tout le Cabinet était présent, ainsi que les chefs d'état-major des trois armes, et pendant des heures les secrétaires Chertoff, Rumsfeld et les autres, rayonnants d'assurance et ne montrant pas la moindre trace de remords, ont récité la liste des évacuations réalisées, des rations militaires distribuées, des troupes de la Garde nationale déployées. Quelques jours plus tard, nous avons vu le président Bush reconnaître, dans ce lieu sinistre inondé de lumière, l'héritage de l'injustice raciale que la tragédie avait contribué à révéler et proclamer que La Nouvelle-Orléans se relèverait de ses ruines.

Près de deux mois après le cyclone, dans l'église où se déroulaient les funérailles de Rosa Parks, après la vague d'indignation et de honte qui avait parcouru le pays pendant la crise, après les discours, les e-mails, les mémorandums et les réunions de groupe, après les émissions spéciales à la télévision et les innombrables articles dans les journaux, c'était comme s'il ne s'était rien passé. Des voitures demeuraient sur les toits des maisons et on retrouvait encore des cadavres. Selon une rumeur venue du Golfe, de gros entrepreneurs obtenaient des contrats de millions de dollars et, contournant les lois sur les rémunérations horaires et la discrimination positive, embauchaient des émigrés clandestins pour réduire leurs coûts. Le sentiment que le pays connaissait un moment décisif, qu'il avait été tiré d'une longue somnolence et qu'il allait de nouveau faire la guerre à la pauvreté, était rapidement retombé.

Au lieu de quoi, assis dans une église, nous faisions l'éloge de Rosa Parks et, abîmés dans la nostalgie, nous évoquions les victoires passées. Déjà les parlementaires votaient pour installer une statue de Mme Parks sous le dôme du Capitole. On imprimerait un timbre commémoratif avec son portrait, et de nombreuses rues, écoles et bibliothèques à travers tout le pays porteraient sans doute son nom. Je me suis demandé ce que Rosa Parks aurait pensé de tout cela : si des timbres et des statues pouvaient faire renaître son esprit ou s'il ne fallait pas quelque chose de plus pour honorer sa mémoire.

J'ai songé à ce que cette femme m'avait murmuré à Houston et je me suis demandé quel jugement on pouvait porter sur nous, après la rupture des digues.

Lorsque je rencontre des gens pour la première fois, ils me citent quelquefois un passage de mon discours à la Convention nationale démocrate de 2004, qui les a apparemment marqués : « Il n'y a pas une Amérique noire et une Amérique blanche et une Amérique latino ou asiatique. Il y a les États-Unis d'Amérique. » Pour eux, ces mots donnent une vision d'une Amérique enfin libérée de Jim Crow et de l'esclavage, des camps d'internement de Japonais et de manœuvres mexicains, des tensions sur les lieux de travail et des conflits culturels, une Amérique qui tient la promesse du Dr King : nous ne devons pas être jugés à la couleur de notre peau mais à la qualité de notre caractère.

En un sens, je n'ai pas d'autre choix qu'adhérer à cette vision de l'Amérique. Enfant d'un Noir et d'une Blanche, né dans le creuset racial d'Hawaii, avec une sœur à moitié indonésienne mais qu'on prend facilement pour une Mexicaine ou une Portoricaine, un beau-frère et une nièce d'origine chinoise, des parents qui ressemblent à Margaret Thatcher et d'autres qui pourraient se faire passer pour Bernie Mac, des retrouvailles familiales à Noël qui font penser à une réunion de l'Assemblée générale de l'ONU, je n'ai jamais eu la possibilité de restreindre mes allégeances sur une base raciale ni de mesurer ma propre valeur à une aune tribale.

Je pense en outre que le génie de l'Amérique a toujours résidé en partie dans sa capacité à intégrer de nouveaux venus, à forger une identité nationale à partir des groupes disparates débarquant sur nos côtes. Nous avons été aidés en cela par une Constitution qui – bien que souillée par le péché originel de l'esclavage – renferme en son cœur l'idée d'une citoyenneté égale devant la loi, et par un système économique qui, plus que tout autre, a donné une chance à chacun, indépendamment du rang, du titre ou de la position. Bien sûr, le racisme et le favoritisme envers les natifs ont souvent sapé ces idéaux ; les puissants et les privilégiés ont souvent exploité les préjugés ou les ont suscités pour atteindre leurs objectifs personnels. Mais dans les mains des réformateurs, de Tubman à Douglass, de Chavez à King, ces idéaux d'égalité ont peu à peu façonné notre vision de nous-mêmes et nous ont permis de former une nation pluriculturelle comme il n'en existe nulle part ailleurs sur terre.

Enfin, ce passage de mon discours décrit les réalités démographiques de l'avenir de l'Amérique. Déjà le Texas, la Californie, le Nouveau-Mexique, Hawaii et le district de Columbia sont passés dans le camp « majorité-minorité ». Douze autres États ont des populations noire, latino et/ou asiatique à plus de 30 %. Les Hispano-Américains sont maintenant quarante-deux millions, ils constituent le groupe démographique ayant la croissance la plus forte : près de la moitié de la croissance totale du pays de 2004 à 2005. La population asiatique, quoique moins nombreuse, connaît un développement comparable, et on estime qu'elle augmentera de plus de 200 % dans les quarante-cinq prochaines années. Peu après 2050, prédisent les experts, l'Amérique ne sera plus un pays majoritairement blanc, ce qui aura pour notre économie, notre politique et notre culture des conséquences que nous ne pouvons pas entièrement prévoir.

Pourtant, quand j'entends des commentateurs interpréter mon discours comme l'annonce d'une « politique post-raciale » dans une société déjà exempte de préjugés raciaux, je dois appeler à la prudence. Dire que nous formons un seul peuple ne revient pas à sous-entendre que la race n'a plus d'importance, que nous avons gagné la bataille pour l'égalité, ou que les problèmes que les minorités connaissent aujourd'hui dans ce pays, elles se les infligent elles-mêmes en grande partie. Nous connaissons les statistiques : pour presque tous les indices socio-économiques – de la mortalité infantile à l'espérance de vie, de l'emploi à la propriété du domicile –, les Américains noirs et latinos, en particulier, sont toujours loin derrière leurs homologues blancs. Dans les conseils d'administration des entreprises de toute l'Amérique, les minorités sont sous-représentées ; le Sénat des États-Unis ne compte que trois Hispaniques et deux Asiatiques (tous deux d'Hawaii) et, au moment où j'écris ces lignes, je suis le seul membre afro-américain de la Chambre haute. Prétendre que notre comportement racial ne joue aucun rôle dans ces disparités, c'est être aveugle à notre histoire et à notre expérience, c'est nous dérober à la nécessité de redresser la situation.

De plus, si mon éducation personnelle n'est en aucun cas typique de la minorité noire, et si, en grande partie grâce à la chance et au hasard, j'occupe aujourd'hui une position qui me protège de la plupart des plaies et bosses que le Noir moyen doit endurer, je peux quand même réciter la litanie des petits affronts qui m'ont été infligés pendant mes quarante-cinq années d'existence : les vigiles qui me suivent lorsque je fais des courses dans un grand magasin, les couples blancs qui me lancent les clefs de leur voiture quand je me tiens devant l'entrée d'un restaurant et que j'attends le voiturier, les policiers qui m'ordonnent sans raison apparente de me garer le long du trottoir. Je sais ce que c'est qu'entendre des gens me dire que je ne peux pas faire telle ou telle chose à cause de la couleur de ma peau et je connais le goût amer de la colère ravalée. Je sais aussi que Michelle et moi devons constamment veiller à protéger nos filles des histoires débilitantes – servies par la télévision et les chansons, les camarades, la rue – sur ce que le monde pense qu'elles sont et sur ce qu'il imagine qu'elles devraient être.

Avoir des idées claires sur la race exige donc de nous d'observer la réalité sur un écran divisé, de maintenir dans notre viseur le genre d'Amérique que nous voulons tout en regardant froidement l'Amérique comme elle est, de reconnaître les péchés du passé et les défis du présent sans tomber dans le piège du cynisme ou du désespoir. Au cours de ma vie, j'ai assisté à un profond changement des relations entre les races. Je l'ai éprouvé aussi sûrement qu'on sent un changement de température. Lorsque j'entends un membre de la communauté noire nier ces changements, je pense que non seulement il déshonore ceux qui ont lutté pour nous mais qu'il nous prive aussi de notre capacité à achever la tâche qu'ils ont entreprise. Aussi convaincu que je sois que les choses vont mieux, je n'oublie toutefois pas cette vérité : mieux, ça ne suffit pas.

Ma candidature au Sénat des États-Unis a révélé quelques-uns des changements qui ont affecté les communautés blanche et noire de l'Illinois ces vingt-cinq dernières années. Quand je me suis présenté, l'Illinois avait déjà eu plusieurs élus noirs, notamment un président de la cour des comptes et ministre de la Justice (Roland Burris), un sénateur des États-Unis (Carol Moseley Braun) et un secrétaire d'État encore en place, Jesse White, l'homme politique le mieux élu de l'État, deux ans auparavant. Grâce à leurs succès qui ont ouvert la voie, ma propre campagne n'était plus une nouveauté : la couleur de ma peau ne m'avantageait pas mais elle n'excluait pas la possibilité que je gagne.

De plus, le profil des électeurs finalement attirés par ma campagne ne cadrait pas avec les schémas classiques. Le jour où j'ai annoncé ma candidature au Sénat des États-Unis, par exemple, trois de mes collègues blancs au Sénat de l'Illinois sont venus me soutenir. Ils n'étaient pas de ceux qu'à Chicago nous appelons des

« progressistes de Lakefront », ces démocrates roulant en Volvo et buvant du vin blanc dont les républicains aiment se moquer et qu'on n'est pas surpris de voir embrasser une cause perdue comme la mienne. C'étaient trois hommes d'âge mûr d'origine modeste – Terry Link, du comté de Lake, Denny Jacobs, des Quad Cities, et Larry Walsh, du comté de Will –, représentant des communautés en majorité blanches et ouvrières de la banlieue de Chicago.

Le fait qu'ils me connaissaient bien avait joué : nous avions tous été membres du Parlement de Springfield au cours des sept dernières années et nous jouions au poker ensemble un soir par semaine lorsque nous étions en session. Ce qui avait également compté, c'était que chacun d'eux était attaché à son indépendance et donc déterminé à me soutenir malgré les pressions de candidats blancs plus favorisés.

Mais ce ne sont pas nos relations personnelles qui les ont conduits à me soutenir (même si la force de mon amitié avec ces hommes – qui ont tous grandi dans des quartiers et à une époque où l'hostilité envers les Noirs n'était pas rare – dit en soi quelque chose sur l'évolution des rapports entre races). Les sénateurs Link, Jacobs et Walsh sont des hommes politiques expérimentés, à la tête froide ; ils n'avaient aucun intérêt à jouer sur un perdant ou à mettre leur position en danger. En fait, ils pensaient tous que je « passerais bien » dans leurs districts une fois que leurs électeurs m'auraient rencontré et ne s'arrêteraient plus à mon nom.

Ils n'ont pas fait ce pronostic au hasard. Pendant sept ans, ils m'ont observé dans mes rapports avec leurs électeurs, que ce soit au Parlement ou lors de visites de leurs circonscriptions. Ils avaient vu des mères blanches me tendre leurs enfants pour une photo, des anciens combattants blancs de la Seconde Guerre mondiale me serrer la main après que j'avais pris la parole à leur congrès. Ils sentaient ce que l'expérience d'une vie m'avait appris : quelles que soient les idées préconçues que les Américains blancs continuent à nourrir, une écrasante majorité d'entre eux est aujourd'hui capable – si on lui en donne le temps – de voir au-delà de la race quand elle porte un jugement sur les gens.

Cela ne veut pas dire que les préjugés ont disparu. Aucun de nous – noir, blanc, latino, asiatique – n'est immunisé contre les clichés dont notre culture continue à nous gaver, en particulier sur la criminalité chez les Noirs, l'intelligence des Noirs ou leur éthique du travail. D'une manière générale, on juge toujours les membres d'une minorité à leur degré d'assimilation – dans quelle mesure notre façon de parler, notre tenue, notre comportement se conforment à la culture blanche dominante – et plus une minorité s'écarte de ces indicateurs externes, plus elle fait l'objet de suppositions négatives. Si l'intériorisation, ces trente dernières années, de normes anti-discrimination – sans parler de la simple décence – empêche la plupart des Blancs d'agir consciemment sur la base de tels stéréotypes dans leurs rapports quotidiens avec des personnes d'une autre race, il serait irréaliste de penser que ces stéréotypes n'ont aucun effet cumulatif sur les décisions, prises souvent rapidement, concernant qui doit être embauché et qui doit bénéficier d'une promotion, qui il faut arrêter et juger, ce qu'il faut penser du client qui vient d'entrer dans votre boutique ou de la composition démographique de la classe de votre enfant.

Je maintiens cependant que dans l'Amérique d'aujourd'hui ces préjugés sont moins ancrés qu'avant, et donc sujets à réfutation. Un adolescent noir qui marche dans la rue suscitera peut-être la peur d'un couple blanc, mais s'il s'avère que c'est un camarade de lycée de son fils, le même couple l'invitera peut-être à dîner. Un Noir peut avoir du mal à trouver un taxi tard le soir, mais si c'est un ingénieur en logiciel compétent, Microsoft n'hésitera pas à l'embaucher.

Je ne peux pas prouver ces affirmations : les études sur les comportements raciaux sont notoirement peu fiables. Et même si j'ai raison, c'est une maigre consolation pour de nombreuses minorités. Passer ses journées à réfuter des clichés peut être fastidieux. C'est le poids supplémentaire dont les minorités, en particulier les Afro-Américains, parlent souvent en décrivant leur quotidien : le sentiment qu'en tant que groupe nous ne disposons d'aucun crédit sur le compte bancaire de l'Amérique, qu'en tant qu'individus nous devons refaire nos preuves chaque jour, que nous aurons rarement le bénéfice du doute et aucun droit à l'erreur. Pour se frayer un chemin dans un tel monde, une enfant noire doit chasser le surcroît d'hésitation qu'elle peut éprouver quand elle se tient sur le seuil d'une classe majoritairement blanche le premier jour d'école ; une Hispanique doit combattre le doute quand elle se prépare à un entretien d'embauche dans une entreprise où la plupart des employés sont blancs.

L'une et l'autre doivent surtout résister à la tentation de cesser de lutter. Peu de minorités peuvent s'isoler totalement de la société blanche – en tout cas pas de la manière dont les Blancs peuvent éviter réellement tout contact avec des membres d'une autre race. Mais les minorités ont la possibilité de baisser psychologiquement les stores, de se protéger en présumant le pire. « Pourquoi devrais-je faire l'effort de détromper les Blancs de leur ignorance à notre sujet ? ai-je entendu me dire certains Noirs. Cela fait trois cents ans qu'on essaie et ça ne marche toujours pas. »

À quoi je réponds que ne pas le faire revient à capituler, capituler devant ce qui a été au lieu de lutter pour ce qui pourrait être.

L'une des choses que j'apprécie le plus dans ma fonction de représentant de l'Illinois, c'est la façon dont elle a fait voler en éclats mes propres présomptions sur les comportements raciaux. Pendant ma campagne pour le Sénat, par exemple, j'ai sillonné l'État avec le sénateur de l'Illinois Dick Durbin. Notre itinéraire nous a notamment conduits à Cairo, une petite ville située à l'extrémité sud de l'État, là où le Mississippi et l'Ohio se rejoignent, une ville qui a connu la célébrité à la fin des années 1960 et au début des années 1970 lorsqu'elle a été le théâtre de l'un des conflits raciaux les plus durs du pays en dehors du Sud profond. Dick s'y était rendu pour la première fois pendant cette période, alors que, jeune juriste travaillant pour le gouverneur adjoint d'alors, Paul Simon, il avait été chargé d'enquêter sur ce qu'on pouvait faire pour diminuer les tensions dans cette ville. Lorsque notre voiture est entrée dans Cairo, Dick s'est rappelé cette première visite : dès son arrivée, on lui avait recommandé de ne pas utiliser le téléphone de sa chambre de motel parce que la standardiste faisait partie du White Citizens Council[1], on lui avait expliqué que des commerçants blancs avaient préféré fermer boutique plutôt que répondre aux exigences d'embauche de Noirs d'un mouvement de boycott, des habitants noirs lui avaient parlé de leurs efforts pour mettre fin à la ségrégation raciale dans les écoles, de leurs peurs et de leurs frustrations, mentionnant des histoires de lynchage et de suicides en prison, de fusillades et d'émeutes.

Quand nous avons arrêté notre voiture, je ne savais pas à quoi m'attendre. Il était midi mais la ville semblait abandonnée : quelques magasins ouverts dans la rue principale, une poignée de vieux couples sortant de ce qui semblait être un centre de santé. Après avoir

1. Organisation ségrégationniste.

tourné à un croisement, nous sommes arrivés à un vaste parking où une foule de deux cents personnes s'était rassemblée. Un quart d'entre elles étaient noires, presque toutes les autres étaient blanches.

Toutes portaient des badges bleus avec cette inscription : *OBAMA AU SÉNAT DES ÉTATS-UNIS.*

Ed Smith, un colosse chaleureux qui était le secrétaire régional de l'Union internationale des travailleurs et avait grandi à Cairo, s'est approché de notre voiture avec un grand sourire.

« Bienvenue, nous a-t-il souhaité en nous serrant la main. J'espère que vous avez faim. On a allumé le barbecue et c'est ma mère qui fait la cuisine. »

Je ne prétends pas savoir exactement ce qu'il y avait dans la tête des Blancs de la foule ce jour-là. La plupart d'entre eux étaient de mon âge, ou un peu plus âgés, et se souvenaient donc au moins – s'ils n'y avaient pas pris part directement – des événements sinistres survenus trente ans plus tôt. Sans nul doute, beaucoup d'entre eux étaient là parce que Ed Smith, l'un des hommes les plus influents de la région, avait souhaité leur présence ; d'autres étaient peut-être simplement venus pour le barbecue ou pour voir un sénateur des États-Unis et un candidat en campagne dans leur ville.

Je sais en revanche que le barbecue était formidable, la conversation animée et les gens apparemment contents de nous rencontrer. Pendant une heure environ, nous avons mangé, pris des photos et écouté les préoccupations des participants. Nous avons discuté de ce qu'il faudrait faire pour relancer l'économie de la région et injecter plus d'argent dans les écoles ; nous avons entendu parler de fils et de filles en route pour l'Irak et de la nécessité de démolir un vieil hôpital qui était devenu un problème pour la ville. Au moment de notre départ, j'ai senti qu'une relation s'était établie entre les gens que j'avais rencontrés et moi : rien de décisif, mais assez pour réduire certains de nos préjugés et renforcer certains de nos meilleurs penchants. Bref, un facteur de confiance avait été introduit.

Naturellement, cette confiance entre races est souvent chancelante. Elle se flétrit sans un effort soutenu. Elle ne dure parfois que si les minorités restent passives, silencieuses devant l'injustice ; elle peut être fracassée par quelques spots télévisés négatifs montrant des travailleurs blancs supplantés par la discrimination positive, ou des images de policiers tirant sur un jeune Noir ou Latino désarmé.

Mais je crois aussi que des moments comme ceux que nous avons connus à Cairo vont bien au-delà de leur intérêt immédiat, que des gens de toutes races les ramènent chez eux ou sur leur lieu de travail, qu'ils en parlent à leurs enfants ou à leurs collègues et que ces moments peuvent saper lentement, par vagues régulières, la haine et la méfiance qu'engendre l'isolement.

Récemment, je suis retourné en voiture dans le sud de l'Illinois avec un de mes directeurs de campagne, un jeune Blanc du nom de Robert Stephan, après une longue journée de discours et d'apparitions dans la région. C'était un beau soir de printemps, les eaux et les rives sombres du Mississippi brillaient sous une lune pleine et basse. Cela m'a rappelé Cairo et toutes les petites villes situées en amont ou en aval du fleuve, les communautés qui avaient connu la prospérité puis le déclin avec le trafic fluvial, et les histoires souvent tristes, dures, cruelles, que l'on retrouve dans ces lieux de rencontre entre hommes libres et esclaves, entre le monde de Huckleberry Finn et celui de Jim.

J'ai parlé à Robert de nos efforts pour la démolition du vieil hôpital de Cairo – notre bureau avait commencé à rencontrer des représentants du ministère de la Santé de l'Illinois et des autorités locales – et de ma première visite dans la ville. Parce qu'il avait grandi dans le sud de l'État, nous en sommes rapidement venus à discuter du comportement racial de ses amis et de ses voisins. La semaine précédente, quelques types influents du coin l'avaient invité à les rejoindre dans un petit club d'Alton, à quelques rues de la maison de son enfance. Robert n'y avait jamais mis les pieds, mais l'endroit semblait agréable. Ils étaient à table et bavardaient quand Robert avait remarqué que, sur la cinquantaine de personnes présentes dans la salle, aucune n'était noire. Comme la population d'Alton est à 25 % afro-américaine, il avait trouvé cela bizarre et posé la question à ces hommes.

« C'est un club privé », a alors répondu l'un d'eux.

D'abord, Robert n'a pas compris : « Aucun Noir n'a essayé de devenir membre ? » Comme ils ne répondaient pas, il a ajouté : « Eh, on est en 2006, bon sang ! »

Ils ont haussé les épaules. Ça a toujours été comme ça, ont-ils dit. Interdit aux Noirs.

Robert a laissé tomber sa serviette sur son assiette, il a dit bonsoir et il est parti.

Je pourrais ruminer cette histoire, y voir une preuve que les Blancs nourrissent encore une hostilité latente envers les gens qui me ressemblent. Mais je ne veux pas accorder à ce comportement raciste un pouvoir qu'il n'a plus.

Je préfère penser à Robert, au geste anodin mais difficile qu'il a eu. Si un jeune homme comme lui peut faire l'effort de traverser les courants de l'habitude et de la peur pour faire ce qu'il estime être juste, je veux être là pour l'accueillir sur l'autre rive et l'aider à accoster.

Mon élection n'a pas été simplement facilitée par la nouvelle attitude d'électeurs blancs de l'Illinois. Elle reflète aussi le changement de la communauté afro-américaine de l'État.

On peut en prendre la mesure dans le type de soutien de la première heure que ma campagne a reçu. Sur les premiers 500 000 dollars que j'ai collectés pendant la primaire, près de la moitié provenait d'hommes d'affaires et de membres noirs des professions libérales. C'est une station de radio noire, WVON, qui a parlé la première de ma candidature sur les ondes de Chicago et c'est un hebdomadaire noir, *N'Digo*, qui a été le premier à publier ma photo en couverture. L'une des premières fois où j'ai eu besoin d'un jet d'entreprise pour ma campagne, c'est un ami noir qui m'a prêté le sien.

Cela n'aurait pas été possible une génération plus tôt. Bien que Chicago ait toujours eu l'une des communautés noires les plus actives dans le monde des affaires, dans les années 1960 et 1970 seule une poignée de self-made-men – John Johnson, le fondateur d'*Ebony*, George Johnson, le fondateur de Johnson Products, Ed Gardner, le fondateur de Soft Sheen, et Al Johnson, le premier Noir du pays à posséder une concession General Motors – auraient été considérés comme riches selon les critères de l'Amérique blanche.

Aujourd'hui, non seulement la ville compte un très grand nombre de médecins, de dentistes, d'avocats, de comptables et autres membres des professions libérales noirs, mais des Afro-Américains occupent aussi quelques-uns des postes les plus élevés dans les entreprises de Chicago. Des Noirs sont propriétaires de chaînes de restaurants, de banques d'investissement, d'agences de relations publiques, de fonds d'investissements immobiliers, de cabinets d'architectes. Ils ont les moyens de vivre dans les quartiers de leur choix et d'envoyer leurs enfants dans les meilleures écoles privées. On compte sur eux pour siéger dans les conseils municipaux et soutenir toutes sortes d'œuvres charitables.

Statistiquement, le nombre de Noirs occupant le cinquième supérieur de l'échelle des revenus reste relativement faible. De plus, tous les hommes d'affaires et tous les membres noirs des professions libérales de Chicago peuvent vous parler des barrières que l'on continue à dresser devant eux à cause de leur race. Peu d'entrepreneurs afro-américains disposent d'une fortune héritée ou de commanditaires pour les aider à lancer leur affaire ou à les protéger d'un soudain retournement économique. La plupart d'entre eux pensent que, s'ils étaient blancs, ils iraient plus loin dans la réalisation de leurs objectifs.

Pourtant, vous ne les entendrez pas se servir de la race comme d'une béquille ni de la discrimination pour excuser un échec. Ce qui caractérise cette nouvelle génération de Noirs, c'est qu'ils refusent de fixer une limite à ce qu'ils peuvent accomplir. Quand un ami qui avait été le meilleur agent de change de l'agence Merrill Lynch de Chicago a décidé de créer sa propre banque d'affaires, son objectif n'était pas d'en faire la première banque noire, il voulait en faire la première banque tout court. Quand un autre ami a quitté un poste de cadre supérieur chez General Motors pour créer sa propre société de parkings en association avec Hyatt, sa mère a pensé qu'il était fou. « Elle n'arrivait pas à imaginer quelque chose de mieux qu'un poste de direction chez GM parce que, pour sa génération, ces postes étaient inaccessibles, m'a-t-il expliqué. Mais je savais que je voulais bâtir quelque chose à moi. »

Cette simple idée – pas de limite à nos rêves – est si fondamentale dans notre conception de l'Amérique que c'est presque un cliché. Mais, dans l'Amérique noire, elle représente une rupture radicale avec le passé, une libération des chaînes psychologiques de l'esclavage et de la ségrégation. C'est peut-être l'héritage le plus important du Mouvement pour les droits civiques, un cadeau de ces dirigeants comme John Lewis et Rosa Parks qui ont participé à des marches, à des rassemblements, qui ont affronté des menaces, des arrestations et des coups pour ouvrir plus grandes les portes de la liberté. Elle témoigne aussi du courage de cette génération de mères et de pères afro-américains dont l'héroïsme a été moins spectaculaire mais non moins important : des parents qui ont travaillé toute leur vie dans des emplois trop petits pour eux, sans se plaindre, rognant sur tout et économisant pour acheter une petite maison ; des parents qui se sont privés pour que leurs enfants puissent suivre des cours de danse ou participer à l'excursion organisée par l'école, qui ont accepté d'être l'entraîneur de l'équipe de base-ball minimes et harcelé les profs pour que leurs enfants ne se retrouvent pas dans des classes moins exigeantes, des parents qui ont traîné leurs enfants à l'église tous les dimanches, qui leur ont botté les fesses quand ils faisaient des bêtises et qui ont surveillé tous les gosses du quartier pendant les longues journées et les longues soirées d'été. Des parents qui ont poussé leurs enfants à réussir et les ont rendus forts par un amour capable de résister à tout ce que la société pouvait leur jeter à la figure.

C'est par cette voie typiquement américaine de promotion sociale que la classe moyenne noire a quadruplé en une génération et que le pourcentage de Noirs pauvres a été réduit de moitié. C'est en travaillant dur eux aussi et en demeurant attachés à la cellule familiale que les Latinos ont réalisé des progrès comparables : de 1979 à 1999, le nombre de familles hispaniques considérées comme appartenant à la classe moyenne a augmenté de plus de 70 %. Dans leurs espoirs et leurs attentes, ces travailleurs noirs et hispaniques ne se distinguent pas de leurs homologues blancs. Ce sont eux qui font tourner notre économie et s'épanouir notre démocratie : ces enseignants, mécaniciens, infirmières, techniciens de l'informatique, ouvriers de chaînes d'assemblage, chauffeurs de bus, employés des postes, gérants de magasins, plombiers et réparateurs constituent le cœur de l'Amérique.

Et cependant, malgré les progrès réalisés en quatre décennies, un fossé demeure entre les niveaux de vie des travailleurs noirs, hispaniques et blancs. Le salaire moyen noir n'atteint que 75 % du salaire moyen blanc et celui des Hispaniques 71 %. Lorsqu'ils perdent leur emploi ou doivent faire face à une urgence familiale, les Noirs et les Hispaniques ont moins d'économies sur lesquelles s'appuyer et les parents moins de moyens pour aider leurs enfants. Même les Noirs et les Latinos de la classe moyenne paient plus pour être assurés, sont moins souvent propriétaires de leur maison et ont une moins bonne santé que l'ensemble de la population. Un nombre plus grand de membres des minorités accèdent au rêve américain, mais leur emprise sur ce rêve demeure fragile.

Comment combler ce fossé persistant et quel rôle le gouvernement doit jouer dans la réalisation de cet objectif : ces questions controversées demeurent au cœur de la politique américaine. On peut cependant trouver des stratégies sur lesquelles nous serons tous d'accord. Nous pourrions commencer par finir la tâche inachevée du mouvement pour les droits civiques, à savoir faire appliquer les lois contre la discrimination dans des domaines essentiels comme l'emploi, le logement et l'éducation. Tous ceux qui pensent que ce n'est plus nécessaire devraient se rendre dans un des quartiers de bureaux de leur ville et compter le nombre de Noirs qui y travaillent, même à des postes relativement peu qualifiés, ou passer au siège de l'union locale d'un syndicat et se renseigner sur le nombre de Noirs en apprentissage, ou lire les récentes études montrant que les agents immobiliers continuent à détourner les propriétaires noirs potentiels des quartiers majoritairement blancs. À moins que vous ne viviez dans un État comptant peu de Noirs, je pense que vous conviendrez qu'il y a quelque chose qui ne va pas.

Sous les présidences républicaines récentes, cette application des lois sur les droits civiques a été au mieux timide et, sous la présidence actuelle, quasiment nulle, à moins de prendre en compte l'insistance de la Division des droits civiques du ministère de la Justice à qualifier des bourses universitaires ou des programmes d'aide à l'éducation destinés à des jeunes des minorités de « discrimination positive », même si les étudiants des minorités continuent d'être sous-représentés dans des institutions ou des domaines particuliers et que ces programmes n'ont qu'un impact négligeable sur les étudiants blancs.

Ce devrait être une source de préoccupation d'un bout à l'autre de l'éventail politique, y compris pour les adversaires de la discrimination positive. Lorsqu'ils sont bien conçus, les programmes de discrimination positive peuvent offrir des possibilités autrement fermées aux membres des minorités qualifiés sans pour autant réduire celles des étudiants blancs. Compte tenu de la pénurie de candidats noirs et hispaniques à un doctorat de mathématiques ou de physique, par exemple, un modeste programme de bourses destiné aux membres des minorités intéressés n'écarterait pas les étudiants blancs mais élargirait le réservoir de talents dont l'Amérique a besoin pour que nous prospérions tous dans une économie reposant sur la technologie. De plus, en tant qu'avocat qui s'est occupé d'affaires de droits civiques, je peux assurer que là où il y a des preuves de discrimination systématique par des grandes entreprises, des syndicats ou des services municipaux, fixer des objectifs et un calendrier pour l'embauche de membres des minorités peut constituer le seul remède efficace disponible.

De nombreux Américains me contrediront par principe sur ce point en arguant que nos institutions ne doivent en aucun cas tenir compte de la race, même pour aider les victimes de discriminations passées. D'accord : je comprends leurs arguments et je ne m'attends pas à ce que le problème soit réglé de sitôt. Mais cela ne devrait pas nous empêcher de faire en sorte que, lorsque deux personnes d'égale qualification – l'une appartenant à une minorité, l'autre blanche – sollicitent un emploi, un logement ou un emprunt, et que la personne blanche est chaque fois préférée, l'État intervienne par ses magistrats et ses tribunaux pour remédier à cette injustice.

Nous devons aussi convenir que le devoir de combler le fossé n'incombe pas seulement au gouvernement. Les minorités, sur le plan individuel et collectif, ont aussi leurs responsabilités. Un grand nombre des facteurs sociaux ou culturels qui affectent négativement les Noirs, par exemple, ne font que refléter sous forme aggravée des problèmes qui affligent toute l'Amérique : trop de télévision (dans les foyers noirs, le téléviseur est allumé onze heures par jour en moyenne), trop de poisons (les Noirs fument plus et mangent plus de fast-food) et un manque d'accent sur la réussite scolaire.

Il y a aussi l'effondrement de la famille noire biparentale, un phénomène dont les proportions sont alarmantes, comparé au reste de la société américaine, au point que ce qui n'était autrefois qu'une différence de degré est devenu une différence de nature, un phénomène qui traduit une désinvolture totale des hommes noirs envers les rapports sexuels et l'éducation des enfants, qui rend les enfants noirs plus vulnérables et pour lequel il n'y a tout bonnement pas d'excuse.

Pris ensemble, ces facteurs empêchent tout progrès. De plus, bien qu'une intervention de l'État puisse contribuer à modifier les comportements (encourager l'implantation dans les quartiers noirs de chaînes de supermarchés offrant des produits frais aurait un effet positif sur le régime alimentaire des gens), le changement d'attitude doit commencer à la maison, dans les quartiers et dans les lieux de culte. Les institutions reposant sur une communauté, en particulier l'Église noire historique, doivent aider les familles à insuffler de nouveau aux jeunes le respect de la réussite scolaire, encourager des modes de vie plus sains et réactiver les normes sociales traditionnelles entourant les joies et les obligations de la paternité.

En dernière instance, toutefois, l'instrument le plus efficace pour combler le fossé entre travailleurs blancs et travailleurs des minorités n'a peut-être pas grand-chose à voir avec la race. Aujourd'hui, les maux qui affectent la classe ouvrière et la classe moyenne noire et hispanique ne sont pas fondamentalement différents de ceux de leurs homologues blancs : licenciements, externalisations, automation, stagnation des salaires, démantèlement des systèmes de santé et de retraite reposant sur l'employeur, incapacité de l'école à donner aux jeunes les capacités nécessaires pour être concurrentiels dans une économie mondiale. (Les Noirs ont été particulièrement exposés à ces tendances puisqu'ils dépendent plus des emplois industriels et vivent moins dans des communes de banlieue où l'on crée de nouveaux emplois.) Et ce qui aiderait les travailleurs des minorités, c'est la même chose que ce qui aiderait les travailleurs blancs : la possibilité de gagner un salaire décent, l'éducation et la formation conduisant à des emplois bien payés, des lois sur le travail et les impôts restaurant un certain équilibre de la redistribution des richesses du pays, et des systèmes de santé et de retraite sur lesquels les travailleurs pourraient compter.

Ce modèle – une marée qui soulève les bateaux des minorités – a été valable par le passé. Les générations précédentes de Noirs et d'Hispaniques ont progressé parce que les possibilités qui avaient permis à la classe moyenne blanche de se construire ont été pour la première fois offertes également aux minorités. Celles-ci ont profité, comme le reste de la population, d'une économie en développement et d'un gouvernement s'efforçant d'investir dans cette population. Non seulement un marché de l'emploi tendu, un accès au capital et des programmes comme les bourses Pell et les emprunts Perkins ont bénéficié directement aux Noirs, mais l'augmentation des revenus et un sentiment de sécurité croissant chez les Blancs les ont rendus moins hostiles aux revendications d'égalité des minorités.

La même formule reste valable aujourd'hui. Dès 1999, le taux de chômage des Noirs a baissé et leurs revenus ont augmenté de manière sans précédent non à cause d'une augmentation des embauches par la discrimination positive ni d'un soudain changement de l'éthique du travail des Noirs mais parce que l'économie était en plein essor et que le gouvernement prenait quelques mesures modestes – comme l'extension du crédit d'impôt sur le revenu – pour redistribuer les richesses. Si vous voulez connaître le secret de la popularité de Bill Clinton chez les Afro-Américains, ne cherchez pas plus loin que ces chiffres.

Mais ces chiffres doivent aussi amener ceux d'entre nous qui veulent l'égalité raciale à faire un honnête bilan des coûts et des avantages de notre stratégie actuelle. Tout en continuant à défendre la discrimination positive, outil efficace, quoique limité, pour étendre les chances offertes aux minorités sous-représentées, nous devons envisager de consacrer une part plus importante de notre capital politique à convaincre l'Amérique de procéder aux investissements nécessaires pour garantir que tous les enfants réussissent dans le primaire et obtiennent le diplôme de fin d'études secondaires, objectif qui, s'il était atteint, ferait bien plus que la discrimination positive pour aider les enfants noirs et hispaniques qui en ont le plus besoin. De même, nous devrions soutenir des programmes de soutien ciblés pour éliminer les disparités existantes entre minorités et Blancs en matière de santé (certains chiffres laissent penser que même à niveau égal de salaires et d'assurances les minorités recevraient quand même encore de moins bons soins), mais un plan de couverture maladie universelle contribuerait davantage à supprimer ces disparités que tout programme spécifique à une race que nous pourrions élaborer.

Mettre l'accent sur des programmes universels plutôt que spécifiques n'est pas seulement une bonne politique, c'est aussi une bonne mesure politique. Je me souviens qu'un jour, au Sénat de l'Illinois, j'écoutais, assis à côté d'un de mes collègues démocrates, un autre sénateur – un Afro-Américain que j'appellerai Machin et qui représentait en grande partie une circonscription de quartiers pauvres du centre-ville – se lancer dans une longue péroraison passionnée sur les raisons pour lesquelles un certain programme était un cas flagrant de racisme. Au bout de quelques minutes, mon collègue blanc (qui étaient de ceux qui votaient le plus à gauche au Sénat) s'est tourné vers moi et m'a dit : « Le problème avec Machin, tu sais ce que c'est ? Chaque fois que je l'entends, je me sens encore plus blanc. »

Pour défendre mon collègue afro-américain, je dirais qu'il n'est pas toujours facile pour un homme politique noir de juger du ton à prendre – trop en colère ? pas assez en colère ? – quand il débat des énormes difficultés que connaissent ses électeurs. La remarque de mon collègue blanc était cependant instructive. À tort ou à raison, le sentiment de culpabilité chez les Blancs s'est en grande partie épuisé en Amérique. Même les plus équitables des Blancs, ceux qui souhaitent sincèrement voir la fin des inégalités raciales, ont tendance à rejeter les tentatives de victimisation raciale ou les revendications spécifiques à une race reposant sur l'histoire de la discrimination dans ce pays.

Cela s'explique en partie parce que les conservateurs ont réussi à attiser les ressentiments en exagérant grossièrement, par exemple, les effets négatifs pour les travailleurs blancs de la discrimination positive. Mais il s'agit essentiellement d'une question d'intérêt personnel. La plupart des Blancs estiment qu'ils n'ont pas participé eux-mêmes aux discriminations et qu'ils ont déjà pas mal à faire avec leurs propres problèmes. Ils savent aussi qu'avec une dette publique approchant de 9 billions de dollars et des déficits annuels de près de 300 milliards, le pays dispose de peu de ressources pour régler ces problèmes.

En conséquence, les propositions qui bénéficient seulement aux minorités et partagent les Américains entre « nous » et « eux » peuvent conduire à quelques concessions à court terme quand le coût n'est pas trop élevé pour les Blancs, mais elles ne peuvent pas servir de base aux larges coalitions politiques nécessaires pour transformer l'Amérique. En revanche, des appels universels autour de stratégies aidant tous les Américains (des écoles qui enseignent, des emplois qui paient, des soins médicaux à tous ceux qui en ont besoin, un gouvernement qui aide la population après une inondation) et assorties de mesures pour que nos lois s'appliquent également à tous et renforcent donc les idéaux américains largement répandus (comme une meilleure application des lois existantes sur les droits civiques) peuvent servir de base à ces coalitions, même si ces stratégies apportent une aide disproportionnée aux minorités.

Un tel changement de priorité n'est pas facile : les vieilles habitudes ont la vie dure et il y a toujours la crainte chez de nombreux membres des minorités que, si on ne maintient pas sur le devant de la scène les discriminations passées et présentes, l'Amérique blanche ne se sente libérée de ses responsabilités et que les progrès difficilement réalisés ne soient remis en cause. Je comprends ces craintes : il n'est écrit nulle part que l'histoire avance en ligne droite, et pendant les périodes difficiles il arrive que les exigences d'égalité raciale soient mises de côté.

Toutefois, lorsque je considère ce que les minorités des générations passées ont dû surmonter, je suis optimiste quant à la capacité de la génération actuelle de continuer à progresser dans le système économique. Pendant la majeure partie de notre histoire récente, les barreaux de l'échelle sociale ont été plus glissants pour les Noirs ; l'admission des Hispaniques dans les casernes de pompiers et les suites d'hôtel luxueuses a été accordée avec réticence. Malgré tout cela, la combinaison d'une croissance économique forte, d'investissements gouvernementaux dans de vastes programmes pour favoriser la promotion sociale et d'un engagement modeste dans l'application du simple principe de non-discrimination a suffi pour intégrer une grande majorité de Noirs et de Latinos dans le circuit socio-économique en l'espace d'une génération.

Nous devons nous rappeler cette réussite. Ce qui est remarquable, ce n'est pas le nombre de Noirs ou d'Hispaniques qui n'ont pas accédé à la classe moyenne mais le nombre de ceux qui y sont parvenus en dépit de tout ; ce ne sont pas la colère et l'amertume que des parents de couleur ont léguées à leurs enfants mais le reflux de ces sentiments. Savoir cela nous donne une base sur laquelle construire et nous convainc que d'autres progrès peuvent être faits.

Si les stratégies universelles prenant pour cible les problèmes de tous les Américains peuvent beaucoup contribuer à combler le fossé entre Noirs, Hispaniques et Blancs, il y a deux aspects des rapports raciaux en Amérique qui méritent une attention particulière, des sujets qui raniment les flammes des conflits raciaux et sapent les progrès accomplis. En ce qui concerne la communauté afro-américaine, il s'agit de l'aggravation de la condition des pauvres de nos centres-villes. Pour les Hispaniques, c'est le problème des travailleurs sans papiers et la tempête politique entourant l'immigration.

L'un de mes restaurants préférés à Chicago est un endroit appelé le MacArthur's. Situé loin du Loop, à l'extrémité ouest du West Side de Madison Street, c'est un établissement simple, brillamment éclairé, avec des box de bois blond, pouvant accueillir une centaine de personnes. Tous les jours de la semaine, on y fait la queue – familles, jeunes, groupes de femmes aux allures de matrones et d'hommes âgés –, comme dans une cafétéria, pour manger du poulet frit, du poisson-chat, du *hoppin' John*[1], du chou frisé, des pains de viande, du pain de maïs et autres classiques de la cuisine soul. Comme ces gens vous le diront, ça vaut la peine d'attendre.

Le patron du restaurant, Mac Alexander, est un colosse sexagénaire au poitrail de taureau, avec des cheveux gris clairsemés, une moustache et une façon de plisser légèrement les yeux derrière ses lunettes qui lui donne un air pensif et professoral. Né à Lexington, Mississippi, il a perdu sa jambe gauche au Vietnam. Après sa

1. Plat du Sud fait de riz et de pois au bacon, le tout relevé de poivre rouge.

convalescence, sa femme et lui se sont installés à Chicago, où il a suivi des cours de commerce tout en travaillant dans un entrepôt. En 1972, il a ouvert une boutique de disques, Mac's Records, et participé à la fondation de l'Association pour la promotion du commerce dans le West Side, en s'engageant à tirer d'affaire ce qu'il appelle son « p'tit coin du monde ».

À tous égards, il a réussi. Son magasin de disques s'est développé ; il a ouvert le restaurant et embauché des gens du quartier, il a commencé à acheter des immeubles délabrés pour les réhabiliter et les louer. C'est grâce aux efforts d'hommes et de femmes comme Mac que la vue dans Madison Street n'est pas aussi sinistre que la réputation de l'endroit le laisserait supposer. Il y a des magasins de vêtements, des pharmacies et, semble-t-il, une église dans chaque pâté de maisons. Derrière l'artère principale, vous trouverez les mêmes petits pavillons – avec des pelouses soigneusement tondues et des massifs de fleurs entretenus avec amour – que dans un grand nombre de quartiers de Chicago.

Mais descendez ou remontez de quelques rues et vous découvrirez un autre aspect du monde de Mac : les groupes de jeunes plantés aux carrefours qui inspectent la rue d'un regard furtif ; les ululements des sirènes se fondant avec le martèlement des basses des autoradios poussés à fond, les immeubles sombres condamnés par des planches, et les tags des bandes tracés à la hâte ; et partout des détritus, tourbillonnant au vent d'hiver. Récemment, la police de Chicago a installé des caméras et des projecteurs en haut des réverbères de Madison Street, baignant chaque pâté de maisons d'une perpétuelle lumière bleue. Ceux qui y vivent ne se sont pas plaints. Les lumières bleues font partie du décor. Elles ne font que rappeler ce que tout le monde sait : le système immunitaire de la communauté est presque entièrement détruit, miné par la drogue, les fusillades et le désespoir. Malgré les efforts de gens comme Mac, un virus s'est introduit et un peuple dépérit.

« La criminalité, c'est pas nouveau dans le West Side, m'a dit Mac un jour que nous allions voir un de ses immeubles. Dans les années 1970, la police ne prenait pas vraiment au sérieux l'idée de s'occuper des quartiers noirs. Tant que les problèmes ne débordaient pas sur les quartiers blancs, ils s'en fichaient. Dans le premier magasin que j'ai ouvert, j'ai dû être cambriolé huit ou neuf fois d'affilée.

« La police intervient plus, maintenant. Le commandant, un frère, un type bien, fait ce qu'il peut mais il est débordé, comme tout le monde. Tu vois ces jeunes, là-bas, ils s'en foutent. La police leur fait pas peur, la prison leur fait pas peur : plus de la moitié de ces gamins ont déjà un casier. Si la police embarque dix gars qui se tiennent à un coin de rue, dix autres prennent leur place en une heure.

« C'est ça qui a changé… le comportement de ces gosses. Franchement, on peut pas le leur reprocher parce que la plupart n'ont rien chez eux. Leurs mères ne peuvent rien leur dire, beaucoup de ces femmes sont encore elles-mêmes des enfants. Le père est en prison. Il n'y a personne pour guider ces gosses, les faire aller à l'école, leur apprendre le respect. Alors, ils s'élèvent tout seuls, dans la rue, surtout. C'est tout ce qu'ils connaissent. La bande, c'est leur famille. Aucune perspective de boulot à part dealer. Attention, il y a encore beaucoup de bonnes familles dans le quartier… Elles n'ont pas nécessairement beaucoup d'argent mais elles font de leur mieux pour que leurs gosses n'aient pas d'ennuis. Mais elles ne font pas le poids. Elles sentent que plus elles restent, plus leurs gosses sont en danger. Alors, dès qu'elles en ont la possibilité, elles déménagent. Et ça rend les choses encore pires. »

Mac a secoué la tête et repris : « Je sais pas... Je continue à penser qu'on peut renverser la situation. Mais je serai franc avec toi, Barack : c'est de plus en plus difficile de ne pas avoir par moments l'impression que c'est sans espoir. C'est dur, de plus en plus dur. »

J'entends souvent ces mots ces temps-ci dans la communauté afro-américaine, ils constituent une franche reconnaissance de ce que la situation dans les quartiers pauvres du centre-ville est devenue incontrôlable. Parfois, la discussion se concentre sur des chiffres – le taux de mortalité infantile (le même que celui de la Malaisie parmi les Noirs américains pauvres), le chômage (plus de 33 % dans certains quartiers noirs de Chicago), le nombre de Noirs qui risquent d'avoir affaire à la justice à un moment de leur vie (trois fois plus élevé que la moyenne nationale).

Mais, le plus souvent, la conversation porte sur les histoires personnelles, présentées comme la preuve d'un effondrement d'une partie de notre communauté, et narrées avec un mélange de tristesse et d'incrédulité. Une institutrice raconte qu'un enfant de huit ans l'a abreuvée d'injures et menacée physiquement. Un avocat parle du terrible casier judiciaire d'un jeune de quinze ans ou de la désinvolture avec laquelle ses clients prédisent qu'ils ne verront pas leur trentième anniversaire. Un pédiatre décrit des parents adolescents qui ne voient rien de mal à donner des chips à leurs bambins pour le petit déjeuner ou qui reconnaissent avoir laissé leur enfant de cinq ou six ans seul à la maison une journée entière.

Il y a ceux qui n'ont pas réussi à sortir de l'enfermement de l'histoire, des quartiers qui dans la communauté noire abritent les plus pauvres des pauvres et sont dépositaires de tout l'héritage de l'esclavage et de la violence de la discrimination, de la rage intériorisée et de l'ignorance forcée, de la honte de ces hommes qui n'ont pas pu protéger leur femme ni subvenir à leur famille, de ces enfants qui ont grandi en entendant qu'ils n'arriveraient à rien dans la vie et qui n'ont eu personne auprès d'eux pour réparer les dégâts.

Il fut un temps où une misère aussi profonde sur plusieurs générations scandalisait encore le pays, où la publication de *L'Autre Amérique* de Michael Harrington ou les visites de Bobby Kennedy dans le delta du Mississippi faisaient naître une vague d'indignation et un appel à agir.

Ces temps-là sont passés. Aujourd'hui, ces « exclus » sont partout, en un trait permanent de la culture populaire américaine : au cinéma et à la télévision, où ils constituent un gibier de choix pour les forces de l'ordre ; dans les chansons et les clips de rap, où la vie du *gangsta* est exaltée, copiée par les adolescents noirs et blancs (même si les jeunes Blancs sont au moins conscients que chez eux, ce n'est qu'une pose) ; dans les journaux télévisés, où les déprédations dans les quartiers du centre font toujours de bons reportages. Plutôt que susciter notre compassion, notre connaissance de la vie des Noirs défavorisés n'engendre généralement que de brefs accès de peur ou de pur mépris. Surtout, elle produit de l'indifférence. Les Noirs qui remplissent nos prisons, les enfants noirs incapables de lire ou pris dans une fusillade entre bandes, les SDF noirs dormant sur les grilles des bouches d'aération et dans les parcs de la capitale du pays : à nos yeux, tout cela va de soi, c'est dans l'ordre naturel des choses, une situation tragique, peut-être, mais dont nous ne sommes pas responsables et à laquelle on ne peut rien changer.

Ce concept d'une classe d'exclus noirs – séparés, à part, étrangers par leur comportement et leurs valeurs – a également joué un rôle central dans la politique américaine de ces cinquante dernières années. C'est en partie pour régler le problème des ghettos noirs que

Johnson a lancé sa guerre à la pauvreté, et c'est sur la base des échecs de cette guerre, à la fois réels et perçus, que les conservateurs ont tourné une grande partie du pays contre l'idée même d'État-providence. Il s'est développé dans les laboratoires d'idées conservateurs tout un bricolage visant à prouver non seulement que des pathologies culturelles – et non le racisme ou les inégalités structurelles inhérentes à notre économie – étaient responsables de la pauvreté des Noirs mais aussi que des programmes gouvernementaux comme l'aide sociale, conjugués à des juges de gauche dorlotant les criminels, avaient en fait aggravé ces pathologies. À la télévision, les images d'enfants innocents au ventre distendu ont été remplacées par celles de pillards noirs ; les bulletins d'informations se sont moins intéressés à la femme de chambre noire peinant à joindre les deux bouts qu'à la « reine de l'aide sociale », qui a des enfants uniquement pour toucher des allocations. Ce qu'il faut, soutenaient les conservateurs, c'est une forte dose de discipline : davantage de policiers, de prisons, de responsabilité personnelle, et supprimer l'aide sociale. Si cette stratégie ne transformait pas les ghettos, du moins, elle les contiendrait et empêcherait que l'argent des contribuables travaillant dur soit jeté par les fenêtres.

Il n'est pas étonnant que les conservateurs soient parvenus à convaincre l'opinion publique blanche. Leurs arguments reposaient sur une distinction entre pauvres « méritants » et « non méritants » qui a un long passé derrière elle en Amérique, qui a souvent pris une coloration raciale ou ethnique et qui est devenue monnaie courante pendant les périodes – comme les années 1970 et 1980 – où la situation économique était difficile. La réponse des hommes politiques de gauche et des dirigeants du mouvement pour les droits civiques n'a rien arrangé. Cherchant à tout prix à éviter de mettre en accusation les victimes du racisme historique, ils ont eu tendance à minimiser voire à ignorer des faits prouvant que des schémas comportementaux enracinés chez les Noirs défavorisés contribuaient réellement à la pauvreté transmise d'une génération à l'autre. (Daniel Patrick Moynihan fut taxé de racisme au début des années 1960 quand il sonna l'alarme devant l'augmentation des naissances hors mariage chez les Noirs pauvres.) Cette volonté de nier le rôle que jouent les valeurs dans la réussite économique d'une communauté a nui à la crédibilité des progressistes et leur a fait perdre le soutien des travailleurs blancs, en particulier parce que la plupart des dirigeants de gauche vivaient très loin des troubles urbains.

À la vérité, le mécontentement devant la situation des cités ne se limitait pas aux Blancs. Dans la plupart des quartiers noirs, des habitants travaillant dur et respectant la loi réclamaient depuis des années une police plus énergique pour les protéger puisqu'ils étaient les premiers à être victimes de la criminalité. En privé – autour des tables de cuisine, dans les salons de coiffure, après la messe –, des Noirs se plaignaient souvent de l'érosion de l'éthique du travail, des parents démissionnaires et du déclin des mœurs sexuelles avec une virulence qui aurait fait l'envie de la fondation Héritage.

En ce sens, l'attitude des Noirs à l'égard des causes de la pauvreté chronique est beaucoup plus conservatrice que les hommes politiques noirs ne veulent bien l'admettre. Vous n'entendrez cependant jamais des Noirs utiliser les mots « prédateur » pour désigner un jeune d'une bande ou « marginales » pour qualifier les mères vivant de l'aide sociale, termes qui divisent le monde entre ceux qui méritent notre sollicitude et ceux qui ne la méritent pas. Pour les Américains noirs, se séparer ainsi des pauvres n'est jamais un choix possible, et pas seulement parce que la couleur de notre peau – et les conclusions que la société en tire – nous permet seulement d'être aussi libres, aussi respectés que les moins bien lotis d'entre nous.

C'est également parce que les Noirs connaissent l'histoire du dysfonctionnement des centres-villes. La plupart des Afro-Américains qui ont grandi à Chicago se rappellent l'histoire collective de la grande migration du Sud : à leur arrivée dans le Nord, les Noirs ont été parqués dans des ghettos à cause d'orientations raciales et de conventions restrictives, entassés dans les logements sociaux de quartiers où les écoles et les jardins publics étaient médiocres, la protection de la police inexistante et le trafic de drogue toléré. Ils se rappellent que le clientélisme réservait les bons boulots à d'autres groupes d'immigrants, que les emplois industriels sur lesquels les Noirs comptaient ont disparu, que des familles jusque-là épargnées ont commencé à se lézarder sous la pression, que des enfants sont tombés dans les failles, que tout a finalement basculé et que ce qui n'était auparavant qu'une regrettable exception est devenu la règle. Ils savent ce qui a conduit ce SDF à boire parce que c'est leur oncle. Ce criminel endurci, ils se souviennent de lui quand il était un petit garçon plein de vie et d'amour, parce qu'il est leur cousin.

En d'autres termes, les Afro-Américains comprennent que la culture compte mais qu'elle est le fruit des circonstances. Nous savons que beaucoup, dans les quartiers défavorisés, sont prisonniers de leur comportement autodestructeur mais nous savons aussi que ce comportement n'est pas inné. C'est pourquoi la communauté noire demeure convaincue que si l'Amérique trouve la volonté d'agir, la situation de ceux qui sont pris au piège dans les cités pourra changer, que les comportements individuels se modifieront et qu'on pourra peu à peu réparer les dégâts, si ce n'est pour la génération actuelle, du moins pour la suivante.

Cette vision sensée peut nous aider à aller au-delà des chamailleries idéologiques et servir de base à de nouveaux efforts pour résoudre les problèmes de la pauvreté des cités. Nous pourrions peut-être commencer par reconnaître que le moyen le plus efficace pour réduire cette pauvreté serait d'encourager les adolescentes à finir leurs études secondaires et à éviter d'avoir des enfants hors mariage. À cette fin, il faut développer les programmes qui, dans le cadre du lycée ou de la communauté, se sont révélés efficaces pour limiter les grossesses chez les adolescentes, mais les parents, les Églises et les dirigeants de la communauté doivent également se prononcer avec plus de cohérence sur le sujet.

Nous devons également reconnaître que les conservateurs – et Bill Clinton – avaient raison concernant l'aide sociale telle qu'elle était structurée auparavant : en détachant le revenu du travail, en ne demandant rien d'autre aux bénéficiaires de cette aide que de subir une bureaucratie envahissante et de ne permettre à aucun homme de vivre dans la même maison que la mère des enfants, le vieux programme d'aide aux familles avec enfants à charge a privé les gens de leur esprit d'initiative et a sapé leur respect de soi. Toute stratégie pour réduire la pauvreté chronique doit s'appuyer sur le travail, pas sur l'assistance, non seulement parce que le travail fournit revenus et indépendance mais aussi parce qu'il structure, qu'il apporte ordre et dignité et donne des chances de se développer.

Mais nous devons aussi reconnaître que le travail seul ne garantit pas de sortir de la pauvreté. Dans toute l'Amérique, la réforme de l'aide sociale a radicalement réduit le nombre de gens touchant des indemnités de chômage. Elle a aussi grossi les rangs des travailleurs pauvres, avec des femmes qui entrent dans le marché

315

de l'emploi et en ressortent, contraintes à des boulots qui ne permettent pas de vivre, obligées de lutter quotidiennement pour une garde d'enfants convenable, un logement et des soins médicaux accessibles, et qui se demandent à la fin de chaque mois comment, avec les quelques dollars qui leur restent, elles pourront acheter à manger, payer l'essence de la voiture et un nouveau manteau pour le bébé.

Des stratégies comme le crédit d'impôt étendu, qui aide tous les travailleurs à bas salaire, peuvent améliorer considérablement la vie de ces femmes et de leurs enfants. Mais si nous voulons vraiment briser le cercle de la pauvreté chronique, il faut accorder à ces femmes une aide supplémentaire dans des domaines fondamentaux que ceux qui vivent hors des cités tiennent souvent pour acquis. Il leur faut plus de police et plus de contrôle efficace dans leur quartier afin de leur fournir, à elles et à leurs enfants, un semblant de sécurité. Il leur faut des centres de santé qui mettent l'accent sur la prévention, y compris dans le domaine de la reproduction, de la nutrition et, dans certains cas, des traitements contre la toxicomanie. Il faut transformer de fond en comble les écoles que leurs enfants fréquentent et leur fournir des moyens accessibles de les faire garder pour qu'elles puissent avoir un emploi à temps plein ou poursuivre leurs études.

Dans de nombreux cas, elles ont besoin d'apprendre à être des parents efficaces. Lorsque les enfants des cités entrent dans le système scolaire, ils sont déjà en retard, incapables de reconnaître les chiffres, les couleurs ou les lettres de l'alphabet, ils n'ont pas l'habitude de rester assis tranquillement ou de participer comme les autres dans un cadre structuré et sont souvent affligés de problèmes de santé non diagnostiqués. S'ils ne sont pas préparés, ce n'est pas parce qu'ils ne sont pas aimés mais parce que leurs mères ne savent pas comment leur donner ce dont ils ont besoin. Des programmes gouvernementaux bien structurés – conseils en médecine prénatale, accès réguliers aux soins pédiatriques, aide pour jouer son rôle de parent et programmes d'éducation dès la petite enfance – ont prouvé qu'ils peuvent combler ces lacunes.

Enfin, nous devons nous attaquer au lien entre chômage et criminalité dans les quartiers du centre pour que les hommes qui y vivent puissent commencer à assumer leurs responsabilités. On prétend couramment que la plupart des chômeurs des cités pourraient trouver un emploi s'ils avaient vraiment envie de travailler, qu'ils préfèrent le trafic de drogue – avec les risques mais aussi les profits potentiels – aux emplois mal payés auxquels leur manque de qualification les destine. En fait, les économistes qui ont étudié la question – et les jeunes dont le destin est en jeu – vous diront que les coûts et les avantages de la rue ne correspondent pas à la mythologie populaire : au bas de l'échelle ou même aux échelons moyens du trafic de drogue, les revenus sont minimaux. Pour beaucoup d'hommes des cités, ce qui empêche d'accéder à un salaire décent, ce n'est pas seulement l'absence de volonté de quitter la rue mais l'absence d'expérience ou de qualification professionnelles utiles sur le marché et, de plus en plus, l'opprobre d'un casier judiciaire.

Demandez à Mac, qui s'est en partie donné pour mission d'accorder aux jeunes de son quartier une deuxième chance : 95 % de ses employés masculins sont d'anciens délinquants, y compris l'un de ses meilleurs cuisiniers, qui, ces vingt dernières années, a multiplié les séjours en prison pour diverses affaires de drogue et un vol à main armé. Mac les fait commencer à 8 dollars de l'heure avec possibilité de monter jusqu'à 15 dollars. Il ne manque pas de postulants. Il est le premier à reconnaître que plusieurs de ses gars arrivent avec des problèmes – ils n'ont pas l'habitude de venir travailler à l'heure et beaucoup d'entre eux rechignent à obéir aux ordres d'un supérieur – et il a un turn-over élevé. Mais en n'acceptant pas les excuses des jeunes gens qu'il emploie (« Je leur dis que j'ai une affaire à gérer, que s'ils ne veulent pas du boulot, j'en connais d'autres qui sont prêts à le prendre ») il constate que la plupart d'entre eux s'adaptent vite. Avec le temps, ils prennent le rythme de la vie normale : respecter les horaires, travailler en équipe, assumer sa part. Certains commencent à envisager de passer l'examen de fin d'études secondaires, peut-être même de s'inscrire au centre universitaire local.

Ils commencent à aspirer à quelque chose de mieux.

Ce serait une bonne chose s'il y avait des milliers de Mac Alexander et si le marché pouvait à lui seul offrir une chance à tous les hommes des cités qui en ont besoin. Mais la plupart des employeurs ne sont pas prêts à courir un risque avec d'anciens délinquants, et ceux qui sont disposés à le faire n'en ont souvent pas la possibilité. Dans l'Illinois, par exemple, les repris de justice n'ont pas le droit de travailler dans une école, une maison de retraite ou un hôpital – restrictions qui reflètent de manière sensée notre refus de mettre en danger la sécurité de nos enfants ou de nos parents âgés –, mais certains d'entre eux se voient aussi interdire les secteurs de la coiffure et de la manucure.

Le gouvernement pourrait enclencher un processus de transformation de la situation de ces hommes en collaborant avec des entrepreneurs privés pour embaucher et former d'anciens délinquants dans le cadre de programmes bénéficiant à l'ensemble de la communauté : isolation des habitations et des bureaux pour économiser l'énergie, par exemple, ou installation des câbles nécessaires pour projeter des villes entières dans l'âge d'Internet. Ces programmes nécessiteraient des fonds, bien sûr, quoique, compte tenu du coût annuel d'une détention, toute baisse de la récidive contribuerait à les rentabiliser. Tous les chômeurs de longue durée ne préféreraient sans doute pas un emploi mal rémunéré à la rue, et aucun programme d'aide aux anciens délinquants n'éliminerait la nécessité d'enfermer les criminels endurcis, chez qui la violence est trop profondément ancrée.

Nous pouvons cependant présumer qu'en offrant des emplois légaux aux jeunes impliqués dans le trafic de drogue nous ferions baisser la criminalité dans de nombreux endroits, que, par voie de conséquence, de nouveaux employeurs s'installeraient dans ces quartiers et qu'une économie autonome commencerait à s'y enraciner, et qu'en dix ou quinze ans les normes commenceraient à changer, les jeunes commenceraient à envisager un avenir pour eux-mêmes, le nombre de mariages augmenterait et les enfants grandiraient dans un monde plus stable.

Que vaudrait pour nous tous une Amérique où la criminalité aurait chuté, où moins d'enfants seraient à l'abandon, où les villes renaîtraient et où les préjugés, la peur et la discorde qui nourrissent la pauvreté des Noirs seraient lentement éliminés ? Cela vaudrait-il ce que nous avons dépensé l'année dernière en Irak ? Cela vaudrait-il de renoncer aux exigences de rejet de l'impôt sur les successions ? Il est difficile d'estimer les avantages de tels changements, précisément parce qu'ils seraient incommensurables.

Si les problèmes de la pauvreté dans les cités proviennent de ce que nous n'avons pas su affronter un passé souvent tragique, les défis de l'immigration suscitent la peur d'un avenir incertain. Les données démographiques de l'Amérique changent inexorablement et très vite, les revendications des nouveaux immigrés ne correspondent plus au modèle en noir et blanc de discrimination, de résistance, de sentiment de culpabilité et de récriminations. Qu'ils soient noirs ou blancs, les nouveaux venus – en provenance du Ghana et de l'Ukraine, de Somalie et de Roumanie – débarquent sur nos côtes sans porter sur leurs épaules le fléau d'une dynamique raciale d'une époque antérieure.

Pendant ma campagne électorale, j'ai découvert par moi-même les visages de cette nouvelle Amérique : sur les marchés indiens de Devon Avenue, dans une mosquée flambant neuve des banlieues sud-ouest, dans un mariage arménien et un bal philippin, aux réunions du Comité des Coréens-Américains ou de l'Association des ingénieurs nigérians. Partout où je suis allé, j'ai rencontré des immigrés s'accrochant au logement et à l'emploi qu'ils pouvaient trouver, faisant la plonge, conduisant un taxi ou s'échinant dans la blanchisserie de leur cousin, économisant, créant des entreprises et revitalisant des quartiers à l'agonie, jusqu'à pouvoir déménager en banlieue et élever des enfants dont l'accent révélerait non pas le pays d'origine des parents mais la naissance à Chicago, des adolescents qui écoutent du rap, font leurs courses au centre commercial, veulent être plus tard médecins, avocats, ingénieurs et même hommes politiques.

Dans tout le pays se déroule cette histoire classique d'ambition et d'adaptation, de travail et d'éducation, d'assimilation et d'ascension sociale. Toutefois, les immigrés d'aujourd'hui vivent cette histoire en surrégime. Bénéficiant d'une nation plus tolérante et plus avisée que celle que leurs prédécesseurs avaient dû affronter, une nation qui en est venue à révérer son mythe de l'immigration, ils sont plus sûrs d'avoir leur place ici et affirment leurs droits avec plus d'assurance. En ma qualité de sénateur, je reçois d'innombrables invitations à prendre la parole devant ces

Américains tout nouveaux qui me pressent souvent de questions sur mes opinions en politique étrangère : quelle est ma position sur Chypre, sur l'avenir de Taiwan ? Ils peuvent avoir des préoccupations politiques relatives aux secteurs dans lesquels leur groupe ethnique est fortement représenté : les pharmaciens indo-américains se plaindront par exemple des remboursements de Medicare, tandis que les petits commerçants coréens feront pression pour un changement du barème fiscal.

Mais ce qu'ils veulent avant tout, c'est affirmer que eux aussi sont américains. Chaque fois que je prends la parole devant un auditoire d'immigrés, je peux compter sur une mise en boîte bon enfant de mes collaborateurs après mon discours : selon eux, mes remarques suivent toujours un schéma en trois points : « Je suis votre ami », « La [mettre le nom du pays] a été l'un des berceaux de la civilisation », et « Vous incarnez le rêve américain. » Ils ont raison, mon message est simple car j'en suis venu à comprendre que ma simple présence devant ces Américains de fraîche date manifeste qu'ils comptent, qu'ils sont des électeurs essentiels pour mon succès et des citoyens à part entière méritant le respect.

Bien sûr, mes conversations dans les communautés d'immigrés ne suivent pas toutes ce schéma de tout repos. Après le 11 Septembre, mes rencontres avec les Américains d'origine arabe et pakistanaise, par exemple, ont été plus tendues car les histoires de détentions et d'interrogatoires par le FBI, les regards durs de leurs voisins ont ébranlé leur sentiment d'être en sécurité en Amérique et d'y avoir leur place. Cette attitude leur a rappelé que l'histoire de l'immigration dans ce pays a son côté sombre et ils ont besoin qu'on les confirme que leur naturalisation signifie vraiment quelque chose, que l'Amérique a appris la leçon des camps d'internement des Japonais pendant la Seconde Guerre mondiale et que je serai avec eux si le vent politique venait à tourner dans une hideuse direction.

C'est toutefois surtout au fil de mes rencontres avec la communauté hispanique, dans des quartiers comme Pilsen et le Little Village, des villes comme Cicero et Aurora, que je suis amené à réfléchir sur le sens de l'Amérique, sur le sens de la nationalité et sur mes sentiments parfois contradictoires concernant les changements qui se produisent.

La présence de Latinos dans l'Illinois – des Portoricains, des Colombiens, des Salvadoriens, des Cubains et surtout des Mexicains – remonte à plusieurs générations, quand des ouvriers agricoles ont commencé à se frayer un chemin vers le nord et à rejoindre d'autres groupes ethniques dans les usines de la région. Comme d'autres immigrés, ils se sont assimilés, quoique – comme celle des Afro-Américains – leur ascension sociale se soit souvent heurtée aux préjugés raciaux. C'est peut-être pour cette raison que les dirigeants politiques et les leaders du mouvement pour les droits civiques noirs et hispaniques ont souvent fait cause commune. En 1983, le soutien des Latinos a joué un rôle décisif dans l'élection du premier maire noir de Chicago, Harold Washington. Ce soutien a été réciproque puisque Washington a contribué à faire élire une génération de jeunes Hispaniques progressistes au conseil municipal de la ville et au Parlement de l'Illinois. Jusqu'à ce que leur nombre leur permette de se structurer, les élus latinos ont même officiellement appartenu au groupe parlementaire noir de l'Illinois.

C'est dans ce contexte, peu après mon arrivée à Chicago, que mes liens avec la communauté hispanique se sont forgés. Jeune coordonnateur, j'ai souvent travaillé avec des dirigeants latinos sur des questions affectant aussi bien les Noirs que les Hispaniques et allant des écoles inadaptées aux dépôts d'ordures illégaux. Mon intérêt dépassant le cadre de la politique, j'en viendrais à aimer les quartiers mexicain et portoricain de la ville, les airs de salsa et de méringué s'échappant par les fenêtres des appartements les soirs d'été, la solennité de la messe dans des églises autrefois pleines de Polonais, d'Italiens et d'Irlandais, les conversations animées et joyeuses autour d'un match de football dans un parc, l'humour à froid des hommes derrière le comptoir d'une sandwicherie, les femmes âgées qui me prenaient la main et riaient de mes efforts pitoyables pour parler espagnol. Je me suis fait des amis et des alliés pour la vie dans ces quartiers. Dans mon esprit, tout au moins, le sort des Noirs et celui des Hispaniques resteraient éternellement liés, pierre angulaire d'une coalition qui aiderait l'Amérique à tenir sa promesse.

Toutefois, lorsque je suis revenu de la faculté de droit, des tensions entre Noirs et Latinos de Chicago avaient commencé à apparaître. De 1990 à 2000, la population hispanophone de la ville avait augmenté de 38 % et la communauté latine n'entendait plus se contenter d'être l'associé minoritaire dans une coalition Noirs-Hispaniques. Après la mort de Harold Washington, une nouvelle cohorte d'élus latinos liés à Richard M. Daley et aux restes du vieil appareil politique de Chicago est entrée en scène, composée d'hommes et de femmes moins intéressés par les grands principes et les coalitions multicolores que par la traduction en contrats et en emplois d'un pouvoir politique croissant. Tandis que les magasins et les centres commerciaux noirs connaissaient des difficultés, ceux des Hispaniques prospéraient, aidés en partie par des liens financiers avec les pays d'origine et par un noyau de clientèle rendu captif par les barrières de la langue. Partout, semblait-il, les immigrés d'origine mexicaine et centre-américaine accaparaient les emplois à bas salaire autrefois occupés par les Noirs – serveurs et aides-serveurs, femmes de chambre et chasseurs – et faisaient des incursions dans les métiers du bâtiment qui avaient longtemps exclu la main-d'œuvre noire. Les Noirs se sont sentis menacés et ont commencé à se demander si, une fois de plus, ceux qui venaient d'arriver n'allaient pas leur passer devant.

Je ne dois pas exagérer ce clivage. Parce que les deux communautés partagent toute une série de problèmes, du nombre élevé d'échecs scolaires à une assurance maladie insuffisante, Noirs et Hispaniques continuent à trouver des causes communes en politique. Aussi agacés que puissent être les Afro-Américains chaque fois que, passant devant un chantier de construction dans un quartier noir, ils ne voient que des travailleurs mexicains, je les entends rarement s'en prendre à ces travailleurs eux-mêmes. Généralement, ils réservent leur colère aux entrepreneurs qui les embauchent. Si vous les interrogez avec insistance, beaucoup de Noirs reconnaissent avec réticence une certaine admiration pour les immigrés latinos, pour leur éthique du travail, leur attachement à la famille, leur détermination à tirer le maximum du peu qu'ils ont.

On ne peut cependant nier que de nombreux Noirs éprouvent les mêmes angoisses que les Blancs devant la vague d'immigration clandestine qui submerge notre frontière sud : le sentiment d'un phénomène fondamentalement différent de ce qui s'est passé auparavant. Toutes ces craintes ne sont pas irraisonnées. Le nombre d'immigrés qui s'ajoutent chaque année à l'ensemble des travailleurs américains est d'une ampleur jamais vue depuis plus d'un siècle. Si ce flot de travailleurs pour la plupart peu qualifiés apporte quelques avantages à notre économie en général – notamment en nous assurant d'une force de travail jeune, contrairement à une Europe et à un Japon vieillissants –, il menace aussi de faire encore baisser les salaires des ouvriers américains et tend à l'extrême un filet de sécurité déjà surchargé. D'autres craintes des Américains de souche ont une connotation d'une familiarité inquiétante et rappellent la xénophobie dirigée autrefois contre les Italiens, les Irlandais et les Slaves fraîchement débarqués : la peur que les Latinos soient trop différents, par leur culture et leur tempérament, pour s'intégrer pleinement au mode de vie américain ; la peur qu'avec le bouleversement démographique en cours les Hispaniques ne prennent les rênes des mains de ceux qui sont habitués à exercer le pouvoir.

Pour la plupart des Américains, l'inquiétude devant cette immigration clandestine est cependant plus profonde que les préoccupations face aux délocalisations et plus subtile qu'une simple réaction raciste. Autrefois, l'immigration se faisait aux conditions de l'Amérique ; on souhaitait la bienvenue de manière sélective selon la qualification de l'immigré, la couleur de sa peau ou les besoins de l'industrie. L'ouvrier, qu'il fût chinois, russe ou grec, se retrouvait étranger dans une terre étrange, coupé de son pays natal, soumis à des contraintes souvent dures, forcé de s'adapter à des règles qu'il n'avait pas fixées.

Aujourd'hui, il semble que ces conditions ne s'appliquent plus. Les immigrés entrent en Amérique à cause d'une frontière poreuse plutôt qu'en vertu d'une politique gouvernementale systématique. La proximité du Mexique et la misère d'un grand nombre de ses habitants laissent penser qu'on ne peut même pas endiguer cette immigration, encore moins l'arrêter. Les satellites, les cartes téléphoniques et les virements télégraphiques, ainsi que les dimensions mêmes d'un marché latino naissant, aident l'immigrant d'aujourd'hui à maintenir des liens linguistiques et culturels avec sa terre natale (la chaîne hispanophone Univision se targue d'avoir le taux d'audience le plus élevé de Chicago). Les Américains de souche commencent à penser que ce sont eux, et non les immigrés, qui sont obligés de s'adapter. Le débat sur l'immigration traduit ainsi non une perte d'emplois mais une perte de souveraineté, un exemple de plus – avec le 11 Septembre, la grippe aviaire, les virus informatiques et les usines délocalisées en Chine – que l'Amérique est apparemment incapable de maîtriser son destin.

C'est dans ce climat explosif – et de passions exacerbées dans les deux camps – que le Sénat des États-Unis a examiné au printemps 2006 un vaste projet de réforme sur l'immigration. Alors que des centaines de milliers d'immigrés manifestaient dans les rues et qu'un groupe d'autodéfense autoproclamé « Minutemen[1] » se précipitait pour défendre la frontière sud, les enjeux politiques étaient élevés pour les démocrates, les républicains et le Président.

Sous la conduite de Ted Kennedy et de John McCain, le Sénat a élaboré une loi de compromis comprenant trois éléments essentiels. Ce texte renforçait les contrôles sur la frontière et, par un amendement que j'ai rédigé avec Chuck Grassley, il rendait considérablement plus difficile aux employeurs d'embaucher illégalement des travailleurs. La loi reconnaissait également la difficulté d'expulser douze millions d'immigrés sans papiers et proposait de créer une longue procédure de onze ans qui permettrait à un grand nombre d'entre eux d'obtenir la nationalisation. Enfin, la loi incluait un programme d'immigration qui autoriserait deux cent mille travailleurs étrangers à venir dans le pays pour occuper un emploi temporaire.

1. En référence aux membres des milices des treize colonies fondatrices des États-Unis d'Amérique, qui jurèrent d'être prêts à combattre dans la minute ; mais surtout à un groupe d'extrême droite des années 1960, proche du Ku Klux Klan.

Au total, j'estimais que ce projet méritait d'être soutenu. Toutefois, le programme d'immigration prévu par la loi me perturbait : c'était pour l'essentiel une concession aux entreprises, un moyen pour elles d'embaucher des immigrés sans leur garantir les mêmes droits qu'à un citoyen américain, un moyen pour le monde des affaires de profiter des avantages de la délocalisation sans avoir à installer ses usines à l'étranger. Pour résoudre ce problème, je suis parvenu à introduire un paragraphe demandant que tout emploi soit d'abord proposé aux travailleurs américains et que les patrons ne diminuent pas les salaires en payant les immigrés moins qu'ils n'auraient payé un ouvrier américain. L'objectif était d'assurer que les entreprises aient recours à des ouvriers étrangers temporaires uniquement en cas de pénurie de main-d'œuvre.

C'était de toute évidence un amendement destiné à aider les travailleurs américains et tous les syndicats l'ont soutenu avec vigueur. Mais à peine était-il incorporé à la loi que des conservateurs, à l'intérieur et à l'extérieur du Sénat, m'ont accusé d'avoir « demandé que les travailleurs étrangers soient mieux payés que les travailleurs américains » !

J'ai pris un jour à part au Sénat l'un de mes collègues républicains qui avaient porté cette attaque contre moi. Je lui ai expliqué que la loi protégerait en fait les travailleurs américains puisque les employeurs ne seraient pas incités à engager des travailleurs immigrés s'ils devaient les payer autant que les premiers. Ce sénateur républicain, qui avait bruyamment manifesté son opposition à toute loi accordant un statut légal aux immigrés sans papiers, a secoué la tête.

« Les patrons des petites entreprises que je connais continueront à embaucher des immigrés, a-t-il répondu. Le seul changement que votre amendement apportera, c'est qu'ils devront les payer plus.

– Mais pourquoi embaucheraient-ils des immigrés plutôt que des ouvriers américains s'ils leur coûtent autant ? » lui ai-je demandé.

Il a souri.

« Il faut voir les choses en face, Barack. Les Mexicains sont prêts à travailler plus dur que les Américains. »

Que les adversaires de la loi puissent tenir en privé de tels propos tout en feignant en public de défendre les ouvriers américains est un indice du cynisme et de l'hypocrisie qui imprègnent le débat sur l'immigration. Mais avec l'amertume de l'opinion, les craintes et les angoisses que suscitent chaque jour Lou Dobbs et les animateurs d'émissions de radio dans tout le pays, je ne peux pas dire que je suis surpris que la loi de compromis soit bloquée à la Chambre des représentants depuis son adoption par le Sénat.

Et si je suis franc avec moi-même, je dois reconnaître que je ne suis pas totalement immunisé contre ces points de vue favorables aux Américains de souche. Lorsque je vois qu'on brandit des drapeaux mexicains dans des manifestations pour l'immigration, je ressens parfois une poussée de ressentiment patriotique. Quand je suis contraint de faire appel à un traducteur pour communiquer avec le mécanicien qui répare ma voiture, je suis agacé.

Un jour que le débat sur l'immigration commençait à se durcir au Capitole, un groupe de militants s'est présenté à mon bureau pour me demander de soutenir une loi visant à régulariser le statut de trente ressortissants mexicains expulsés laissant en Amérique des épouses ou des enfants ayant un statut de résident légal. L'un de mes collaborateurs, Danny Sepulveda, d'origine chilienne, les a reçus et leur a expliqué ma position : si je comprenais leur situation et si j'étais l'un des principaux initiateurs de la loi sur l'immigration, je n'étais pas partisan, par principe, d'une loi particulière qui accorderait une dispense spéciale à trente personnes sur plusieurs millions se trouvant dans le même cas. Plusieurs membres du groupe se sont énervés, ils ont insinué que je me fichais des immigrés et de leurs familles, que je me souciais plus des frontières que de la justice. L'un d'eux a accusé Danny d'avoir oublié ses racines, de ne pas être un vrai Latino.

Lorsque j'ai appris ce qui s'était passé, j'ai été à la fois furieux et déçu. J'ai eu envie d'appeler les membres de ce groupe et de leur expliquer que la nationalité américaine est un privilège, pas un droit, que sans frontières efficaces, sans respect de la loi, les choses mêmes qui les avaient fait venir en Amérique, les chances et les protections offertes à ceux qui y vivent, se détérioreraient à coup sûr, et que de toute façon je ne supportais pas les gens qui injuriaient un de mes collaborateurs, en particulier lorsqu'il défendait leur cause.

Danny m'a convaincu de ne pas donner ce coup de téléphone en me suggérant sagement qu'il pourrait aller à l'encontre du but recherché. Quelques semaines plus tard, un samedi matin, j'ai assisté à une séance d'aide sur la naturalisation organisée dans l'église Saint Pius de Pilsen, avec la participation du parlementaire Luis Gutierrez, du Syndicat international des employés du tertiaire, et de plusieurs membres du mouvement pour les droits des immigrés qui étaient venus à mon bureau. Un millier de personnes étaient alignées devant l'église : des jeunes couples, des personnes âgées, des femmes avec leurs poussettes ; à l'intérieur, assis en silence sur les bancs de bois, les participants tenaient dans leurs mains les petits drapeaux américains que les organisateurs avaient distribués et attendaient d'être appelés par l'un des bénévoles qui les aideraient à entamer un processus de plusieurs années conduisant à leur naturalisation.

Tandis que je descendais l'allée, quelques personnes me souriaient et me faisaient signe, d'autres hochaient la tête d'un air hésitant quand je tendais la main et me présentais. J'ai fait la connaissance d'une Mexicaine qui ne parlait pas anglais mais dont le fils combattait en Irak ; j'ai reconnu un jeune Colombien qui était voiturier dans un restaurant du quartier et j'ai appris qu'il suivait des cours de comptabilité au centre universitaire local. À un moment, une fillette de sept ou huit ans s'est approchée de moi, ses parents dans son sillage, et m'a demandé un autographe. Elle étudiait le gouvernement à l'école et elle le montrerait à la classe, m'a-t-elle expliqué.

Je lui ai demandé son nom. Elle m'a répondu qu'elle s'appelait Christina et qu'elle était au cours élémentaire. J'ai dit à ses parents qu'ils pouvaient être fiers de leur fille. Et tandis qu'elle traduisait ma remarque en espagnol, je me suis rappelé que l'Amérique n'avait rien à craindre de ces nouveaux arrivants, qu'ils étaient venus ici pour les mêmes raisons que d'autres familles cent cinquante ans plus tôt : des gens qui avaient fui les famines, les guerres et les autorités impitoyables de l'Europe, qui n'avaient peut-être pas de papiers en règle, ni de relations ni de qualifications exceptionnelles, mais qui portaient en eux l'espoir d'une vie meilleure pour eux et leurs enfants.

Nous avons le droit et le devoir de protéger nos frontières. Nous pouvons certes affirmer à ceux qui sont déjà ici que la nationalité s'accompagne d'obligations : une langue commune, des allégeances communes, un objectif commun et une destinée commune. Mais, en dernière analyse, le danger pour nous et notre mode de vie n'est pas d'être submergés par ceux qui ne nous ressemblent pas ou qui ne parlent pas encore notre langue. Le danger viendra si nous ne reconnaissons pas Christina et sa famille comme des êtres humains, si nous leur refusons des droits et des possibilités que nous prenons pour acquis et si nous tolérons l'existence d'une classe de domestiques en notre sein ou, plus généralement, si nous restons sans rien faire tandis que l'Amérique connaît une inégalité croissante qui épouse les lignes ethniques raciales et attise donc les conflits raciaux que ni notre démocratie ni notre économie ne pourront longtemps supporter.

Ce n'est pas l'avenir que je souhaite pour Christina, me suis-je dit en la regardant s'éloigner avec ses parents. Ce n'est pas l'avenir que je souhaite pour mes filles. Leur Amérique sera plus étourdissante dans sa diversité, dans sa culture polyglotte. Mes filles apprendront l'espagnol et s'en trouveront mieux. Christina apprendra l'histoire de Rosa Parks et comprendra que la vie d'une couturière noire parle à la sienne. Les problèmes que mes filles et Christina affrontent n'ont peut-être pas l'évidence, la clarté morale d'un bus réservé aux Blancs, mais leur génération sera mise à l'épreuve sous une forme ou sous une autre, tout comme Mme Parks et les Freedom Riders l'ont été, comme nous le sommes tous, par ces voix qui voudraient nous diviser et nous dresser les uns contre les autres.

Et lorsque cette mise à l'épreuve viendra, j'espère que Christina et mes filles auront lu l'histoire de ce pays et qu'elles auront conscience d'avoir reçu en partage quelque chose de précieux.

L'Amérique est assez grande pour accueillir tous leurs rêves.

8

Le monde au-delà de nos frontières

L'Indonésie est un pays d'îles, plus de dix-sept mille au total, s'étendant le long de l'équateur entre les océans Indien et Pacifique, entre l'Australie et la mer de Chine méridionale. La plupart des Indonésiens sont d'origine malaise et vivent sur les grandes îles de Java, Sumatra, Bornéo, les Célèbes et Bali. Sur les îles situées à l'extrême est comme Ambon et la partie indonésienne de la Nouvelle-Guinée, la population est, à des degrés divers, d'origine mélanésienne. L'Indonésie a un climat tropical et ses forêts pluviales abritaient autrefois des espèces exotiques comme l'orang-outang et le tigre de Sumatra. Aujourd'hui, ces forêts se réduisent rapidement, victimes de l'exploitation du bois et des mines, de la culture du riz, du thé et du café. Privés de leur habitat naturel, les orangs-outangs sont à présent une espèce menacée et il ne reste plus que quelques centaines de tigres de Sumatra.

Avec plus de 240 millions d'habitants, la population de l'Indonésie est la quatrième au monde après la Chine, l'Inde et les États-Unis. Plus de sept cents groupes ethniques vivent à l'intérieur de ses frontières et on y parle plus de sept cent quarante langues. Près de 90 % de la population pratiquent l'islam, ce qui fait de l'Indonésie le plus grand pays musulman de la planète. L'Indonésie est le seul membre asiatique de l'OPEP, même si, du fait d'infrastructures vieillissantes, de réserves en voie d'épuisement et d'une forte consommation intérieure, elle est aujourd'hui obligée d'importer du pétrole brut. La langue nationale est le bahasa indonesia, la capitale Djakarta et la monnaie la roupie.

La plupart des Américains sont incapables de situer l'Indonésie sur une carte.

Cette ignorance ne laisse pas d'être étonnante pour les Indonésiens puisque, depuis soixante ans, le sort de leur pays est directement lié à la politique étrangère des États-Unis. Partagé pendant la majeure partie de son histoire en une série de sultanats et de royaumes souvent éclatés, l'archipel est devenu au dix-septième siècle une colonie hollandaise – les Indes-Orientales hollandaises – et l'est resté pendant plus de trois siècles. Mais dans les années précédant la Seconde Guerre mondiale, l'expansionnisme japonais a pris pour cible ses vastes réserves pétrolières. Ayant lié son destin à celui des puissances de l'Axe, le Japon, confronté à un embargo imposé par les États-Unis, avait besoin de carburant pour son armée et ses industries. Après l'attaque de Pearl Harbor, il s'est rapidement emparé de la colonie néerlandaise, qui resterait occupée jusqu'à la fin de la guerre.

Après la capitulation du Japon en 1945, un mouvement nationaliste indonésien naissant déclara l'indépendance du pays. N'ayant pas la même vision des choses, les Pays-Bas tentèrent de reconquérir leurs anciens territoires. Il s'ensuivit quatre années de guerre sanglante. Finalement, les Néerlandais cédèrent aux pressions internationales croissantes (le gouvernement américain, déjà préoccupé par l'expansion du communisme sous la bannière de l'anticolonialisme, menaça les Pays-Bas de les priver des subventions du plan Marshall) et reconnurent la souveraineté de l'Indonésie. Le principal chef du mouvement d'indépendance, un personnage charismatique et flamboyant du nom de Sukarno, devint le premier président de l'Indonésie.

Sukarno devait beaucoup décevoir Washington. Avec l'Indien Nehru et l'Égyptien Nasser, il contribua à fonder le mouvement des non-alignés, tentative de pays nouvellement libérés du joug colonial pour choisir une voie indépendante entre l'Occident et le bloc soviétique. Le Parti communiste indonésien, s'il ne fut jamais au pouvoir, grandit en taille et en influence. Sukarno lui-même adopta la rhétorique anti-occidentale, nationalisa les principales industries, rejeta l'aide américaine et resserra ses liens avec les Soviétiques et la Chine. Alors que l'armée des États-Unis se retrouvait enlisée dans le bourbier vietnamien, que la théorie des dominos constituait encore un élément clef de la politique étrangère américaine, la CIA se mit à soutenir discrètement diverses insurrections en Indonésie et établit des contacts étroits avec des officiers de l'armée, dont un grand nombre avaient été formés aux États-Unis. En 1965, sous la conduite du général Suharto, l'armée se rebella contre Sukarno et, après avoir instauré l'état d'urgence, procéda à une purge massive dans les rangs des communistes et de leurs sympathisants. Selon diverses estimations, les militaires massacrèrent entre cinq cent mille et un million de personnes, en emprisonnèrent sept cent cinquante mille autres ou les contraignirent à l'exil.

Deux ans plus tard, en 1967, l'année où Suharto accéda à la présidence, ma mère et moi arrivions à Djakarta après son second mariage avec un étudiant indonésien qu'elle avait rencontré à l'université d'Hawaii. J'avais six ans, ma mère en avait vingt-quatre. Plus tard, elle me confierait que si elle avait su ce qui se passait en Indonésie, elle n'y serait jamais allée. Mais elle l'ignorait : l'histoire détaillée du coup d'État et des massacres qui suivirent tarda à apparaître dans les journaux américains. Les Indonésiens eux-mêmes en parlaient peu. Mon beau-père, dont le visa d'étudiant avait été annulé alors qu'il se trouvait encore à Hawaii, et qui avait été enrôlé dans l'armée indonésienne quelques mois avant notre arrivée, refusait de parler de politique avec ma mère et déclarait qu'il valait mieux oublier certaines choses.

Oublier le passé était effectivement facile en Indonésie. Djakarta était encore à l'époque une ville endormie, avec peu de bâtiments de plus de trois ou quatre étages, des cyclo-pousses plus nombreux que les voitures. Le centre et les quartiers riches – élégance et luxe coloniaux, pelouses bien entretenues – cédaient rapidement la place à des grappes de petits villages, avec des rues de terre battue et des égouts à ciel ouvert, des marchés poussiéreux, des baraques en contreplaqué, en brique et en tôle ondulée étagées sur les rives en pente douce de rivières boueuses où les familles lavaient leur linge et se baignaient, comme les pèlerins indiens dans le Gange.

Nous n'étions pas très riches, au début ; l'armée indonésienne ne payait pas beaucoup ses lieutenants. Nous vivions dans une modeste maison des faubourgs de la ville, sans air conditionné, ni réfrigérateur, ni toilettes équipées. Nous n'avions pas de voiture : mon beau-père roulait à moto et ma mère prenait un autobus bon marché tous les matins pour se rendre à l'ambassade américaine où elle enseignait l'anglais. Faute d'argent pour être inscrit dans un établissement international fréquenté par la plupart des enfants d'expatriés, j'allais à l'école indonésienne locale et je courais dans les rues avec les gosses des paysans, des domestiques, des tailleurs et des employés.

Rien de tout cela ne préoccupait le garçon de sept ou huit ans que j'étais. Je garde le souvenir d'une époque joyeuse, pleine d'aventure et de mystère : les journées passées à pourchasser les poulets, à fuir devant les buffles, les soirées de théâtre d'ombres chinoises et d'histoires de fantômes, les marchands ambulants qui proposaient des friandises délicieuses à notre porte. En fait, je savais que, comparés à nos voisins, nous vivions bien : à la différence d'un grand nombre d'entre eux, nous avions toujours suffisamment à manger.

En outre, je comprenais sans doute malgré mon jeune âge que la position sociale de notre famille ne dépendait pas seulement de nos ressources mais aussi de nos liens avec l'Occident. Si ma mère désapprouvait le comportement d'autres Américains à Djakarta, leur condescendance à l'égard des Indonésiens, leur répugnance à apprendre quoi que ce soit sur le pays qui les accueillait, elle se félicitait – étant donné le taux de change – d'être payée en dollars et non en roupies comme ses collègues indonésiens de l'ambassade. Nous vivions comme les Indonésiens mais souvent, ma mère m'emmenait à l'American Club, où je pouvais sauter dans la piscine, regarder des dessins animés et boire du Coca-Cola jusqu'à plus soif. Parfois, quand mes amis indonésiens venaient à la maison, je leur montrais les photos de Disneyland ou de l'Empire State Building que ma grand-mère m'envoyait ; d'autres fois, nous feuilletions le catalogue des grands magasins Sears Roebuck et nous nous émerveillions devant les trésors exposés. Tout cela, je le savais, faisait partie de mon héritage et me donnait une place à part car ma mère et moi étions citoyens des États-Unis, protégés par leur puissance.

Il était difficile de ne pas constater l'étendue de cette puissance. L'armée américaine organisait des manœuvres communes avec les forces indonésiennes et formait leurs officiers. Le président Suharto s'en remettait à une équipe d'économistes américains pour élaborer un plan de développement du pays reposant sur les principes de l'économie de marché et les investissements étrangers. Les conseillers américains se pressaient dans les antichambres des ministres pour les aider à gérer le flot énorme d'aide étrangère provenant de l'Agence des États-Unis pour le développement international et de la Banque mondiale. Même si la corruption régnait à tous les échelons – le moindre recours à un policier ou à un fonctionnaire de l'administration impliquait un pot-de-vin, et quasiment tous les produits ou denrées entrant dans le pays ou en sortant, du pétrole au blé en passant par les voitures, transitaient par des sociétés appartenant au président, à sa famille ou à des membres de la junte au pouvoir – le gouvernement investissait dans les écoles, les routes et autres infrastructures une partie de la richesse pétrolière et de l'aide étrangère suffisante pour que l'ensemble de la population indonésienne voie son niveau de vie s'élever de façon spectaculaire : de 1967 à 1997, le revenu par habitant passerait de 50 à 4 600 dollars par an. Aux yeux des États-Unis, l'Indonésie était devenue un modèle de stabilité, un fournisseur sûr de matières premières, un importateur de biens occidentaux, un allié solide et un rempart contre le communisme.

Je resterais assez longtemps en Indonésie pour voir de mes yeux une partie de cette prospérité nouvelle. Libéré de l'armée, mon beau-père entra dans une compagnie pétrolière américaine. Nous sommes allés vivre dans une maison plus grande, nous avons connu une amélioration de notre mode de vie : voiture avec chauffeur, réfrigérateur, poste de télévision, toilettes avec chasse d'eau. Mais, en 1971, ma mère, soucieuse de mon éducation – et prévoyant peut-être son propre éloignement d'avec mon beau-père –, m'envoya vivre à Hawaii avec mes grands-parents. Un an plus tard, elle et ma sœur m'y rejoindraient. Les liens de ma mère avec l'Indonésie resteraient forts ; pendant les vingt années qui suivirent, elle y ferait de nombreux séjours, travaillant pour des organisations internationales pendant six ou douze mois comme spécialiste des problèmes de développement économique des femmes, concevant des programmes pour aider des femmes de la campagne à créer leur propre petit commerce ou à amener leur production sur le marché. Pendant mon adolescence, je ne retournerais en Indonésie que trois ou quatre fois, pour de brèves visites, car ma vie et mon attention se tourneraient peu à peu ailleurs.

Ce que je sais de l'histoire de ce pays dans les années suivantes, je l'ai donc principalement appris dans les livres et les journaux ou par ce que ma mère me racontait. Pendant vingt-cinq ans, l'Indonésie continua à se développer par à-coups. Djakarta devint une métropole de près de neuf millions d'âmes, avec des gratte-ciel, des taudis, du smog et une circulation cauchemardesque. Des hommes et des femmes quittèrent la campagne pour rejoindre les rangs des ouvriers des usines construites par des investisseurs étrangers, fabriquèrent des baskets pour Nike et des chemises pour Gap. Bali se transforma en paradis pour surfeurs et rock stars, avec des hôtels cinq étoiles, des connexions Internet et des Kentucky Fried Chicken. Au début des années 1990, l'Indonésie faisait figure de « dragon asiatique », de nouvelle réussite éclatante dans une économie mondialisée.

Même les aspects sombres de la vie indonésienne – dans le domaine de la politique et des droits de l'homme – montraient des signes d'amélioration. Côté violences, le régime de Suharto n'atteignit jamais après 1967 le niveau de l'Irak de Saddam Hussein ; dans son style placide, discret, le président indonésien n'attirerait jamais l'attention, au contraire d'hommes forts plus démonstratifs tels Pinochet ou le shah d'Iran. Le régime de Suharto fut cependant fortement répressif.

Les arrestations et la torture étaient courantes, la liberté de la presse inexistante, les élections une simple formalité. Quand des mouvements séparatistes à base ethnique émergèrent dans des régions comme Aceh, l'armée prit pour cible de ses représailles non seulement la guérilla mais aussi la population civile : meurtres, viols, villages incendiés. Pendant les années 1970 et 1980, les gouvernements américains successifs eurent connaissance de ces crimes, voire leur accordèrent leur approbation.

Puis, avec la fin de la guerre froide, l'attitude de Washington commença à changer. Le Département d'État se mit à exercer des pressions sur l'Indonésie pour qu'elle modère ses violations des droits de l'homme. En 1992, après que des unités de l'armée eurent écrasé une manifestation pacifique à Dili, dans le Timor-Occidental, le Congrès suspendit toute aide militaire au gouvernement indonésien. En 1996, des réformistes descendirent dans la rue, dénoncèrent publiquement la corruption dans la haute administration, les abus des militaires, et réclamèrent des élections libres.

En 1997, ce fut la catastrophe. Une ruée sur les devises et les titres dans toute l'Asie submergea une économie indonésienne déjà minée par des décennies de corruption. La roupie perdit 85 % de sa valeur en quelques mois. Les sociétés indonésiennes qui avaient emprunté en dollars s'effondrèrent. En échange d'un renflouement de 43 milliards de dollars, le Fonds monétaire international (FMI), contrôlé par l'Occident, exigea une série de mesures d'austérité (fin des subventions de l'État, hausse des taux d'intérêt) qui doubleraient presque le prix de produits de première nécessité comme le riz et l'essence. Lorsque la crise s'acheva, l'économie indonésienne s'était réduite de 14 %. Les émeutes et les manifestations furent si nombreuses que Suharto fut finalement contraint de démissionner et, en 1998, le pays connut ses premières élections libres, quarante-huit factions se disputant les sièges parlementaires et quatre-vingt-treize millions de personnes participant au scrutin.

L'Indonésie a survécu – apparemment, tout au moins – au double choc d'une dégringolade financière et de la démocratisation. La Bourse connaît une forte progression, et une seconde élection nationale s'est déroulée sans incident majeur, conduisant à un transfert pacifique de pouvoir. Si la corruption reste endémique et si l'armée demeure une force considérable, de nombreux journaux indépendants et partis politiques ont vu le jour et canalisent le mécontentement.

En revanche, la démocratie n'a pas ramené la prospérité. Le revenu par habitant est inférieur de 22 % à ce qu'il était en 1997. Le fossé entre riches et pauvres, déjà profond, semble s'être encore creusé. Le sentiment de privation de l'Indonésien moyen est amplifié par Internet et la télévision par satellite, qui l'abreuvent d'images des richesses inaccessibles de Londres, New York, Hong Kong et Paris. L'anti-américanisme, quasiment inexistant pendant les années Suharto, est à présent largement répandu, en partie parce que les Indonésiens pensent que des spéculateurs new-yorkais et le FMI ont délibérément provoqué la crise asiatique. Un sondage de 2003 indiquait que la plupart d'entre eux avaient une meilleure opinion d'Oussama ben Laden que de George W. Bush.

Tout cela souligne peut-être le changement le plus profond survenu en Indonésie : la montée de l'islam fondamentaliste militant. Par le passé, les Indonésiens pratiquaient une version tolérante, presque syncrétique, de cette religion, imprégnée des traditions bouddhistes, hindouistes et animistes de périodes antérieures. Sous l'œil attentif du gouvernement explicitement laïque de Suharto, l'alcool était autorisé, les non-musulmans observaient leur culte sans être persécutés et les femmes

– en jupe ou en sarong quand elles prenaient l'autobus pour se rendre au travail – jouissaient des mêmes droits que les hommes. Aujourd'hui, les partis islamiques constituent l'un des principaux blocs politiques et un grand nombre d'entre eux réclament l'application de la charia, la loi islamique. Subventionnées par des fonds provenant du Moyen-Orient, des écoles et des mosquées wahhabites parsèment maintenant le paysage. De nombreuses Indonésiennes ont adopté le voile qu'on voit couramment dans les pays musulmans d'Afrique du Nord et du golfe Persique ; des militants islamiques et de prétendues « brigades de répression du vice » ont attaqué des églises, des boîtes de nuit, des casinos et des bordels. En 2002, une explosion dans une discothèque de Bali a fait plus de deux cents morts. Des attentats suicides similaires ont eu lieu à Djakarta en 2004 et à Bali en 2005. Des membres de la Jemaah Islamiyah, organisation islamique militante liée à Al Qaïda, ont été jugés pour ces attentats. Si trois d'entre eux ont été condamnés à mort, le chef spirituel du groupe, Abou Bakar Bashir, a été libéré après vingt-six mois d'emprisonnement.

C'est dans un hôtel situé à quelques kilomètres du lieu de ces attentats que j'ai logé la dernière fois que je me suis rendu à Bali. Quand je pense à cette île et à toute l'Indonésie, je suis envahi de souvenirs : la boue sous mes pieds nus quand je marchais dans les rizières, le soleil levant derrière les pics volcaniques, l'appel du muezzin le soir et l'odeur des feux de bois, le marchandage aux étals de fruits, le long de la route, la musique frénétique d'un orchestre gamelan. J'aimerais emmener Michelle et les filles là-bas pour leur faire partager cette partie de ma vie, monter jusqu'aux ruines hindoues millénaires de Prambanan ou nager dans une rivière des collines balinaises.

Je ne cesse pourtant de remettre ce voyage. Je suis constamment occupé, et voyager avec de jeunes enfants est toujours difficile. Je crains peut-être aussi ce que je découvrirais là-bas : que le pays de mon enfance ne correspond plus à mes souvenirs. Bien que le monde ait rapetissé avec les vols directs, les cyber-cafés et CNN, l'Indonésie paraît plus lointaine aujourd'hui qu'il y a trente ans.

J'ai peur qu'elle ne soit devenue pour moi une terre d'inconnus.

Dans le domaine des relations internationales, il est dangereux d'extrapoler à partir de l'expérience d'un seul pays. Par son histoire, sa géographie, sa culture et ses conflits, chaque nation est unique. Et cependant, à de nombreux égards, l'Indonésie fournit une métaphore utile du monde qui s'étend au-delà de nos frontières, de cette planète où la mondialisation et le sectarisme, la pauvreté et l'abondance, le nouveau et l'ancien se heurtent constamment.

L'Indonésie fournit aussi un résumé pratique de la politique des États-Unis ces cinquante dernières années. Dans les grandes lignes, au moins, tout y est : notre rôle dans la libération des anciennes colonies et la création d'institutions internationales pour gérer la situation après la Seconde Guerre mondiale ; notre tendance à voir les nations et les conflits à travers le prisme de la guerre froide ; notre promotion inlassable du capitalisme à l'américaine et des multinationales ; notre penchant à tolérer et parfois à encourager la tyrannie, la corruption et la dégradation de l'environnement quand elles servent nos intérêts ; notre conviction optimiste, après la fin de la guerre froide, qu'Internet et les Big Mac conduiraient à la fin des conflits historiques ; la puissance économique croissante de l'Asie et le ressentiment grandissant envers les États-Unis, seule super-puissance au monde ; la conscience qu'à court terme, au moins, la démocratisation pourrait mettre à nu plutôt qu'atténuer les haines ethniques et les divisions religieuses, que les bienfaits de la mondialisation pourraient aussi accroître l'instabilité de l'économie, favoriser la propagation des épidémies et du terrorisme.

En d'autres termes, notre bilan est nuancé, non seulement en Indonésie mais dans le monde entier. Parfois, la politique étrangère américaine a été perspicace, elle a servi à la fois nos intérêts nationaux, nos idéaux, et les intérêts d'autres pays. Parfois, cette politique s'est révélée erronée, fondée sur des présomptions ignorant les aspirations légitimes d'autres peuples, sapant notre propre crédibilité et rendant le monde plus dangereux.

Cette ambiguïté ne devrait pas surprendre car la politique étrangère des États-Unis a toujours été un écheveau de tendances contradictoires. Dans les premiers temps de notre république, l'isolationnisme a souvent prévalu. Cette méfiance envers les intrigues étrangères convenait à une nation qui sortait à peine d'une guerre d'indépendance. « Pourquoi devrions-nous entrelacer notre destin avec celui d'une partie quelconque de l'Europe, précipiter notre paix et notre prospérité dans les rets des ambitions, des rivalités, des intérêts, des humeurs ou des caprices de l'Europe ? » demandait George Washington dans son célèbre Discours d'adieu. Il trouvait une justification supplémentaire de ce point de vue dans ce qu'il appelait la « situation détachée et distante » de l'Amérique, une séparation géographique qui permettrait à la nouvelle nation d'échapper aux « préjudices matériels d'ennuis extérieurs ».

En outre, si les origines révolutionnaires de l'Amérique et sa forme républicaine de gouvernement peuvent la rendre sympathique à ceux qui, ailleurs dans le monde, luttent pour la liberté, les premiers dirigeants américains mirent en garde contre les tentatives idéalistes d'exporter notre mode de vie. Selon John Quincy Adams, l'Amérique ne devait pas « chercher à l'étranger des monstres à détruire » ni « devenir le dictateur du monde ». La providence l'avait chargée de créer un monde nouveau, pas de réformer l'ancien. Protégée par un océan et la richesse d'un continent, l'Amérique servirait mieux la cause de la liberté en se concentrant sur son propre développement, en devenant le phare de l'espoir pour d'autres nations et d'autres peuples.

Mais si cette crainte d'une implication à l'étranger est inscrite dans notre ADN, le désir d'expansion – sur les plans géographique, commercial et idéologique – l'est aussi. Thomas Jefferson souligna très tôt le caractère inéluctable d'une expansion au-delà des frontières des treize États originels et le calendrier qu'il avait fixé pour cette expansion fut considérablement accéléré par l'achat de la Louisiane et l'expédition Lewis et Clark. Le même John Quincy Adams qui mettait en garde contre l'aventurisme à l'étranger se fit l'avocat infatigable de l'expansion sur le continent et fut le principal concepteur de la doctrine Monroe, avertissant les puissances européennes que l'hémisphère ouest leur était interdit. Tandis que les soldats et les colons américains progressaient vers l'ouest et le sud-ouest, les gouvernements successifs décrivirent l'annexion de nouveaux territoires en termes de « destinée manifeste », convaincus que cette expansion était écrite, qu'elle faisait partie des plans de Dieu pour étendre ce qu'Andrew Jackson appelait « le domaine de la liberté » à tout le continent.

Naturellement, cette « destinée manifeste » impliquait aussi une conquête sanglante, un anéantissement des tribus indiennes chassées de leurs terres et de l'armée mexicaine défendant son territoire. Ce fut une conquête qui, comme l'esclavage, contredisait les principes fondateurs de l'Amérique et qu'on avait tendance à justifier en des termes explicitement racistes, une conquête que la mythologie américaine a toujours eu des difficultés à intégrer pleinement et que d'autres pays ont reconnue pour ce qu'elle était : l'exercice d'un pouvoir brutal.

Avec la fin de la guerre de Sécession et la consolidation des États-Unis actuels, ce pouvoir ne pouvait plus être nié. Cherchant à ouvrir de nouveaux marchés pour ses produits, à se procurer des matières premières pour son industrie et à maintenir les voies maritimes ouvertes pour son commerce, le pays tourna son attention vers l'étranger. Hawaii fut annexée, offrant à l'Amérique une tête de pont dans le Pacifique. La guerre hispano-américaine livra Porto Rico, Guam et les Philippines à la domination américaine. Quand plusieurs membres du Sénat s'opposèrent à l'occupation militaire d'un archipel situé à plus de onze mille kilomètres de nos côtes – une occupation qui impliquerait que des milliers de soldats américains écrasent un mouvement d'indépendance philippin –, un sénateur argua que l'acquisition de l'archipel donnerait accès au marché chinois et se traduirait par un commerce, une richesse et une puissance étendus. Si l'Amérique ne se livra jamais à la colonisation systématique pratiquée par les pays européens, elle se libéra de toutes ses inhibitions concernant l'ingérence dans les affaires de pays jugés stratégiquement importants. Theodore Roosevelt, par exemple, ajouta à la doctrine Monroe un codicille déclarant que les États-Unis interviendraient dans tout pays d'Amérique latine ou des Caraïbes dont le gouvernement ne serait pas à leur goût. « Les États-Unis d'Amérique n'ont pas le choix entre jouer ou non un grand rôle dans le monde, déclara Roosevelt. Ils *doivent* jouer un grand rôle. Le seul choix est entre le jouer bien ou mal. »

Au début du vingtième siècle, les motivations de la politique étrangère américaine se distinguaient donc à peine de celles des autres grandes puissances, reposant sur la realpolitik et les intérêts commerciaux. L'isolationnisme demeurait fort dans l'ensemble de la population, en particulier quand il s'agissait des conflits en Europe et quand les intérêts vitaux américains ne semblaient pas directement en jeu. Mais la technologie et les échanges commerciaux rapetissaient le monde ; il devenait de plus en plus difficile de déterminer quels intérêts étaient vitaux et quels intérêts ne l'étaient pas. Pendant la Première Guerre mondiale, Woodrow Wilson évita d'engager l'Amérique jusqu'à ce que le nombre de bâtiments américains coulés par les sous-marins allemands et l'effondrement imminent du continent européen rendent la neutralité intenable. À la fin de la guerre, l'Amérique émergea comme la puissance dominante du monde, mais une puissance dont la prospérité – Wilson le comprenait à présent – était liée à la paix et à la prospérité jusque dans des terres lointaines.

Ce fut pour s'adapter à cette réalité nouvelle qu'il chercha à réinterpréter la notion de « destinée manifeste » de l'Amérique. Rendre « le monde sûr pour la démocratie » n'implique pas seulement de gagner la guerre, souligna-t-il, il faut encore comprendre que l'Amérique a intérêt à favoriser l'autodétermination de tous les peuples et à fournir au monde un cadre juridique permettant à l'avenir d'éviter les conflits. En marge du traité de Versailles, qui détaillait les conditions de la capitulation allemande, Wilson proposa une Société des Nations qui réglerait les conflits entre les pays, ainsi qu'un tribunal international et une série de lois auxquelles seraient tenus non seulement les faibles mais aussi les forts. « C'est le moment entre tous où la démocratie doit prouver sa pureté et faire prévaloir son pouvoir spirituel, déclara Wilson. La destinée manifeste des États-Unis consiste à prendre la tête des efforts pour faire prévaloir cet esprit. »

Dans un premier temps, les propositions de Wilson furent accueillies avec enthousiasme en Amérique et dans le monde entier. Le Sénat des États-Unis fut cependant moins impressionné. Le sénateur républicain Henry Cabot Lodge estima que la Société des Nations – et l'idée même de droit international – empiétait sur la souveraineté américaine et constituait une entrave à la capacité des États-Unis d'imposer leur volonté dans le monde. Aidé par les isolationnistes traditionnels des deux partis (dont un grand nombre s'étaient opposés à l'entrée en guerre de l'Amérique) ainsi que par le refus entêté de Wilson d'accepter un compromis, le Sénat refusa de ratifier l'adhésion des États-Unis à la Société des Nations.

Pendant les vingt années qui suivirent, l'Amérique se referma résolument sur elle-même, elle réduisit son armée et sa marine, ne devint pas membre du Tribunal international et resta passive tandis que l'Italie, le Japon et l'Allemagne nazie renforçaient leurs armées. Devenu un foyer d'isolationnisme, le Sénat adopta une loi de neutralité empêchant les États-Unis de porter secours aux pays envahis par les puissances de l'Axe et ignora obstinément les appels du Président alors que les armées hitlériennes déferlaient sur l'Europe. Il fallut attendre le bombardement de Pearl Harbor pour que l'Amérique prenne conscience de sa terrible erreur. « Il ne peut y avoir de sécurité pour un pays, ou pour un individu, dans un monde régi par les principes du gangstérisme, dit F. D. Roosevelt dans son discours à la nation après l'attaque japonaise. Nous ne pouvons plus mesurer notre sécurité en termes de kilomètres sur une carte. »

Après la Seconde Guerre mondiale, les États-Unis auraient l'occasion d'appliquer ces leçons à leur politique étrangère. Avec une Europe et un Japon en ruine, une Union soviétique saignée à blanc par les combats sur le front est mais manifestant déjà l'intention d'étendre autant qu'elle le pourrait son type de communisme totalitaire, l'Amérique se retrouva face à un choix. Il y avait à droite ceux qui soutenaient que seule une politique étrangère unilatérale et une invasion immédiate de l'URSS pouvaient éliminer la menace communiste naissante. Et bien que l'isolationnisme, tel qu'il prévalait dans les années 1930, fût totalement discrédité, il y avait à gauche ceux qui minimisaient l'agression communiste en arguant que, au vu des pertes soviétiques et du rôle déterminant de l'URSS dans la victoire des Alliés, il fallait ménager Staline.

L'Amérique ne prit aucune de ces deux voies. L'équipe dirigeante d'après guerre, composée du président Truman, de Dean Acheson, de George Marshall et de George Kennan, élabora l'architecture d'un nouvel ordre qui conjuguait l'idéalisme de Wilson à un réalisme froid, la reconnaissance de la puissance de l'Amérique avec une certaine humilité concernant la capacité du pays à maîtriser les événements dans le monde entier. Oui, le monde est un endroit dangereux, déclaraient ces hommes, et la menace soviétique est réelle ; l'Amérique doit maintenir sa domination militaire et être prête à faire usage de la force pour défendre ses intérêts sur toute la planète. Mais même la puissance des États-Unis a ses limites, et comme la bataille contre le communisme est aussi une bataille d'idées, un test pour déterminer quel système est le mieux à même de répondre aux espoirs et aux rêves de milliards de personnes dans le monde, la puissance militaire ne peut à elle seule garantir à long terme la prospérité et la sécurité de l'Amérique.

Ce dont l'Amérique avait besoin, c'était d'alliés stables qui partageraient les idéaux de liberté, de démocratie, d'autorité de la loi, et qui estimeraient avoir intérêt à un système d'économie de marché. Des alliances économiques et militaires librement nouées et maintenues par consentement mutuel seraient plus durables et susciteraient moins de ressentiment qu'une série d'États vassaux. De même, l'Amérique avait intérêt à collaborer avec d'autres pays pour fonder et promouvoir des institutions et des normes internationales. Non à cause d'une présomption naïve que des lois et des traités internationaux pourraient à eux seuls mettre fin aux conflits entre nations ou éliminer la nécessité d'une intervention militaire américaine, mais parce que plus ces normes seraient rigoureuses et plus l'Amérique manifesterait sa volonté de faire preuve de modération dans l'exercice de sa puissance, moins les conflits seraient nombreux et plus nos actes sembleraient légitimes au monde lorsque nous serions contraints d'intervenir militairement.

En moins d'une décennie, l'infrastructure d'un nouvel ordre mondial fut mise en place : une politique d'endiguement de l'expansion communiste s'appuyant non seulement sur des troupes américaines mais aussi sur des accords de sécurité avec l'OTAN et le Japon ; le plan Marshall pour reconstruire les économies dévastées par la guerre ; les accords de Bretton Woods pour stabiliser les marchés financiers mondiaux et l'Accord général sur les tarifs douaniers et le commerce pour établir des règles régissant les échanges commerciaux ; le soutien américain à l'indépendance des anciennes colonies européennes ; le FMI et la Banque mondiale afin d'aider les nouveaux pays indépendants à entrer dans l'économie mondiale, et les Nations unies comme forum pour la sécurité collective et la coopération internationale.

Soixante ans plus tard, nous pouvons constater les fruits de cette gigantesque entreprise d'après-guerre :

une issue victorieuse de la guerre froide, une catastrophe nucléaire évitée, la fin effective des conflits entre les grandes puissances mondiales et une ère sans précédent de croissance économique dans le pays et à l'étranger.

C'est une réussite remarquable, peut-être le plus grand cadeau que la plus grande des générations nous ait fait après la victoire sur le fascisme. Mais, comme tout système construit par l'homme, il avait ses défauts et ses contradictions ; il pouvait être victime des déformations des politiques, des péchés d'orgueil ou des effets néfastes de la peur. À cause de la menace soviétique et du choc de l'arrivée au pouvoir des communistes en Chine et en Corée du Nord, les dirigeants américains en vinrent à voir les mouvements nationalistes, les luttes ethniques, les projets de réforme et les politiques de gauche partout dans le monde à travers les lunettes de la guerre froide : des menaces potentielles qui pesaient plus à leurs yeux que notre engagement proclamé pour la liberté et la démocratie. Pendant des décennies, nous tolérerions et aiderions même des voleurs comme Mobutu, des gangsters comme Noriega, tant qu'ils s'opposeraient au communisme. De temps à autre, des opérations secrètes américaines conduiraient à l'élimination de dirigeants démocratiquement élus dans des pays comme l'Iran, avec des répercussions dévastatrices que nous subissons encore aujourd'hui.

La politique d'endiguement supposait aussi une énorme accumulation d'armements pour égaler puis dépasser les arsenaux soviétique et chinois. Le « triangle de fer » constitué par le Pentagone, les entreprises fournissant l'armée et les parlementaires de circonscriptions bénéficiant d'importants crédits militaires exercèrent une forte influence sur l'élaboration de la politique étrangère des États-Unis. Et bien que la menace d'une guerre nucléaire empêchât une confrontation militaire directe avec les superpuissances rivales, nos dirigeants considéraient de plus en plus les problèmes posés ailleurs dans le monde sous un angle militaire plutôt que sous un angle diplomatique.

Mais, surtout, le système d'après guerre souffrit avec le temps d'un excès de politique et d'un manque de débat pour construire un consensus national. Immédiatement après la guerre, l'une des réussites de l'Amérique avait été de parvenir à un certain degré de consensus national sur la politique étrangère. Il pouvait y avoir de vifs désaccords entre républicains et démocrates, mais la politique s'arrêtait généralement au bord de l'eau ; on attendait des professionnels, que ce soit à la Maison-Blanche, au Département d'État ou à la CIA, qu'ils prennent des décisions reposant sur des faits et un jugement sensé, pas sur des idéologies ou de l'électoralisme. Ce consensus s'étendait aussi à l'opinion en général : des programmes comme le plan Marshall, qui comportait des injections massives de fonds américains, n'auraient pas pu être réalisés sans une confiance fondamentale des Américains dans leur gouvernement, sans la conviction des dirigeants qu'ils pouvaient confier aux Américains les faits sous-tendant des décisions qui conduisaient à dépenser l'argent de leurs impôts ou envoyaient leurs fils à la guerre.

À mesure que la guerre froide se poursuivait, les fondements de ce consensus commencèrent à se lézarder. Les hommes politiques découvrirent qu'ils pouvaient obtenir des votes en étant plus durs contre le communisme que leurs adversaires. On reprocha aux démocrates d'avoir « perdu la Chine ». Le maccarthysme détruisit des carrières et écrasa la dissidence. Kennedy ferait porter aux républicains la responsabilité d'un retard – qui n'existait pas – dans le domaine des missiles afin de battre Nixon, qui lui-même avait fait carrière en traitant ses adversaires de communistes. Les présidents Eisenhower, Kennedy et Johnson eurent tous le jugement obscurci par la peur d'être taxés de « mollesse face au communisme ». Les techniques de la guerre froide – secret, enquêtes sur la vie privée, désinformation – utilisées contre des populations et des gouvernements étrangers devinrent des instruments de politique intérieure, des moyens de harceler l'opposition, de susciter le soutien de politiques douteuses et de couvrir des bavures et des bourdes. Les idéaux mêmes que nous avions promis d'exporter à l'étranger étaient trahis dans notre pays.

Toutes ces tendances connurent leur point culminant avec le Vietnam. De nombreux documents ont souligné les conséquences désastreuses de ce conflit pour notre crédibilité et notre prestige à l'étranger, pour nos forces armées (à qui il faudrait une génération pour s'en remettre) et surtout pour tous ceux qui participèrent aux combats. Mais la plus grande perte causée par cette guerre fut peut-être le lien de confiance entre le peuple américain et son gouvernement, et entre les Américains eux-mêmes. À cause d'une presse plus accrocheuse et d'images de housses à cadavre envahissant leur salle de séjour, les Américains commencèrent à comprendre que les cerveaux les plus brillants de Washington ne savaient pas toujours ce qu'ils faisaient, et ne disaient pas toujours la vérité. À gauche, des voix de plus en plus nombreuses exprimèrent leur opposition non seulement à la guerre du Vietnam mais aussi aux objectifs plus larges de la politique étrangère américaine. Pour elles, le président Johnson, le général Westmoreland, la CIA, le « complexe militaro-industriel » et des institutions comme la Banque mondiale représentaient l'arrogance, le chauvinisme, le racisme, le capitalisme et l'impérialisme américains. À droite, on ripostait en rendant responsables de la perte du Vietnam et du déclin de la position de l'Amérique dans le monde tous ceux qui s'empressaient d'« accuser d'abord l'Amérique » : les protestataires, les hippies, Jane Fonda, les intellectuels des grandes universités et les médias progressistes qui dénigraient le patriotisme, avaient une conception du monde relativiste et sapaient la détermination américaine à affronter le communisme athée.

Certes, il s'agissait de caricatures colportées par les militants et les conseillers politiques. Un grand nombre d'Américains demeuraient au milieu, soutenant encore les efforts de leur pays pour vaincre le communisme mais doutant d'une politique qui entraînait de si nombreuses pertes américaines. Pendant toutes les années 1970 et 1980, on trouvait des faucons démocrates et des colombes républicaines ; au Congrès, des hommes comme Mark Hatfield, de l'Oregon, et Sam Nunn, de Géorgie, cherchaient à perpétuer la tradition d'une politique étrangère commune aux deux partis. Mais c'étaient les caricatures qui façonnaient l'opinion en période électorale, tandis que les républicains accusaient de plus en plus les démocrates de mollesse en matière de défense, et que les Américains nourrissant des doutes croissants sur l'armée et les opérations secrètes à l'étranger choisissaient de plus en plus le Parti démocrate.

C'est dans ce contexte – une période de division plutôt que de consensus – que la plupart des Américains vivant aujourd'hui ont forgé leurs opinions en matière de politique étrangère. Ce furent les années de Nixon et de Kissinger, dont la politique extérieure était tactiquement brillante mais ternie par une politique intérieure et des bombardements sur le Cambodge relevant d'une morale à la dérive. Ce furent les années de Jimmy Carter, un démocrate qui, avec l'accent qu'il mettait sur les droits de l'homme, semblait prêt à concilier de nouveau préoccupations morales et défense forte, jusqu'à ce que les chocs pétroliers, l'humiliation de la crise des otages en Iran et l'invasion de l'Afghanistan par l'Union soviétique le fassent apparaître comme un homme naïf et inefficace.

Le plus menaçant de tous fut peut-être Ronald Reagan, dont la lucidité sur le communisme s'accompagnait d'une cécité totale pour d'autres sources de misère dans le monde. Je suis personnellement devenu adulte pendant la présidence de Reagan – à cette époque, j'ai étudié les relations internationales à Columbia puis j'ai travaillé comme coordonnateur communautaire à Chicago – et, comme beaucoup de démocrates de ces années-là, je me lamentais sur les conséquences de la politique de Reagan pour le tiers-monde : le soutien de son gouvernement au régime d'apartheid d'Afrique du Sud, le financement des brigades de la mort au Salvador, l'invasion de la toute petite et malheureuse Grenade. Plus j'étudiais la politique des armements nucléaires, plus la guerre des Étoiles me paraissait mal conçue, et le fossé entre les grands discours de Reagan et l'ignoble marché Iran-Contras me laissait sans voix.

Il m'arrivait toutefois, dans mes discussions avec mes amis de gauche, de me retrouver dans la curieuse position de défendre certains aspects de la vision du monde de Reagan. Je ne comprenais pas pourquoi, par exemple, les progressistes devraient moins se préoccuper de l'oppression derrière le rideau de fer que des violences au Chili. On ne parvenait pas à me convaincre que les multinationales américaines et les conditions internationales des échanges commerciaux étaient seules responsables de la pauvreté dans le monde : personne ne forçait les dirigeants corrompus de pays du tiers-monde à voler leurs propres peuples. Je pouvais avoir des objections contre l'accumulation d'armements de Reagan mais, compte tenu de l'invasion soviétique de l'Afghanistan, rester devant l'URSS sur le plan militaire me semblait tout à fait sensé. Être fier de notre pays, respecter nos forces armées, estimer lucidement les dangers au-delà de nos frontières et affirmer qu'il n'y avait pas d'équivalence entre Est et Ouest : sur tous ces points, je n'avais pas de désaccord avec Reagan. Et quand le mur de Berlin est tombé, j'ai dû rendre au vieil homme l'hommage qui lui était dû, même si je ne lui avais jamais accordé mon vote.

Beaucoup le firent, dont de nombreux démocrates, ce qui conduisit les républicains à affirmer que la présidence de Reagan avait restauré le consensus sur la politique étrangère de l'Amérique. Naturellement, ce consensus ne fut jamais vraiment mis à l'épreuve : Reagan a mené sa guerre contre le communisme essentiellement à travers des intermédiaires et par une politique de déficit budgétaire, non en déployant des troupes. En fait, avec la fin de la guerre froide, la formule de Reagan apparut inadaptée à un monde nouveau. Le retour de George H. W. Bush à une politique étrangère plus traditionnelle, « réaliste », se traduirait par une excellente gestion du démantèlement de l'Union soviétique et de la première guerre du Golfe. Mais, comme l'attention des Américains se portait principalement sur l'économie du pays, son habileté à bâtir des coalitions internationales ou à user judicieusement de la puissance des États-Unis ne sauva pas sa présidence.

Lorsque Bill Clinton prit ses fonctions, on pensait généralement que la politique étrangère américaine de l'après-guerre froide serait plus une question de commerce que de tanks, de protection plutôt de droits d'auteur que de vies américaines. Clinton lui-même avait conscience que la mondialisation impliquait de nouveaux défis non seulement dans le domaine économique mais aussi dans celui de la sécurité. En plus de favoriser le libre-échange et de promouvoir le système financier international, son gouvernement s'attacherait à mettre fin aux conflits s'envenimant depuis des années dans les Balkans et en Irlande du Nord, ainsi qu'à faire progresser la démocratie en Europe de l'Est, en Amérique latine, en Afrique et dans l'ex-URSS. Aux yeux de l'opinion publique, toutefois, la politique étrangère des années 1990 manquait d'un thème général ou de nobles impératifs. Les interventions militaires américaines semblaient être une question de choix, non de nécessité : la marque de notre désir de rembarrer des États voyous, peut-être, ou le résultat de considérations humanitaires sur nos obligations morales envers les Somaliens, les Haïtiens, les Bosniaques ou d'autres infortunés.

Puis ce fut le 11 Septembre et les Américains sentirent leur monde basculer.

En janvier 2006, j'embarquai à bord d'un avion cargo militaire C-130 pour ma première visite en Irak. Deux de mes compagnons – le sénateur Evan Bayh, de l'Indiana, et le parlementaire Harold Ford, du Tennessee – avaient déjà fait le voyage et ils me prévinrent que les atterrissages à Bagdad pouvaient être un peu pénibles : pour échapper à d'éventuels tirs ennemis, les avions militaires se livraient à une série de manœuvres qui vous retournaient parfois l'estomac. Pourtant, tandis que notre appareil fendait la brume matinale, rien n'incitait à l'inquiétude. Attachés sur leurs sièges en tissu, la plupart de mes compagnons s'étaient endormis et dodelinaient de la tête sur la toile orange couvrant le centre du fuselage. L'un des membres de l'équipage semblait jouer à un jeu vidéo, un autre feuilletait placidement notre plan de vol.

Quatre ans et demi s'étaient écoulés depuis que j'avais entendu annoncer à la radio qu'un avion avait percuté le World Trade Center. J'étais alors à Chicago et je me rendais en voiture à une session du Parlement de l'État. L'annonce était succincte et j'avais supposé qu'il s'agissait d'un accident, peut-être un petit appareil à hélice dévié de sa ligne de vol. Lorsque j'arrivai, le deuxième avion avait frappé et on nous demanda d'évacuer le bâtiment. Dans les rues, les gens s'attroupaient, levaient les yeux vers le ciel et la tour Sears. Plus tard, à mon cabinet juridique, nous étions quelques-uns à regarder, pétrifiés, les images cauchemardesques défilant sur l'écran du téléviseur : un avion, obscur comme une ombre, pénétrant le verre et l'acier ; des hommes et des femmes s'agrippant aux rebords des fenêtres puis lâchant prise ; les cris et les sanglots, en bas, et finalement les nuages de poussière masquant le soleil.

J'ai passé les semaines suivantes à faire comme la plupart des Américains : appeler des amis à New York et à Washington, envoyer des dons, écouter le discours du Président, pleurer les morts. Pour moi comme pour la plupart d'entre nous, l'effet du 11 Septembre a été profondément personnel. Ce n'est pas seulement l'ampleur des dégâts qui m'a affecté, ni le souvenir de cinq années passées à New York, de rues et d'endroits maintenant réduits en ruines. C'était plutôt d'imaginer les actes ordinaires que les victimes du 11 Septembre avaient sans doute accomplis dans les heures précédant leur mort, la routine qui constitue la vie dans notre monde moderne : monter dans un avion, se frayer un chemin dans la foule au sortir d'une rame de métro, acheter le journal du matin à un kiosque, bavarder dans l'ascenseur. Pour la plupart des Américains, ces gestes quotidiens représentaient une victoire de l'ordre sur le chaos, l'expression concrète de notre conviction que tant que nous faisions de l'exercice, mettions notre ceinture de sécurité, avions un emploi assorti d'avantages et évitions certains quartiers, nous étions en sécurité, nos familles étaient protégées.

Maintenant, le chaos avait frappé à notre porte et nous devions agir autrement, penser le monde autrement. Nous devions répondre à l'appel d'une nation. Dans la semaine qui a suivi l'attentat, j'ai vu le Sénat, par 98 voix contre aucune, et la Chambre des représentants, par 420 contre 1, autoriser le Président à « faire usage de la force nécessaire et appropriée contre les nations, organisations et personnes » à l'origine de ces attaques. Dans tout le pays, des jeunes gens déterminés à servir leur pays manifestèrent leur intérêt pour les forces armées ou présentèrent leur candidature à la CIA. Et nous n'étions pas seuls : à Paris, *Le Monde* titrait « Nous sommes tous des Américains ». Au Caire, des mosquées organisèrent des prières en signe de sympathie. Pour la première fois depuis sa fondation, l'OTAN invoqua l'article 5 de sa charte stipulant qu'une attaque contre un de ses membres « sera considérée comme une attaque contre tous ». Avec la justice derrière nous et le monde à nos côtés, nous avons chassé les talibans de Kaboul en un peu plus d'un mois ; les agents d'Al Qaïda s'enfuirent, furent capturés ou abattus.

C'est un bon départ pour le gouvernement, ai-je pensé : ferme, mesuré, réalisé avec un minimum de pertes (nous découvririons plus tard seulement qu'en n'exerçant pas de pressions militaires suffisantes sur les forces d'Al Qaïda à Tora Bora nous avions peut-être laissé ben Laden s'échapper). Et j'ai donc attendu impatiemment avec le reste du monde ce qui selon moi allait suivre : l'élaboration d'une politique étrangère américaine pour le vingt et unième siècle, une politique qui non seulement adapterait notre stratégie militaire, nos opérations de renseignement et notre défense intérieure à la menace des réseaux terroristes, mais qui bâtirait aussi un nouveau consensus international sur les problèmes des menaces transnationales.

Ce nouveau plan ne vit jamais le jour. On nous servit à la place un assortiment de politiques désuètes dépoussiérées et bricolées ensemble sous de nouvelles étiquettes. L'« Empire du Mal » de Reagan devint l'« Axe du Mal ». La version Theodore Roosevelt de la doctrine Monroe – selon laquelle nous pouvons, par mesure préventive, éliminer des gouvernements qui ne nous plaisent pas – devint la doctrine Bush, non plus limitée à l'hémisphère ouest mais étendue au monde entier. « La destinée manifeste » était de retour ; tout ce qu'il fallait, selon Bush, c'était la puissance de feu américaine, la détermination américaine et une « coalition des bonnes volontés ».

Pis encore, peut-être, le gouvernement Bush ressuscita un type de politique disparu depuis la fin de la guerre froide. Quand la chute de Saddam Hussein prit valeur de test pour la doctrine de guerre préventive de Bush, ceux qui mettaient en question la justification de l'invasion de l'Irak furent accusés d'être « mous envers le terrorisme » ou « anti-américains ». Au lieu de peser honnêtement le pour et le contre de cette campagne militaire, le gouvernement lança une offensive de relations publiques, escamotant des rapports des services de renseignements pour étayer son dossier, sous-évaluant grossièrement les coûts et les besoins en personnel des opérations militaires, agitant le spectre de nuages en forme de champignon.

Cette stratégie fonctionna : en automne 2002, une majorité d'Américains étaient convaincus que Saddam Hussein possédait des armes de destruction massive et 66 % au moins croyaient (à tort) que le dirigeant irakien avait été personnellement mêlé aux attentats du 11 Septembre. Le soutien à l'invasion de l'Irak – et le taux d'opinions favorables à Bush – grimpa à 60 %.

Ayant en perspective les élections de mi-mandat, les républicains intensifièrent leur offensive et réclamèrent un vote autorisant le recours à la force contre Saddam Hussein. Et, le 11 octobre 2002, vingt-huit des cinquante démocrates du Sénat se joignirent à tous les républicains (sauf un) pour accorder à Bush le pouvoir qu'il réclamait.

Si ce vote me déçut, je comprenais les pressions auxquelles les démocrates étaient soumis. Je les avais moi-même éprouvées en partie. En automne 2002, j'avais déjà décidé de me présenter au Sénat des États-Unis et je savais qu'une guerre éventuelle avec l'Irak jouerait un rôle important dans toute campagne électorale. Quand un groupe de militants de Chicago m'a demandé de prendre la parole à un grand rassemblement contre la guerre prévu en octobre, un certain nombre de mes amis m'ont conseillé de ne pas prendre publiquement position sur une question aussi explosive. Non seulement l'idée d'une invasion de l'Irak était de plus en plus populaire mais, sur le fond, je n'estimais pas qu'il était établi une fois pour toutes qu'il ne fallait pas faire la guerre. Comme la plupart des analystes, je présumais que Saddam détenait des armes chimiques et biologiques et cherchait à posséder des armes nucléaires. Je pensais qu'il s'était à de nombreuses reprises moqué des résolutions de l'ONU et des inspecteurs d'armements et que son attitude méritait une réaction. Qu'il ait massacré son propre peuple était incontestable et je ne doutais pas que le monde et les Irakiens se porteraient mieux sans lui.

J'estimais cependant que la menace que posait Saddam Hussein n'était pas imminente, que les justifications du gouvernement étaient fragiles et idéologiquement motivées, que la guerre était loin d'être finie en Afghanistan. Et j'étais sûr qu'en préférant une intervention militaire unilatérale et précipitée au labeur lent et pénible de la diplomatie, d'inspections coercitives et de sanctions intelligentes, l'Amérique manquait l'occasion d'assurer un large soutien à sa politique.

J'ai donc prononcé ce discours. Aux deux mille personnes rassemblées sur la Federal Plaza de Chicago, j'ai expliqué qu'à la différence de certaines d'entre elles je n'étais pas contre toutes les guerres, que mon grand-père s'était engagé après le bombardement de Pearl Harbor et avait combattu dans l'armée de Patton. J'ai également déclaré qu'après « avoir été témoin du carnage et des destructions, après avoir vu la poussière et les larmes », je soutenais la « promesse du gouvernement de traquer et d'éliminer ceux qui massacrent des innocents au nom de l'intolérance » et que j'étais « prêt à prendre moi-même les armes pour empêcher qu'une telle tragédie puisse se renouveler ».

Ce que je ne soutenais pas, c'était « une guerre stupide, irréfléchie, fondée non sur la raison mais sur la passion, non sur les principes mais sur la politique ». Et j'ai ajouté :

« Je sais qu'une guerre contre l'Irak, même victorieuse, impliquera une occupation américaine d'une durée indéterminée, aux coûts et aux conséquences indéterminés. Je sais qu'une invasion de l'Irak sans justifications claires et sans un puissant soutien international ne fera qu'attiser les flammes au Moyen-Orient, encourager les pires tendances dans le monde arabe et renforcer les agents recruteurs d'Al Qaïda. »

Mon discours a été bien reçu. Des militants ont diffusé le texte sur Internet, ce qui m'a valu la réputation de parler franchement sur des sujets difficiles, une réputation qui me permettrait de remporter une primaire démocrate disputée. Mais je n'avais aucun moyen à ce moment-là de savoir si mon évaluation de la situation en Irak était juste. Lorsque l'invasion a finalement eu lieu et que les forces américaines ont marché sur

Bagdad sans rencontrer d'obstacles, lorsque j'ai vu la statue de Saddam Hussein tomber et le président des États-Unis se tenir sur le pont de l'*Abraham Lincoln* devant une banderole proclamant « Mission accomplie », j'ai commencé à penser que j'avais peut-être eu tort, tout en étant heureux du faible nombre de pertes américaines.

Et trois ans plus tard, donc, alors que le nombre de morts est de plus de deux mille et que celui des blessés dépasse les seize mille, que l'Amérique a déboursé 250 milliards en dépenses directes – et il faudra en débourser des centaines d'autres pour payer la dette qui en résultera et soigner les anciens combattants mutilés –, après deux élections nationales et un référendum constitutionnel en Irak et des dizaines de milliers de morts irakiens, après que les sentiments anti-américains ont atteint un niveau record dans le monde et que l'Afghanistan a recommencé à sombrer dans le chaos, je me rendais à Bagdad en ma qualité de sénateur afin de contribuer à définir ce que nous pourrions faire de ce gâchis.

L'atterrissage à l'aéroport international de Bagdad fut moins chahuté que prévu, même si j'étais soulagé de ne pas pouvoir regarder par un hublot tandis que notre C-130 se livrait à une série de soubresauts, de virages et de plongées. Un représentant du Département d'État était là pour nous accueillir, avec un échantillon de militaires portant l'arme à l'épaule. Après avoir écouté un briefing sur les questions de sécurité, annoncé notre groupe sanguin, reçu des casques et des gilets pare-balles, nous sommes montés dans deux hélicoptères Black Hawk qui nous ont emmenés jusqu'à la Zone verte, volant bas au-dessus de kilomètres de champs nus, quadrillés par des routes étroites et ponctués de bosquets de palmiers-dattiers et d'abris en béton, dont un grand nombre semblaient vides et dont quelques-uns avaient été rasés. Finalement, Bagdad est apparue, métropole couleur de sable de forme circulaire, que le Tigre coupait en son centre d'une large bande boueuse. Même vue d'en haut, la ville semblait lasse et délabrée. Dans la rue, la circulation était intermittente mais presque tous les toits étaient encombrés de paraboles que les dirigeants américains présentaient, avec le réseau de téléphone portable, comme l'un des symboles de la réussite de la reconstruction.

Je passerais une journée et demie seulement en Irak, essentiellement dans la Zone verte, un secteur du centre de Bagdad de quinze kilomètres de large qui avait été le cœur du gouvernement de Saddam Hussein et était devenu une enceinte américaine entourée de barrières anti-explosion et de fils de fer barbelé. Les équipes de reconstruction nous ont expliqué la difficulté de maintenir le réseau électrique et la production de pétrole face aux sabotages ; des officiers de renseignements nous ont décrit la menace croissante des milices sectaires, qui infiltraient les services de sécurité irakiens. Plus tard, nous avons rencontré des membres de la Commission électorale, qui ont parlé avec enthousiasme de la forte participation aux récentes élections. Pendant une heure, nous avons écouté l'ambassadeur américain Khalilzad, homme élégant et habile, au regard las, expliquer la délicate navette diplomatique dans laquelle il était engagé pour amener les factions chiites, sunnites et kurdes à un gouvernement d'union fiable.

L'après-midi, nous avons déjeuné avec des militaires dans le vaste mess situé derrière la piscine de ce qui avait été le palais présidentiel de Saddam. Il y avait là des soldats de l'armée régulière, des réservistes et des membres de la Garde nationale, provenant de grandes villes ou de bourgades, noirs, blancs et hispaniques, un grand nombre effectuant leur deuxième ou leur troisième période de service. Ils parlaient avec fierté de ce que leurs unités avaient accompli : construction d'écoles, protection d'installations électriques, assistance aux soldats irakiens récemment formés, maintenance des lignes de ravitaillement avec des régions reculées du pays. Cent fois, on m'a posé la même question : pourquoi la presse américaine ne parle-t-elle que d'attentats et de morts ? Il y avait des progrès, affirmaient-ils, et je devais faire savoir à ceux qui étaient restés au pays que leur travail n'était pas vain.

En causant avec ces hommes et ces femmes, je comprenais facilement leur frustration, car tous les Américains, militaires ou civils, que j'ai rencontrés en Irak m'ont impressionné par leur dévouement, leur compétence et leur volonté de reconnaître franchement non seulement les erreurs commises mais aussi la difficulté de la tâche qui les attendait encore. L'intervention en Irak témoignait de l'ingéniosité, de la richesse et du savoir-faire technique des États-Unis. Lorsqu'on se trouvait dans la Zone verte ou dans n'importe quelle autre grande base d'opérations en Irak ou au Koweït, on ne pouvait qu'admirer la capacité de notre gouvernement à bâtir des villes entières en territoire hostile, des communautés autonomes équipées de leur propres réseaux d'électricité et d'égouts, de câbles et de réseaux sans-fil informatiques, de terrains de basket et de marchands de crèmes glacées. Partout se manifestait cette qualité unique de l'optimisme américain : l'absence de cynisme malgré le danger, les sacrifices et les revers apparemment sans fin, la conviction qu'au bout du compte notre intervention se traduirait par une vie meilleure pour une nation de gens que nous connaissions à peine.

Et cependant, trois conversations que j'aurais au cours de ma visite me rappelleraient à quel point nos efforts en Irak semblaient naïvement idéalistes : malgré tout le sang américain versé, malgré l'argent englouti, malgré les meilleures intentions du monde, la maison que nous nous échinions à bâtir reposait peut-être sur des sables mouvants.

La première de ces conversations s'est déroulée en début de soirée, un jour où notre délégation donnait une conférence de presse à un groupe de correspondants étrangers en poste à Bagdad. Après la séance de questions et réponses, j'ai demandé aux journalistes s'ils pouvaient rester pour un échange de vues informel et off. Je leur ai dit que j'aimerais connaître le genre de vie qu'on mène en dehors de la Zone verte. Ils ont accepté volontiers mais m'ont prévenu qu'ils ne pouvaient pas rester plus de trois quarts d'heure : il se faisait tard et, comme la plupart des habitants de la ville, ils évitaient de se déplacer après le coucher du soleil.

Dans l'ensemble, ils étaient jeunes, pour la plupart entre vingt-cinq et trente-cinq ans, tous vêtus de manière assez décontractée pour avoir l'air d'étudiants. Leurs visages reflétaient cependant les tensions qu'ils subissaient : soixante journalistes avaient déjà trouvé la mort en Irak à cette date. Au début de notre conversation, ils se sont d'ailleurs excusés d'être un peu déconcentrés : ils venaient d'apprendre que l'une de leurs consœurs, Jill Caroll, du *Christian Science Monitor*, avait été enlevée et qu'on avait retrouvé le cadavre de son chauffeur sur le bas-côté d'une route. Ils avaient mis en œuvre tous leurs contacts pour essayer de savoir ce qu'elle était devenue. Selon eux, de telles violences n'étaient pas rares à Bagdad, mais c'étaient pour l'essentiel des Irakiens qui les subissaient. Les combats entre chiites et sunnites se multipliaient et prenaient un caractère moins stratégique, moins compréhensible, plus effrayant. Aucun des journalistes ne pensait que les élections conduiraient à une amélioration quelconque de la situation en matière de sécurité. Je leur ai demandé s'ils estimaient qu'un retrait des troupes américaines pourrait amener une certaine détente et je m'attendais qu'ils répondent par l'affirmative. Ils ont secoué la tête.

« À mon avis, le pays tomberait dans la guerre civile en quelques semaines, a déclaré l'un d'eux. Le conflit ferait cent, voire deux cent mille morts. Il n'y a que nous pour empêcher que tout s'écroule. »

Ce soir-là, notre délégation a accompagné l'ambassadeur Khalilzad à un dîner donné par le président provisoire irakien, Jalal Talabani. Nos voitures sont sorties de la Zone verte en franchissant un dédale de barrages puis ont emprunté une artère le long de laquelle des troupes américaines étaient postées à chaque carrefour. Nous avions reçu pour instruction de garder nos casques et nos gilets pare-balles pendant tout le trajet.

Au bout de dix minutes, nous sommes arrivés à une villa spacieuse où nous avons été accueillis par le président irakien et plusieurs membres du gouvernement provisoire. Tous des hommes corpulents, d'une cinquantaine ou d'une soixantaine d'années, qui arboraient de larges sourires mais dont les yeux ne révélaient aucune émotion. Je n'ai reconnu qu'un des ministres : M. Ahmed Chalabi, chiite formé en Occident qui, en tant que leader d'un groupe d'exilés irakiens, avait fourni aux services de renseignement américains et à l'équipe de Bush avant la guerre des informations sur la base desquelles avait été prise la décision d'envahir l'Irak (informations pour lesquelles le groupe de Chalabi avait reçu des millions de dollars et qui s'étaient révélées fausses). Depuis, Chalabi avait perdu la faveur de ses protecteurs américains. Selon certaines rumeurs, il aurait livré des informations secrètes aux Iraniens, et la Jordanie avait lancé un mandat d'arrêt contre lui après qu'il eut été condamné par contumace pour trente et un chefs d'accusation de détournement de fonds, vol et spéculation sur les monnaies. Apparemment, il était retombé sur ses pieds : impeccablement vêtu, accompagné de sa fille adulte, il était ministre du Pétrole du gouvernement provisoire.

Je n'ai pas beaucoup parlé à Chalabi pendant le dîner. J'étais assis près de l'ancien ministre des Finances, un homme connaissant parfaitement l'économie irakienne, soulignant la nécessité d'augmenter sa transparence et de renforcer son cadre légal pour attirer des investissements étrangers. À la fin de la soirée, j'ai confié à l'un des membres de l'ambassade américaine que l'ancien ministre m'avait fait une impression favorable.

« Il est intelligent, aucun doute, m'a répondu le collaborateur de l'ambassade. Bien sûr, il est aussi membre du parti SCIRI, qui contrôle le ministère de l'Intérieur, la police. Et la police… elle se fait infiltrer par les milices. On l'accuse de kidnapper des dirigeants sunnites dont on retrouve les corps le lendemain, des choses comme ça… »

Il a haussé les épaules et ajouté : « On travaille avec ce qu'on a. »

Cette nuit-là, ayant des difficultés à dormir, j'ai regardé le match des Redskins retransmis en direct par satellite sur le téléviseur du pavillon de la piscine autrefois réservé à Saddam Hussein et à ses invités. Plusieurs fois, j'ai coupé le son et j'ai entendu des tirs de mortier percer le silence.

Le lendemain matin, un Black Hawk nous a amenés à la base de Marines de Fallujah, perdue dans une région aride de l'ouest de l'Irak, l'Anbar. Certains des combats les plus durs contre la rébellion s'étaient déroulés dans cette province sunnite et l'atmosphère du camp était beaucoup plus sombre que celle de la Zone verte. La veille encore, cinq Marines en patrouille avaient été tués par des bombes dissimulées sur le bas-côté de la route et par des tirs d'armes légères. Les soldats paraissaient aussi moins expérimentés, la plupart d'entre eux n'avaient qu'une vingtaine d'années et beaucoup montraient encore les taches de rousseur et le corps pas totalement formé d'un adolescent.

Le général commandant le camp avait organisé un briefing à notre intention et nous avons écouté des officiers supérieurs nous expliquer le dilemme auquel étaient confrontées les forces américaines : avec des capacités plus grandes, elles arrêtaient un plus grand nombre de rebelles chaque jour mais, comme avec les bandes de jeunes à Chicago, pour chaque rebelle arrêté, deux autres étaient prêts à prendre la place. La rébellion était alimentée par l'économie, pas seulement par la politique : le gouvernement central avait négligé l'Anbar et le chômage touchait 70 % des hommes.

« Pour 2 ou 3 dollars, un jeune vous pose une bombe, a dit l'un des officiers. C'est une somme, ici. »

À la fin du briefing, un léger brouillard était tombé, retardant notre départ pour Kirkuk. Pendant notre attente, mon assistant en politique étrangère, Mark Lippert, s'est éloigné pour bavarder avec l'un des officiers tandis que j'entamais une conversation avec l'un des majors responsables de la stratégie anti-insurrectionnelle dans la région. C'était un homme de petite taille, avec une voix douce et des lunettes qui le faisaient ressembler à un prof de maths de lycée. En fait, avant de rejoindre les Marines, il avait passé plusieurs années aux Philippines avec le Peace Corps. Un grand nombre des leçons qu'il avait apprises là-bas pouvaient s'appliquer à l'Irak, m'a-t-il assuré. Il n'y avait pas ici le nombre d'arabophones nécessaire pour établir des rapports de confiance avec la population. Nous devions améliorer l'ouverture à d'autres cultures au sein de nos troupes, développer des relations à long terme avec les dirigeants locaux et associer des équipes de reconstruction aux forces de sécurité afin que les Irakiens puissent constater les résultats concrets des efforts américains. Tout cela prendrait du temps, a-t-il souligné, mais il percevait déjà des améliorations quand l'armée adoptait ces méthodes dans tout le pays.

L'officier qui nous servait d'escorte nous a fait signe que l'hélicoptère était prêt à décoller. J'ai souhaité bonne chance au major et je me suis dirigé vers le minibus. Quand Mark m'a rejoint, j'ai voulu savoir ce que sa conversation avec l'officier lui avait appris.

« Je lui ai demandé ce que selon lui nous devions faire, face à cette situation.

– Qu'est-ce qu'il a répondu ?

– Partir. »

On continuera à analyser l'histoire de l'intervention américaine en Irak et à en débattre pendant de nombreuses années. Elle est encore en train de s'écrire. Aujourd'hui, la situation s'est tellement aggravée qu'on peut penser qu'une guerre civile larvée a commencé, et, si je suis convaincu que tous les Américains – indépendamment de leur position sur la décision originelle d'envahir l'Irak – ont intérêt à ce que cette intervention trouve une issue honorable, je ne peux affirmer, en toute franchise, que les perspectives à court terme me rendent optimiste.

Je sais en revanche qu'à ce stade ce sera la politique – les calculs de ces hommes durs, dépourvus de sentiments, avec qui j'avais dîné – et non l'intervention des forces américaines qui déterminera ce qui se passera en Irak. Je crois aussi que nos objectifs stratégiques devraient être clairement définis : parvenir à un minimum de stabilité en Irak, assurer que les hommes au pouvoir ne soient pas hostiles aux États-Unis, empêcher l'Irak de devenir une base pour les activités terroristes. Les Américains et les Irakiens ont intérêt à ce que s'entame un retrait gradué des forces américaines, mais la rapidité avec laquelle ce retrait peut s'effectuer est affaire de jugement et repose sur une série de suppositions : la capacité du gouvernement irakien à garantir à son peuple un certain niveau, même élémentaire, de sécurité et de services, la mesure dans laquelle notre présence même provoque la rébellion, et les probabilités d'une guerre civile totale en cas de retrait des troupes américaines. Quand un officier de Marines aguerri suggère que nous levions le camp et que des journalistes de terrain nous conseillent de rester, le choix n'est pas facile à faire.

Il n'est cependant pas trop tôt pour tirer quelques conclusions. Car nos difficultés ne sont pas seulement dues à une mauvaise mise en œuvre de nos plans, elles reflètent une mauvaise conception au départ. Près de cinq ans après le 11 Septembre et quinze ans après l'effondrement de l'Union soviétique, les États-Unis n'ont toujours pas de politique de sécurité nationale cohérente. Au lieu de principes directeurs, nous avons une série de décisions à l'emporte-pièce avec des résultats douteux. Pourquoi envahir l'Irak et pas la Corée du Nord ou la Birmanie ? Pourquoi intervenir en Bosnie et pas au Darfour ? Avons-nous pour objectif un changement de régime en Iran, le démantèlement de toute capacité nucléaire de ce pays, la prévention d'une prolifération nucléaire, ou les trois ? Nous sommes-nous engagés à faire usage de la force partout où un régime despotique terrorise son peuple, et si c'est le cas, combien de temps resterons-nous pour assurer que la démocratie prenne racine ? Comment devons-nous traiter des pays comme la Chine qui se démocratisent sur le plan économique mais pas sur le plan politique ? Œuvrons-nous par l'intermédiaire des Nations unies sur toutes les questions ou seulement quand l'ONU est disposée à ratifier des décisions que nous avons déjà prises ?

Quelqu'un, à la Maison-Blanche, a peut-être des réponses claires à ces questions. Mais nos alliés – et aussi nos ennemis, du reste – ne les connaissent pas. Ni, ce qui est plus important, le peuple américain. Sans une stratégie bien définie que l'opinion publique soutient et que le monde comprend, l'Amérique n'aura ni la légitimité ni, en dernière instance, la puissance nécessaires pour rendre le monde plus sûr qu'il ne l'est aujourd'hui. Nous avons besoin d'un nouveau cadre de politique étrangère ayant l'audace et l'ampleur de la politique de Truman après la Seconde Guerre mondiale : une politique à la hauteur des défis et des possibilités d'un nouveau millénaire, une politique qui guide notre usage de la force et exprime nos idéaux et nos engagements les plus profonds.

Je ne prétends pas avoir cette stratégie dans ma poche, mais je sais ce que je crois et je voudrais suggérer ici quelques pistes sur lesquelles les Américains devraient pouvoir se mettre d'accord, des points de départ pour un nouveau consensus.

Pour commencer, nous devons comprendre que tout retour à l'isolationnisme – ou à une conception de la politique étrangère niant la nécessité occasionnelle de déployer des troupes américaines – ne marchera pas. La tentation de se retirer du monde demeure forte dans nos deux partis, en particulier lorsqu'il peut y avoir des pertes en hommes. Après que les corps de soldats américains avaient été traînés dans les rues de Mogadiscio en 1993, par exemple, les républicains ont accusé le président Clinton de mettre en danger des forces des États-Unis dans des opérations mal conçues. C'est en partie à cause de cette expérience en Somalie que le candidat George W. Bush a promis pendant la campagne électorale de 2000 de ne plus jamais engager de forces militaires américaines dans la « construction d'une nation ». On le comprend aisément, l'intervention du gouvernement Bush en Irak a provoqué une réaction bien plus forte. Selon un sondage du Pew Research Center, près de cinq ans après les attentats du 11 Septembre, 46 % des Américains estiment que les États-Unis devraient « s'occuper de leurs affaires sur le plan international et laisser les autres pays se débrouiller comme ils peuvent ».

La réaction a été particulièrement marquée chez les progressistes, qui voient dans l'Irak une répétition des erreurs que l'Amérique a commises au Vietnam. Le mécontentement face à la situation en Irak et aux méthodes douteuses que le gouvernement a utilisées pour justifier la guerre a même conduit un grand nombre de gens de gauche à minimiser la menace posée par le terrorisme et la prolifération nucléaire : selon un sondage de janvier 2005, les personnes se présentant comme conservatrices étaient à 29 % plus enclines que les progressistes à définir l'élimination d'Al Qaïda comme l'un de leurs objectifs prioritaires en politique étrangère, et à 26 % plus enclines à refuser l'arme nucléaire à des mouvements ou à des pays hostiles. À gauche, en revanche, les trois principaux objectifs en politique étrangère étaient de retirer les troupes d'Irak, de mettre fin à la propagation du sida et de coopérer plus étroitement avec nos alliés.

Les objectifs mis en avant par la gauche sont importants mais ils ne constituent pas une politique de sécurité nationale cohérente. Il est donc utile de nous rappeler qu'Oussama ben Laden n'est pas Ho Chi Minh et que les menaces que les États-Unis affrontent aujourd'hui sont réelles, multiples et potentiellement dévastatrices. Notre politique récente a aggravé la situation, mais si nous nous retirions demain de l'Irak, les États-Unis resteraient une cible étant donné leur position dominante dans l'ordre du monde actuel. Naturellement, les conservateurs se trompent tout autant s'ils pensent que nous pouvons nous contenter d'éliminer les « méchants » et laisser ensuite le monde se débrouiller. La mondialisation fait dépendre notre économie, notre richesse et notre sécurité d'événements qui se déroulent de l'autre côté du globe. Aucun pays n'est plus à même que nous de donner forme à ce système mondial, de construire un consensus autour d'une nouvelle série de règles internationales élargissant les zones de liberté, de sécurité personnelle et de prospérité économique. Que cela nous plaise ou non, si nous voulons rendre l'Amérique plus sûre, nous devons d'abord rendre le monde plus sûr.

La deuxième chose que nous devons reconnaître, c'est que la situation en matière de sécurité est fondamentalement différente de celle qui existait il y a cinquante, vingt-cinq ou même dix ans. Quand Truman, Acheson, Kennan et Marshall se sont réunis pour tracer les grandes lignes de l'ordre mondial après la Seconde Guerre mondiale, leur cadre de référence était la rivalité entre les grandes puissances qui avaient dominé le dix-neuvième siècle et le début du vingtième. Dans ce monde, les menaces les plus graves pour l'Amérique provenaient d'États expansionnistes comme l'Allemagne nazie ou la Russie soviétique, capables de déployer de vastes armées et de recourir à de puissants arsenaux pour envahir des territoires clefs, restreindre notre accès à des ressources essentielles et dicter les conditions du commerce mondial.

Ce monde-là n'existe plus. L'intégration de l'Allemagne et du Japon dans un système mondial de démocraties libérales et d'économies de marché a éliminé de fait la menace de conflits entre grandes puissances du monde libre. L'avènement de l'armement nucléaire et d'une « destruction mutuelle certaine » a rendu le risque de guerre entre les États-Unis et l'Union soviétique peu probable, avant même la chute du mur de Berlin.

Aujourd'hui, les pays les plus puissants (y compris, dans une mesure croissante, la Chine) – ainsi que, et c'est tout aussi important, la grande majorité de ceux qui y vivent – sont engagés par une série de règles internationales communes qui régissent les échanges commerciaux, les politiques économiques et le règlement diplomatique et juridique des différends, même si les notions plus larges de liberté et de démocratie ne sont pas toujours observées à l'intérieur de leurs frontières.

La menace croissante vient donc essentiellement de ces régions du monde en marge de l'économie mondiale où les règles internationales n'ont pas pris pied : des États faibles ou défaillants, de l'arbitraire, de la corruption et de la violence chronique ; des terres où une écrasante majorité de la population est pauvre, sans instruction et coupée des réseaux d'informations internationaux, où les dirigeants craignent que la mondialisation ne desserre leur emprise sur le pouvoir, ne sape les cultures traditionnelles et ne supplante les institutions locales.

On pensait autrefois que l'Amérique pouvait en toute sécurité ne pas tenir compte des nations et des individus de ces régions à l'écart. Elles pouvaient s'opposer à notre conception du monde, nationaliser une entreprise américaine, provoquer une flambée des prix des matières premières, tomber dans le giron des Soviétiques ou de la Chine communiste, voire attaquer une ambassade ou des troupes américaines à l'étranger, mais elles étaient incapables de nous frapper là où nous vivons. Le 11 Septembre nous a montré que ce n'est plus le cas. L'interconnexion même qui unit de plus en plus toutes les parties du monde a donné du pouvoir à ceux qui veulent abattre ce monde. Les réseaux terroristes peuvent diffuser leur doctrine en un clin d'œil, s'en prendre aux maillons faibles du système économique mondial en sachant qu'un attentat à Londres ou à Tokyo aura des répercussions à New York ou à Hong Kong. On peut maintenant acheter au marché noir les armements et la technologie qui étaient naguère le privilège exclusif des États-nations, ou charger leurs plans sur Internet. La libre circulation des biens et des personnes par-delà les frontières, sang nourricier même de l'économie mondiale, peut être exploitée à des fins meurtrières.

Si les États-nations n'ont plus le monopole de la violence de masse, s'ils sont en fait de moins en moins susceptibles de lancer une attaque directe contre nous puisqu'ils ont une adresse fixe à laquelle nous pouvons envoyer une réponse, si, au contraire, les menaces qui se développent rapidement sont transnationales – réseaux terroristes résolus à refouler ou à détruire les forces de la mondialisation, épizooties comme la grippe aviaire, ou changements catastrophiques du climat –, comment notre stratégie de sécurité nationale doit-elle s'adapter ?

En premier lieu, notre budget de la défense et les structures de notre armée doivent refléter la réalité nouvelle. Depuis le début de la guerre froide, notre capacité à dissuader une agression de pays à pays a dans une large mesure garanti la sécurité de tout pays s'engageant à respecter les règles et les normes internationales. Puisque notre marine est la seule à patrouiller dans le monde entier, ce sont nos bâtiments qui maintiennent ouvertes les voies maritimes. Et c'est notre parapluie nucléaire qui a empêché l'Europe et le Japon d'entrer dans la course aux armements pendant la guerre froide et qui – jusqu'à une période récente, tout au moins – a amené la plupart des pays à conclure qu'il ne valait pas la peine d'accéder au nucléaire. Tant que la Russie et la Chine maintiendront leurs puissantes forces militaires et ne se seront pas totalement débarrassées de leur penchant à fanfaronner – et tant qu'une poignée d'États voyous seront prêts à attaquer d'autres nations souveraines, comme Saddam Hussein l'a fait avec le Koweït en 1991 –, il y aura des moments où nous devrons rejouer le rôle de shérif, même réticent, du monde. Cela ne changera pas, cela ne doit pas changer.

D'un autre côté, il est temps pour nous de reconnaître qu'un budget de la défense et des structures militaires reposant principalement sur la perspective d'une troisième guerre mondiale n'ont que peu de sens sur le plan stratégique. En 2005, le budget militaire des États-Unis dépassait 552 milliards de dollars, plus que ceux des trente pays suivants combinés. Notre PIB est plus élevé que ceux, pris ensemble, des deux pays les plus peuplés et à la croissance économique la plus forte : la Chine et l'Inde. Nous devons maintenir une position stratégique qui nous permette de faire face aux menaces d'États voyous comme la Corée du Nord et l'Iran, et de relever les défis de rivaux potentiels comme la Chine. En fait, compte tenu de l'affaiblissement de nos forces après les guerres en Irak et en Afghanistan, nous aurons probablement besoin dans l'avenir immédiat d'un budget légèrement plus élevé, uniquement pour restaurer notre état de préparation et remplacer le matériel.

Mais le défi militaire le plus complexe ne sera pas de rester devant la Chine (de même que notre grand problème avec la Chine sera plus économique que militaire). Plus probablement, ce défi consistera à mettre pied dans les régions hostiles, ou à la dérive, où les terroristes prolifèrent. Ce qui nécessite un équilibre plus intelligent entre ce que nous dépensons en équipement sophistiqué et ce que nous dépensons pour les hommes et les femmes de notre armée. Ce qui implique d'augmenter les dimensions de nos forces armées pour assurer des calendriers de rotation raisonnables, pour garantir que nos troupes reçoivent l'équipement approprié et la formation dans divers domaines – langue, reconstruction, collecte de renseignements et maintien de la paix – dont elles auront besoin pour accomplir des missions de plus en plus complexes et difficiles.

Toutefois, un changement de la composition de notre armée ne suffira pas. Pour faire face aux menaces asymétriques – provenant des réseaux terroristes et de la poignée d'États qui les soutiennent – que nous connaîtrons à l'avenir, les structures de nos forces armées compteront finalement moins que la façon dont nous choisirons de les utiliser. Les États-Unis ont gagné la guerre froide non pas simplement parce qu'ils avaient un armement supérieur à celui de l'Union soviétique mais parce que les valeurs américaines ont pris le dessus au tribunal de l'opinion publique internationale, qui incluait les populations des régimes communistes. Plus encore que pendant la guerre froide, la lutte contre le terrorisme islamiste ne sera pas uniquement une campagne militaire mais aussi une bataille pour gagner l'opinion dans le monde musulman, parmi nos alliés et aux États-Unis. Oussama ben Laden sait qu'il ne peut pas vaincre ni même paralyser temporairement les États-Unis dans une guerre classique. Ce que ses alliés et lui peuvent nous infliger, ce sont des souffrances assez grandes pour provoquer une réaction semblable à celle que nous avons eue en Irak : une incursion ratée et malavisée dans un pays musulman qui suscite en retour une rébellion fondée sur un sentiment religieux et un sursaut d'orgueil national, qui nécessite à son tour une occupation américaine longue et difficile, qui débouche sur des pertes croissantes parmi les troupes américaines et la population civile locale. Tout cela attise l'anti-américanisme, élargit le vivier de recrues terroristes potentielles et incite l'opinion américaine à mettre en question non seulement la guerre mais aussi une politique qui nous précipite droit dans le monde musulman.

C'est un plan pour gagner une guerre tapi dans une grotte et, jusqu'ici, nous suivons le scénario à la lettre. Pour modifier ce scénario, nous devons nous assurer que tout recours à nos forces armées, au lieu de contrarier nos objectifs, contribue à leur réalisation : neutraliser le potentiel destructeur des réseaux terroristes *et* remporter cette bataille d'idées.

Qu'est-ce que cela signifie en pratique ? Nous devons partir du principe que les États-Unis, comme tout pays souverain, ont le droit unilatéral de se défendre contre toute attaque. En tant que telle, notre offensive pour éliminer les camps de base d'Al Qaïda et le régime taliban qui les abritait était totalement justifiée, et même la plupart des pays islamistes l'ont jugée légitime. Il est sans doute préférable de bénéficier du soutien de nos alliés dans de telles campagnes militaires, mais notre sécurité immédiate ne peut dépendre du souhait d'instaurer un consensus international. Si nous devons y aller seuls, le peuple américain est prêt à payer n'importe quel prix et à porter n'importe quel fardeau pour protéger notre pays.

J'estime aussi que nous avons le droit de mener une offensive militaire unilatérale pour éliminer une menace imminente contre notre sécurité, à condition que l'on entende par « menace imminente » un pays, un groupe ou un individu qui s'apprête à frapper des cibles américaines (ou des alliés avec lesquels les États-Unis ont des accords de défense mutuelle) et qui a ou aura les moyens de le faire dans un avenir immédiat. Al Qaïda répond à ces critères et nous pouvons et devons lancer des attaques préventives contre elle chaque fois que cela nous est possible. L'Irak de Saddam Hussein ne répondait pas à ces critères, voilà pourquoi son invasion par nos troupes a été une telle bourde stratégique. Si nous devons agir unilatéralement, il vaut mieux que nous ne nous trompions pas de cible.

Toutefois, si nous allons au-delà des questions de légitime défense, je suis convaincu que nous avons presque toujours intérêt à agir multilatéralement et non unilatéralement lorsque nous faisons usage de la force dans le monde. Je ne veux pas dire par là que le Conseil de Sécurité de l'ONU – organisme qui, par ses structures et ses procédures, paraît trop souvent figé dans une époque de guerre froide révolue – devrait avoir un droit de veto sur nos actions. Je ne veux pas dire non plus qu'il nous suffit de rallier à notre cause le Royaume-Uni et le Togo pour faire ensuite ce qui nous chante. Agir multilatéralement signifie faire ce que George H. W. Bush et son équipe ont fait pendant la première guerre du Golfe : s'engager dans un long et difficile travail diplomatique en vue d'assurer à nos actions le soutien de la plupart des pays et veiller à ce que ces actions contribuent à renforcer les normes internationales.

Pourquoi nous conduire de cette façon ? Parce que personne ne bénéficie plus que nous du respect des règles internationales. Nous ne pouvons pas faire des convertis à ces règles si nous nous conduisons comme si elles s'appliquaient à tout le monde sauf à nous. Lorsque l'unique super-puissance au monde limite de son propre chef l'usage de sa force et se conforme à des règles de conduite fixées multilatéralement, elle fait la preuve que ces règles valent la peine d'être suivies et prive les terroristes et les dictateurs de l'argument selon lequel elles ne sont qu'un instrument de l'impérialisme américain.

Obtenir une coopération mondiale permet aussi d'alléger le poids que les États-Unis devront porter quand une intervention militaire sera requise et en augmentera les chances de succès. Étant donné les budgets militaires relativement modestes de nos alliés, le partage de ce poids peut parfois se révéler un peu illusoire, mais dans les Balkans et en Afghanistan nos alliés au sein de l'OTAN ont effectivement assumé leur part des risques et des coûts. De plus, dans le type de conflit où nous avons de fortes chances de nous retrouver engagés, l'offensive militaire initiale sera souvent moins complexe et moins coûteuse que le travail qui suivra : former les forces de police locales, rétablir l'électricité et l'eau courante, installer un système judiciaire capable de fonctionner, encourager des médias indépendants, assurer les infrastructures d'un système de santé et organiser des élections. Des alliés peuvent aider à payer les frais et à fournir du personnel compétent, comme ils l'ont fait dans les Balkans et en Afghanistan, mais ils le feront plus volontiers si nous nous sommes d'abord assurés d'un soutien international. En jargon militaire, la légitimité est un « multiplicateur de force ».

Tout aussi important, le long processus de construction d'une coalition nous oblige à écouter d'autres points de vue et donc à réfléchir avant de sauter. Quand nous ne nous défendons pas contre une menace directe et imminente, nous avons souvent l'avantage du temps. Notre puissance militaire n'est plus qu'un instrument parmi beaucoup d'autres (même s'il est extraordinairement important) pour exercer notre influence sur les événements et promouvoir nos intérêts dans le monde : maintenir l'accès à des sources d'énergie capitales et garantir la stabilité des marchés financiers, assurer le respect des frontières internationales et empêcher un génocide. Dans ce but, nous devons analyser froidement les coûts et les bénéfices d'un recours à la force, le mettre en balance avec les autres moyens dont nous disposons.

Un pétrole bon marché vaut-il le prix d'une guerre, en sang et en dollars ? Notre intervention militaire dans un conflit ethnique particulier conduira-t-elle à un règlement politique durable ou à l'engagement de troupes américaines pour une période indéterminée ? Notre différend avec un pays ne peut-il être réglé par la diplomatie ou par une série de sanctions coordonnées ? Si nous voulons gagner la bataille des idées, nous devons faire entrer l'opinion mondiale dans l'équation. Et s'il est parfois frustrant de voir des attitudes anti-américaines chez des alliés européens qui bénéficient de notre protection, ou d'entendre à l'Assemblée générale des Nations unies des discours visant à obscurcir les faits, à détourner l'attention ou à excuser l'inaction, il est possible que sous cette rhétorique il y ait des perspectives susceptibles d'éclairer la situation et de nous aider à prendre de meilleures décisions stratégiques.

Enfin, en engageant nos alliés, nous les faisons participer au travail difficile, méthodique, vital et nécessairement collectif pour limiter la capacité de nuisance des terroristes. Ce travail consiste à fermer les réseaux financiers du terrorisme, à échanger des renseignements pour traquer les suspects et infiltrer leurs cellules. Notre échec constant à coordonner efficacement la collecte d'informations, y compris entre services de renseignements américains, et notre manque d'efficacité permanent dans le renseignement par ressources humaines sont inexcusables. Et surtout, nous devons rassembler toutes les forces pour empêcher les terroristes de mettre la main sur des armes de destruction massive.

L'un des meilleurs exemples d'une telle collaboration a été expérimenté dans les années 1990 par le sénateur républicain Dick Lugar, de l'Indiana, et l'ancien sénateur démocrate Sam Nunn, de Géorgie, deux hommes qui comprenaient la nécessité de constituer des coalitions avant une crise, et qui l'appliquaient au problème grave de la prolifération nucléaire. Le principe de ce qui porterait le nom de programme Nunn-Lugar était simple : après la chute de l'Union soviétique, la plus grande menace pour les États-Unis – mis à part un lancement accidentel – ce n'était pas une première frappe ordonnée par Gorbatchev ou par Eltsine mais le passage de matériel ou de savoir-faire nucléaire dans les mains de terroristes ou d'États voyous, conséquence possible de l'effondrement économique de la Russie, de la corruption de son armée, de l'appauvrissement de ses chercheurs, de l'état de délabrement de ses systèmes de sécurité et de contrôle. Dans le cadre du plan Nunn-Lugar, l'Amérique a fourni les ressources nécessaires pour réparer ces systèmes et si ce programme a consterné ceux qui continuaient à penser dans les termes de la guerre froide, il s'est révélé être l'un des meilleurs investissements que nous pouvions faire pour nous épargner une catastrophe.

En août 2005, je suis allé constater avec le sénateur Lugar une partie des résultats de ce programme. C'était mon premier voyage en Russie et en Ukraine, et je n'aurais pas pu avoir de meilleur guide que Dick, homme de soixante-treize ans remarquablement en forme, courtois et imperturbable, arborant un éternel sourire indéchiffrable fort utile pendant les réunions souvent interminables que nous eûmes avec des personnages officiels. Nous avons visité ensemble les installations nucléaires de Saratov, où des généraux russes nous ont montré avec fierté les nouvelles clôtures et les nouveaux systèmes de sécurité récemment installés. Ils nous ont offert ensuite un déjeuner avec au menu du bortsch, de la vodka, des pommes de terre et un poisson en gelée d'allure inquiétante. À Perm, site où l'on démantelait des missiles tactiques SS-24 et SS-25, nous sommes passés entre des châssis vides hauts de deux mètres quarante et nous avons contemplé en silence les énormes missiles profilés encore actifs qu'on entreposait en lieu sûr mais qui avaient été autrefois braqués sur les grandes villes d'Europe.

Dans un quartier résidentiel tranquille de Kiev, nous avons visité l'équivalent ukrainien de nos centres d'enrayement des épidémies, modeste bâtiment de deux étages faisant penser à un laboratoire de lycée. Après être passés devant des fenêtres ouvertes faute de climatisation, des plaques métalliques grossièrement vissées en bas des portes pour empêcher les souris d'entrer, nous avons vu un petit congélateur qui n'était protégé que par une ficelle faisant office de scellés. Une femme d'âge mur en blouse blanche et masque chirurgical y a pris quelques tubes à essai qu'elle a agités à trente centimètres de mon visage en disant quelque chose en ukrainien.

« C'est de l'anthrax, a expliqué le traducteur en indiquant la fiole que la femme tenait dans sa main droite. Et celle qu'elle a dans sa main gauche, c'est la peste. »

En me retournant, j'ai constaté que Lugar était demeuré dans le fond de la salle.

« Tu ne veux pas voir ça de plus près, Dick ? lui ai-je lancé tout en reculant.

– Je connais, je connais », a-t-il répondu dans un sourire.

Pendant notre voyage, il y a eu des moments qui nous ont rappelé le temps de la guerre froide. À l'aéroport de Perm, par exemple, un douanier d'une vingtaine d'années nous a retenus trois heures parce que nous ne voulions pas le laisser fouiller notre avion. Il a fallu que nos assistants bombardent de coups de téléphone l'ambassade américaine et le ministère russe des Affaires étrangères à Moscou. Pourtant, l'essentiel de ce que nous avons vu et entendu – la boutique Calvin Klein et la salle d'exposition Maserati dans le centre commercial de la place Rouge ; devant un restaurant, le défilé de 4 × 4 de luxe conduites par des costauds en costume mal taillé qui se seraient autrefois précipités pour ouvrir la portière à un dignitaire du Kremlin mais qui servaient maintenant de gardes du corps à l'un des oligarques milliardaires de la Russie ; les groupes d'adolescents renfrognés en tee-shirt et jean taille basse partageant une cigarette et la musique d'un iPod sur les majestueux boulevards de Kiev – soulignait un processus apparemment irréversible d'intégration économique, sinon politique, entre l'Est et l'Ouest.

C'était en partie la raison pour laquelle Lugar et moi étions accueillis si chaleureusement dans ces diverses installations militaires. Non seulement notre présence promettait de l'argent pour les systèmes de sécurité, les clôtures et les moniteurs de surveillance, mais elle démontrait aux hommes et aux femmes qui travaillaient dans ces installations qu'ils comptaient encore. Ils avaient fait carrière, ils avaient été honorés pour avoir perfectionné les instruments de la guerre. Ils se retrouvaient maintenant à la tête de vestiges du passé, d'institutions sans grande importance pour des pays dont les habitants cherchaient maintenant avant tout à gagner rapidement de l'argent.

C'est à coup sûr l'impression que j'ai eue à Donetsk, ville industrielle du sud-est de l'Ukraine où nous nous sommes arrêtés pour visiter un centre de destruction d'armes classiques. On y accédait par d'étroites routes parfois embouteillées par des chèvres. Le directeur, un homme rond et jovial qui me rappela le chef d'une circonscription de Chicago, nous a fait parcourir une série d'entrepôts sombres à divers degrés de délabrement, où des rangées d'ouvriers démontaient habilement des mines et des obus de char dont les douilles vides formaient des tas m'arrivant aux épaules. Ils ont besoin de l'aide américaine, nous a expliqué le directeur, parce que l'Ukraine n'a pas l'argent nécessaire pour détruire tout l'arsenal hérité de la guerre froide et de l'Afghanistan : au rythme où ils allaient, il leur faudrait soixante ans pour démonter ou désamorcer ces armes. En attendant, elles demeureraient éparpillées dans tout le pays, souvent dans des baraques sans cadenas, exposées aux éléments, des munitions et des explosifs puissants, des engins de destruction qui risquaient de tomber entre les mains de seigneurs de la guerre de Somalie, de combattants tamouls du Sri Lanka, de rebelles irakiens.

Tandis qu'il nous exposait le problème, notre groupe est entré dans un autre bâtiment où des femmes portant des masques chirurgicaux retiraient l'hexogène – un explosif militaire – de diverses munitions et le glissaient dans des sacs. Dans une autre pièce, je suis tombé sur deux hommes en maillot de corps qui fumaient près d'un vieux radiateur sifflant et jetaient leurs cendres dans une rigole où coulait une eau orange. L'un des membres de notre équipe m'a appelé pour me montrer une affiche jaunissante fixée au mur, relique de la guerre en Afghanistan, nous expliqua-t-on : comment cacher des explosifs dans des jouets qu'on larguait au-dessus des villages pour que des enfants sans méfiance les rapportent à la maison.

Un témoignage de la folie des hommes, ai-je pensé.

Une trace de la façon dont les empires se détruisent eux-mêmes.

Il y a une dernière dimension de la politique étrangère américaine qu'il faut discuter, celle qui consiste moins à éviter la guerre qu'à promouvoir la paix. L'année de ma naissance, le président Kennedy a déclaré, dans son discours d'investiture : « Aux peuples des huttes et des villages de la moitié du globe qui luttent pour se libérer des chaînes de la misère, nous promettons de tout faire pour les aider à s'aider eux-mêmes, pendant toute la période requise, non parce que les communistes pourraient le faire, non parce que nous cherchons à obtenir leur vote mais parce que c'est juste. Si une société libre n'est pas capable d'aider les nombreux pauvres, elle ne peut rien pour sauver quelques riches. » Quarante-cinq ans plus tard, cette misère existe encore. Si nous voulons tenir la promesse de Kennedy – et servir du même coup nos intérêts à long terme –, nous devons aller au-delà d'un usage plus prudent de la force. Nous devons adapter notre politique pour réduire les zones d'insécurité, de pauvreté et de violence dans le monde, et faire en sorte que plus de gens aient intérêt à l'ordre mondial qui nous a été si bénéfique.

Bien sûr, d'aucuns contesteront mon hypothèse de départ, à savoir que tout système mondial bâti à l'image de l'Amérique peut réduire la misère dans des pays plus pauvres. La forme qu'un tel système devrait prendre – libre-échange, marchés ouverts, libre circulation de l'information, état de droit, élections démocratiques, etc. – n'est pour eux qu'une expression de l'impérialisme américain conçue pour exploiter la main-d'œuvre bon marché et les ressources naturelles d'autres pays et contaminer des cultures non occidentales avec nos croyances décadentes. Plutôt que de se conformer aux règles de l'Amérique, arguent-ils, les autres pays devraient résister à ses tentatives pour étendre son hégémonie. Ils devraient plutôt suivre leur propre voie de développement, s'inspirer de populistes de gauche comme Hugo Chavez, au Venezuela, ou se tourner vers des principes d'organisation sociale plus traditionnels, comme la loi islamique.

Je n'écarte pas leurs arguments d'un revers de main. Après tout, c'est l'Amérique et ses alliés occidentaux qui ont créé le système mondial actuel ; c'est à notre façon de faire – nos normes comptables, notre langue, notre dollar, nos lois sur les droits d'auteur, notre technologie et notre culture populaire – que le monde a dû s'adapter, ces cinquante dernières années. Si, globalement, le système international a engendré une grande prospérité dans les pays industrialisés, il a aussi fait de nombreux exclus, une réalité que les dirigeants occidentaux ont souvent refusé de voir et parfois aggravée.

En dernière analyse, je crois cependant que ces critiques ont tort de penser que les pauvres du monde ont intérêt à rejeter les principes de l'économie de marché et de la démocratie libérale. Lorsque des militants des droits de l'homme viennent dans mon bureau et me racontent qu'ils ont été emprisonnés ou torturés pour leurs convictions, ils ne se font pas les agents de la puissance américaine. Quand mon cousin kényan se plaint de ne pas pouvoir trouver de travail sans graisser la patte d'un dirigeant du parti au pouvoir, il n'a pas subi un lavage de cerveau. Qui peut douter que, si on leur laissait le choix, la plupart des Nord-Coréens préféreraient vivre en Corée du Sud et que de nombreux Cubains ne refuseraient pas d'essayer de s'acclimater à Miami ?

Aucun individu, dans quelque culture que ce soit, n'aime être maltraité. Personne n'aime vivre dans la peur parce qu'il a des idées différentes. Personne n'aime être pauvre ou avoir faim, vivre dans un système économique où on ne peut jamais profiter des fruits de son travail. Le système d'économie de marché et de démocratie libérale qui caractérise la majeure partie du monde industrialisé a peut-être ses défauts et privilégie peut-être trop souvent les intérêts des puissants au détriment de ceux qui n'ont aucun pouvoir. Mais ce système change et s'améliore constamment, et c'est précisément dans cette faculté de changement que les démocraties libérales reposant sur le marché offrent aux peuples du monde entier les plus grandes chances d'une vie meilleure.

Notre défi consiste donc à veiller à ce que la politique des États-Unis oriente le système mondial vers plus d'équité, de justice et de prospérité, pour que les règles que nous préconisons servent à la fois nos intérêts et ceux d'un monde en lutte. En poursuivant cet objectif, nous devons garder à l'esprit quelques principes fondamentaux. D'abord, nous devons nous montrer sceptiques envers ceux qui pensent que nous pouvons à nous seuls libérer d'autres peuples de la tyrannie. Je suis d'accord avec George W. Bush quand il proclame, dans son deuxième discours d'investiture, l'universalité du désir d'être libre. Mais l'histoire offre peu d'exemples où la liberté tant désirée par un peuple est le fruit d'une intervention extérieure. Dans presque tous les mouvements sociaux victorieux du siècle dernier, de la lutte de Gandhi contre le joug britannique à celle de Solidarnosc en Pologne et au mouvement anti-apartheid en Afrique du Sud, la démocratie a été le fruit d'un réveil national.

Nous pouvons inciter d'autres peuples à affirmer leur liberté ; nous pouvons, par des forums et des accords internationaux, fixer des normes à suivre ; nous pouvons fournir des fonds à des démocraties naissantes pour les aider à institutionnaliser des systèmes électoraux justes, former des journalistes indépendants et semer les graines d'une participation citoyenne ; nous pouvons parler au nom de dirigeants locaux dont les droits sont bafoués ; et nous pouvons exercer des pressions économiques et diplomatiques sur ceux qui violent constamment les droits de leur peuple.

Mais lorsque nous cherchons à imposer la démocratie avec des fusils, quand nous finançons des partis dont la politique économique nous paraît plus favorable pour Washington, ou que nous nous laissons influencer par des exilés comme Chalabi dont l'ambition n'est assortie d'aucun soutien local, nous ne nous condamnons pas seulement à échouer. Nous aidons des régimes oppresseurs à dépeindre des militants démocrates sous les traits de valets de puissances étrangères et nous retardons l'émergence d'une véritable démocratie née des luttes locales.

Tout cela a pour corollaire que la liberté est plus importante que les élections. En 1941, F. D. Roosevelt a déclaré qu'il souhaitait ardemment un monde reposant sur quatre libertés essentielles : liberté d'expression, liberté de culte, liberté de ne plus vivre dans la misère et liberté de ne plus vivre dans la peur. Notre propre expérience nous enseigne que les deux dernières sont des conditions préalables à toutes les autres. Pour la moitié de la population du globe – trois milliards d'hommes et de femmes vivant avec moins de 2 dollars par jour –, une élection est au mieux une fin, pas un moyen, un point de départ, pas une délivrance. Ils cherchent moins une « électocratie » que les éléments fondamentaux qui définissent pour la plupart d'entre nous une vie décente : de quoi manger, un toit, l'électricité, des soins médicaux élémentaires, des écoles pour les enfants et la possibilité de vivre sans devoir subir la corruption, la violence et l'arbitraire. Si nous voulons gagner les cœurs et les esprits à Caracas, à Djakarta, à Nairobi ou à Téhéran, il ne suffit pas de distribuer des urnes. Nous devons veiller à ce que les règles internationales que nous recommandons renforcent le sentiment de sécurité matérielle et personnelle au lieu d'y faire obstacle.

Cela nécessite peut-être que nous nous regardions dans un miroir. Les États-Unis et d'autres pays industrialisés exigent par exemple que les pays en voie de développement suppriment les barrières douanières qui les protègent de la concurrence, alors que nous protégeons résolument nos électeurs d'exportations qui pourraient contribuer à tirer des pays pauvres de la misère. Par notre zèle à défendre les brevets des firmes pharmaceutiques américaines, nous avons dissuadé des pays comme le Brésil de produire des médicaments génériques contre le sida, qui auraient sauvé des millions de vie. Sous la direction de Washington, le FMI, créé après la Seconde Guerre mondiale pour jouer le rôle d'organisme de crédit de dernier recours, a à maintes reprises contraint des pays en crise financière comme l'Indonésie à procéder à des ajustements douloureux (hausse brutale des taux d'intérêt, coupes dans les dépenses sociales, suppression de subventions à des industries clefs) qui ont rendu la vie considérablement plus dure pour la population, potion amère que nous aurions beaucoup de mal à nous administrer à nous-mêmes.

Autre organisme du système financier international, la Banque mondiale a la réputation de financer de grands projets coûteux qui profitent à des conseillers grassement payés et à une élite locale mais qui n'apportent pas grand-chose aux citoyens ordinaires, alors que ce sont ces derniers qui devront finalement payer la note quand les prêts arriveront à échéance. En fait, les pays qui ont réussi à se développer dans le système actuel ont parfois refusé de suivre les prescriptions économiques rigides de Washington en protégeant des industries naissantes et en menant une politique industrielle dynamique. Le FMI et la Banque mondiale doivent reconnaître qu'il n'existe pas de formule unique convenant au développement de tous les pays.

Il est parfaitement juste, naturellement, de pratiquer une politique d'« amour exigeant » quand il s'agit d'aider des pays pauvres à se développer. Trop de ces pays sont handicapés par des lois archaïques, voire féodales, sur la propriété et le financement. Par le passé, trop de programmes d'aide étrangère n'ont fait qu'engraisser des élites locales qui transféraient l'argent sur des comptes en banque suisses. Trop longtemps, les politiques d'aide internationale ont ignoré le rôle essentiel que l'état de droit et le principe de transparence jouent dans le développement de tout pays. À une époque où les transactions financières internationales reposent sur des contrats sûrs, exécutoires, on aurait pu penser que l'explosion du commerce mondial aurait débouché sur de vastes réformes juridiques. Mais des pays comme l'Inde, le Nigeria et la Chine ont établi deux systèmes juridiques : l'un pour l'élite et les étrangers, l'autre pour les gens ordinaires essayant de s'en sortir.

Quant à des pays comme la Somalie, la Sierra Leone ou le Congo, ils n'ont quasiment pas de lois. Parfois, quand je songe au sort de l'Afrique – les millions de personnes frappées par le sida, les sécheresses et les famines, la corruption omniprésente, la violence de soldats de douze ans qui ne savent que manier une machette ou un AK-47 –, il m'arrive de sombrer dans le cynisme et le désespoir. Jusqu'à ce que je me rappelle qu'une moustiquaire pour prévenir la malaria ne coûte que 3 dollars, qu'un programme de tests du virus VIH qui a permis de faire sensiblement baisser le taux de nouvelles infections en Ouganda n'a coûté que 3 ou 4 dollars par test ; qu'un peu de vigilance – une démonstration de force internationale ou la création de zones de protection des civils – aurait peut-être suffi pour arrêter le massacre au Rwanda ; et que des cas autrefois difficiles comme le Mozambique ont accompli des progrès importants vers l'amendement.

F. D. Roosevelt avait sans doute raison quand il déclarait : « En tant que pays, nous pouvons nous enorgueillir d'avoir le cœur tendre mais nous ne pouvons pas nous permettre d'être faibles d'esprit. » Nous ne pouvons pas espérer aider l'Afrique si l'Afrique ne souhaite pas finalement s'aider elle-même. Il existe cependant sur ce continent des tendances positives souvent cachées derrière la désespérance. La démocratie s'étend. Dans de nombreux endroits, l'économie se développe. Nous devons bâtir sur ces lueurs d'espoir et aider les dirigeants et les citoyens engagés à travers toute l'Afrique à construire cet avenir meilleur auquel, tout comme nous, ils aspirent ardemment.

En outre, nous nous faisons des illusions si nous pensons que, selon les termes d'un commentateur, « nous devons apprendre à regarder avec sérénité les autres mourir » sans nous soucier des conséquences. Le désordre engendre le désordre ; la cruauté envers d'autres tend à se répandre entre nous. Et si les impératifs moraux ne suffisent pas à nous faire agir alors qu'un continent implose, il existe des raisons déterminantes pour lesquelles les États-Unis et leurs alliés devraient se soucier des États défaillants qui ne contrôlent plus leur territoire, sont incapables de lutter contre les épidémies et paralysés par la guerre civile et les atrocités. C'est dans un tel chaos que les Taliban se sont emparés de l'Afghanistan. C'est au Soudan, où se déroule aujourd'hui un lent génocide, que ben Laden a établi son camp pour plusieurs années. C'est dans la misère d'un taudis sans nom qu'apparaîtra le prochain virus mortel.

Bien entendu, que ce soit en Afrique ou ailleurs, nous ne pouvons pas nous atteler seuls à des problèmes aussi graves. C'est pourquoi nous devrions consacrer plus de temps et d'argent au renforcement des institutions internationales afin qu'elles puissent accomplir pour nous une partie de la tâche. Jusqu'ici, nous avons fait le contraire. Depuis des années, les conservateurs américains font leurs choux gras des problèmes des Nations unies : l'hypocrisie de résolutions condamnant uniquement Israël, l'élection ubuesque de pays comme le Zimbabwe et la Libye à la Commission de l'ONU sur les droits de l'Homme et, plus récemment, les pots-de-vin du programme « pétrole contre nourriture ».

Ces critiques sont fondées. Pour chaque agence de l'ONU qui fonctionne bien, comme l'UNICEF, on en compte plusieurs qui ne font apparemment rien d'autre que tenir des conférences, pondre des rapports et procurer des sinécures à des fonctionnaires internationaux de troisième ordre. Ces échecs ne doivent cependant pas justifier une réduction de notre engagement dans les institutions internationales ni servir d'excuse à un unilatéralisme américain. Plus les forces de maintien de la paix de l'ONU se montreront efficaces en s'attelant aux guerres civiles et aux conflits religieux, moins nous aurons à maintenir l'ordre dans les régions que nous voulons voir stabilisées. Plus les informations fournies par l'Agence internationale pour l'énergie atomique seront crédibles, plus nous aurons de chances de trouver des alliés face aux tentatives d'États voyous pour s'emparer d'armes nucléaires. Plus les capacités de l'Organisation mondiale de la santé seront grandes, moins nous aurons à lutter contre des épidémies de grippe dans notre propre pays. Aucun pays n'a plus intérêt que nous au renforcement des institutions internationales. C'est la raison pour laquelle nous avons voulu leur création, et c'est pourquoi nous devons être les premiers à contribuer à leur amélioration.

Enfin, à ceux qu'irrite la perspective de coopérer avec nos alliés pour résoudre les problèmes urgents qui se posent à nous, permettez-moi de suggérer au moins un domaine où nous pouvons agir unilatéralement et améliorer notre position dans le monde : perfectionner notre propre démocratie et montrer l'exemple. Quand nous continuons à dépenser des dizaines de milliards de dollars pour des systèmes d'armements de valeur douteuse et que nous refusons des crédits pour protéger des usines chimiques hautement vulnérables dans de grands centres urbains, il nous est plus difficile de convaincre d'autres pays de protéger leurs centrales nucléaires. Lorsque nous détenons indéfiniment des suspects sans les juger ou que nous les expédions, au cœur de la nuit, dans des pays où nous savons qu'ils seront torturés, il nous est ensuite difficile de réclamer l'état de droit dans des régimes despotiques. Quand l'Amérique, pays le plus riche de la terre, qui dévore 25 % des énergies fossiles du monde, n'est pas capable d'élever, ne serait-ce qu'un peu, ses normes en matière d'économie d'énergie pour réduire sa dépendance par rapport aux gisements pétroliers saoudiens et ralentir le réchauffement climatique, nous devons nous attendre à avoir du mal à convaincre la Chine de ne pas traiter avec des fournisseurs de pétrole comme l'Iran ou le Soudan, et nous ne devons pas trop compter sur sa coopération pour régler les problèmes écologiques auxquels nous sommes confrontés.

Ce refus de faire des choix difficiles et de nous conformer à nos propres idéaux ne sape pas seulement la crédibilité des États-Unis aux yeux du monde. Elle sape la crédibilité du gouvernement américain aux yeux de son opinion publique. Au bout du compte, c'est la façon dont nous gérons notre ressource la plus précieuse – le peuple américain et le système de démocratie que nous avons hérité des Pères Fondateurs – qui détermine le succès de toute politique étrangère. Le monde extérieur est dangereux et complexe ; le transformer sera un travail long et difficile, qui exigera des sacrifices. Ces sacrifices seront consentis si les Américains comprennent totalement les choix devant lesquels ils se trouvent. Cela sera possible grâce à la confiance que nous avons en notre démocratie. Roosevelt l'avait compris quand il a déclaré, après l'attaque contre Pearl Harbor : « Le gouvernement mettra sa confiance dans l'endurance du peuple américain. » Truman l'avait compris, et c'est pourquoi il a travaillé avec Dean Acheson afin d'établir la commission pour le plan Marshall, composée de chefs d'entreprise, d'universitaires, de dirigeants syndicaux, d'ecclésiastiques et d'autres, tous prêts à sillonner le pays pour défendre le plan. Il semblerait que les dirigeants actuels de l'Amérique doivent réapprendre cette leçon.

Je me demande parfois si nous sommes capables de tirer les leçons de l'histoire, si nous progressons d'un stade à un autre en nous élevant ou si nous passons simplement par des cycles de prospérité et de crise, de guerre et de paix, d'ascension et de déclin. Après Bagdad, j'ai passé une semaine à visiter Israël et la Cisjordanie, à rencontrer des représentants des deux camps, gravant dans mon esprit les lieux de tant de luttes. J'ai parlé à des Juifs qui avaient perdu leurs parents dans la Shoah et des frères dans les attentats suicides ; j'ai entendu des Palestiniens me décrire leur humiliation aux postes de contrôle et évoquer la terre qu'on leur avait prise. J'ai survolé en hélicoptère la ligne séparant les deux peuples et j'ai été incapable de distinguer les villes juives des villes arabes, toutes avaient l'air de fragiles avant-postes perdus sur un fond de verdure et de rocaille. De l'esplanade surplombant Jérusalem, j'ai regardé la Vieille Ville, le dôme du Rocher, le mur des Lamentations et l'église du Saint-Sépulcre, j'ai songé aux deux mille ans de guerre et de rumeurs de guerre que ce petit coin de terre représentait, et je me suis dit qu'il était peut-être vain de croire que ce conflit se terminerait de notre vivant ou que l'Amérique pouvait avoir une influence durable sur le cours des choses.

Je ne m'attarde jamais longtemps sur ces pensées, cependant : ce sont celles d'un vieil homme. Aussi difficile que la tâche puisse paraître, nous avons le devoir de déployer des efforts pour la paix au Moyen-Orient, non seulement dans l'intérêt des peuples de la région mais aussi pour la sécurité de nos propres enfants.

Le sort du monde ne dépend peut-être pas uniquement de ce qui se passe sur les champs de bataille ; il dépend peut-être tout autant de ce que nous accomplissons dans les endroits où une main secourable est requise. Je me souviens des reportages sur le tsunami qui a frappé l'Est asiatique en 2004 : les villes de la côte ouest de l'Indonésie rayées de la carte, des milliers de personnes emportées par la mer. Dans les semaines qui ont suivi, j'ai appris avec fierté que les Américains avaient envoyé un milliard de dollars d'aide et que des navires des États-Unis avaient débarqué des milliers de soldats pour qu'ils participent aux secours et à la reconstruction. Selon les journaux, 65 % des Indonésiens interrogés déclaraient qu'ils avaient maintenant une opinion plus favorable des États-Unis. Je ne suis pas assez naïf pour croire que cela puisse effacer des décennies de méfiance.

Mais c'est un début.

9

La famille

Au début de ma deuxième année au Sénat, ma vie a retrouvé un rythme acceptable. Je quitte Chicago le lundi soir ou tôt le mardi matin, selon le calendrier des votes au Sénat. Mis à part des séances quotidiennes dans la salle de gymnastique du Sénat et de rares dîners avec un ami, les trois jours suivants sont consacrés à une suite de tâches prévisibles : travail en commission, votes, déjeuners du groupe parlementaire, interventions à la tribune, discours, photos avec des stagiaires, soirées de collecte de fonds, coups de téléphone à rendre, lettres à écrire, articles à rédiger, podcasts à enregistrer, pauses-café avec des électeurs, sans parler d'une interminable litanie de réunions. Le jeudi après-midi, on nous informe de l'horaire du dernier vote et, à l'heure dite, je fais la queue avec mes collègues pour déposer mon bulletin avant de descendre rapidement les marches du Capitole dans l'espoir de réussir à prendre un vol qui m'amènera à la maison avant que les filles soient couchées.

Malgré cet emploi du temps frénétique, je trouve ce travail fascinant, quoique parfois frustrant. Contrairement à ce qu'on pense généralement, deux douzaines de lois importantes seulement sont soumises au Sénat chaque année et quasiment aucune n'est présentée par un membre de l'opposition. Il en résulte que la plupart de mes initiatives – création de districts d'innovation pour l'école publique, plan pour aider les constructeurs automobiles à payer les soins médicaux de leurs retraités en échange de normes plus exigeantes en matière d'économie d'énergie, extension du programme de bourses Pell pour aider des jeunes à faibles ressources à s'acquitter des frais d'études… – sont restées bloquées en commission.

Malgré tout, grâce au formidable travail de mes collaborateurs, j'ai réussi à faire passer un nombre respectable d'amendements. Nous avons contribué à débloquer des fonds pour les anciens combattants SDF. Nous avons obtenu des crédits d'impôt pour les stations-service installant des pompes d'éthanol. Nous avons obtenu des fonds pour aider l'Organisation mondiale de la santé à réagir à une éventuelle épidémie de grippe aviaire. Nous avons fait adopter par le Sénat un amendement interdisant les contrats sans soumission pour la reconstruction après Katrina afin que les victimes de la catastrophe reçoivent finalement plus d'argent. Aucun de ces amendements ne transformerait radicalement le pays, mais j'étais heureux de savoir que chacun d'eux contribuerait modestement à aider des gens et orienterait la loi dans une direction qui se révélerait peut-être plus économique, plus responsable ou plus juste.

Un jour de février, j'étais particulièrement de bonne humeur après une audience sur une loi que Dick Lugar et moi avions présentée pour réduire la prolifération et le marché noir des armes. Comme Dick n'est pas seulement un expert sur cette question mais aussi le président de la Commission des Affaires étrangères, les perspectives d'adoption de la loi semblaient prometteuses. Voulant partager la bonne nouvelle, j'ai appelé Michelle de mon bureau à Washington et j'ai commencé à lui expliquer l'importance de cette loi : les missiles qui peuvent menacer le trafic aérien s'ils tombent en de mauvaises mains, les stocks d'armes légères héritées de la guerre froide qui continuent à nourrir les conflits dans le monde... Michelle m'a interrompu :

« On a des fourmis.

– Hein ?

– J'ai trouvé des fourmis dans la cuisine. Et en haut, dans la salle de bains.

– D'accord, mais...

– Il faut que tu achètes du tue-fourmis demain en rentrant. Je m'en occuperais bien, mais je dois conduire les filles à leur rendez-vous chez le médecin après l'école. Tu peux faire ça pour moi ?

– D'accord. Du tue-fourmis...

– Oui. Surtout, n'oublie pas, chéri. Et prends-en d'avance. Bon, il faut que j'y aille, j'ai une réunion. Je t'aime. »

J'ai raccroché en me demandant si Ted Kennedy ou John McCain achetaient de l'insecticide en rentrant du boulot.

La plupart des gens qui rencontrent ma femme concluent très vite qu'elle est remarquable. Ils ont raison : elle est intelligente, drôle et absolument charmante. Elle est aussi très belle, mais pas d'une façon que les hommes trouvent intimidante et les femmes peu engageante. C'est la beauté accueillante d'une mère et d'une avocate très occupée plutôt qu'une de ces photos retouchées qui ornent les couvertures des magazines. Souvent, après l'avoir entendue prendre la parole à une réunion, ou après avoir travaillé avec elle sur un projet, les gens s'approchent de moi et me disent quelque chose comme « Vous savez, je pense beaucoup de bien de vous, Barack, mais votre femme... waouh ! ». Je hoche la tête, pleinement conscient que si je me présentais un jour contre elle à une élection elle me battrait à plate couture.

Heureusement pour moi, Michelle n'entrera jamais en politique. « Je n'ai pas la patience », répond-elle à ceux qui lui posent la question. Comme toujours, elle dit la vérité.

J'ai fait sa connaissance en 1988, alors que nous travaillions tous deux pour Sidley & Austin, un cabinet juridique de Chicago spécialisé dans le droit des sociétés. Bien qu'elle ait trois ans de moins que moi, Michelle exerçait déjà le métier d'avocat puisqu'elle avait fait son droit à Harvard. Moi, je terminais ma première année de droit et j'avais été embauché comme collaborateur pour l'été.

Je traversais une difficile période de transition dans ma vie. Je m'étais inscrit en faculté de droit après avoir travaillé trois ans comme coordonnateur communautaire et si ces études me plaisaient, j'avais encore des doutes sur ma décision. Je craignais d'avoir renoncé aux idéaux de ma jeunesse, d'avoir passé un compromis avec les dures réalités de l'argent et du pouvoir : le monde tel qu'il est et non plus le monde tel qu'il devrait être.

La perspective de travailler dans un cabinet juridique spécialisé dans le droit des sociétés, si proche et pourtant si éloigné des quartiers pauvres où mes amis peinaient encore, ne faisait qu'accentuer ces craintes. Mais avec la hausse rapide des prêts aux étudiants, je n'étais pas en position de refuser les trois mois de salaire qu'offrait Sidley. Après avoir sous-loué l'appartement le moins cher que j'avais pu trouver, acheté les trois premiers costumes de ma garde-robe et une paire de chaussures qui se révéleraient trop petites et me mettraient à la torture pendant trois mois, je me présentai donc au cabinet un matin bruineux de début juin et on me dirigea vers le bureau de la jeune avocate qu'on avait chargée d'être ma conseillère pour l'été.

Je ne me rappelle pas les détails de cette première conversation avec Michelle. Je me souviens qu'elle était grande – presque ma taille avec ses talons – et charmante, avec des manières amicales et profession-nelles assorties à son tailleur et à son chemisier. Elle m'a expliqué la répartition du travail chez Sidley, la nature des diverses équipes et la façon de facturer nos heures. Après m'avoir montré mon bureau et fait visi-ter la bibliothèque, elle m'a confié à l'un des associés et m'a annoncé qu'elle me retrouverait au déjeuner.

Michelle m'avouerait plus tard qu'elle avait été agréablement surprise quand j'étais entré dans son bureau. La photo d'identité que j'avais envoyée à la direction me grossissait le nez (« encore plus gros que l'original », préciserait-elle) et elle avait été sceptique quand les secrétaires qui m'avaient vu pendant l'entre-tien lui avaient dit que j'étais mignon : « J'ai pensé qu'elles étaient juste impressionnées de voir un Noir ayant un costume et un emploi… » Mais si Michelle était impressionnée, elle n'en montra rien pendant le déjeuner. J'ai quand même appris qu'elle avait grandi dans le South Side, dans un petit pavillon tout proche des quartiers dont je m'étais occupé. Son père était pompiste, sa mère était restée au foyer jusqu'à ce que les enfants soient grands et travaillait maintenant comme secrétaire dans une banque. Michelle avait fréquenté l'école primaire Bryn Mawr, était entrée à la Whitney Young Magnet School[1] et avait rejoint son frère à Prin-ceton, où il était une star de l'équipe de basket. À Sidley, elle faisait partie de l'équipe s'occupant de la propriété intellectuelle et se spécialisait dans le droit des industries

1. Il s'agit dans les deux cas d'établissements pratiquant des méthodes innovantes.

du spectacle. À un moment du repas, elle me confia qu'elle avait envisagé d'aller vivre à Los Angeles ou à New York pour poursuivre sa carrière.

Oh, Michelle avait la tête pleine de projets, à l'époque, elle n'avait pas le temps pour l'amusement, en particulier pour les hommes. Mais elle savait partir d'un rire éclatant sans la moindre gêne et je remarquai qu'elle ne semblait pas trop pressée de retourner au bureau. Il y avait autre chose aussi, une lueur qui dansait dans ses yeux sombres chaque fois que je la regardais, une trace infime d'incertitude, comme si, au plus profond d'elle-même, elle savait que les choses sont fragiles et que si elle baissait sa garde, ne fût-ce qu'un instant, tous ses projets pourraient rapidement tomber à l'eau. Cette trace de vulnérabilité me touchait. J'avais envie de connaître cet aspect de Michelle.

Pendant les semaines suivantes, nous nous sommes vus tous les jours, à la bibliothèque, à la cafétéria ou au cours de l'une des nombreuses sorties que les cabinets juridiques organisent pour leurs collaborateurs estivaux afin de les convaincre que leur carrière dans le droit ne consistera pas à passer d'interminables heures plongés dans des documents. Elle m'a emmené à une ou deux soirées, supervisant avec tact ma garde-robe restreinte, essayant même de me caser avec deux ou trois de ses amies. Elle refusait toutefois obstinément un véritable rendez-vous. Ça ne se faisait pas, arguait-elle, parce qu'elle était ma conseillère.

« Excuse boiteuse, ai-je répliqué. Quels conseils tu me donnes, en fait ? Tu me montres comment marche la photocopieuse, tu me dis quels restaurants essayer. Je ne crois pas que les associés verraient un rendez-vous comme une infraction grave aux pratiques de la boîte.

— Désolée, a-t-elle répondu en secouant la tête.

– Bon, je renonce. D'accord ? Tu es ma conseillère, dis-moi à qui je dois parler. »

J'ai fini par l'avoir à l'usure. Après un pique-nique organisé par le cabinet, elle m'a raccompagné en voiture à mon appartement et j'ai proposé de lui offrir un cornet de glace au Baskin-Robbins d'en face. Nous nous sommes assis au bord du trottoir et nous avons mangé notre glace dans la chaleur moite de l'après-midi. Je lui ai raconté que j'avais travaillé chez Baskin-Robbins quand j'étais adolescent et que c'était difficile d'avoir l'air cool avec un tablier et un calot bruns. Elle m'a raconté que pendant deux ou trois ans de son enfance elle avait refusé de manger quoi que ce soit d'autre que du beurre de cacahuète et de la confiture. Je lui ai dit que j'aimerais rencontrer ses parents, elle a répondu qu'elle aimerait me les présenter.

J'ai demandé si je pouvais l'embrasser. Ses lèvres avaient un goût de chocolat.

Nous avons passé le reste de l'été ensemble. Je lui ai parlé de mon travail de coordonnateur communautaire, du temps où je vivais en Indonésie et des sensations que procure le bodysurf. Elle m'a parlé de ses amies d'enfance, d'un voyage à Paris qu'elle avait fait quand elle était au lycée, de ses chansons préférées de Stevie Wonder.

Mais ce n'est qu'après avoir rencontré sa famille que j'ai commencé à comprendre Michelle. Une visite chez les Robinson, c'était comme se retrouver sur le plateau de *Papa a raison*. Il y avait Frasier, le gentil père toujours de bonne humeur qui ne manquait jamais un jour de travail ni un match de son fils. Il y avait Marian, la mère jolie et sensée qui faisait des gâteaux d'anniversaire, maintenait l'ordre dans la maison et participait bénévolement aux activités de l'école pour s'assurer que ses enfants se tenaient bien et que les professeurs faisaient ce qu'ils étaient censés faire. Il y avait Craig, le frère basketteur, grand, amical, courtois et drôle, qui travaillait dans une banque d'affaires mais rêvait de devenir un jour entraîneur. Il y avait aussi les oncles, les tantes et les cousins qui venaient s'asseoir à la table de la cuisine et mangeaient à s'éclater la panse, racontaient des histoires abracadabrantes en riant aux éclats et écoutaient jusqu'à tard dans la nuit les vieux disques de jazz du grand-père.

Il ne manquait que le chien. Marian ne voulait pas d'un chien, qui à l'en croire aurait ravagé la maison.

Ce qui rendait cette vision du bonheur familial plus impressionnante encore, c'était que les Robinson avaient dû affronter des épreuves qu'on voit rarement dans une série télévisée en prime time : les problèmes raciaux habituels, bien sûr, les possibilités limitées offertes aux parents de Michelle, qui avaient grandi à Chicago dans les années 1950 et 1960 ; les orientations raciales et les semeurs de panique qui avaient amené les familles blanches à quitter le quartier ; le surcroît d'énergie dont des parents noirs devaient faire preuve pour compenser des revenus plus faibles, des rues plus violentes, des terrains de jeu au rabais et des écoles indifférentes.

Une tragédie toute particulière avait en outre frappé la famille Robinson. À trente ans, encore en pleine jeunesse, le père de Michelle avait été atteint de sclérose en plaques. Pendant vingt-cinq ans, alors que son état s'aggravait, il avait assumé ses responsabilités envers sa famille sans le moindre apitoiement sur lui-même, prenant une heure de plus chaque matin pour se rendre au travail, luttant pour accomplir chaque geste physique, conduire une voiture ou boutonner sa chemise, souriant et plaisantant alors qu'il avait le plus grand mal à traverser un terrain pour voir jouer son fils, d'abord en boitant puis en s'appuyant sur deux cannes, ou à traverser la salle de séjour pour embrasser sa fille.

Après notre mariage, Michelle m'aiderait à comprendre la blessure cachée que la maladie de son père avait infligée à la famille, le lourd fardeau que sa mère avait dû porter, les limites imposées à leur vie, la moindre sortie devant être soigneusement préparée pour éviter des problèmes ou de la gêne, et la terrible incertitude de leur existence derrière les rires et les sourires.

À l'époque, je n'avais vu que la joie de la famille Robinson. Pour quelqu'un comme moi, qui avais à peine connu mon père, qui avais passé une grande partie de ma vie à changer de pays, mes origines dispersées aux quatre vents, le foyer que Frasier et Marian Robinson avaient construit pour eux et leurs enfants éveillait un désir de stabilité et d'appartenance que je ne connaissais pas. Tout comme Michelle voyait peut-être en moi une vie d'aventures, de risques, de voyage dans des terres exotiques : un horizon plus vaste que celui qu'elle s'était autorisé.

Nous étions ensemble depuis six mois, Michelle et moi, quand son père est mort soudainement après une opération d'un rein. J'ai pris l'avion pour rentrer à Chicago et, devant la tombe, la tête de Michelle sur mon épaule, tandis qu'on descendait le cercueil en terre, j'ai promis à Frasier Robinson que je prendrais soin de sa fille. Et je me suis rendu compte que d'une manière tacite, encore hésitante, nous étions déjà en train, elle et moi, de former une famille.

On parle beaucoup ces temps-ci du déclin de la famille américaine. Les conservateurs prétendent qu'elle subit les assauts des films hollywoodiens et des défilés de la gay pride. Les progressistes pointent du doigt les facteurs économiques – de la stagnation des salaires aux garderies insuffisantes – qui entraînent pour les familles des difficultés croissantes. Notre culture populaire contribue à tirer le signal d'alarme avec des histoires de femmes condamnées au célibat, d'hommes refusant tout engagement durable, de jeunes se livrant à des aventures sexuelles sans fin. Plus rien ne semble établi comme par le passé.

Face à cet accès de désespoir, il est peut-être utile de prendre du recul et de constater que l'institution du mariage n'est pas près de disparaître. S'il est vrai que le taux de mariages baisse régulièrement depuis les années 1950, c'est en partie parce qu'un nombre plus grand d'Américains se marient plus tard pour poursuivre leurs études ou assurer leur carrière. À quarante-cinq ans, 89 % des femmes et 83 % des hommes ont convolé au moins une fois. Les couples mariés continuent à représenter 67 % des familles et une grande majorité d'Américains persistent à considérer le mariage comme la meilleure des bases pour l'intimité, la stabilité économique et l'éducation des enfants.

On ne peut cependant nier que la nature de la famille ait changé au cours des cinquante dernières années. Bien que le nombre de divorces ait diminué de 21 % par rapport aux sommets atteints à la fin des années 1970 et au début des années 1980, la moitié de tous les premiers mariages finissent encore par un divorce. Comparés à nos grands-parents, nous sommes plus tolérants envers le sexe avant le mariage, plus nombreux à vivre maritalement et plus nombreux à vivre seuls. Nous sommes aussi plus nombreux à élever nos enfants dans des familles non traditionnelles. 60 % des couples qui divorcent ont des enfants, 33 % des enfants naissent hors mariage et 34 % des enfants ne vivent pas avec leur père biologique.

Ces tendances sont particulièrement fortes dans la communauté afro-américaine, où l'on peut affirmer que la famille nucléaire est au bord de l'effondrement. Depuis 1950, le taux de mariage des femmes noires est passé de 62 % à 36 %. De 1960 à 1995, le nombre d'enfants noirs vivant avec deux parents mariés a chuté de plus de la moitié. Aujourd'hui, 54 % des enfants noirs vivent dans une famille monoparentale contre 23 % des enfants blancs.

Pour les adultes, les conséquences de ces changements sont de natures diverses. Les enquêtes indiquent qu'en moyenne les couples mariés mènent une vie plus aisée, plus saine et plus heureuse, mais personne n'osera soutenir qu'on vit mieux enfermé dans un mauvais mariage ou dans la violence conjugale. La décision d'un nombre croissant d'Américains de retarder leur mariage est certes compréhensible : non seulement l'économie actuelle, reposant sur l'information, exige une éducation plus longue, mais des études montrent que les couples qui attendent la trentaine pour se marier ont plus de chances de ne pas divorcer que ceux qui se marient jeunes.

Quels que soient les effets sur les adultes, ces tendances ne sont pas aussi bénéfiques pour nos enfants. Beaucoup de mères seules – y compris celle qui m'a élevé – accomplissent une tâche héroïque pour leurs enfants. Pourtant, ces enfants ont cinq fois plus de chances d'être pauvres. Ils sont aussi plus nombreux à ne pas finir leurs études secondaires et à devenir des parents adolescents, même à revenu familial égal. Et il est évident qu'en moyenne les enfants qui vivent avec leur mère et leur père biologiques réussissent mieux que ceux qui vivent dans des familles recomposées ou dans un foyer de concubins.

À la lumière de ces faits, il faut manifestement promouvoir des mesures qui consolident le mariage pour ceux qui en font le choix et qui diminuent les risques de naissances non désirées hors du mariage. La plupart des gens s'accordent par exemple à penser que ni les programmes d'assistance ni le barème fiscal ne devraient pénaliser les couples mariés. Ces aspects des réformes adoptées pendant la présidence de Clinton et les éléments du programme fiscal de Bush qui vont dans ce sens jouissent d'un grand soutien dans les deux partis.

Il en va de même pour la prévention des grossesses chez les adolescentes. Chacun estime qu'elles exposent la mère et l'enfant à toutes sortes de problèmes. Depuis 1990, le taux de grossesse chez les adolescentes a baissé de 28 %, ce qui constitue une excellente nouvelle. Mais elles représentent encore près d'un quart des naissances hors mariage et les mères adolescentes risquent davantage d'avoir plus tard d'autres enfants hors mariage. Il faut soutenir résolument les programmes à base communautaire qui ont prouvé leur efficacité pour prévenir les grossesses non désirées, à la fois en encourageant l'abstinence et en facilitant un bon usage de la contraception.

Enfin, des recherches montrent que les groupes d'éducation conjugale peuvent aider les couples mariés à rester ensemble et les couples non mariés qui vivent ensemble à contracter un lien plus durable. Tout le monde devrait être d'accord pour étendre cette aide aux couples à bas revenus, peut-être en conjugaison avec la formation professionnelle, les stages en entreprise, la couverture médicale et d'autres services déjà accessibles.

Mais pour beaucoup de conservateurs, ces orientations de bon sens ne vont pas assez loin. Ils veulent le retour à un passé où les rapports sexuels hors mariage étaient à la fois punis et honteux, où il était plus difficile de divorcer, où le mariage offrait non seulement un accomplissement personnel mais aussi des rôles sociaux bien définis aux hommes et aux femmes. À leurs yeux, toute politique gouvernementale qui semble récompenser, ou même simplement ne pas condamner, ce qu'ils considèrent comme une conduite immorale – soit en rendant accessible aux jeunes la limitation des naissances, aux femmes l'avortement, aux mères célibataires l'assistance sociale, soit en reconnaissant légalement les unions homosexuelles – dévalue le lien conjugal. Une telle politique nous rapproche, arguent-ils, d'un monde nouveau où les différences de sexe auront été effacées, où les rapports sexuels seront purement récréatifs, où le mariage sera un produit jetable et la maternité une gêne, où la civilisation même reposera sur des sables mouvants.

Je comprends ce désir de retrouver un sentiment d'ordre dans une société sans cesse en mouvement. Et je me réjouis que des parents veuillent protéger leurs enfants d'idées qu'ils jugent malsaines. C'est une réaction que j'ai souvent quand j'écoute les paroles des chansons à la radio.

Mais, au total, j'ai peu de sympathie pour ceux qui veulent donner pour tâche au gouvernement d'imposer une morale sexuelle. Comme la plupart des Américains, je considère que les décisions concernant la sexualité, le mariage, le divorce et la maternité sont hautement personnelles, au cœur même de notre système de libertés individuelles. Lorsque ces décisions personnelles peuvent conduire à faire du mal aux autres – comme c'est le cas pour les enfants maltraités, l'inceste, la bigamie, les violences conjugales, le non-paiement des pensions pour les enfants –, la société a le droit et le devoir d'intervenir. (Ceux qui sont convaincus que le fœtus est une personne ajouteraient l'avortement à cette énumération.) Au-delà, je ne suis pas pour que le Président, le Congrès ou une administration quelconque réglemente ce qui se passe dans les chambres à coucher.

En outre, je ne crois pas que nous renforçons la famille en contraignant des gens à adopter les rapports que nous jugeons les meilleurs pour eux, ni en punissant ceux qui n'ont pas les mêmes normes de bonne conduite sexuelle que nous. Je veux encourager les jeunes à montrer plus de respect envers le sexe et l'intimité et je soutiens les parents, les assemblées de fidèles et les programmes communautaires qui transmettent ce message. Mais je me refuse à condamner une adolescente à une vie de lutte faute d'accès à la contraception. Je souhaite que les couples comprennent la valeur de l'engagement et les sacrifices que le mariage comporte. Mais je refuse de faire usage de la loi pour forcer des couples à rester ensemble, quelle que soit leur trajectoire personnelle.

Je trouve peut-être les voies du cœur trop variées et ma propre vie trop imparfaite pour me croire autorisé à m'ériger en juge moral de qui que ce soit. Pendant nos quatorze années de mariage, Michelle et moi n'avons pas eu une seule discussion sur ce que d'autres font dans leur vie personnelle.

Ce dont nous avons discuté – maintes fois –, c'est la manière de trouver un équilibre entre travail et famille qui soit équitable pour Michelle et bon pour nos enfants. Nous ne sommes pas les seuls. Dans les années 1960 et au début des années 1970, la famille dans laquelle Michelle a grandi était la norme : dans plus de 70 % des foyers, la mère restait à la maison et le père seul subvenait aux besoins.

Aujourd'hui, ce pourcentage s'est inversé : 70 % des familles avec enfants ont les deux parents ou le parent unique qui travaillent. Il en est résulté ce que ma conseillère politique et spécialiste de la question travail-famille, Karen Kornbluh, appelle la « famille jongleuse », dans laquelle les parents se décarcassent pour payer les factures, s'occuper des enfants, maintenir leur foyer et leur couple. Garder toutes ces balles en l'air pèse lourdement sur la vie familiale. Ainsi que Karen l'a expliqué quand, chargée du programme Travail et Famille à la fondation New America, elle a témoigné devant la sous-commission Enfants et Familles du Sénat :

Les Américains disposent aujourd'hui de vingt-deux heures de moins par semaine qu'en 1969 à consacrer à leur progéniture. Des milliers d'enfants sont confiés chaque jour à une garde non agréée, ou laissés seuls à la maison avec la télévision pour baby-sitter. Les mères ayant un emploi perdent presque une heure de sommeil par jour pour tenter de tout organiser. Des études récentes indiquent que les parents ayant des enfants d'âge scolaire montrent plus de signes de stress – un stress qui a des répercussions sur leur productivité et leur travail – quand ils ont un emploi sans horaire souple et pas de solution durable pour faire garder les enfants après l'école.

Cela vous évoque quelque chose ?

La plupart des conservateurs suggèrent que l'entrée massive des femmes sur le marché du travail est une conséquence directe de l'idéologie féministe et que le processus s'inverserait si les femmes retrouvaient leur bon sens et revenaient à leur rôle traditionnel de ménagère. Il est vrai que les idées sur l'égalité des femmes ont joué un rôle essentiel dans la mixité au travail. Pour la plupart des Américains, la possibilité pour les femmes de faire une carrière, d'être indépendantes sur le plan économique et d'exercer leurs talents sur un pied d'égalité avec les hommes constitue un des progrès les plus importants de la vie moderne.

Mais surtout, pour l'Américaine moyenne, la décision de travailler n'est pas seulement affaire de changement d'attitude. Il s'agit aussi de parvenir à joindre les deux bouts.

Considérons les faits. Ces trente dernières années, le salaire moyen des hommes n'a augmenté que de 1 %

après déduction de l'inflation. Dans le même temps, le coût de la vie, du logement aux soins médicaux en passant par l'éducation, n'a cessé de croître. Ce qui a empêché un grand nombre de familles américaines de tomber hors des classes moyennes, c'est le salaire de la mère. Dans leur livre *The Two-Income Trap*, Elizabeth Warren et Amelia Tyagi soulignent que le revenu supplémentaire que les mères rapportent à la maison ne va pas aux dépenses de luxe. Il est presque totalement consacré aux dépenses que les familles considèrent comme un investissement pour l'avenir de leurs enfants : école maternelle privée, frais de scolarité et, surtout, domicile dans un quartier tranquille avec de bonnes écoles publiques. En fait, si l'on additionne ces dépenses fixes et celles qu'entraîne le travail de la mère (en particulier la garde des enfants et une deuxième voiture), la famille moyenne à deux salaires a des revenus moins élevés et une situation financière moins assise que son homologue à un seul salaire trente ans plus tôt.

Est-il possible pour une famille moyenne de revenir à un seul salaire ? Pas quand une famille sur deux du pâté de maisons compte deux salaires, ce qui fait monter le prix des pavillons, des écoles et des frais d'études. Warren et Tyagi montrent qu'une famille moyenne à un seul salaire qui essaie aujourd'hui de maintenir un train de vie de classe moyenne dispose d'un budget de 60 % inférieur à celui de son homologue des années 1970. Autrement dit, pour la plupart des familles, la mère à la maison signifie vivre dans un quartier moins sûr et inscrire les enfants dans une école moins performante.

Ce n'est pas ce que veulent la plupart des Américains. Ils font plutôt du mieux qu'ils peuvent étant donné la situation, conscients que le type de foyer dans lequel ils ont grandi – et dans lequel Frasier et Marian

Robinson ont élevé leurs enfants – est devenu bien plus difficile à entretenir.

Les hommes comme les femmes ont dû s'adapter à ces réalités nouvelles, mais on ne peut guère contredire Michelle quand elle affirme que les fardeaux de la famille moderne pèsent davantage sur les femmes.

Pendant notre première année de mariage, Michelle et moi sommes passés par les ajustements que connaissent tous les couples : apprendre à interpréter l'humeur de l'autre, accepter les bizarreries et les habitudes de l'étranger qui vit à nos côtés. Michelle aimait se lever tôt et avait peine à garder les yeux ouverts après dix heures du soir. Moi j'étais un oiseau de nuit et je pouvais me montrer un peu grognon (franchement désagréable, dirait Michelle) pendant une bonne demi-heure après m'être levé. En partie parce que je travaillais encore sur mon premier livre, et peut-être aussi parce que j'avais longtemps été fils unique, je passais fréquemment la soirée enfermé dans mon bureau, au fond de notre appartement en enfilade, et ce que je considérais comme normal donnait souvent à Michelle un sentiment de solitude. J'oubliais tout le temps de ranger le beurre dans le réfrigérateur et de refermer le sachet de pain de mie après le petit déjeuner ; Michelle, elle, semblait avoir entamé – avec un certain succès – une collection de PV de stationnement.

La plupart du temps, cependant, ces premières années furent riches de plaisirs ordinaires : aller au cinéma, dîner avec des amis, assister de temps à autre à un concert. Nous travaillions dur tous les deux : j'étais avocat dans un modeste cabinet juridique spécialisé dans les droits civiques et j'avais commencé à enseigner à la faculté de droit de l'université de Chicago, tandis que Michelle avait décidé de cesser de pratiquer le droit, d'abord pour travailler au service urbanisme de Chicago puis pour diriger l'agence locale d'un programme de service national appelé Public Allies. Le temps que nous passions ensemble se réduisit encore lorsque je me présentai au Parlement de l'Illinois mais, malgré mes longues absences et son peu de goût pour la politique, Michelle soutint ma décision. « Je sais que c'est ce que tu veux faire », me disait-elle. Quand je passais la nuit à Springfield, nous bavardions longuement au téléphone, partageant les moments de plaisir et de frustration de nos journées respectives, et je m'endormais rassuré par la certitude de notre amour.

Puis Malia est née, bébé d'un 4 Juillet, si calme et si belle, avec de grands yeux fascinants qui semblèrent lire le monde dès qu'elle les ouvrit. Elle arriva à un moment idéal pour Michelle comme pour moi : le Parlement n'était pas en session et je ne donnais pas de cours pendant l'été, aussi pouvais-je passer toutes les soirées à la maison ; de son côté, Michelle avait décidé d'accepter un emploi à temps partiel à l'université de Chicago afin d'avoir plus de temps pour s'occuper du bébé, et son nouveau travail ne commencerait qu'en octobre. Pendant trois mois magiques, nous nous sommes affairés autour du berceau, vérifiant que Malia respirait bien lorsqu'elle dormait, cherchant à la faire sourire quand elle était éveillée, lui chantant des chansons et prenant tant de photos que nous avons fini par nous demander si nous ne lui faisions pas mal aux yeux. Nos rythmes différents s'accordaient soudain à merveille : tandis que Michelle prenait un repos bien gagné, je restais debout jusqu'à une ou deux heures du matin, changeant les couches, chauffant les biberons ; je sentais la douce haleine de ma fille sur ma poitrine quand je la berçais pour l'endormir en tâchant de deviner ses rêves de bébé.

Mais quand l'automne est arrivé, quand mes cours et la session parlementaire ont repris et que Michelle a recommencé à travailler, nos relations sont devenues plus tendues. J'étais souvent absent trois jours d'affilée et, même quand je rentrais à Chicago, j'avais parfois des réunions le soir, des copies à corriger ou des textes à rédiger. Michelle découvrait que les horaires d'un travail à temps partiel ont une curieuse tendance à s'allonger. Nous avons trouvé une merveilleuse baby-sitter pour garder Malia à la maison pendant que nous travaillions, mais une employée à temps complet grevait lourdement notre budget et nous avions des problèmes d'argent.

Fatigués et stressés, nous avions peu de temps pour la conversation, encore moins pour les moments romantiques. Lorsque je me suis présenté au Congrès, Michelle n'a pas fait semblant d'être heureuse de ma décision. Tout à coup, mon habitude de ne jamais rien ranger dans la cuisine est devenue plus agaçante. Quand je me penchais le matin pour embrasser Michelle avant de partir, je n'avais droit qu'à un petit baiser sur la joue. Avec la naissance de Sasha – aussi belle et presque aussi calme que sa sœur –, la colère de ma femme envers moi semblait de plus en plus difficile à contenir.

« Tu ne penses qu'à toi, me reprochait-elle. Je n'aurais jamais pensé que je devrais élever seule une famille. »

J'étais irrité par ces accusations, je trouvais Michelle injuste. Après tout, je ne faisais pas la fête tous les soirs avec les copains et j'avais peu d'exigences envers Michelle : je ne lui demandais pas de repriser mes chaussettes ni de me préparer à dîner quand je rentrais le soir. Chaque fois que je le pouvais, je prenais le relais avec les enfants. Tout ce que je réclamais en échange, c'était un peu de tendresse. Au lieu de quoi, je me retrouvais soumis à des négociations interminables sur tous les détails domestiques, à de longues listes de choses que je devais faire ou que j'avais oublié de faire, et à une attitude généralement aigrie. Je rappelais cependant à Michelle que, comparés à la plupart des familles, nous avions une chance incroyable. Je lui rappelais aussi que malgré mes défauts je les aimais, elle et les filles, plus que tout au monde. De fait, je pensais que mon amour suffisait. De mon point de vue, elle n'avait aucune raison de se plaindre.

Ce n'est qu'à la réflexion, après que les difficultés de ces années furent passées et que les enfants commencèrent l'école, que je compris ce que Michelle avait subi, les épreuves typiques d'une mère d'aujourd'hui qui travaille. Car aussi libéré que je pensais l'être – j'avais beau me répéter que Michelle et moi étions sur un pied d'égalité, que ses rêves et ses ambitions avaient autant d'importance que les miens –, quand les enfants sont arrivés, c'est Michelle, et non moi, qui a dû procéder aux ajustements nécessaires. Bien sûr, je l'aidais, mais toujours à mes conditions, selon mon emploi du temps. Et c'était elle qui devait mettre sa carrière entre parenthèses. Elle qui s'occupait chaque soir de faire manger les enfants et de leur donner leur bain. Si Malia ou Sasha tombait malade, si la baby-sitter ne pouvait pas venir, c'était Michelle, le plus souvent, qui devait téléphoner pour annuler une réunion à son travail.

Ce n'était pas seulement le jonglage permanent entre son travail et les enfants qui rendait la situation si dure pour Michelle. C'était aussi parce que, à ses yeux, elle ne remplissait bien ni l'une ni l'autre tâche. C'était faux, bien sûr : ses patrons l'appréciaient beaucoup et tout le monde pouvait constater qu'elle était une excellente mère. Mais j'ai fini par comprendre que dans son esprit deux visions d'elle-même étaient en guerre : le désir d'être la femme que sa mère avait été, solide, assurant le maintien du foyer et toujours là pour les enfants, et le désir d'exceller dans sa profession, d'imprimer sa marque sur le monde et de réaliser tous les projets qui étaient siens le jour où nous nous sommes rencontrés.

Enfin, je dois reconnaître que c'est grâce à la force de Michelle – au fait qu'elle ait été prête à gérer ces tensions et à faire des sacrifices pour les enfants et moi – que nous avons réussi à surmonter cette période difficile. Mais nous disposions aussi de ressources que beaucoup de familles américaines n'ont pas. Pour commencer, notre statut social nous permettait de modifier nos horaires pour faire face à une urgence (ou simplement prendre un jour de congé) sans risquer de perdre notre emploi. 57 % des travailleurs américains ne peuvent se payer ce luxe ; la plupart d'entre eux ne peuvent pas prendre un jour de congé pour s'occuper d'un enfant sans perdre un jour de salaire ou un jour de vacances. Pour les parents qui tentent d'aménager leurs horaires, la flexibilité implique souvent d'accepter un emploi à temps partiel ou un travail temporaire sans perspective d'avancement ni avantages.

Michelle et moi avions aussi un revenu suffisant pour bénéficier de tous les services qui contribuent à réduire la pression dans une famille où les deux parents travaillent : une garde d'enfants sûre, des repas achetés chez un traiteur quand ni l'un ni l'autre n'avait l'énergie ou le temps de faire à manger, une femme de ménage une fois par semaine, une école maternelle privée et des colonies de vacances une fois que les filles furent assez âgées. La plupart des familles américaines n'en ont pas les moyens. Le coût d'une garde d'enfants est prohibitif. Les États-Unis sont quasiment le seul pays occidental qui n'assure pas un service public de crèches ou de garderies de qualité à tous ses travailleurs.

Enfin, Michelle et moi avions ma belle-mère, qui habite à un quart d'heure de chez nous, dans la maison où Michelle a grandi. Marian a plus de soixante-cinq ans mais elle en paraît dix de moins, et l'année dernière, lorsque Michelle a repris un emploi à temps complet, Marian a décidé de réduire ses heures de travail à la banque pour pouvoir prendre les filles après l'école et s'occuper d'elles tous les après-midi. Beaucoup de familles américaines ne disposent pas d'une telle aide. En fait, la situation est souvent inversée : quelqu'un de la famille doit s'occuper d'un parent âgé en plus de ses autres responsabilités familiales.

Naturellement, le gouvernement ne peut pas assurer à chaque famille une merveilleuse belle-mère en pleine forme et en semi-retraite qui vit à proximité. Mais si nous tenons aux valeurs familiales, nous devons prendre des mesures permettant de jongler plus facilement entre le travail et le rôle de parent. Nous pourrions commencer par assurer des crèches de qualité à toutes les familles qui en ont besoin. Former des puéricultrices, étendre les crédits d'impôts aux parents, accorder des aides progressives aux familles qui en ont besoin, tout cela pourrait offrir un peu de tranquillité aux parents des classes moyennes et inférieures pendant leur journée de travail, et profiterait aussi aux employeurs en réduisant le taux d'absentéisme.

Il est également temps de repenser nos écoles, pas simplement dans l'intérêt des parents mais aussi pour mieux préparer nos enfants à un monde plus concurrentiel. De nombreuses études confirment l'importance d'une bonne école maternelle dans l'éducation d'un enfant et c'est la raison pour laquelle même les familles ayant un parent à la maison les recherchent. Il en va de même pour des journées scolaires plus longues et des programmes éducatifs après l'école. Garantir ces avantages à tous les enfants coûterait de l'argent, mais dans le cadre d'une réforme plus vaste de l'éducation, c'est un coût que nous devons être prêts à assumer en tant que société.

Enfin et surtout, nous devons coopérer avec les employeurs pour augmenter la flexibilité des horaires de travail. Le gouvernement Clinton a fait un pas dans cette direction avec la loi sur le congé parental et médical (FMLA), mais comme elle ne prévoit qu'un congé sans solde et ne s'applique qu'aux entreprises de plus de cinquante employés, la plupart des salariés américains ne peuvent en bénéficier. Et bien que tous les autres pays riches (sauf un) offrent un congé parental payé sous une forme ou une autre, la résistance du monde des affaires à ce type d'avantage a été farouche, en partie à cause des répercussions possibles sur les petites entreprises.

Avec un peu de créativité, nous devrions pouvoir sortir de cette impasse. La Californie a récemment institué un congé parental rémunéré à travers son fonds d'assurance invalidité, de manière à éviter que le coût soit assumé uniquement par les employeurs.

Nous pouvons aussi offrir des horaires flexibles aux parents pour répondre à leurs besoins quotidiens. De nombreuses grandes sociétés proposent déjà des horaires aménagés qui se traduisent par un meilleur moral du personnel et un turn-over moindre. La Grande-Bretagne vient de mettre au point une nouvelle façon d'aborder le problème : dans le cadre de la « Campagne pour l'équilibre entre travail et vie personnelle », très populaire, les parents d'enfants de moins de six ans ont le droit de solliciter par écrit de leur employeur un changement d'horaire. Les employeurs ne sont pas tenus de satisfaire la requête, mais ils doivent recevoir le salarié dont elle émane pour l'examiner avec lui. À ce jour, un quart de tous les parents concernés ont obtenu des horaires convenant mieux à leur vie familiale sans qu'il y ait baisse de productivité. En conjuguant des mesures aussi novatrices, une aide technique et une meilleure information du public, le gouvernement peut aider les entreprises à satisfaire leurs employés pour un coût insignifiant.

Bien entendu, aucune de ces mesures ne doit décourager les familles de garder un parent à la maison, quels que soient les sacrifices financiers requis. Pour certaines d'entre elles, cela peut impliquer de se priver de confort matériel, pour d'autres, de scolariser l'enfant à la maison ou de déménager dans un quartier où le niveau de vie est plus bas. C'est parfois le père qui reste à la maison, mais dans la plupart des familles, c'est encore la mère qui s'occupe principalement des enfants.

Quel que soit le cas, le choix de la famille doit être respecté. S'il y a un point sur lequel les conservateurs ont raison, c'est l'incapacité de notre culture moderne à apprécier pleinement la contribution affective et financière extraordinaire – les sacrifices et le dur travail – des mères au foyer. Là où ils ont tort, c'est quand ils soutiennent que ce rôle traditionnel est inné, quand ils l'érigent en modèle idéal ou unique de la maternité. Je veux que mes filles puissent choisir ce qui leur conviendra le mieux, à elles et à leurs enfants. Il ne dépendra pas seulement d'elles, de leur attitude et de leurs efforts, qu'elles puissent encore exercer ce choix. Comme Michelle me l'a appris, il faudra aussi que les hommes – et la société américaine – respectent ce choix et s'efforcent d'y répondre.

« Bonjour, papa.
– Bonjour, mon trésor. »

Vendredi après-midi. Je suis rentré de bonne heure pour m'occuper des filles pendant que Michelle est chez le coiffeur. En prenant Malia dans mes bras, je remarque une petite fille blonde qui me regarde de la cuisine à travers des lunettes démesurées.

« Qui est-ce ? je demande en reposant Malia par terre.

– C'est Sam. Elle est venue jouer.

– Bonjour, Sam. »

Je tends la main à la petite fille, qui la considère un instant avant de la serrer mollement. Malia lève les yeux au plafond.

« Papa, enfin, on serre pas la main aux enfants.

– Ah bon ?

– Mais non. Même les ados se serrent pas la main. Tu l'as peut-être pas remarqué, mais on est au vingt et unième siècle. »

Malia lance un regard à Sam, qui retient un sourire dédaigneux.

« Et qu'est-ce qu'on fait, au vingt et unième siècle ?

– On dit juste "Salut". Des fois, on remue la main. C'est tout.

– Je vois. J'espère que je ne t'ai pas embarrassée. »

Malia sourit.

« Pas de problème, papa. Tu peux pas savoir, tu as l'habitude de serrer la main des adultes.

– C'est vrai. Où est ta sœur ?

– En haut. »

Je trouve Sasha à l'étage, en petite culotte et débardeur roses. Après m'avoir embrassé, elle se plaint de ne pas trouver de short. J'inspecte le placard et trouve un short bleu dans un des tiroirs.

« Et ça, c'est quoi ? »

Sasha plisse le front, prend le vêtement avec mauvaise grâce et l'enfile. Au bout de quelques minutes, elle grimpe sur mes genoux et dit :

« Il est pas confortable, ce short, papa. »

Nous retournons au placard, j'ouvre de nouveau le tiroir et je prends un autre short, bleu lui aussi.

« Et celui-là ? »

Sasha plisse de nouveau le front. Plantée au milieu de la chambre, elle a l'air d'un modèle réduit de sa mère. Malia et Sam entrent pour observer la scène.

« Sasha, elle aime aucun de ces shorts », explique Malia.

Je me tourne vers ma cadette et lui demande pourquoi. Elle me considère avec circonspection et finit par lâcher :

« Rose et bleu, ça va pas ensemble. »

Malia et Sam gloussent. J'essaie d'avoir l'air aussi sévère que Michelle en pareille circonstance et je dis à Sasha de mettre ce short. Elle s'exécute mais je sens que c'est uniquement pour me faire plaisir.

Quand il s'agit de mes filles, personne ne croit à mon numéro de gros dur.

Comme beaucoup d'hommes aujourd'hui, j'ai grandi dans une maison sans père. Mes parents ont divorcé quand j'avais deux ans et, pendant la majeure partie de ma vie, je n'ai connu mon père que par les lettres qu'il envoyait et les histoires que ma mère et mes grands-parents me racontaient. Il y a eu des hommes dans mon enfance – un beau-père, avec qui nous avons vécu quatre ans, et mon grand-père, qui, avec ma grand-mère, a contribué à m'élever le reste du temps – et c'étaient tous deux des types bien, qui m'ont traité avec affection. Mais mes relations avec eux étaient forcément partielles, incomplètes. Dans le cas de mon beau-père, ce fut à cause de rapports d'une durée limitée et de sa réserve naturelle. Quant à mon grand-père, aussi proche fût-il, il était trop vieux et trop perturbé pour me servir réellement de guide.

Ce furent donc des femmes qui constituèrent le socle de ma vie : ma grand-mère, dont le sens pratique obstiné maintenait la famille à flot, et ma mère, dont l'amour et la clarté d'esprit ont ancré mon monde et celui de ma sœur. Grâce à elles, je n'ai jamais manqué de quoi que ce soit d'important. À travers elles, j'ai intégré les valeurs qui m'ont guidé jusqu'à ce jour.

C'est toutefois en devenant adulte que j'ai vraiment compris combien il a été difficile pour ma mère et ma grand-mère de nous élever sans une présence masculine forte dans la maison. J'ai senti aussi la marque que l'absence d'un père peut laisser sur un enfant. J'ai décidé que l'irresponsabilité de mon père envers ses enfants, la distance affective de mon beau-père et les lacunes de mon grand-père me serviraient de contre-exemples et que mes propres enfants auraient un père sur lequel ils pourraient compter.

Au sens le plus élémentaire, j'y suis parvenu. Mon couple est intact et ma famille dispose de tout le nécessaire. J'assiste aux réunions entre parents et professeurs et aux spectacles de l'école, et mes filles se savent aimées. Pourtant, de tous les domaines de ma vie, c'est de mes capacités de mari et de père que je doute le plus.

Je me rends compte que je ne suis pas le seul dans ce cas. J'éprouve simplement les mêmes sentiments contradictoires que d'autres pères contraints de composer avec une économie en mouvement et des normes sociales changeantes. Alors qu'elle devient de plus en plus inaccessible, l'image du père des années 1950 – qui subvient aux besoins de sa famille en travaillant de neuf heures à dix-sept heures, qui est là tous les soirs pour manger en famille le dîner que sa femme prépare, qui participe à l'entraînement de l'équipe de base-ball de ses enfants et qui manie les outils électriques – demeure aussi prégnante dans notre culture que celle de la mère au foyer. Pour beaucoup d'hommes aujourd'hui, ne pas être le seul à entretenir la famille est une source de frustration et même de honte. Il n'est pas nécessaire de croire au déterminisme économique pour être convaincu qu'un chômage élevé et des bas salaires contribuent au manque d'engagement parental et au faible taux de mariages chez les Américains noirs.

Tout autant que pour les femmes, les conditions de l'emploi ont changé pour les hommes. Qu'il exerce une profession libérale bien payée ou qu'il travaille sur une chaîne de montage, on attend du père qu'il effectue plus d'heures de travail que par le passé. Et ces horaires plus exigeants pèsent sur lui alors qu'il est supposé – et, dans de nombreux cas, souhaite – participer plus activement à la vie de ses enfants que ne l'a fait son propre père.

Mais si le fossé entre l'idée du rôle de père que j'ai dans la tête et une réalité faite de compromis n'est pas exceptionnel, je n'en éprouve pas moins le sentiment de ne pas toujours donner à ma famille autant que je le pourrais. Pour la dernière Fête des Pères, j'étais invité à prendre la parole devant les membres de l'église baptiste de Salem, dans le South Side de Chicago. Je n'avais pas préparé d'allocution et j'ai pris pour thème « ce qu'il faut pour être un homme pleinement adulte ». J'ai suggéré qu'il était temps que les hommes en général et les Noirs en particulier rengainent leurs excuses pour leurs manquements envers leurs familles. J'ai rappelé aux hommes de l'auditoire qu'être un père, ce n'est pas seulement engendrer un enfant, que même ceux d'entre nous qui sont physiquement présents à la maison sont souvent absents sur le plan affectif, que c'est justement parce que tant d'entre nous n'ont pas eu de père auprès d'eux que nous devons redoubler d'efforts pour briser le cycle, et que si nous voulons transmettre de hautes ambitions à nos enfants, nous devons avoir de hautes ambitions pour nous-mêmes.

Lorsque je repense à ce que j'ai dit, je me demande parfois si je suis à la hauteur de mes exhortations. À la différence de nombreux hommes auxquels je me suis adressé ce jour-là, je ne suis pas obligé d'avoir deux boulots ou de travailler la nuit pour rapporter de quoi manger à la maison. Je pourrais trouver un emploi qui me permettrait d'être avec ma famille tous les soirs. Ou qui serait mieux payé, et mes longues heures de travail seraient au moins justifiées par des avantages tangibles pour ma famille : la possibilité pour Michelle de travailler moins ou un legs en fidéicommis pour les enfants.

J'ai choisi au contraire une vie professionnelle aux horaires insensés qui m'oblige à être loin de ma femme et de mes filles pendant de longues périodes et expose Michelle à toutes sortes de stress. Je pourrais me dire que je fais de la politique pour Malia et Sasha, que mon travail contribue à leur préparer un monde meilleur. Mais cette justification paraît boiteuse et terriblement abstraite quand je sèche un des *potlucks*[1] de l'école des filles à cause d'un vote au Sénat, ou que j'appelle Michelle pour lui annoncer que la session parlementaire est prolongée et que nous devons reporter nos vacances. Mes récents succès en politique n'ont pas contribué à réduire mon sentiment de culpabilité. Comme Michelle me l'a dit un jour, plaisantant à demi, pour les filles, voir la photo de leur père dans le journal peut être agréable la première fois, mais lorsque cela arrive tout le temps, c'est probablement embarrassant.

Je fais donc de mon mieux pour répondre à l'accusation qui me trotte dans la tête : je suis égoïste, je fais ce que je fais pour satisfaire mon ego ou pour remplir un vide affectif. Lorsque je suis à Chicago, je m'efforce d'être à la maison pour dîner, écouter Malia et Sasha raconter leur journée, leur lire une histoire et les border. J'essaie de ne pas prendre d'engagements pour le dimanche et, en été, j'emmène les filles au zoo ou à la

---

1. Déjeuner où chacun apporte un plat.

piscine. L'hiver, nous nous rendons à l'aquarium ou nous visitons un musée. Je gronde doucement mes filles quand elles font une bêtise et j'essaie de limiter leurs doses de télé et de fast-food. En tout cela, je suis encouragé par Michelle, bien que j'aie parfois l'impression d'empiéter sur son domaine, et qu'avec mes absences j'ai peut-être perdu certains droits d'intervenir dans le monde qu'elle a bâti.

Quant aux enfants, ils semblent aller parfaitement malgré mes disparitions fréquentes. C'est en grande partie un hommage rendu aux qualités de mère de Michelle. Elle semble savoir parfaitement ce qu'il faut faire avec Malia et Sasha, établir fermement des limites sans les étouffer. Elle veille aussi à ce que mon élection au Sénat ne modifie pas trop la vie quotidienne de nos filles, même si la vie normale d'un enfant des classes moyennes dans l'Amérique d'aujourd'hui semble avoir changé autant que celle de ses parents. Fini le temps où ils pouvaient envoyer leur gosse jouer dehors ou dans le parc en lui demandant de rentrer avant le dîner. Aujourd'hui, avec les histoires d'enlèvements et une méfiance envers tout ce qui semble spontané ou un peu paresseux chez notre progéniture, les horaires des enfants sont aussi chargés que ceux des parents. Il y a les amis qui viennent jouer, les cours de danse, la gymnastique, les leçons de tennis, les leçons de piano, les matchs de football, et des fêtes d'anniversaire apparemment toutes les semaines. J'ai raconté un jour à Malia que pendant toute mon enfance j'ai été invité à deux fêtes d'anniversaire seulement, qui ont réuni cinq ou six enfants et qui se sont limitées à des chapeaux en papier et un gâteau. Elle m'a regardé comme je regardais mon grand-père lorsqu'il me parlait de la Crise : avec un mélange de fascination et d'incrédulité.

C'est à Michelle qu'il incombe de coordonner toutes les activités des filles, ce dont elle s'acquitte avec

426

l'efficacité d'un général chevronné. Lorsque j'en ai la possibilité, je propose mon aide, que Michelle apprécie, même si elle veille à limiter mes responsabilités. Pour l'anniversaire de Sasha, en juin dernier, j'avais été chargé d'acheter vingt ballons de baudruche et de commander de la pizza au fromage et de la crème glacée pour vingt enfants. Cela semblait dans mes cordes et quand Michelle a ajouté qu'elle s'occuperait des surprises qui seraient distribuées à la fin de la fête, j'ai proposé de m'en charger également.

« Tu ne saurais pas, a-t-elle répondu. Je t'explique : tu dois aller dans le magasin, choisir les sacs, choisir ensuite ce qu'on met dedans, et on ne met pas dans ceux des garçons ce qu'on met dans ceux des filles. Tu vas parcourir les allées du magasin pendant une heure et ta tête va exploser. »

Me sentant moins confiant, je suis allé sur Internet, j'ai trouvé une boutique où l'on vendait des ballons à proximité de la salle de gymnastique où la fête aurait lieu, et une pizzeria qui a promis de livrer à trois heures quarante-cinq. Le lendemain, lorsque les invités sont arrivés, les ballons étaient en place, les canettes de jus de fruit dans la glace. Assis avec les autres parents, je bavardais en regardant une vingtaine d'enfants de cinq ans courir et sauter comme une joyeuse bande d'elfes. J'ai eu un moment de frayeur quand, à trois heures cinquante, les pizzas n'étaient pas encore arrivées, mais le livreur est apparu dix minutes avant l'heure à laquelle les enfants étaient censés manger. Craig, le frère de Michelle, sachant que j'étais sous pression, m'a gratifié d'une grande tape dans la main. Michelle a levé la tête des assiettes en carton sur lesquelles elle mettait les parts de pizza et a souri.

Pour le finale grandiose, après que les pizzas et les jus de fruit eurent été engloutis, que tout le monde eut chanté « Joyeux anniversaire » et mangé du gâteau, le moniteur de gymnastique a rassemblé tous les enfants autour d'un vieux parachute multicolore et a demandé à Sasha de s'asseoir dessus. Après avoir compté un, deux, trois, ses camarades l'ont projetée en l'air, une fois, deux fois, trois fois. Et chaque fois qu'elle s'élevait au-dessus de la toile, elle riait aux éclats avec une expression de joie sans mélange.

Je me demande si Sasha se souviendra de ce moment quand elle sera adulte. Probablement pas. Je ne garde que d'infimes fragments de souvenirs du temps où j'avais cinq ans. Mais je pense que le bonheur qu'elle a éprouvé sur ce parachute est inscrit en elle, que de tels moments s'accumulent et se gravent dans le caractère d'un enfant, qu'ils deviennent une partie de son âme. Parfois, quand j'entends Michelle parler de son père, j'entends l'écho d'une même joie en elle, de l'amour et du respect que Frasier Robinson a gagné non en devenant célèbre ou en accomplissant des exploits spectaculaires mais à travers de petits actes ordinaires, quotidiens, un amour qu'il a gagné en étant là. Et je me demande si mes filles pourront parler de moi de la même façon.

Le temps où on se fabrique de tels souvenirs finit rapidement. Malia semble déjà passer à un autre stade. Elle s'intéresse davantage aux garçons, elle se préoccupe plus de ce qu'elle porte. Elle a toujours été en avance pour son âge, d'une maturité remarquable. Un jour – elle n'avait que six ans et nous nous promenions sur la berge d'un lac –, elle m'a demandé tout à trac si notre famille était riche. Je lui ai répondu que nous n'étions pas vraiment riches mais que nous possédions beaucoup plus de choses que la plupart des gens. Puis je lui ai demandé à mon tour pourquoi elle posait cette question.

« Ben… j'ai réfléchi, et j'ai décidé que je ne veux pas être vraiment, vraiment riche. Je crois que je préfère une vie simple. »

Sa réponse était si inattendue que j'ai éclaté de rire. Malia m'a regardé, elle a souri, mais son regard m'a fait comprendre qu'elle parlait sérieusement.

Je songe souvent à cette conversation et je me demande ce que Malia pense de ma vie pas-si-simple. Elle a sans doute observé que d'autres pères assistent plus souvent que moi aux matchs de son équipe de football. Si cela l'attriste, elle n'en laisse rien voir, car elle a tendance à ménager les autres, à toujours chercher ce qu'il y a de meilleur dans une situation. Cela ne me console quand même pas vraiment de savoir que ma fille de huit ans m'aime assez pour passer sur mes défaillances.

Récemment, j'ai pu assister à l'un des matchs de Malia parce que le Sénat avait clos sa session tôt dans la semaine. C'était un bel après-midi d'été et, à mon arrivée, tous les terrains grouillaient de parents, blancs, noirs, latinos et asiatiques, venus de tous les quartiers de la ville, femmes allongées dans des transats, hommes jouant au ballon avec leurs fils, grands-parents aidant des bébés à se tenir debout. J'ai repéré Michelle, je me suis installé dans l'herbe à côté d'elle et Sasha s'est assise sur mes genoux. Malia, déjà sur le terrain, courait avec un essaim d'autres enfants qui poursuivaient le ballon, et bien que le football ne soit pas un sport qui lui convienne particulièrement – elle fait une tête de plus que ses amies et ses pieds n'ont pas encore rattrapé sa taille –, elle joue avec un enthousiasme et un esprit de compétition qui suscitent nos acclamations. À la mi-temps, elle nous a rejoints et je lui ai demandé :

« Comment tu te sens, ma vieille ?

– Super ! »

Après avoir bu une gorgée d'eau, elle a repris :

« Papa, j'ai une question à te poser.

– Vas-y.

– On pourrait avoir un chien ?

« – Un chien ? Qu'est-ce que ta mère en pense ?

– Elle m'a dit de te demander. Je crois que je l'ai eue à l'usure. »

Je me suis tourné vers Michelle, qui a souri et haussé les épaules.

« On en discute après le match ? ai-je proposé.

– D'accord. »

Malia a bu une autre gorgée, m'a embrassé sur la joue et m'a dit :

« Je suis contente que tu sois à la maison. »

Avant que je puisse répondre, elle s'élançait déjà vers le terrain. Un instant, dans la lumière dorée de fin d'après-midi, j'ai cru voir dans ma fille aînée la femme qu'elle deviendrait, comme si elle grandissait à chacune de ses foulées, comme si sa silhouette s'arrondissait, les longues jambes qui la soutenaient acquérant une vie propre.

J'ai serré Sasha un peu plus fort contre moi. Devinant peut-être ce que je ressentais, Michelle m'a pris la main et je me suis rappelé une remarque qu'elle avait faite pendant la campagne électorale à un journaliste qui lui demandait ce que c'est d'être l'épouse d'un homme politique.

« C'est dur », avait-elle répondu. Puis elle avait ajouté, dans un sourire malicieux : « Voilà pourquoi Barack est aussi reconnaissant. »

Comme toujours, ma femme a raison.

Épilogue

Ma prestation de serment au Sénat des États-Unis en janvier 2005 a marqué l'achèvement d'un processus que j'avais entamé deux ans plus tôt en annonçant ma candidature : l'échange d'une vie relativement anonyme contre une vie très publique.

Certes, beaucoup de choses sont demeurées les mêmes. Notre famille habite encore Chicago. Je vais toujours me faire couper les cheveux chez le même coiffeur près de Hyde Park, Michelle et moi recevons les mêmes amis qu'avant mon élection et nos filles gambadent encore sur les mêmes terrains de jeu.

Il ne fait cependant aucun doute que le monde a profondément changé pour moi, et que ma vie a pris une tournure que je n'avais pas envisagée. Mes propos, mes actes, mes voyages, mes déclarations d'impôt se retrouvent dans les journaux du matin ou les bulletins d'informations du soir. Mes filles doivent supporter les intrusions d'inconnus pleins de bonnes intentions chaque fois que leur père les emmène au zoo. Même hors de Chicago, il m'est de plus en plus difficile de traverser un aéroport sans être reconnu.

En règle générale, j'ai du mal à prendre toute cette attention au sérieux. Après tout, il y a des jours où je sors encore de la maison avec une veste de costume qui n'est pas assortie à mon pantalon. Mes pensées sont tellement moins ordonnées, mes journées tellement moins organisées qu'on ne le croit en se fiant à mon image que cela provoque parfois des situations comiques. Je me souviens que la veille de ma prestation de serment, mon équipe et moi avions décidé de donner une conférence de presse dans nos bureaux. J'étais alors le quatre-vingt-dix-neuvième sénateur par ordre d'ancienneté et tous les journalistes s'étaient entassés dans un petit bureau provisoire au sous-sol du bâtiment Dirksen, en face de la réserve du Sénat. C'était mon premier jour dans les lieux ; je n'avais pris part à aucun vote, je n'avais proposé aucune loi, je ne m'étais même pas encore assis à mon bureau quand un reporter plein d'ardeur a levé la main et m'a demandé : « Sénateur Obama, quelle est votre place dans l'histoire ? »

Plusieurs de ses confrères n'ont pu retenir un rire.

Cette attention exagérée remonte peut-être en partie à mon discours à la Convention démocrate de Boston en 2004, quand je me suis retrouvé pour la première fois sur le devant de la scène nationale. À vrai dire, le processus par lequel j'ai été choisi pour prononcer le discours-programme demeure pour moi un mystère. J'avais fait la connaissance de John Kerry après la primaire de l'Illinois, lorsque j'avais pris la parole à une soirée de collecte de fonds pour sa campagne, et je l'avais accompagné à une réunion soulignant l'importance des programmes de formation professionnelle. Quelques semaines plus tard, nous avions appris que l'équipe de Kerry souhaitait que je prenne la parole à la convention, sans préciser à quel titre. Un après-midi, alors que je rentrais de Springfield pour une réunion organisée à Chicago, Mary Beth Cahill, la directrice de campagne de Kerry, m'a appelé dans ma voiture pour m'annoncer la nouvelle. Après avoir raccroché, je me suis tourné vers mon chauffeur, Mike Signator, et j'ai marmonné :

« C'est un sacré truc, non ?

– Ça, vous pouvez le dire », a-t-il répondu.

Je n'avais assisté jusque-là qu'à une seule convention démocrate, celle de 2000, à Los Angeles. Je n'avais pourtant pas prévu d'y participer : je venais de me faire battre à la primaire démocrate pour le siège de la première circonscription de l'Illinois et j'étais résolu à passer une grande partie de l'été à reprendre mon travail au cabinet juridique, que j'avais négligé pendant la campagne (ce qui me valait d'être plus ou moins fauché), et à rattraper le temps perdu avec une femme et une fille qui m'avaient bien trop peu vu pendant six mois.

Au dernier moment, cependant, des amis et des journalistes qui prévoyaient de s'y rendre avaient insisté pour que je me joigne à eux. « Tu as besoin de te faire des relations au niveau national pour la prochaine fois que tu te présenteras, arguaient-ils, et de toute façon, ce sera amusant. » Même s'ils ne le disaient pas, je les soupçonnais de penser que la convention me ferait le plus grand bien, quelque chose en rapport avec la théorie selon laquelle il faut tout de suite remonter en selle après être tombé de cheval.

J'ai fini par céder et j'ai réservé une place dans un avion pour L. A. Après l'atterrissage, j'ai pris la navette pour l'agence de location Hertz, j'ai tendu à l'employée ma carte de crédit American Express et j'ai cherché sur le plan la direction à prendre pour me rendre à l'hôtel bon marché que j'avais trouvé près de Venice Beach. Au bout de quelques minutes, l'employée est revenue avec une expression embarrassée.

« Désolée, monsieur Obama, votre carte est refusée.

– Refusée ? Impossible. Vous pouvez réessayer ?

– J'ai essayé deux fois. Vous devriez peut-être appeler American Express. »

Après une demi-heure au téléphone, un responsable d'American Express au cœur tendre a donné l'autorisation à l'agence, mais l'incident était révélateur de ce qui allait suivre : n'étant pas délégué, je n'ai pas eu droit à un laissez-passer pour entrer dans la salle. Le président du Parti pour l'Illinois m'a assuré qu'il croulait déjà sous les demandes et que tout ce qu'il pouvait faire, c'était me donner une carte me permettant d'accéder uniquement au lieu de la convention. Finalement, j'ai suivi la plupart des discours sur les écrans installés autour du Staples Center, réussissant parfois à accompagner des amis ou des connaissances dans des loges où je n'avais clairement pas ma place. Le mardi soir, j'ai compris que ma présence n'avait d'intérêt ni pour moi ni pour le Parti démocrate et, le mercredi matin, j'ai pris le premier vol pour Chicago.

Étant donné mes antécédents de resquilleur à la convention de Los Angeles, j'avais quelques raisons de penser que mon apparition à celle de Boston pour prononcer le discours-programme pourrait ne pas se dérouler parfaitement. Mais peut-être parce que j'avais fini par m'habituer, pendant ma campagne, à ce qu'il m'arrive des choses incroyables, je ne me sentais pas particulièrement inquiet. Quelques jours après le coup de téléphone de Mme Cahill, j'étais de retour dans ma chambre d'hôtel de Springfield et je prenais des notes pour un premier jet de mon discours en regardant un match de basket. Je songeais aux thèmes que j'avais explorés pendant la campagne : les Américains étaient prêts à travailler dur si on leur en donnait l'occasion, le gouvernement devait contribuer à créer une fondation pour offrir une chance à chacun, les Américains avaient un sentiment d'obligation les uns envers les autres. Je me mis à dresser une liste des questions que je pourrais aborder : la santé, l'éducation, la guerre en Irak.

Mais surtout, je repensai à tous ceux que j'avais rencontrés pendant la campagne. Je me rappelai Tim Wheeler et sa femme, à Galesburg, qui se demandaient comment assurer à leur fils la transplantation de foie dont il avait besoin. Je me rappelai Seamus Ahern, un jeune homme d'East Moline qui s'apprêtait à partir pour l'Irak, son désir de servir son pays, l'expression de fierté et d'appréhension sur le visage de son père. Je me rappelai une jeune Noire de Saint Louis dont je n'avais pas retenu le nom et qui m'avait parlé de ses efforts pour entrer à l'université alors que personne dans sa famille n'avait obtenu son diplôme de fin d'études secondaires.

Ce n'était pas seulement la lutte de ces hommes et de ces femmes qui m'avait touché. C'étaient leur détermination, leur indépendance, leur optimiste inébranlable face aux épreuves. Cela m'a remis en mémoire les mots que notre pasteur, le révérend Jeremiah A. Wright Jr, avait prononcés dans l'un de ses sermons : « L'audace de l'espoir. »

C'est ce qu'il y a de meilleur dans l'esprit américain, me suis-je dit : avoir l'audace de croire, malgré toutes les preuves du contraire, que nous pouvons redonner un sentiment de communauté à un pays déchiré par les conflits ; avoir le culot de croire que malgré les revers personnels, la perte d'un emploi, une maladie frappant un membre de la famille ou une enfance embourbée dans la misère, nous avons la maîtrise – et donc la responsabilité – de notre destin.

C'est cette audace qui a fait de nous un peuple, ai-je pensé. C'est ce sentiment omniprésent d'espoir qui a lié l'histoire de ma famille à celle de l'Amérique et ma propre histoire à celle des électeurs que je m'efforce de représenter.

J'ai éteint le téléviseur et j'ai commencé à écrire.

Quelques semaines plus tard, je suis arrivé à Boston, j'ai dormi trois heures et j'ai quitté mon hôtel pour ma première apparition dans *Meet the Press*, au Fleet Center. Vers la fin de l'émission, Tim Russert a fait passer sur l'écran un extrait d'une interview du *Cleveland Plain-Dealer* en 1996 que j'avais totalement oubliée et dans laquelle le journaliste m'avait demandé, alors que j'entrais en politique comme candidat au Sénat de l'Illinois, ce que je pensais de la Convention démocrate de Chicago.

Cette convention est à vendre... Vous avez ces gens qui participent à un dîner pour 10 000 dollars par tête, les membres du Golden Circle Club. Quand l'électeur moyen voit ça, il se sent à juste titre écarté. Il ne peut pas s'offrir un repas à 10 000 dollars et il sait que ceux qui le peuvent ont accès à des choses qu'il n'imagine même pas.

Quand la citation a disparu de l'écran, Russert s'est tourné vers moi et a déclaré : « Cent cinquante personnes ont fait don de 40 millions de dollars à cette convention. C'est pire que Chicago, d'après vos critères. En êtes-vous choqué et quel message cela envoie-t-il à l'électeur moyen ? »

J'ai répondu que la politique et l'argent posaient un problème aux deux partis mais que les votes de John Kerry et les miens au Sénat montraient que nous avions toujours choisi ce qui était le mieux pour le pays. J'ai dit qu'une convention ne changerait pas les choses mais que plus les démocrates encourageraient la participation de gens qui se sentent écartés, plus nous resterions fidèles à nos origines de parti des gens ordinaires, plus nous serions forts en tant que parti.

Dans mon for intérieur, je ne pouvais m'empêcher de penser que ma réponse de 1996 était meilleure.

Il fut un temps où les conventions reflétaient l'urgence et l'intensité de la politique : quand les candidatures étaient déterminées par les organisateurs de la réunion, par le nombre des participants, les accords et les épreuves de force en coulisse, quand l'excès de passion ou les mauvais calculs pouvaient entraîner jusqu'à quatre tours de scrutin. Mais ce temps est révolu. Avec l'instauration de primaires contraignantes et la disparition – ô combien nécessaire – de la domination des boss du parti et des tractations d'arrière-boutique dans des salles enfumées, les conventions d'aujourd'hui sont sans surprise. Elle servent plutôt d'infomercial d'une semaine pour le Parti et son candidat, ainsi que de moyen pour remercier les fidèles et les importants donateurs en leur permettant pendant quatre jours de boire, de manger, de se distraire, tout en parlant boutique.

J'ai passé une grande partie des trois premiers jours de la convention à jouer mon rôle dans ce spectacle. J'ai pris la parole dans des salles pleines de gros donateurs, le petit déjeuner avec des délégués des cinquante États. J'ai répété mon discours devant un moniteur vidéo, j'ai décortiqué sa mise en scène : où je devais me tenir, quand je devais faire un geste de la main, comment utiliser au mieux les micros. Avec mon directeur de la communication, Robert Gibbs, j'ai monté et descendu les marches du Fleet Center, accordant des interviews – parfois à deux minutes d'intervalle – à ABC, NBC, CBS, CNN, Fox News et NPR, reprenant chaque fois les sujets fournis par l'équipe Kerry-Edwards et dont les moindres mots avaient sans nul doute été testés au fil d'une kyrielle de sondages et de groupes de discussion.

Compte tenu du rythme infernal de mes journées, je n'avais pas le temps de me demander comment mon discours serait reçu. Ce n'est que le mardi soir, après que mes collaborateurs et Michelle eurent discuté pendant une demi-heure de la cravate que je devais porter (nous nous sommes finalement rabattus sur celle de Robert Gibbs !), après nous être rendus au Fleet Center et avoir entendu des inconnus crier « Bonne chance ! » et « Rentre-leur dedans, Obama ! », après avoir rendu visite à une Teresa Heinz Kerry très aimable et très drôle dans sa chambre d'hôtel, que je me suis retrouvé seul avec Michelle et que j'ai commencé à me sentir un tantinet nerveux. Je lui ai confié que mon estomac gargouillait. Elle m'a pris dans ses bras, m'a regardé dans les yeux et m'a asséné : « Bousille pas tout, mon pote ! »

Nous riions tous les deux aux éclats quand un des directeurs de production est venu me prévenir qu'il était temps que j'aille prendre position en coulisse. Derrière le rideau noir, en écoutant Dick Durbin m'annoncer, j'ai pensé à ma mère, à mon père et à mon grand-père, à ce qu'ils auraient éprouvé s'ils avaient été dans la salle. J'ai pensé à ma grand-mère, qui regardait la convention sur son téléviseur à Hawaii parce que l'état de son dos l'empêchait de voyager. J'ai pensé à tous les militants et sympathisants de l'Illinois qui s'étaient échinés pour moi.

Mon Dieu, pourvu que je sois capable de bien raconter leur histoire ! me suis-je dit.

Puis je me suis avancé sur la scène.

Je mentirais si je prétendais que la réaction positive à mon discours – les lettres que j'ai reçues, la multitude de gens qui ont participé aux rassemblements après notre retour dans l'Illinois – n'a pas été personnellement gratifiante. Après tout, je suis entré en politique pour avoir un impact sur le débat public, parce que je pensais avoir quelque chose à dire sur l'orientation que nous devions prendre en tant que pays.

Le torrent de publicité qui a suivi le discours n'en renforce pas moins mon sentiment que la célébrité est passagère, qu'elle repose sur un millier de hasards, d'événements qui prennent telle direction plutôt que telle autre. Je sais que je ne suis pas beaucoup plus intelligent qu'il y a six ans, quand je me suis retrouvé brièvement bloqué à l'aéroport international de Chicago. Mon point de vue sur la santé, l'éducation ou la politique étrangère n'est pas beaucoup plus subtil qu'à l'époque où j'exerçais le métier d'obscur coordonnateur communautaire. Si je suis plus avisé, c'est essentiellement parce que j'ai avancé un peu sur le chemin que je me suis choisi, la politique, et que j'ai entrevu où il peut conduire, pour le meilleur et pour le pire.

Je me rappelle une conversation que j'ai eue il y a près de vingt ans avec un de mes amis, un homme plus âgé qui avait participé aux combats pour les droits civiques à Chicago dans les années 1960 et qui enseignait l'urbanisme à la Northwestern University. Je venais de décider, après avoir été coordonnateur communautaire pendant trois ans, de faire des études de droit. Comme c'était un des rares professeurs de faculté que je connaissais, je lui ai demandé s'il serait disposé à m'écrire une lettre de recommandation.

Il a répondu qu'il le ferait volontiers mais qu'il voulait d'abord savoir ce que j'avais l'intention de faire avec un diplôme de droit. J'ai dit que je m'intéressais à la défense des droits civiques et que j'envisagerais peut-être, le moment venu, de briguer une fonction publique. Il a hoché la tête et m'a demandé si j'avais réfléchi à ce que ce choix impliquait, à ce que j'étais prêt à faire pour devenir collaborateur de la Revue de droit des étudiants, ou associé dans un cabinet juridique, ou pour me faire élire à un premier poste et gravir ensuite les échelons. D'une manière générale, le droit et la politique requièrent des compromis, a-t-il souligné. Pas seulement sur des questions diverses mais sur des choses plus fondamentales : vos valeurs et vos idéaux. Il ne disait pas cela pour me décourager, a-t-il précisé. Il énonçait simplement un fait. C'était parce qu'il n'était pas prêt à accepter des compromis qu'il avait toujours décliné les nombreuses propositions de devenir un homme politique qu'on lui avait faites dans sa jeunesse.

« Ce n'est pas que le compromis soit intrinsèquement mauvais, a-t-il ajouté. Mais je ne le trouvais pas satisfaisant. Et la seule chose que j'ai découverte en vieillissant, c'est qu'il faut faire ce qui vous satisfait. L'un des avantages du grand âge, je présume, c'est que vous avez finalement appris ce qui est important pour vous. C'est difficile de le savoir à vingt-six ans. Et le problème, c'est que personne ne peut répondre à cette question pour vous. Vous devez le faire vous-même. »

Vingt ans plus tard, quand je repense à cette conversation, j'apprécie les conseils de mon ami plus que je ne le faisais alors. Car j'arrive à un âge où j'ai une idée de ce qui me satisfait et, si je suis peut-être plus tolérant qu'il ne l'était quant aux compromis sur les questions diverses, je sais que ma satisfaction n'est pas dans l'œil fixe des caméras de télévision ni dans les applaudissements de la foule. Ma satisfaction, c'est aujourd'hui de savoir que j'ai pu aider des gens à vivre avec une certaine dignité. Je pense à ce que Benjamin Franklin écrivit à sa mère pour lui expliquer pourquoi il avait consacré une si grande partie de son temps à servir son pays : « Je préfère qu'on dise "Il a vécu utilement" plutôt que "Il est mort riche". »

Voilà ce qui me satisfait aujourd'hui, je crois : être utile à ma famille et aux gens qui m'ont élu, laisser derrière moi un héritage qui donnera à nos enfants une vie plus prometteuse que la nôtre. Parfois, quand je travaille à Washington, je sens que je me rapproche de cet objectif. D'autres fois, j'ai l'impression qu'il s'éloigne de moi et que toutes mes activités – les audiences, les discours, les conférences de presse, les déclarations de principe – ne sont qu'un exercice vain qui n'a d'utilité pour personne.

Lorsque je suis de cette humeur, je vais courir le long du Mall. J'y vais généralement en début de soirée, surtout en été et en automne, quand l'air de Washington est calme et chaud, que les feuilles des arbres bruissent à peine. Avec le crépuscule, il y a peu de gens dehors : quelques couples qui se promènent, des sans-abri qui, sur un banc, installent leurs possessions. La plupart du temps, je m'arrête devant le Washington Monument, mais il m'arrive de pousser jusqu'au National World War II Memorial puis jusqu'au bassin du Vietnam Veterans Memorial et de grimper ensuite les marches du Lincoln Memorial.

Le soir, l'endroit est éclairé mais souvent désert. Je fais halte entre les colonnes de marbre pour lire le Discours de Gettysburg et le Deuxième Discours d'investiture. Je regarde de l'autre côté du bassin et j'imagine la foule captivée par le rythme puissant du Dr Martin Luther King, puis mon regard se porte au-delà, sur l'obélisque inondé de lumière et le dôme étincelant du Capitole.

Je pense à l'Amérique et à ceux qui l'ont construite. Aux fondateurs de ce pays qui sont parvenus à s'élever au-dessus des ambitions mesquines et des calculs étroits pour imaginer une nation se déployant sur un continent. À ceux qui, comme Lincoln et King, ont finalement donné leur vie pour rendre meilleure une union imparfaite. À tous les hommes et les femmes sans visage et sans nom, les esclaves et les soldats, les tailleurs et les bouchers, qui ont bâti une vie pour eux-mêmes, pour leurs enfants et petits-enfants, posant de leurs mains calleuses brique après brique, rail après rail, pour remplir le paysage de nos rêves collectifs.

C'est à cette entreprise que je veux prendre part.

Mon cœur est plein d'amour pour ce pays.

Remerciements

Je n'aurais jamais pu écrire ce livre sans le soutien exceptionnel d'un certain nombre de gens.

Je dois commencer par ma femme. Être mariée à un sénateur est déjà passablement difficile ; être mariée à un sénateur qui écrit un livre exige la patience de Job. Non seulement Michelle m'a prodigué un soutien affectif pendant la rédaction de ce livre, mais elle m'a aidé à dégager un grand nombre des idées exprimées dans cet ouvrage. Avec chaque jour qui passe, je comprends davantage la chance que j'ai d'avoir Michelle dans ma vie et je ne peux qu'espérer que mon amour infini pour elle la console un peu des soucis constants que je lui donne.

Je tiens à exprimer aussi ma gratitude à mon éditrice, Rachel Klayman. Avant même que je remporte la primaire pour le Sénat des États-Unis, c'est Rachel qui a attiré l'attention de Crown Publishers sur mon premier livre, *Dreams from my Father*, longtemps après sa parution. C'est Rachel qui a soutenu ma proposition d'écrire ce second livre. C'est elle qui a été mon associée de tous les instants dans la tâche, souvent difficile mais toujours exaltante, de mener ce livre à son terme. À chaque étape de sa rédaction, elle s'est montrée perspicace, méticuleuse et d'un enthousiasme inébranlable. Elle a souvent compris avant moi ce que j'essayais de réaliser avec ce livre et m'a doucement mais fermement remis sur les bons rails chaque fois que je m'en écartais ou glissais dans le jargon, les clichés ou l'hypocrisie. Elle a aussi fait preuve d'une incroyable patience face à mon emploi du temps terriblement exigeant de sénateur et à mes périodes de blocage d'écrivain. Elle a souvent sacrifié son sommeil, ses week-ends ou des jours de vacances avec sa famille pour mener à bien ce projet.

En somme, elle a été l'éditrice idéale et elle est devenue une amie précieuse.

Bien entendu, Rachel n'aurait pas pu faire tout cela sans le plein soutien de Jenny Frost et Steve Ross, du Crown Publishing Group. Si l'édition se trouve au croisement de l'art et du commerce, Jenny et Steve ont constamment cherché à rendre ce livre le meilleur possible. Leur confiance les a conduits à fournir maintes fois l'effort supplémentaire requis et je leur en suis profondément reconnaissant.

Un même esprit a animé tous les collaborateurs de Crown qui ont travaillé dur pour ce livre. Amy Boorstein s'est occupée avec un courage inlassable de sa fabrication malgré des délais très courts. Tina Constable et Christine Aronson ont habilement organisé (et réorganisé) sa promotion autour des exigences de mon travail au Sénat. Jill Flaxman a travaillé d'arrache-pied avec le service de vente de Random House et les libraires pour aider le livre à trouver le chemin des lecteurs. Jacob Bronstein a réalisé – pour la deuxième fois – une remarquable version audio du livre dans des circonstances rien moins qu'idéales.

À tous, j'adresse mes sincères remerciements, comme aux autres membres de l'équipe de Crown : Lucinda Bartley, Whitney Cookman, Lauren Dong, Laura Duffy, Skip Day, Leta Evanthes, Kristin Kiser, Donna Passannante, Philip Patrick, Stan Redfern, Barbara Sturman, Don Weisberg et de nombreux autres.

Quelques bons amis, dont David Axelrod, Cassandra Butts, Forrest Claypool, Julius Genachowski, Scott Gration, Robert Fisher, Michael Froman, Donald Gips, John Kupper, Anthony Lake, Susan Rice, Gene Sperling, Cass Sunstein et Jim Wallis, ont pris le temps de lire le manuscrit et m'ont fourni de précieuses suggestions. Samantha Power mérite une mention particulière pour son extraordinaire générosité : alors qu'elle écrivait elle-même un livre, elle a revu chacun de mes chapitres aussi attentivement que s'il s'était agi des siens et m'a prodigué une longue série de commentaires utiles tout en me redonnant courage quand l'enthousiasme ou l'énergie me faisaient défaut.

Plusieurs de mes collaborateurs au Sénat, notamment Peter Rouse, Karen Kornbluh, Mike Strautmanis, Jon Favreau, Mark Lippert, Joshua DuBois et tout particulièrement Robert Gibbs et Chris Lu, ont lu le manuscrit en dehors du travail, m'ont suggéré des corrections, des changements concernant le style ou le fond politique. Merci à tous d'être allés au-delà de leur tâche professionnelle.

Une ancienne collaboratrice, Madhuri Kommareddi, a passé l'été avant son entrée à la faculté de droit de Yale à vérifier tout le manuscrit. Son talent et son énergie me laissent sans voix. Tous mes remerciements aussi à Hillary Schrenell, qui a aidé Madhuri dans certaines recherches pour le chapitre sur la politique étrangère.

Enfin, je tiens à remercier mon agent, Bob Barnett, de l'agence Williams and Connolly, de son amitié, de sa compétence et de son soutien. Ils ont beaucoup compté.

L'histoire
d'un héritage en
noir et blanc

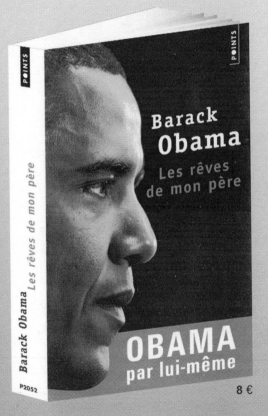

RÉALISATION : NORD COMPO À VILLENEUVE-D'ASCQ
IMPRESSION : CPI BRODARD ET TAUPIN À LA FLÈCHE
DÉPÔT LÉGAL : MAI 2009. N° 99883 (52566)
Imprimé en France